Meredith Ireland

Mein Chaos, das sich Liebe nennt

Meredith Ireland

Mein Chaos, das sich Liebe nennt

Übersetzung aus dem Englischen von Barbara Röhl

one

Dieser Titel ist auch als E-Book erschienen.

Titel der englischen Originalausgabe:
»The Jasmine Project«

Die Bastei Lübbe AG verfolgt eine nachhaltige Buchproduktion. Wir verwenden Papiere aus nachhaltiger Forstwirtschaft und verzichten darauf, Bücher einzeln in Folie zu verpacken. Wir stellen unsere Bücher in Deutschland und Europa (EU) her und arbeiten mit den Druckereien kontinuierlich an einer positiven Ökobilanz.

FSC
www.fsc.org
MIX
Papier | Fördert gute Waldnutzung
FSC® C014496

Umschlaggestaltung: Kristin Pang unter Verwendung von Motiven von © Franzi / shutterstock.com
Satz: 3w+p GmbH, Rimpar (www.3wplusp.de)
Gesetzt aus der Adobe Caslon
Druck und Einband: GGP Media GmbH, Pößneck

Printed in Germany
ISBN 978-3-8466-0156-3

5 4 3 2 1

Sie finden uns im Internet unter one-verlag.de
Bitte beachten Sie auch luebbe.de

Für Grant und Grace,
die mein Herz und mein Sonnenschein sind.

1. Kapitel

Der Burrito-Freitag ist eine Institution. Der Grundpfeiler meiner Beziehung zu Paul und der Anlass unseres ersten Dates. An einem schicksalhaften Tag im ersten Highschool-Jahr hat er mir in Bio einen Zettel zugesteckt. *Gehst du mit mir zu Chipotle? Ja oder ja,* stand darauf. Und der Rest ist Geschichte.

Ich habe das zerfledderte Stück Papier gerahmt, und es steht neben Fotos von uns, die uns beim Abschlussball der elften Klasse letztes Jahr und dem in diesem Jahr zeigen, auf meiner Kommode. Ja, es ist ein wenig kitschig, dass ich den Zettel behalten und *JASMINE* ♥ *PAUL* auf den Rahmen gekritzelt habe, aber das ist okay. Kitschig ist ehrlich.

Als ich mein langes Haar zu einem Pferdeschwanz binde, klopft meine Schwester an die Tür.

»Bist du fertig?«, fragt sie.

Carissa fährt mich zu Tijuana Outpost. Paul hätte mich bestimmt abgeholt, wenn ich ihn darum gebeten hätte, aber ich fahre gern mit Cari. Sie hat mir letztes Jahr gefehlt, als sie am College war.

»Beinahe«, sage ich.

»Du siehst hübsch aus, Jaz.« Sie lächelt.

Wirklich? Nicht im Vergleich zu ihr, aber ich werfe einen letzten Blick in den Spiegel. Ich sehe okay aus – koreanisch und irgendwie unscheinbar. Ich wünschte, ich würde mich in den winzigen Playsuits und Miniröcken wohlfühlen, die Pauls Blicke auf sich ziehen, aber ich fühle mich sogar in diesem Shirt mit Spaghettiträgern nicht gut. Ständig zupfe ich daran herum und hoffe, dass es dann mehr von meinem Ausschnitt bedeckt, aber bis jetzt ... kein Glück. Nein, es verdeckt nicht alles.

Ich nestle weiter daran herum und gebe dann auf. Das passt schon. Mich schaut sowieso niemand an.

»Fertig«, erkläre ich.

Cari steht gerade, sodass ihre lächerlichen eins achtundsiebzig zur Geltung kommen. Sie vereint die Gene unserer Eltern, die philippinisch und weiß sind, und ist ganze fünfundzwanzig Zentimeter größer als ich. Jeder fragt, ob sie modelt. Nebenbei bemerkt: Mich fragt das niemand.

»Davey kommt auch mit«, sagt sie, während wir durch die kühle, geflieste Diele gehen.

»Ach, der versucht bloß, einen Burrito abzustauben«, meine ich.

»Ganz bestimmt. Bleib stark, Schwesterchen.« Cari zwinkert mir zu.

Als wir ins Wohnzimmer treten, wo Davey auf der Couch liegt, springt er auf.

»Mann, ich habe solchen Hunger«, erklärt er und klopft sich in Bauchhöhe auf sein T-Shirt.

Ich schwöre, er hat sich telepathisch in unser Gespräch über Burritos eingeschaltet.

»Nach dem Baseball war ich heute völlig erledigt«, fährt er fort. »Ich wünschte … verflixt, wenn ich mir bloß einen Nebenjob suchen könnte wie ihr. Mom und Dad sind gerade besonders knauserig mit dem Taschengeld, und ich bin am Verhungern.«

Er erinnert mich an Mrs. Hernández' zweiundzwanzig Pfund schweren Kater Cuddles, der, wenn sein Napf leer ist, im Kreis rennt, miaut und um Futter bettelt, als würde er jeden Moment verhungern.

»Du kriegst kein Taschengeld, weil du nicht im Haushalt hilfst«, stellt Cari klar und verschränkt die Arme.

»Weil er kein Taschengeld braucht«, sage ich. »Bist du mittlerweile nicht mindestens Teilzeit-Wettanbieter?« Ich hebe die Hand und streiche über seine braunen Locken.

Er verzieht das Gesicht und versucht, kantig auszusehen, doch er scheitert. Er hat noch dieselben tiefen Grübchen wie damals, als er als Kleinkind in unsere Familie kam. Von uns drei Yap-Kindern sehen sich keine zwei ähnlich; zwei sind adoptiert, zwei sind halb asiatisch, aber wir sind hundertprozentig eine Familie.

»Wow, wow, wow«, meint Davey. »Nur weil ein Mann verborgene finanzielle Gelegenheiten erkennt, ist er noch *lange* kein Buchmacher.«

»*Ein Mann?* Was für ein Mann? Wo?« Ich ziehe eine Augenbraue hoch.

»Ich sehe keinen.« Cari beschattet ihre Augen und sieht sich um.

Davey schubst meine Hand von seinem Kopf, was ihm nicht schwerfällt, weil er mit vierzehn schon gut fünfzehn

Zentimeter größer ist als ich. Er runzelt die Stirn. »Ihr könnt mich mal, Leute.«

»Tut uns leid, Baby«, sagt Cari.

Sie klingt zufällig kein bisschen aufrichtig.

»Ich bin niedergeschmettert«, erklärt er. »Ich finde, diese Herabwürdigung meiner Männlichkeit ist … sagen wir … einen halben Burrito von jeder von euch wert.«

»Du bist erbärmlich«, sagt Cari. »Na schön«, sage ich gleichzeitig.

Er grinst so breit, dass er ganz aus weißen Zähnen und dunkelbrauner Haut zu bestehen scheint. Er wusste, dass ich nachgeben würde. Aber er ist mein kleiner Bruder, und ich kann nicht anders.

Wir treten an den Schuhständer und schlüpfen in unsere Flipflops.

»Wir sollten wahrscheinlich sowieso etwas zu essen besorgen«, meint Cari. »Mom ist bis acht im Krankenhaus, und dann hat sie bestimmt Hunger.«

Unsere Mutter ist Entbindungsschwester am Orlando Medical Center, arbeitet lange Schichten und schiebt oft Überstunden. Ich habe schon vor Jahren angefangen, an den vier Abenden pro Woche, an denen sie Dienst hat, zu kochen, denn Dad und Cari sind großartig … nur nicht am Herd. Und Dad ist ohnehin nicht in der Stadt, sondern bei einer Bibliothekarskonferenz. Mir war nicht klar, dass Mom zur Abendessenszeit noch bei der Arbeit sein würde. Wenn nicht Burrito-Freitag wäre, hätte ich schnell etwas gemacht, aber ich kann Paul nicht enttäuschen.

»Wir nehmen bei Tijuana's Essen mit. Ich lade euch ein«, erkläre ich.

»Nöö, das übernehme ich, Jaz. Die Sponsoren haben gerade gezahlt«, sagt Cari.

Meine Schwester hat einen wahnsinnig beliebten Podcast, *The Bachelor.* Unter Teens ist er der Fancast, Podblast oder was auch immer Nummer eins. Unsere ganze Familie redet davon. Außer mir. Podcasts sind nicht mein Ding, und gefakte romantische Reality-Shows auch nicht. Aber es macht sie glücklich, und sie verdient Geld damit, daher stehe ich voll und ganz dahinter. Sie muss sowieso für ihr Jurastudium sparen.

»Und nimm's mir nicht übel, aber wahrscheinlich holen wir etwas von Agave«, erklärt sie und öffnet die Haustür.

Kein Problem. Ich weiß, dass das Restaurant besser ist.

»Toll! Ja! Agave!«, ruft Davey und boxt in die Luft. »Burrito, Käsedip und Guacamole für Daveeey.«

»Du kriegst nicht Käsedip *und* Guacamole«, erklärt Cari.

Wir treten in die drückend schwüle Luft hinaus, die im Mai in Florida herrscht, und Cari schließt die Holztür hinter uns ab.

»Cari!« Davey greift sich an die Brust. »Wie soll ich mich denn zwischen der zarten Avocado und dem wunderbaren Aroma von Käse entscheiden?«

»Du *redest* Käse«, brummt Cari.

»Ich mag auch beides«, merke ich an, als wir zum Carport gehen. »Ich wünschte, Paul würde Laktose vertragen, dann könnten wir uns einen Käsedip teilen.«

Cari und Davey wechseln einen Blick, und dann schließt sie den Corolla auf. Während ich zwischen den beiden hin- und hersehe, steigt ein ausgesprochen ungutes

Gefühl in mir auf. Als hätte ich im Aufzug gefurzt oder so, und sie wüssten nicht, was sie sagen sollen.

»Was?« Ich schaue mich um.

»Nichts«, antworten beide gleichzeitig.

Na, das ist ja gar nicht eigenartig. »Nein. Was ist?«

»Es ist nur so, dass Paul …«, beginnt Cari. Sie öffnet die Fahrertür und setzt sich hinters Steuer.

»Was ist mit Paul?« Ich öffne die Beifahrertür, bleibe aber kurz stehen, bevor ich einsteige.

»Na ja … er ist einfach blöd«, sagt Davey. Er zieht den Kopf ein und setzt sich auf die Rückbank. Diese Diskussion, dass Paul irgendwie blöd ist, führen wir nicht zum ersten Mal, aber das letzte Mal ist schon länger her. Meine Familie sieht ihn nicht so wie ich, aber wir haben akzeptiert, dass wir unterschiedlicher Meinung sind. Größtenteils.

»Er hat eine Lebensmittelallergie, Davey«, sage ich. »Das ist nicht dasselbe, wie mäklig beim Essen zu sein.«

Mein Gurt klickt, als wolle er mir beipflichten. Es ist komisch, auf der Beifahrerseite von Caris Auto zu sitzen, das quasi meins gewesen ist, seit sie zum College geht. In Miami dürfen Studienanfänger kein Auto auf den Campus mitbringen, daher hatte ich das Glück, ein Jahr lang den Corolla zu fahren. Aber im August wird Cari ihn mitnehmen. Ich versuche, nicht daran zu denken, dass ich in Zukunft kein Auto mehr haben werde.

Ihretwegen habe ich meinen/unseren Corolla makellos sauber gehalten. Kein Sand vom Strand. Essen und Trinken verboten. Für Paul mache ich eine Ausnahme, aber das verrate ich nicht.

»Es geht nicht um den Käsedip, Jaz«, sagt Cari. Dann beißt sie sich auf die Unterlippe. »Es ist … also, er …«

»Er ist ein Bastard«, sagt Davey.

Cari verzieht die Lippen, widerspricht ihm aber nicht.

»Pass auf, was für Wörter du benutzt, oder ich sag's Mom«, drohe ich und zeige auf das Gesicht meines Bruders.

Wir sind alle Teenager und fluchen nicht besonders schlimm, aber Mom sieht Davey immer noch als das Baby aus der Dominikanischen Republik, das sie adoptiert haben, und würde ihn wegen seiner Ausdrücke ausschimpfen.

Davey hebt die Hände. »Tut mir leid, aber er ist einer, und du hast jemand Besseren verdient. Jemand viel Besseren.«

»Oh wie niedlich, mein kleiner Bruder glaubt, er wäre erwachsen, und tut, als müsse er mich beschützen.« Ich drehe mich auf meinem Platz um und drücke ihm einen Kuss auf die Wange. Prompt wischt er ihn ab, denn er ist in *diesem* Alter.

»Red keinen Quatsch, Loser«, sagt Davey und schiebt mich auf meinen Sitz zurück.

»Red *du* keinen Quatsch«, sage ich. »Du weißt genau, dass Paul zuverlässig ist. Er hat dir beigebracht, Baseball zu spielen. Außerdem hat er dir diese Sneaker gekauft, die du dringend von unserem Auto runternehmen musst.« Ich schiebe seinen Fuß von der Mittelkonsole und wische mit der Hand darüber. »Und hast du nicht vor, mein Zimmer in deine Gaming-Höhle zu verwandeln, wenn ich ausziehe? Du solltest begeistert sein, dass wir kurz davor sind, eine Wohnung für ab August zu finden.« Ich übertreibe und muss ein wenig munterer tun, als ich mich fühle. Wir suchen nach einer Wohnung in der Nähe unserer zukünftigen Colleges … jedenfalls ich. Paul hat bisher eigentlich nur meine Favoriten schlechtgeredet, weil sie angeblich »zu weit außerhalb« liegen oder »zu teuer« sind. Letzteres ist komisch, weil seine Familie praktisch im Geld schwimmt.

Cari sieht in den Rückspiegel und wechselt noch einmal Blicke mit Davey. »Das ist toll, Jaz«, sagt sie. »Wirklich. Hast … hast du alles zusammen für die Schulabschluss-Party?«

»Ja, so ziemlich«, lüge ich.

Nur fürs Protokoll, ich bin keine gute Lügnerin. Ich hatte so viel damit zu tun, für die Abschlussprüfungen zu lernen, zum Prom zu gehen und meine Zukunft zu planen, dass ich nur flüchtig daran gedacht habe. Und die Party ist sowieso erst in acht Tagen. Also noch ein halbes Leben weit weg.

»Tante Minnie, Cousine Teagan, Cousine Crystal und Tante Tammy wollen alle wissen, ob du dir schon ein Kleid ausgesucht hast«, sagt Cari. »Und welche Farbe es hat, damit sie nicht die gleiche tragen.«

Cari fährt unsere Straße entlang, und Davey beugt sich vor und macht das Radio an. Er sucht sich Rockmusik aus und schaltet nur die hinteren Lautsprecher ein, damit wir nicht viel hören, die miese kleine Ratte.

Ich drehe mich zu ihm um und fange dabei Caris Blick auf. Oh, ja. Das Kleid. Das, das ich nicht habe. Ich sollte mir ein Kleid kaufen, aber stattdessen habe ich Paul geholfen, sich ein neues Hemd auszusuchen.

»Ähm … es ist eine Schattierung von … noch nicht«, erkläre ich.

Cari zieht eine perfekt gezupfte Augenbraue hoch. Sie ist erst neunzehn, aber manchmal, zum Beispiel, wenn ihr etwas nicht passt, kommt sie rüber wie dreißig. »Du solltest damit lieber voranmachen, bevor noch Tante Tammy mit dir shoppen geht.«

Ich stöhne auf.

Tante Tammy gehört zu unserer Ansammlung aus fünfzehn Tanten und Onkeln – nicht mitgezählt diejenigen, mit denen wir nicht verwandt sind und die wir trotzdem mit »Tante« ansprechen. Sie meint es gut, aber ihr Geschmack ist wie eine Kreuzung aus Misswahl und Safari – über und über Pailletten, Animal Prints und Federn. In letzter Zeit entwirft sie ihre eigenen Handtaschen, und die sind … *wild*.

»Die Familie ist aufgeregt«, erklärt Cari. »Onkel Vin hat besondere Blumenarrangements bestellt, und du weißt ja, dass Tante Jay das Catering übernimmt. Anders gesagt … Tante Jay wird kochen, und Mom wird jede ihrer Entscheidungen hinterfragen.«

Als sie erwähnt, dass Tante Jay kocht, zieht sich mein Herz wieder zusammen, aber ich hake nicht ein, weil Cari weiterspricht.

»Und Cousin Wesley bringt seine neue Freundin mit«, sagt sie.

Ich schiele und versuche, mich an den Namen des Mädchens zu erinnern. »Julie?«, rate ich.

Cari schüttelt den Kopf, während wir die Aloma Avenue entlangfahren. »Nein, das war letzten Monat. Diese heißt Amanda.«

Ich ziehe die Augenbrauen hoch und schürze die Lippen. Wir haben sechsundzwanzig Cousins und Cousinen ersten Grades, die schon schwer genug nachzuhalten sind, ohne dass einer davon der Serien-Dater der medizinischen Hochschule von Central Florida ist. Wenn man meine fünfköpfige Kernfamilie mit meinen Cousins und Cousinen, meinen Tanten und Onkeln und meinen Großeltern auf beiden Seiten der Yap- und Ventura-Familie zusammenzählt, kommt man auf fünfzig.

Im Prinzip heißt das, wenn ich in Orlando niese, sagen neunundvierzig Personen »Gesundheit«.

»Ich weiß, du hattest Prüfungen, aber du solltest dich mehr um die Party kümmern«, sagt Cari. »Du hast noch den ganzen Sommer Zeit, dir mit Paul Wohnungen anzusehen und was auch immer, aber dein Schulabschluss ist etwas Besonderes. Wenn du willst, kann ich mit dir am Wochenende nach einem Kleid shoppen.«

Meine Schwester hat den guten Geschmack, der mir fehlt – was sich schon darin zeigt, dass sie aussieht, als wäre sie gerade der asiatischen Ausgabe der *Vogue* entstiegen. Außerdem wird sie mir keinen Druck machen wie Mom. Mom ist großartig, aber sie hat immer ihre *Meinung.*

»Das wäre toll«, sage ich.

Sie lächelt. »Dann machen wir das morgen. Am Sonntag muss ich mich auf die große Watchparty am Montag vorbereiten.«

»Ach ja, *Bachelor in Hell* fängt ja an«, sage ich.

»In *Paradise.*«

»Sag ich doch.«

Sie wirft mir einen Seitenblick zu, lächelt aber. Als der

Verkehr nachlässt, biegt Cari nach links auf den Parkplatz am Einkaufszentrum ab. Es gibt viel bessere Burritos in der Stadt – zum Beispiel bei Agave –, aber Paul liebt Routinen und trifft sich lieber im Tijuana mit mir. Und ich mich mit ihm.

»Bist du dir sicher, dass du nicht einfach mit uns essen willst?«, fragt Cari, als sie in einer Parklücke in der Nähe des Eingangs anhält.

Ich runzle die Stirn und neige den Kopf zur Seite. Was für eine merkwürdige Frage. »Heute ist Burrito-Freitag«, erkläre ich. Das versteht sich von selbst. So halten wir es seit fast vier Jahren.

»Hat er dich nicht vor zwei Wochen versetzt?«, fragt Davey.

»Ach, jetzt kannst du uns auf einmal hören?« Ich werfe einen scharfen Blick nach hinten.

Cari stellt die Musik leiser. »Wir, ähm …«

»Da war … mhhh«, sagt Davey.

Wir bleiben im Auto sitzen, und die beiden geben weiter verlegene Geräusche von sich. Ich weiß, dass sie mir etwas sagen wollen, aber ich wünschte, sie würden damit voranmachen. Es ist schon nach sechs, und ich will Paul nicht warten lassen.

Ich wippe mit dem Fuß und bleibe noch eine Minute. Sechzig Sekunden, die langsam und widerstrebend vergehen und in denen ich seufzend die Fassade betrachte. Er wird sich aufregen, und in letzter Zeit läuft es bei uns nicht gut. Ich will es nicht noch schlimmer machen, indem ich zu spät komme.

Schließlich öffne ich die Autotür. Was immer es ist, wir können darüber reden, wenn ich nach Hause komme.

»Ich muss los, Leute«, sage ich.

Davey und Cari wechseln noch einen Blick.

»Viel Spaß«, sagt Davey.

»Bis später, Jaz«, setzt Cari hinzu.

Ich will wissen, warum es ihnen schwerfällt, damit herauszurücken, aber ich steige aus dem Auto und betrete eilig das Tijuana Outpost.

2. Kapitel

DAVEYS FAMILIENCHAT
17. MAI

Davey
Tja, das lief ja prima.

Cari
Ja, toll, wie du das in die Hand genommen hast. Feigling.

Davey
Ich??? Du hast doch getönt, ich bin die GROSSE Schwester, ich sag's ihr. Und dann *großäugiges GIF*

Mom
Schreibt ihr euch tatsächlich, obwohl ihr euch im selben Haus befindet?

Davey
Fühlst du das?

Cari
Was?

Davey
Diesen Wind?

Mom
Hat Daddy wieder die Klimaanlage runtergedreht?

Dad
Was wirft man mir jetzt wieder vor, Liebling?

Davey
Nein, das ist nicht die Klimaanlage. Das ist eindeutig der Rotorenwind von zwei Elternteilen, die über einem schweben.

Cari
Lol.

Mom
Wir sind KEINE Helikoptereltern, vielen Dank.

Davey
Idk, genau das würden Helikoptereltern sagen.

Mom
Sehr komisch. Du hast uns doch in den Chat eingeladen! Aber Jaz nicht.

Cari
Weil wir über sie reden müssen.

Dad
Wie hat sie es denn aufgenommen? Tut mir leid, dass ich nicht dabei sein konnte. Ich komme morgen nach Hause.

Cari
Du hast nichts verpasst. JEMAND hat sich gedrückt.

Davey
Du solltest es ihr sagen!

Mom
Das mit der Tussi?

Cari
Bitte, Momma, wir wissen gar nicht, ob sie eine Tussi ist. Außerdem benutzt keiner mehr dieses Wort. Wir wissen nur, dass Paul mit einem Mädchen zusammen und eindeutig nicht »krank« war, als er Jaz vor zwei Wochen versetzt hat.

Davey
Ja, er hat auf einem Konzert mit einem Mädchen gelernt. Am Abend. Mit den Armen um sie herum und einer Hand an ihrer Brust. Und er hat Jaz darüber angelogen. Schon klar.

Cari
Ich meine ja nur, dass es vielleicht nicht so ist, wie es aussieht.

Mom
Wir können uns deswegen nicht ständig im Kreis drehen. Wir müssen uns mit der Familie beraten.

Cari
Du meinst doch nicht die ganze ...

(Zweiunddreißig Personen betreten den Chat.)

Tante Minnie
Was ist los?

Onkel Carlos
Hey, Family.

(Zweiunddreißig Begrüßungen)

Mom
Wir haben hier so etwas wie eine Krise.

Tante Tammy
Wer sitzt im Gefängnis??

Tante Minnie
Du hast sie nicht mal zu Ende schreiben lassen.

Tante Tammy
Oh, sorry. Aber ich kenne einen guten Kautionsvermittler, wenn du einen brauchst, Dolores.

Mom
Wenn jemand im Gefängnis säße, würden wir einfach Rich anrufen. Wofür hat man einen Bruder, der beim Bezirksstaatsanwalt arbeitet? Nein, es ist ...

Sag du es ihnen, David.

Davey
Dieser Drecksack Paul betrügt Jaz. Auf Instagram ist ein Bild von ihm mit einer Blondine mit Riesenmöpsen (Link)

(Empörte Reaktionen, bis …)

Cousine Madison
Das ist keine Art, von einer Frau zu sprechen, Davey.

Cousin Wylan
Jetzt geht das wieder los. Du hast die feministische Badebombe ins Wasser geworfen. Jetzt kann man nur noch abwarten, bis sie sich ausgesprudelt hat.

Cousine Madison
Im Ernst, Wylan. Die Objektifizierung von Frauen ist in diesem Land ein großes Problem. Das unter den Teppich zu kehren macht es nicht besser.

Cousin Wylan
Schnarch-Emoji

Cousine Madison
Großartig gekontert, Bruder! Ein Jammer, dass Harvard dich noch nicht angeworben hat.

Tante Regina
Time-out, alle beide. Ich entschuldige mich für meine Kinder. Sie sollten zurück in die Schule.

Cousin Wylan
Die Schule ist gerade aus.

Tante Regina
Genau das meine ich.

Onkel Carlos
Kommen wir wieder auf den Punkt. Arme Jaz. Sie hat etwas so viel Besseres verdient.

Onkel Steve
Finde ich auch.

Cousin Joe
Reden wir jetzt darüber, wie dieser Kerl es fertigbringt, so tolle Mädchen an Land zu ziehen?

Cousine Teagan
Nein.

Cousin Joe
Ich meine, er sollte Kurse geben oder so. Trägt er auf diesem Bild so eine Fanny Pack?

Cousine Teagan
Hör auf, sonst ...

Mom
Können wir uns alle mal konzentrieren? Jaz weiß noch nichts davon.

(Eine volle Minute Schweigen – beispiellos für diese Familie)

Nonna
Ein Jammer, dass wir das nicht regeln können wie in der alten Heimat.

Cousine Teagan

Nonna!

Cousin Joe
Lol, Nonna.

Mom
Ich habe vorgeschlagen, einen Auftragskiller anzuheuern, Mama, aber ich bin überstimmt worden.

Dad
Gewalt ist keine Lösung, *mi amore.* Auch wenn es verlockend ist.

Tante Minnie
Wir müssen etwas tun.

Cousin Wesley
Ich kapier's nicht. Wieso diskutieren wir darüber? Sagt es Jaz einfach, und lasst sie den Mistkerl absägen.

Cari
Wir fürchten, dass Jaz bei ihm bleibt, auch wenn sie es erfährt, weil sie nie begriffen hat, dass sie mehr wert ist.

(Noch einmal dreißig Sekunden Schweigen)

Cousin Wylan
Verdammt.

3. Kapitel

Ich lasse den Blick durch das Innere des Tijuana Outpost schweifen. Hier bestellt man an der Theke und setzt sich mit seinem Tablett an einen der nicht besonders sauberen Tische. Die Rückwand schmückt ein Regal mit einer Unzahl scharfer Soßen, und unter der Decke hängen kreuz und quer bunte Lichterketten.

Paul sitzt mit seinem Beats-Kopfhörer da, der einen Teil seines schwarzen welligen Haars verdeckt. Vor ihm stehen ein halb gegessener Burrito und ein fast geleerter Becher Eistee. Ich halte schnurgerade auf ihn zu, aber er bemerkt mich erst, als ich praktisch dreißig Zentimeter vor ihm stehe. Aus seinen haselnussbraunen Augen sieht er mich an.

»Oh, hey«, sagt er.

Ich beuge mich vor und küsse ihn auf die Wange. Er war noch nie ein Fan von Zärtlichkeiten in der Öffentlichkeit, aber er lässt es sich gefallen. Er trägt das gleiche Eau de Cologne wie in der neunten Klasse, und bei dem Duft überwältigen mich schöne Erinnerungen. Genauso roch sein Hals, als wir uns im Schultreppenhaus zu einem heimlichen Kuss getroffen haben. Oder als ich mich in seine Arme gestürzt habe, nachdem ich in der Spielhalle einen Teddy gewonnen hatte.

Ich bleibe neben ihm stehen. Ich bin mir nicht sicher, ob ich bestellen soll, ob er mir vielleicht schon etwas bestellt hat oder ob wir gehen.

»Du hast schon gegessen?«, frage ich.

Er seufzt, pausiert seinen Song und nimmt seinen Kopfhörer ab. Er will Musikproduzent werden, und ich weiß, dass er sich konzentriert, aber wir brauchen ja bloß kurz zu reden.

Paul wendet mir jetzt seine ganze Aufmerksamkeit zu, und sofort fühle ich mich wie in Sonnenschein gebadet. Er war der erste Junge, der mich wirklich wahrgenommen hat. Aber in letzter Zeit wird sein Blick oft nicht mehr weicher, wenn er mir in die Augen sieht. Nicht so wie früher.

»Ja«, sagt er. »Ich hatte Hunger. Außerdem …« Er wirft einen Blick auf sein Handy. »Essen wir nicht normalerweise um sechs?«

Ich sehe auf den Betonboden hinunter. »Ja. Tut mir leid, dass ich zu spät bin.«

Es ist 18:07 Uhr.

»Okay«, sagt er. Er legt sehr großen Wert auf Pünktlichkeit – jedenfalls bei mir. Er hat noch nie ein Wort darüber verloren, wenn seine Freunde auftauchen, wann sie lustig sind. Aber ich weiß, dass es ihm unangenehm ist, allein zu warten. Ich hätte eher aus dem Auto steigen sollen. Das ist meine eigene Schuld.

»Hast du mir auch etwas bestellt?«, frage ich. »Oder soll ich …« Verlegen zeige ich zuerst auf mich und dann auf die Theke. Ich komme mir albern vor, daher lasse ich den Arm sinken.

Er runzelt die Stirn. »Warum hätte ich für dich bestellen sollen? Ich hatte keine Ahnung, was du willst … oder wann du kommen würdest.« Den letzten Teil murmelt er vor sich hin.

Ich bestelle immer das Gleiche, aber schön, ich *bin* spät dran. Und kalte Burritos sind eklig. Hier kann ich sie ja nicht in einer Pfanne aufwärmen. Ich wende mich ab und gehe Richtung Theke.

»Jaz«, sagt er.

Als er meinen Namen ausspricht, macht mein Herz einen Satz. Wie damals in der neunten Klasse, als er mir auf dem Flur hinterherrief und rannte, um mich einzuholen. Wie in der zehnten Klasse, als er mich heranwinkte, damit ich mich beim Mittagessen zu ihm und seinen Football-Freunden setzte. Wie in der neunten Klasse, als er seine Finger mit meinen verflocht, nachdem er das entscheidende Field Goal erzielt hatte – allerdings hat er letzten Herbst mit Football aufgehört.

»Ja?« Ich halte die Luft an.

»Auf der Karte steht ein neuer Diät-Burrito. Vielleicht solltest du den probieren.«

Ich starre ihn an, aber er zuckt die Achseln und zieht einen Zwanziger hervor.

Keine Ahnung, was ich erwartet hatte, aber das nicht. Ich lächle trotzdem. »Vielleicht.«

Ich lasse sein Geld auf dem Tisch liegen und trete an die Theke, wo sich eine Schlange gebildet hat. Ich hätte bestellen sollen, als ich hereingekommen bin. Ich kann mich nicht erinnern, wann Paul mir zum letzten Mal etwas mitgebracht hat, ohne dass ich ausdrücklich darum gebeten hätte. Vielleicht in der achten Klasse, als er Bagels von *Panera* mitgebracht hat. Ich war so entzückt, dass ich meinen ganz langsam gegessen habe, um jeden Bissen auszukosten. Später fand ich heraus, dass er nur zwei Bagels hatte, weil er seine Bestellung verpatzt hatte, aber trotzdem. Er hätte den, der übrig war, jedem anbieten können, doch er hat mich gewählt.

Mein Handy klingelt, und ich angle es aus meiner Handtasche. Es ist ein Screenshot von einem Flugplan, und er kommt von meiner besten Freundin. June Tam und ich sind unzertrennlich, seit wir in der dritten Klasse waren und ihre Eltern nach Winter Park gezogen sind. Keine Ahnung, was ich machen soll, wenn sie diesen Herbst auf die Emory geht. Noch so etwas, das bald eintreten wird und an das zu denken ich mich weigere.

Aber die Tatsache, dass sie bald weg ist – oder vielleicht lag es auch an den drei Hard Seltzer, die ich getrunken hatte, oder daran, dass sie erzählt hatte, vielleicht ein Semester im Ausland studieren zu wollen –, hat mich dazu gebracht, ihr anzuvertrauen, dass ich gern nach Paris gehen würde. Ich habe sogar durchblicken lassen, dass ich davon träume, dort professionell zu kochen – im Geburtsort der feinen Küche. Ich würde gern dem Alkohol die Schuld geben, aber vielleicht lassen sich so große Träume auch nicht unterdrücken.

Allerdings bereue ich es, seit sie angefangen hat, mir

von ihrem Handy Infos über Flugpreise zu schicken – das heißt, noch am selben Abend. Und sie schickt sie mir ständig, weil sie eine dumme Kuh ist.

Trotzdem kann ich nicht anders, als mir die Info anzusehen. Das ist das bisher beste Angebot: 280 Dollar für einen einfachen Flug ab Orlando. Ich habe mein Geburtstagsgeld gespart, mein Nachhilfegeld und das, was ich als Kellnerin bei Berry Plum Frozen Yogurt verdiene, und habe siebenmal mehr als diese 280 Dollar. Ich zähle mein Erspartes ständig. Dieser Burrito wird es schmälern, aber das macht nichts, weil das alles nur eine Fantasievorstellung ist. Genauso gut könnte ich davon träumen, die erste Astronautin auf dem Mars zu sein oder das erste eins zweiundfünfzig große koreanische Mädchen in der NBA. Profiköchin zu werden und in Paris zu kochen erfordert eine Menge Eigenschaften, die ich nicht habe.

Wieder piept mein Handy.

June
Unter dreihundert Dollar! Ich würde hundert dazugeben, und Emily auch. Das sind nur achtzig Dollar für dich.

Du musst fliegen.

Jasmine
Daraus wird nichts.

June
Wieso nicht?

Jasmine
Weil ich hierhergehöre. Mein Leben spielt sich hier ab. Außerdem ziehen Paul und ich zusammen, und ich fange im August an der Valencia an.

June
Das sind alles furchtbare Gründe!

Jasmine
?

June
Es ist dein Traum, Jaz.

Übrigens: Man sollte sich nie betrinken und seiner besten Freundin seinen geheimen Traum erzählen, weil sie sich daran erinnern wird. Und später wieder davon anfängt. Ständig.

Schnell stecke ich mein Handy weg.

Ich stoße einen tief empfundenen Seufzer aus. Aber ich sollte nicht so fühlen. Ich habe großes Glück, dieses Leben zu haben. Mein *richtiges* Leben. Keinen sinnlosen Traum. Wie viele Menschen haben eine liebende Familie, schließen die Highschool mit Auszeichnung ab, bekommen ein Vollstipendium für ein staatliches College und ziehen bald mit der Liebe ihres Lebens zusammen? Ich brauche meine Ersparnisse für meine Zukunft und nicht, um nach Übersee zu fliegen und einer Fantasie nachzujagen.

Und doch steigt jedes Mal, wenn ich Paris verdränge,

diese Traurigkeit in mir auf. Ich schiebe sie weg, weil sie keinen Sinn ergibt. Jeder der Gründe, die ich June genannt habe, ist ein bedeutender. Nicht nötig, mein Leben ins Chaos zu stürzen, indem ich mir ein One-Way-Ticket nach Frankreich kaufe. Ganz zu schweigen davon, dass ich meine Familie enttäuschen würde, besonders meine Mom, die erwartet, dass ich in ihre Fußstapfen trete. Abgesehen davon wird mir schon schlecht bei dem Gedanken, Zentralflorida zu verlassen. Mein größtes Solo-Abenteuer bisher war, diesen Winter allein zur Winter Park High School zu fahren, als Davey die Grippe hatte. Ein Transatlantikflug war das nicht.

Im Prinzip weigere ich mich, das, was ich habe, zu verlieren, indem ich nach etwas greife, das ich nicht bin.

Ich werfe einen Blick zu Paul, der auf seinem Handy tippt. Was ich habe, ist die Aussicht auf ein geordnetes Leben. Ich werde auf die Valencia gehen und dann zur Krankenpflege-Ausbildung an die University of Central California wechseln. Krankenschwester ist ein guter Beruf. Vielleicht nicht mein Traumjob, aber sicher und etwas, das ich wirklich kann. Mom ist seit fünfundzwanzig Jahren Krankenschwester, und wir hatten immer alles, was wir brauchten. Es ist gut, und das reicht mir. Wenn ich Glück habe, kann ich ja eines Tages in Paris Urlaub machen und sogar genug sparen, um in Edelrestaurants zu essen – irgendwann.

»Der Nächste«, ruft die Bedienung hinter der Theke.

Ich trete vor.

»Oh, hey, Jasmine«, grüßt Gus lächelnd. Er arbeitet jeden Freitag hier. »Hübsch siehst du aus.«

»Hey, Gus. Wie ich sehe, schmeichelst du den Leuten

immer noch, um Trinkgeld einzustreichen. Hast du einen guten Abend?«

Er lacht. »Bis jetzt ja. Danke. Und du?«

»Großartig. Wirklich fantastisch.« Wieder habe ich das Gefühl zu schauspielern. Ich zwinge mich zu einem Lächeln.

»Was soll es sein? Das Übliche?«

»Nein, ich … ähm …«

Ich werfe Paul noch einen Blick zu. So viele Mädchen wollten im Lauf der Jahre mit ihm zusammen sein, und aus irgendeinem Grund hat er mich ausgesucht. Einer der attraktivsten Jungs an meiner Schule ist ausgerechnet mein Freund.

Während ich ihn ansehe, blickt Paul auf und grinst. Ich erinnere mich an das Lächeln auf seinen Lippen, als ich zum allerersten Mal beim Kuchenverkauf des Kochclubs mit ihm gesprochen habe. Er hat von meinen Brownies abgebissen, und ein breites Lächeln ließ seine Miene aufleuchten. Er hat mir ins Gesicht gesehen und gesagt, der Brownie sei toll. *Ich* sei toll. Der vergessene Glücksmoment steigt in mir auf, und ich erwidere sein Lächeln.

Ich wende mich Gus zu. »Habt ihr jetzt einen Diät-Burrito?«

Er zieht die gepiercten Augenbrauen zusammen. »Ja. Er ist mit Hähnchenbrust, Bohnen, Salat, Salsa und einer Low-Carb-Tortilla. Aber … möchtest du nicht das Übliche?«

Berechtigte Frage. »Ach, weißt du, ich bin einfach in der Stimmung, etwas Neues auszuprobieren«, gebe ich munter zurück.

»Hmm, okay.«

Er gibt meine Bestellung in die Kasse ein. Ich kann nicht dagegen an, dass mir das verkehrt vorkommt, aber ich nehme meinen Becher und trete an den Getränkeautomaten, um mir eine Cola light zu ziehen.

Ich hasse Cola light.

4. Kapitel

DAVEYS AUSSER KONTROLLE GERATENER FAMILIENCHAT
18. MAI

Davey
Wir haben's ihr gestern Abend gesagt.

Tante Tammy
Was hat sie gesagt??

Onkel Steve
Wie hat sie es aufgenommen?

Cousine Mabel
Sie hat Schluss gemacht, stimmt's?

Cousine Crystal
Im Gruppenchat der Cousins und Cousinen hat sie nichts davon erwähnt, dass sie sich von Paul getrennt hätte …

Cousin Wesley
Wie schaffst du es bloß, mit den vielen Nachrichten dort mitzukommen?

Mom
Sie hat sich nicht von ihm getrennt. Sie sind immer noch zusammen.

Tante Minnie
Was?!

Cari
Ist eine lange Geschichte, aber Paul, der Drecksack, hat ihr eingeredet, das Mädchen auf Instagram sei »nur eine Freundin«.

Tante Regina
Nein.

Cousin Joe
Mann … Ich brauche bessere Freundinnen.

Cari
Aber sie wollen diesen Sommer eine offene Beziehung führen.

Onkel Steve
Sag das noch mal.

Cari
Er hat Jaz eingeredet, dass sie sich beide mit anderen treffen dürfen, weil das Zusammenziehen so ein großer Schritt ist, dass sie sich beide sicher sein sollten.

Tante Minnie
Was für eine Dreistigkeit von diesem verdammten Kerl.

Cousine Amberlynn
Warum sollte sie ihm das abkaufen?

Cari
Weil sie es glauben möchte.

Cousin Wesley
Dann trifft sie sich jetzt auch mit anderen? Ist doch gut. Dann kann sie jemand Besseren kennenlernen.

Cari
Nur, dass sie sich nicht mit anderen treffen wird. Sie meinte, er brauche das und sie habe Verständnis dafür. Ich habe gesagt, sie soll auch auf Dates gehen, aber sie hat den Kopf geschüttelt.

Davey
Was bei Jaz »auf gar keinen Fall« bedeutet.

Cousin Wylan
Also hat er vor, mit allen möglichen Mädchen rumzumachen, und sie sitzt so lange allein zu Hause?

Cousine Madison
Ich kapier's nicht. Warum will sie denn nicht daten?

Cari
Na ja, sie war noch nie mit jemand anderem als Paul zusammen. Und du weißt ja, wie sie zu Veränderungen steht.

Mom
Und sie hat ihn immer für den Besten gehalten und gedacht, dass sie sich glücklich schätzen kann, ihn zu haben. Das hat er ihr eingeredet.

Grandpa Yap
Sie hält große Stücke auf alle, nur nicht auf sich selbst. Wie können wir unsere Jaz dazu bringen, ihren eigenen Wert zu erkennen?

Mom
Das ist die große Frage, Papa.

Cari
Sie ist echt wie Meghan aus der letzten Staffel – sie ist ein Goldstück und weiß es nicht.

Davey
Okay, hör mal, du kennst die Leute beim *Bachelor* nicht, nur weil du bei jeder Staffel einen davon in deinen Podcast schleppst. Die ganze Sendung ist trotzdem bloß erfunden.

Cari
Und ich habe dir dein Abendessen ausgegeben, undankbarer Kerl. Die Sendung ist perfekt. Es hat schon seinen Grund, dass sie so viele Staffeln hat und alle sie nachahmen. Die Leute lieben die Liebe und fiebern mit, wenn jemand die Liebe und sich selbst findet.

Tante Regina
Ist das jetzt irgendwie hilfreich, Leute?

Cousin Wesley
Ja, was sollen wir machen? Jaz als *Bachelorette* auftreten lassen, damit sie auf Dates geht?

(Fünfzehn Sekunden vergehen.)

Onkel Carlos
Ich meine …

Cousine Mabel
Warte mal, Bro, du hast da vielleicht eine Idee.

Cousin Wesley
Ich bin seit 31 Stunden wach. Das Einzige, was ich habe, ist Schlafmangel.

Tante Rosey
Dann geh schlafen, Wes. Stell deinen Wecker aus, Baby.

Cousin Wesley
Ist schon okay, Ma. Mir geht's gut.

Tante Rosey
Hast du wenigstens gut gefrühstückt?

Cousin Wesley
Herrgott, ich bin Arzt. Mir geht's gut.

Tante Rosey
Noch bist du keiner. Ein einfaches Ja oder Nein reicht.

Cousin Wesley
Ja.

Cari
Wartet mal, Leute, das könnten wir glatt machen.

Tante Kim
Eine Datingshow?

Cari
Keine Show, aber etwas, bei dem Jungs zu ihr kommen und sie mit ihnen auf Dates geht. Das würde ihr zeigen, dass sie Optionen hat und sich nicht mit irgendjemandem abzufinden braucht.

Grandpa Yap
Ein kleines Jasmine-Projekt. Gefällt mir.

Onkel Steve
Genau.

Cousine Teagan
Das könnte wirklich toll für sie werden ... wenn sie dabei mitmacht.

Tante Tammy
Ich liebe mein Mädchen ja, aber ich kann mir nicht vorstellen, dass sie bei einem Datingprojekt mitmacht.

Jasmine ist schließlich unser schüchternes Mauerblümchen.

Cousine Crystal
Du hast recht, Momma. Sie wird auf keinen Fall zustimmen.

Cari
Wenn wir es richtig anstellen, braucht sie nichts davon zu erfahren.

Onkel Steve
Und wie soll das gehen?

Cari
Also, wir würden die Jungs aussuchen – das Casting, sozusagen. Wir würden sie einladen, Jaz zu treffen. Wir müssen nur eine Situation schaffen, in der sie nicht ahnt, dass es ein Wettstreit um sie ist.

Tante Regina
Wie soll das denn funktionieren? Logistisch.

Cari
Bin mir nicht sicher. Jungs könnten wir bestimmt finden, ich habe nur keine Ahnung, wie Jaz sie kennenlernen soll. Sie macht ja praktisch nichts außer Job, Ehrenamt und Schule, und sogar die ist demnächst vorbei.

Mom
Wartet mal, die Schulabschluss-Party. Wir haben sowieso schon über hundert Gäste. Vielleicht fallen ihr ein paar zusätzliche Jungs gar nicht auf.

Onkel Carlos
Keine schlechte Idee, Dee. Unsere Familienfeiern sind mit den Tanten, Onkeln und Nachbarn immer ziemlich groß. Sogar Steve und mir passiert es oft, dass wir manche Leute nicht kennen.

Tante Jay
Das könnte klappen, aber bis dahin ist es nicht mehr lange …

Tante Kim
Der Plan wäre also, eine Truppe Jungs zu finden und einzuladen, und Jaz sucht sich einen aus?

Cari
Ich finde, je weniger Auswahl sie hat, umso besser. Sonst fühlt sie sich überfordert und merkt vielleicht was. Wir könnten potenzielle Kandidaten überprüfen und vorsortieren und ihr die besten fünf vorstellen … oder die Top Drei.

Cousine Teagan
Ich fänd's großartig! Ich habe einen Freund, der mich schon länger wegen meiner »hübschen Cousine« nervt.

Cousin Joe
Ich auch, und es ist eklig.

Tante Kim
In unserem Buchladen arbeitet ein ganz entzückender Junge! Ich wollte ihn schon immer mit Jaz verkuppeln, aber sie war ja die ganze Zeit vergeben.

Tante Minnie
Bah. Dieser Junge. Er muss weg. Sofort. Ich mache alles mit, um ihn loszuwerden.

Nonna
Jasmine, meine kleine Bachelorette.

Cari
Wenn wir das machen wollen, müssen wir heute Abend anfangen zu suchen. Die Vorbereitungen für den *Bachelor* dauern Monate, und wir haben nur eine Woche Zeit. Konzentrieren wir uns darauf, drei Jungs zu finden, die großartig zu ihr passen.

Davey
Wartet, das ist alles ziemlich unausgegoren. Sind denn alle einverstanden? Dad?

Dad
Also ... Mir gefällt die Idee nicht, Jaz anzulügen.

Mom
Weißt du noch, wie wir sie vor zwei Jahren dabei erwischt haben, dass sie Pauls Hausaufgaben gemacht hat, und er sich beinahe von ihr getrennt hat, als sie damit aufgehört hat? Und sie hat geweint und uns angefleht, ihm bei seinen Aufgaben helfen zu dürfen, weil er ohne ihre Hilfe durchfallen würde?

Dad
Das hatte ich fast vergessen.

Mom
Das hier ist vielleicht unsere einzige Chance, ihn aus ihrem Leben zu vertreiben. Wenn sie erst mit ihm zusammenzieht …

Dad
Du hast recht, Liebling. Wenn wir Paul, diesen Drecksack, loswerden können … ohne einen Mord zu begehen … ja. Damit könnte ich mich anfreunden.

Tante Tammy
So spontan fällt mir niemand ein … Was soll ich machen?

Cari
Wenn du niemanden weißt, lass uns Kandidaten in den sozialen Medien suchen. Erzählt ihnen, dass wir eine regionale Version der *Bachelorette* machen, nur etwas anders, aber erwähnt ihren Namen nicht. Sie braucht nichts davon zu wissen.

Davey
Ich weiß nicht, Cari. Sie könnte es herausfinden.

Cousin Joe
Wie denn? Sie ist technisch so bewandert wie eine Achtzigjährige. Nichts für ungut, Nonna.

Nonna
Hey, ich bin in diesem Chat und sie nicht.

Davey
Trotzdem.

Cousin Wesley
Ich wette, ich finde am schnellsten jemanden.

Davey
Wetten? Worauf wettest du? Wie viel?

Cari
Wenn einer von euch eine bessere Idee hat, bin ich ganz Ohr. Wenn nicht, machen wir uns an die Arbeit!

5. Kapitel

Ich bin in meinem Zimmer und mache mich für die Arbeit fertig, und es fällt mir schwer, das Atmen nicht zu vergessen. Manchmal kann ich mir kurzzeitig etwas vormachen und mir einbilden, alles wäre normal – ein ganz gewöhnlicher Tag –, aber dann erinnere ich mich wieder, dass meine Welt zerbrochen ist. So geht das, seit ich vom Burrito-Freitag nach Hause kam und Cari und Davey mir von einem Post erzählt haben, den sie auf Instagram gesehen hatten.

Paul mit einem anderen Mädchen.

In der Sekunde, in der Cari die App öffnete, traf es mich wie ein Schlag in die Magengrube. Ich habe mir buchstäblich den Bauch gehalten. Mein Körper erkannte die Wahrheit schon, bevor ich sie richtig verarbeiten konnte. Bevor Paul eine Chance hatte, mir mit Ausreden zu kommen.

Als ich ihn an diesem Abend zur Rede stellte, sah mir

mein Freund, mit dem ich seit vier Jahren zusammen bin und der daran gedacht hatte, als unser erster Kuss genau einen Monat her war, in die Augen und log mich an. Er erklärte, das Mädchen auf dem Bild sei nur eine Freundin, aber ich wusste, dass es nicht stimmte, obwohl er dastand und behauptete, nichts wäre passiert. Obwohl er behauptete, dass ich überreagiere. Obwohl er mir vorwarf, kontrollierend zu sein und ihm nachzuspionieren, da er das Foto nicht auf seinem Account gepostet und nicht markiert hatte. Er wirkte so überzeugend, dass ich schon begann, ihm zu glauben ... bis er davon redete, wir sollten diesen Sommer »unsere Optionen erkunden« und uns »bis August eine Auszeit nehmen«.

In dem Moment wurde mir klar: Selbst wenn das Mädchen wirklich nur eine Freundin war, wollte er nicht, dass es dabei blieb. Aber ich habe mich einverstanden damit erklärt, dass wir beide uns mit anderen treffen dürfen. Weil er es sowieso schon tut und wenigstens weiter mit mir zusammen sein will. Weil ich nicht bereit bin, die Zukunft wegzuwerfen, die wir schon so lange planen. Weil ich an noch mehr Kummer zerbrechen würde. Und vor allem war ich einverstanden, weil ich ihn liebe.

Ich weiß, das klingt nach Schwäche. June und Emily, meine zwei allerbesten Freundinnen, haben mich deutlich wissen lassen, dass es *super* schwach klingt. Aber wie könnte es eine Schwäche sein, jemanden zu lieben? Und ich weiß, dass er mich auch liebt. Das zwischen uns ist etwas Besonderes. Ich weiß, wer er ist, wenn niemand sonst dabei ist und er sich öffnet. Ich sehe ihn, wenn der Stress, den es bedeutet, cool sein zu müssen, von ihm abfällt und sein wahres Ich zum Vorschein kommt. Dass er verletzlich und freundlich ist. Dass er immer noch der Junge ist, den ich beim Kuchenverkauf kennengelernt habe.

Und es stimmt ja, dass wir während der ganzen Highschool-Zeit zusammen waren. Es ist normal, wenn man wissen will, was da draußen noch existiert. Besonders, bevor wir zusammenziehen. Ich meine, das ist der Beginn unseres Erwachsenenlebens und ein großer Schritt. Da ist doch zu erwarten, dass man ins Zweifeln kommt und kalte Füße kriegt, oder? Vor nicht allzu langer Zeit war ich betrunken und habe von Paris geträumt, daher verstehe ich das. Wirklich.

Größtenteils.

Irgendwie habe ich die ersten fünf Tage, in denen wir »andere Leute treffen«, hinter mich gebracht. Es ist fast wie eine Trennung auf Probe. Wir sollen bis zum ersten August nicht miteinander reden, damit wir richtig Zeit und Freiraum haben, um uns zu entscheiden. Also habe ich den größten Teil der letzten Woche in meinem Zimmer gesessen, *Jolene* gehört und Paul online gestalkt. Ehrlich, seinetwegen bin ich zur Amateur-Cyberstalkerin geworden.

Aber heute kann ich nicht stalken. Ich muss bei Berry Plum arbeiten.

Normalerweise mag ich meinen Job. Ich habe Spaß daran, zuzusehen, wie die Kids sich viel zu viel Zucker in ihre Schalen schaufeln oder über erste Dates und ihre Lieblingstoppings diskutieren. Es ist nett, Teil von etwas Besonderem zu sein, das Menschen glücklich macht. Aber heute würde ich lieber zu Hause bleiben, auf WhatsApp nachsehen, wann Paul zuletzt online war, seine Instagram-Storys aktualisieren und ja … Vielleicht muss ich wirklich aus dem Haus gehen und mich auf etwas anderes konzentrieren.

Egal was.

Vor dem Spiegel streiche ich mein einfaches weißes T-Shirt glatt. Dem Filialleiter ist egal, was wir anziehen, und ich habe mir das ausgesucht: unscheinbare Jeans und ein T-Shirt, das ich aus dem Ausverkauf bei Target habe. Die Shirts habe ich in vier Farben: Schwarz, Weiß, Grau und Beige. Katia, mit der ich normalerweise zusammenarbeite, hat eine ganze Reihe gemusterter leichter Sommerkleider und trägt immer perfektes Make-up dazu. Paul hat ihr oft Komplimente über beides gemacht, wenn er vorbeikam. Er lächelte ihr dann strahlend zu und erklärte, sie sehe toll aus.

Zu mir hat er das im vergangenen Jahr selten gesagt.

Seufzend schließe ich die Augen: Ich habe es auch selten verdient. Ich habe nie versucht, wie das Mädchen auf diesem Instagram-Bild auszusehen, und anders als Cari wirke ich nicht von Natur aus wie ein wunderschönes Model.

Ich schnappe mir mein Handy. Das kann ich in Ordnung bringen. Ich werde mir mehr Mühe geben, falls das das Problem war, und noch heute anfangen, mich zu ändern. Aber während ich die Nachricht tippe, unterbreche ich mich. Ein letzter Rest von Selbstachtung rät mir, sie nicht zu senden. Seit Freitag geht mir der Gedanke im Kopf herum, dass ich nie wieder Kontakt zu Paul aufnehmen sollte.

An der Tür klingelt es, und ich zucke zusammen. Mein Herz pocht, als würde ein Kaninchen in meiner Brust herumspringen, und ich lösche die Nachricht und lege mein Handy auf die Kommode.

Meine Zimmertür ist geschlossen, aber trotzdem hallt ein lauter melodischer Akzent aus Georgia durch die Wände unseres einstöckigen Hauses. Tante Tammy ist da. Sie ist mit Onkel Vin verheiratet, mittlerer Bruder meines Vaters und ein überragender Florist. Mom und Dad sind jeweils die ältesten unter ihren Geschwistern, und unser Haus ist für beide Seiten der Mittelpunkt. Früher richteten unsere Großeltern die Familientreffen aus, aber als die Cousins und Cousinen noch klein waren, bedeutete das zu viel kindlichen Elan bei zu vielen zerbrechlichen Marienstatuen. Und so übernahmen es meine Eltern, diese Zusammenkünfte zu veranstalten – deswegen stehen sich die Yaps und die Venturas so nahe.

Noch eine andere Stimme hallt durchs Haus, aber ich kann nicht unterscheiden, ob das Tante Tammys Tochter Crystal oder ihre Schwester Amberlynn ist, weil meine älteren Cousinen so ähnlich klingen. Es ist, als wären sie Zwillinge – nur mit einem Jahr Abstand geboren.

Wieder läutet es, noch mehr Tumult kommt auf, und dann erfüllt die unverkennbare heisere Stimme von Tante Jay das Haus. Jay ist Moms jüngste Schwester und steht Cari altersmäßig näher als Mom. Früher war sie meine Lieblingstante und ich ihre liebste Nichte, aber das ist alles Jahre her.

Auf ihre Stimme folgt die zurückhaltendere von Onkel Steve. Onkel Steve ist mit Onkel Carlos verheiratet, dem nächstjüngeren Bruder meines Dad.

Ich weiß. Das ist eine Menge. In der neunten Klasse

habe ich Paul ein Diagramm gezeichnet, damit er alle auseinanderhalten konnte.

Es ist zwar normal, dass Familienmitglieder einfach so vorbeikommen, aber wenn es so viele auf einmal sind, gibt es einen Grund. Das Wort »Schulabschluss« schwebt durchs Haus.

Waah. Ich habe meine Party vergessen. Ich reibe mir mit den Händen übers Gesicht und lege den Kopf zurück.

Paul war natürlich eingeladen, aber da wir uns »Freiraum lassen«, wird er am Samstagabend nicht hier sein. Wieder sacken meine Schultern nach vorn, aber ich kann mich jetzt nicht damit beschäftigen. Ich muss los, sonst komme ich zu spät zur Arbeit. Und ich komme nie zu spät. Mom hat mich zur Pünktlichkeit erzogen.

Ich stecke mir das Haar zu einem Knoten zurück, schnappe mir meinen Mitarbeiterausweis und trete auf den Flur.

Tante Jay, Tante Tammy, Onkel Steve, Cousine Crystal, Mom und Cari sitzen um den Esszimmertisch. Auf dem Tisch steht Essen, weil es bei uns immer etwas zu essen gibt. Aber das hier muss Tante Jay mitgebracht haben, denn es riecht weder italienisch noch philippinisch. Als gelernte Profiköchin kann Jay uns alle unter den Tisch kochen. Früher hatte sie ein preisgekröntes Restaurant. Und ich wollte genau wie sie werden.

Ich schüttle die Erinnerungen ab. Als meine Familie mich bemerkt, ist das, als würde eine Schallplatte hängen oder ein Standbild aufgenommen werden. Sie erstarren eine Sekunde zu lang, und ich weiß, dass sie über mich geredet haben. Mom stößt Jay an, als wolle sie sagen: *Jetzt schau dir das Elend an. Ich hab's dir doch gesagt.*

Es kostet mich meine ganze Kraft, nicht aufzustöhnen.

»Hey, Jaz«, sagt Tante Jay munter. »Ich habe Partyfood zum Probieren mitgebracht. Komm und teste. Ich möchte dein Feedback hören.«

Jays Gesicht ähnelt dem von Mom, mit weit auseinanderstehenden blauen Augen. Sie sind beide gut eins siebzig, was heißt, dass sie mich bei Weitem überragen. Jays flotter Kurzhaarschnitt ist gefärbt und fast so dunkel wie mein Haar. Sie hat auch ein Sleeve-Tattoo, was meine Mutter verabscheut. Die beiden sind vollkommen gegensätzlich. Mom passt auf alle auf und hat mehr als einmal gesagt, dass Jay sich nur um sich selbst kümmert.

»Mir ist alles recht, was du kochen willst«, erkläre ich und bleibe im Flur stehen. Ich bin wirklich nicht in der Stimmung zum Reden, und ich habe gemischte Gefühle dabei, wieder von Jays Gerichten zu essen. Früher habe ich mich immer die ganze Woche darauf gefreut. Aber damals war auch vieles anders.

»Komm und iss etwas, Schatz«, sagt Mom.

Ich kann es ihr nicht wirklich abschlagen. Nicht, wenn mein Magen schon knurrt, aber ich zögere es hinaus. »Ich muss wirklich zur Arbeit«, protestiere ich.

»Dann nimm dir etwas für unterwegs mit«, sagt Tante Tammy und greift nach einem Vorlegelöffel.

Die Einstellung zu Nahrung in den Südstaaten, Philippinen und Italien überschneidet sich an einem Punkt: Baby, du musst mehr essen. Aber genau wie Cuddles, der Kater, schwebe ich in keinerlei Gefahr zu verschmachten.

»Ein paar Minuten hast du noch Zeit«, erklärt Mom und blickt auf ihre Uhr. Sie kennt meinen Zeitplan bis auf die Minute.

Mir wird ein Teller mit köstlich duftenden Vorspeisen, Paella und dünn aufgeschnittenem Filet in Soße angerichtet. Mein Magen grummelt erfreut, denn obwohl meine Tante mich nicht mehr um sich haben will, wird sich nie etwas daran ändern, dass sie eine großartige Köchin ist.

Betrübt lächelnd hält Crystal mir den Teller hin. Ein ähnlicher Ausdruck steht in Onkel Steves grauen Augen.

Toll, dann wissen also alle über Paul Bescheid. Natürlich. Meine Familie betreibt Klatsch wie eine Extremsportart.

Ich kann unmöglich hier stehen und essen, und im Auto esse ich grundsätzlich nicht. Daher trete ich ins Esszimmer und setze mich auf einen Stuhl. Meine Mutter hat natürlich recht. Ich habe zehn, vielleicht zwölf Minuten Zeit, bis ich aus der Tür sein muss.

»Das sieht köstlich aus, Tante Jay«, lobe ich.

»Meint ihr nicht, ich sollte eine oder zwei Lasagnen machen?«, fragt meine Mutter stirnrunzelnd. Mit »einer Lasagne« meint sie ein riesiges Blech Pasta, an dem sich zwanzig erwachsene Männer satt essen könnten.

»Wir haben mehr als genug Essen, Dee«, sagt Tante Jay. »Wir haben ja auch Platten mit Obst und Käse, eine Platte mit Mini-Sandwiches, Desserts und den Kuchen für Jaz.«

»Es sind aber hundertfünfzig Gäste …«

»Letztes Wochenende habe ich das Catering für ein Bankett mit vierhundert Gästen gemacht«, erklärt Tante Jay ein wenig trotzig. »Für eine sehr wählerische Braut.«

Mom verschränkt die Arme und nimmt die Herausforderung an. »Aber die Familie wird Pasta-Gerichte erwarten …«

Das wird jetzt eine Weile so weitergehen – Mom wird versuchen, Jay unterzubuttern, und Jay wird sich der Herausforderung stellen. Mom verhält sich ihr gegenüber wie eine Mini-Mutter, und Jay kann es nicht ausstehen, von oben herab behandelt zu werden. Und beide glauben immer, im Recht zu sein. Seit Jays Restaurant vor vier Jahren geschlossen hat, ist es nur noch schlimmer geworden.

Ich blende die beiden aus und konzentriere mich auf das Rindfleisch mit Soße. Es ist perfekt halb durch, und die Soße hat den gewissen Umami-Geschmack. Es ist einfach fantastisch.

Ihr Essen ist so gut, dass alle geglaubt haben, Ventura's Bistro würde ein Riesenerfolg werden. Und eine Weile war es das auch. Meine Eltern reden nicht darüber, aber sie haben damals eine zweite Hypothek aufgenommen, um in das Restaurant zu investieren. Als es plötzlich schloss, hatte Tante Jay keine Chance, ihnen das Geld zurückzuzahlen. Mom fing an, Nachtschichten zu schieben, und Dad fährt seitdem mit seinem Auto Taxi, um die Kreditraten abzuzahlen und ein Dach über dem Kopf zu behalten. Ich höre, wie sie in der Küche im Flüsterton darüber reden, wenn sie glauben, dass ich sie nicht höre, oder vergessen haben, dass ich zu Hause bin. Das ist auch einer der Gründe, warum ich auf eine staatliche Hochschule gehen werde: Ich weiß, dass sie nicht wie Emilys oder Junes Eltern die Studiengebühren für eine Universität bezahlen können. Die Valencia hat mir ein Vollstipendium angeboten, und ich habe es nur zu gern angenommen. Das war die sicherste Option, und da Paul an die University of Central Florida gehen wird, hieß das, dass unsere Hochschulen nicht weit voneinander entfernt liegen würden.

Aber gerade weil all das passiert ist, ist es nur eine Fantasievorstellung, Profiköchin zu werden. Selbst die Begabten schaffen das nicht. Und ich habe nicht einmal das Talent.

Aber meine Eltern haben hoffentlich das Schlimmste hinter sich. Im letzten Frühjahr hat Tante Jay ihre Catering-Firma gegründet, und es scheint gut zu laufen, obwohl die Tanten – und meine Mom – sagen, sie hätte sich einen »lohnenderen« Beruf suchen sollen. Vielleicht wird dieses Geschäft ja erfolgreich, und dann kann Tante Jay meinen Eltern das Geld zurückzahlen.

»Ich weiß, was ich tue, Dee«, sagt Tante Jay. Sie klingt erbittert.

»Du neigst manchmal dazu, schlechte Entscheidungen zu treffen«, gibt Mom zurück.

Alle hören auf zu essen, und Schweigen senkt sich über den Raum. Jay starrt Mom an, steht abrupt auf, schnappt sich ihre Schuhe und verlässt das Haus.

»Was? Was habe ich denn gesagt?«, fragt Mom. Doch Jay ist schon weg.

Niemand antwortet.

Mom stößt einen Kehllaut aus, der wie »grrr« klingt, bleibt jedoch sitzen. Sie wirkt immer noch aufgeregt, aber so ist es schon seit vier Jahren zwischen ihr und Tante Jay – diese gehässigen Anspielungen und diese Spannung. Früher war Mom stolz auf sie. Ich wünsche mir, dass sie nie so enttäuscht von mir ist wie von Jay.

»Und, welche Farbe hat dein Kleid?«, fragt Tante Tammy. Sie ist auch blond wie Mom, aber sie trägt das Haar hoch frisiert und fest gesprayt wie die Frauen in Texas, und irgendwie bewegt es sich nie.

Hmm, das Kleid. So ungefähr das Letzte, was ich im Kopf habe. Sonntag wollte ich mit Cari eins aussuchen, aber das habe ich verschoben, weil Heulen im Kaufhaus nicht gern gesehen ist.

»Ähm …« Ich schiebe mir noch einen Bissen in den Mund, um Zeit zu schinden und mir etwas einfallen zu lassen. Aber ich habe mit Hummer gefüllten Blätterteig erwischt, und der schmeckt so gut, dass ich abgelenkt bin.

»Blau«, mischt sich Cari ein. »Beinahe türkis.«

Meine Retterin.

Tante Tammy wirkt erleichtert und schneidet ihren Shrimp an. »Oh, gut. Meins ist pfirsichfarben, Crystals Kleid ist gelb, und Amberlynn kommt in Rosa.«

Ich weiß bei Gott nicht, wieso das eine Rolle spielt, aber ich nicke.

»Wir können die Party kaum erwarten«, erklärt Crystal. »Das ist so aufregend!«

Crystals Augen blitzen, und ich runzle die Stirn. Keine Ahnung, warum sie wegen einer Schulabschlussparty im Garten so aus dem Häuschen ist.

»Es wird nett sein, mit dir zu feiern, Jaz«, meint Steve in seinem sanften Ton. Er hat diese Art an sich, die jedem die Nervosität nimmt – genau das, was man sich von einem Zahnarzt wünscht. Onkel Carlos ist auch Zahnarzt, und die beiden haben sich vor fünf Jahren auf einem Kongress kennengelernt. Inzwischen haben sie eine Praxis zusammen.

»Das wird toll«, lüge ich. Und weil ich nicht lügen kann, klingt es gezwungen. »Aber ich muss los, sonst komme ich zu spät.«

»Ja, sieh zu, Schatz. Du musst pünktlich sein«, sagt Mom. »Hab dich lieb.«

»Hab dich auch lieb.« Ich gebe Cari, die das Geschirr abräumt, meinen Teller.

»Wir gehen morgen shoppen«, flüstert sie.

»Du bist die Beste«, sage ich.

Ich verabschiede mich, gehe zu meinen Turnschuhen und streife sie über. Die letzten paar Tage waren hart, aber mich tröstet der Gedanke, dass ich immer noch meine Familie habe. Und das Gute ist, dass sie mich, anders als mein Freund, nie hinters Licht führen wird.

6. Kapitel

DAVEYS INTRIGANTER FAMILIENCHAT
22. MAI

Tante Kim
Wie kommt Jaz mit allem klar?

Cousine Crystal
Heute schien sie neben der Spur zu sein.

Onkel Steve
Sie war nicht sie selbst.

Cari
Wenigstens ist sie arbeiten gegangen. Es ist wichtig, dass sie aus dem Haus kommt, denn sie hat angefangen, Paul heimlich im Internet zu stalken. June und Emily haben »versehentlich« gestern Abend ihr Handy gesperrt, und sie war nicht erfreut.

Tante Minnie
Herrje, dieser Junge. Wie geht die Suche voran? Die Party ist bald.

Cari
Jede Menge Interviews, wenig Einigkeit – genau wie vorher.

Tante Kim
Was haltet ihr alle von Simon aus dem Buchladen?

(Fünfzehn Sekunden tiefes Schweigen)

Tante Regina
Die Männer in meiner Kanzlei sind alle viel zu alt. Hattest du nicht gesagt, dass du jemanden gefunden hättest, Ferdinand?

Dad
Ja. Unser alter Nachbarsjunge Justin Michael ist über den Sommer zurück in der Stadt. Er macht ein Praktikum bei Disneyland. Ich konnte mein Glück kaum fassen, als er heute in die Bücherei kam. Jaz und er waren so gute Freunde! Sie wird begeistert sein, dass er wieder da ist. Ich finde, er ist ein toller Bewerber.

Davey
Sie kandidieren nicht für ein Amt.

Cari
Aber sie sind beim Casting dabei. Du weißt schon, was er meint.

Tante Jay
In einem der Restaurants im Ort arbeitet ein Junge, der perfekt sein könnte. Er heißt Eugene und ist für die Sommerferien vom College nach Hause gekommen. Ich kann mich erkundigen, ob er zu einem Interview kommen will.

Tante Kim
Ich finde, Simon ist wirklich ein netter Junge.

Cousine Teagan
Wie fandet ihr eigentlich Mike Evans?

Cousin Joe
Er hat einen Schnurrbart.

Cousine Teagan
Und?

Cousin Joe
Ist genauso übel wie ein Fanny Pack, nur im Gesicht.

Cousine Teagan
Manche Männer haben eben einen. Das kann cool aussehen.

Cousin Joe
Er sieht aus wie ein verpenntes Frettchen.

Cari
Wir hatten einen guten Start, Leute, aber uns läuft die Zeit davon. Versuchen wir uns zu einigen. Wenn wir kleinlich sind, kriegen wir vor der Party keine drei zusammen.

Tante Kim
Das ist also ein Nein zu Simon?

Cari
Wir reden später weiter. Ich muss los.

7. Kapitel

CARISSAS CASTING-NOTIZEN FÜR PROJEKT JASMINE

Wir haben diese Woche so viel erledigt bekommen! Ich frage mich, ob ich einen Podcast darüber aufnehmen soll – anonym natürlich. Das könnte lustig werden; eine Show über jemanden, den ich kenne. Einen Zahn zulegen und sehen, ob ich das ohne den Rückenwind durch den Bachelor schaffe. Und okay, ja, meine Podcast-Konkurrentin geht mir auf den Geist. Vanessa hat behauptet, ich wäre nur die Nummer eins, weil ich meine Show schon vor ihr hatte. Ich weiß, dass sie bloß versucht, mich zu treffen, aber … das gelingt ihr.

Dad hat Justin Michael Simmons aufgetrieben, der früher nebenan gewohnt hat. Er ist vor vier Jahren weggezogen. Ich kann mich nicht besonders gut an ihn erinnern, nur daran, dass er eine Brille hatte und praktisch jeden Tag Sweatpants getragen hat. Hoffentlich hat sich das geändert. Ein ziemlicher Nerd, aber Jaz hat früher viel Zeit mit ihm verbracht.

Okay, er ist bei uns vorbeigekommen. Keine Sweatpants in Sicht, sondern einfach ein gut aussehender, netter Kerl. Wir hätten das Ganze fast an die Wand gefahren, noch bevor wir überhaupt angefangen hatten, weil Jaz früher nach Hause kam, während wir uns noch mit ihm unterhalten haben. Wir mussten ihn aus der Hintertür schmuggeln. Aber er gehört definitiv unter die ersten drei.

Tante Kim will Jaz mit Simon aus ihrem Buchladen zusammenbringen. Er ist … Also, er ist geradezu das Sinnbild von langweilig. Er sagte, sein Lieblingsgetränk ist Wasser – Leitungswasser. Ich habe gelacht, weil ich dachte, er macht einen Witz. Hat er nicht.

Tante Jay liebt Eugene Matthews. Er lässt sich Eugene nennen – keine Ahnung, ob ich das respektieren oder schrecklich finden soll. Er verbringt den Sommer zu Hause, und es gefällt ihm, dass wir das machen, damit Jaz zu sich selbst finden kann. Er sieht gut aus und ist definitiv ein Vielleicht-Kandidat. Update: Ich habe ihn kennengerlernt, und wir finden ihn alle großartig. Unter den Top Drei. Jetzt brauchen wir nur noch einen!

Tante Tammy hat jemanden vorgeschlagen, der … Also ich bin nicht überzeugt, dass er … Ich meine, ich behaupte nicht, dass er ein Serienkiller ist, doch ich wäre nicht überrascht, wenn in seinem Garten Leichen auftauchen würden.

Teagans Freund Mike ist nett, aber ja, dieser Schnurrbart ist außer Kontrolle. Er sieht aus wie einer der Mario-Brothers, und sein Hobby ist Jagen. Nein. Jaz heult ja schon, wenn den Tieren im Tierheim Blut abgenommen werden muss. Das wird nicht funktionieren.

Alle anderen Vorschläge kann man so zusammenfassen: zu alt, zu haarig, zu merkwürdig oder aus den falschen Gründen dabei. Bei einem Typ hat sich sogar herausgestellt, dass er verheiratet ist!

Ich habe Aaron Coppersmith an Land gezogen. Ein Freund eines Freundes eines Freundes. Er ist zwanzig und spielt Baseball in der Minor League, was so was von cool ist. Er kommt aus Nashville – dann kann er sich mit Jaz – die ernsthaft aufhören muss, Jolene zu hören – über Country-Musik unterhalten. Er hat drei jüngere Schwestern und liebt sie ganz offensichtlich – sein Instagram-Account ist voll mit ihnen. Er ist gerade zu den Atlanta Braves gewechselt, und ihr Farmteam spielt in Kissimmee. Ich habe Kaffee mit ihm getrunken, und er ist umwerfend. Charmant, guter Gesprächspartner, und er findet, dass ein Bachelorette-Projekt mal etwas ganz Neues ist – meinte, das klingt lustig. Er folgt sogar meinem Podcast. Ich glaube, ich habe einen Sieger. Wir führen noch ein Skype-Interview mit meiner Familie, aber er passt super gut unter die Top Drei – falls die Familie sich tatsächlich einigen kann. Update: Das zweite Interview hat er mit fliegenden Fahnen bestanden. Er ist dabei. Gott sei Dank sind wir bereit für Samstag!!!

8. Kapitel

DAVEYS WETTNOTIZEN

Team Justin Michael: Dad, Tante Minnie, Onkel Steve, Onkel Edward und Tante Kim, Cousinen Charlotte und Eliza, Cousin Wesley, Onkel Rich und Cousine Teagan, Cousin Clayton, Onkel Jimmie, Cousin Colton

Team Aaron: Cari, Mom, Nonna, Onkel Carlos, Cousin Joe, Cousinen Mabel und Stella, Onkel Vin, Tante Rosey, Cousin Tom, Cousinen Liz und Jill, Tante Tammy und Cousine Crystal, Cousin Grey, Cousinen Max und Mai

Team Eugene: der Unterzeichner, Tante Jay, Cousin Duncan, Cousin Wylan und Cousine Madison (die sich nur in einem Punkt einig sind, nämlich diesem), Tante Regina, Onkel Al, Cousins Jim und Tim, Tante Jen, Cousine Amberlynn, Cousine Diana und Cousin Caster, Grandma Yap

Team Paul: niemand, buchstäblich niemand

Enthaltungen (Feiglinge): Grandpa, Poppy und die jüngsten Kids

Einsätze: Wesley – 20 $ auf Justin Michael
Clayton – 20 $ auf Justin Michael
Joe – 20 $ auf Aaron
Wylan – 20 $ auf Eugene
Alle anderen können stolz auf sich sein – unbezahlbar.

9. Kapitel

Die Arbeit bei Berry Plum lief erstaunlich gut. Erstens habe ich mein Handy weggesteckt. Zweitens war Katia großartig. Sie hat mich zur Rede gestellt und gefragt, was los ist, da sie zwei Schichten von mir übernommen hat und ich sie vorher noch nie um einen Gefallen gebeten hatte. Ich habe ihr meine Leidensgeschichte erzählt, und wie sich herausstellte, ist sie letztes Jahr mit einem Jungen gegangen, der sie betrogen hat. Sie war ganz solidarisch und meinte: »Vergiss ihn«, was mich schockiert hat. Manchmal glaubt man, jemanden zu kennen, irrt sich aber vollkommen.

Ich hätte länger mit ihr geredet, aber wir waren die ganze Schicht auf Trab. Es ist Ende Mai, eine Million Abschlussurkunden sind verteilt, und alle haben schulfrei. Ich hatte so viel zu tun, dass ich acht Stunden keine Zeit hatte, an Paul zu denken. Es war … die reine Glückseligkeit.

Gestern war ich auch beschäftigt, da Cari und ich nach einem blauen Partykleid suchen mussten. Schließlich fanden wir eins, das eher hellblau als türkis war, es aber einigermaßen traf. Es lässt eine Schulter frei – etwas anderes, als ich mir normalerweise aussuchen würde, aber Cari hat mich überredet. Und was soll's? Mein altes Ich hat nicht funktioniert, da kann ich ebenso gut versuchen, jemand anderes zu sein.

Gestern um die Abendessenszeit fühlte ich mich okay und fast wieder wie ein Mensch, aber ich konnte absolut nicht schlafen. Ich wusste, was mir heute bevorsteht.

Heute ist Freitag und Abschlussfeier an der Winter Park High School. Wo ich mit Sicherheit Paul sehen werde. Im Lauf der Stunden, in denen ich hätte schlafen sollen, spielte sich in meinem Kopf ein Szenario nach dem anderen ab. Um vier Uhr morgens gab ich auf und sah mir auf Netflix eine Doku über David Chang an.

Ich schließe lange die Augen und versuche die Erinnerung daran abzuschütteln, dass ich dachte, ich würde den Abschluss Hand in Hand mit Paul machen. Stattdessen frage ich mich, wie ich mich heute verhalten soll. Soll ich mich distanziert geben und ihn ignorieren? Ihn stürmisch umarmen, wie ich das normalerweise tun würde? Ihm sagen, dass ich stolz auf ihn bin – was zutrifft –, oder ihn nur mit diesem komischen Nicken grüßen? Denn was bedeutet Abstand schon, wenn wir nicht mehr miteinander reden?

Manchmal, so wie jetzt, wünsche ich mir beinahe, er hätte endgültig Schluss mit mir gemacht. Dann finde ich diesen Schwebezustand noch schlimmer.

Noch achtundsechzig Tage bis zum ersten August. Er

hat zwei Monate und eine Woche Zeit, um zu erkennen, dass wir zusammengehören.

»Hey Jaz, bist du fertig?«, ruft Mom.

»So gut wie!«, rufe ich zurück. Keine Ahnung, wie lange ich schon in diesem Polyesterkleid in meinem Zimmer stehe. Wahrscheinlich besorgniserregend lange.

Ich reibe mir übers Gesicht und höre dann auf, als mir einfällt, dass ich geschminkt bin. Cari hat mir heute Morgen nach dem Duschen Augencreme und Foundation aufgetragen; eine sehr freundliche Art, mir mitzuteilen, dass ich grauenhaft aussah. Und sie hat nicht ganz unrecht. Aber durch das Schminken hat sie all die Müdigkeit und Trauer versteckt. Sie hatte früher einen Kanal mit Schminkanleitungen und hat ihn nur aufgegeben, weil ihr *Bachelor*-Podcast so durch die Decke gegangen ist. Wenigstens kann ich mir sicher sein, dass die Abschlussfotos etwas werden.

Ich kenne meine Familie, daher weiß ich, dass es viele sein werden. Die Winter Park High School gibt pro Schüler maximal zehn Eintrittskarten aus, und für die meisten Leute ist das in Ordnung. June und Emily haben mir sogar die geschenkt, die sie übrig haben. (Lol, »übrig«.) Aber meine Familie musste hart verhandeln, um zu entscheiden, welche vierzehn Personen mitkommen durften. Einige waren noch verärgert wegen Caris Abschluss letztes Jahr und machten Versprechungen für den von Davey. Eines der Highlights meiner miesen Woche war es, am Mittwochabend nach Hause zu kommen und zu hören, wie meine Tanten sich in der Küche stritten.

Tante Minnie war wütend, weil sie fürchtete, Tante Tammy und nicht sie könnte den Zuschlag bekommen.

Und Tante Regina, die Anwältin ist, argumentierte logisch, warum sie dabei sein sollte. Dann verloren sie alle, weil meine Großeltern an ihr schlechtes Gewissen appellierten, und danach waren nur noch sechs Karten da.

Ich sollte schrecklich dankbar sein, dass fünfzig Personen unbedingt an einem Freitagnachmittag zu meiner Abschlussfeier an der Highschool kommen wollen. Aber ernsthaft, wer will schon dahin? Auf Caris Feier kam es mir vor, als würde jemand das Telefonbuch verlesen, und abgesehen von meiner Aufregung, Paul zu sehen, wird es heute genauso langweilig.

Aber meine Familie ist so stolz auf mich. Sie liebt mich, und durch ihre Liebe bin ich so weit gekommen. Und sie wartet auf mich.

Ich recke die Schultern und richte mich auf. Das ist mein Tag. Der Tag meiner Familie. Für sie kann ich lächeln und ihn durchstehen. Sie sind immer für mich da.

Ich streife mir die goldene Schärpe über den Kopf, mit der ich als gute Schülerin ausgezeichnet werde, und streiche die große blaue Quaste für gemeinnützige Arbeit zurecht. Dann setze ich meinen Hut auf. Manche Leute sehen in diesem Hut mit dem quadratischen Pappkarton darauf gut aus – Cari gehörte dazu. Ich nicht.

Alles in allem sehe ich aus wie ein überdimensionierter Schlüsselanhänger.

Na toll.

Ich blase die Wangen auf und stoße einen langen Atemzug aus.

Das wird ätzend, aber ich schaffe das.

Ich öffne meine Zimmertür und stolpere beinahe über meine Eltern. Sie haben mit ihren Handys im Flur gewartet, um ein Video aufzunehmen, das nie jemand, der nicht verwandt mit mir ist, freiwillig ansehen wird.

»Da ist sie! Mein kleines Baby mit Doktorhut und Robe!«, ruft Mom.

So, wie meine Eltern strahlen, könnte man meinen, ich wäre mit einer Miss-America-Krone aus meinem Zimmer gekommen.

Moms Gesicht wird größtenteils von ihrem Handy verdeckt, aber ich weiß, dass sie Tränen in den Augen hat. Sie hat etwas von einer Helikoptermutter, aber sie betrachtet unsere Erfolge nicht als ihren Verdienst – sie ist nur stolz.

Die hellbraune Haut meines Vaters legt sich um seine Augen in Falten, als er lächelt. Sein schwarzes Haar ist inzwischen von Grau durchzogen, was meine Mom »sexy« nennt. Ich möchte mich dann immer am liebsten verkriechen und sterben, weil das süß und total eklig zugleich ist.

Verlegen winke ich ihnen kurz zu.

»Die beste und klügste Schülerin der Winter Park. Bist du aufgeregt wegen heute, Jazzy?«, fragt Dad.

Jazzy ist ein Spitzname, den ich nur ihm erlaube. Früher hieß ich Jazzy Jay, da mein zweiter Vornahme Josephina ist wie bei meiner Tante, aber er hat ihn zu Jazzy verkürzt; diesem niedlichen und trotzdem peinlichen Kosenamen.

Ich reiße die Augen auf und nicke begeistert, aber ich fürchte, ich sehe nicht aufgeregt aus, sondern eher, als hätte ich Verstopfung. Das erfahre ich morgen, wenn wir diesen Filmmoment vor meiner ganzen Großfamilie und allen anderen, die sich sonst noch in unseren Garten quetschen, noch einmal abspielen.

Cari und Davey warten im Wohnzimmer. Meine Schwester rekelt sich auf dem Sofa und wirkt mühelos cool. Mein Bruder … nicht. Seit Mom ihm die letzten Stoffhosen gekauft hat, muss er gewachsen sein, denn er sieht aus, als rechne er mit Hochwasser. Dafür ist sein Jackett an den Ärmeln ungefähr acht Zentimeter zu lang. Außerdem hängt ihm eine Seite seines Oberhemds aus den Hosen.

Was für ein Bild des Elends.

»Glückwunsch, Schwesterlein«, sagt Cari.

»Wir sind stolz auf dich«, erklärt Davey. Er klingt wie eine dieser Computerstimmen vom Band.

»Danke, Leute.«

»Dein Hemd, Davey«, sagt Mom. Sie schnalzt missbilligend mit der Zunge.

Er steht auf und stopft sich hastig das Hemd in die Hose, aber irgendwie sieht es jetzt noch schlimmer aus.

Dad hört auf zu drehen. Diesen Dialog wird er später herausschneiden, wenn er das Video bearbeitet.

»Vielleicht ein Polohemd«, schlägt Cari vor.

Davey wirkt, als hätte sie ihn gerade von einer lebenslänglichen Haft erlöst. Flehend sieht er Mom aus seinen großen braunen Augen an.

Sie seufzt. »Gut, na schön, aber beeil dich. Wir wollen doch nicht zu spät kommen.«

Anmerkung: Wahrscheinlich wird unser Auto das erste auf dem Parkplatz sein, bevor drinnen überhaupt das Licht angeht.

»Lasst uns ein paar Bilder machen. Stell dich zu Cari«, sagt Dad.

Oh Gott.

Dad hat ein paar Laster. Erstens hat er eine ganze Schatzhöhle an Lesezeichen, bringt aber täglich mehr mit nach Hause. Zweitens führt er die schlimmsten Parodien der Menschheitsgeschichte auf – ernsthaft, sie sind unvorstellbar schlecht. Und drittens ist er ein Fotonarr. Früher, bevor iPhone seine Superkamera herausgebracht hat, sah er mit seiner Nikon, die er mit sich herumschleppte, immer wie ein Tourist aus. Wir haben ihm das Handy besorgt, und prompt hat er tausend Bilder geschossen, größtenteils von unserer Familie. Er postet die Fotos überall und überschwemmt alle damit. Wer weiß, wie viele Fotos von mir auf den Philippinen herumschwirren, da auch die weitläufigsten Verwandten der Yaps mit Updates bombardiert werden?

Ich lächle bei dem Gedanken, dass Paul und ich möglicherweise die bekanntesten Gesichter von Manila sind.

Dann überfällt mich dieselbe Welle aus Traurigkeit und Zweifel, die mich schon seit einer Woche plagt. Damals waren Paul und ich glücklich. Oder? Er sollte hier sein und zusammen mit meiner Familie geduldig diese Fotos machen. Als Dad uns mit der Kamera zum ersten Mal richtig erwischt hat, habe ich mich entschuldigt, aber Paul hat gelacht und gesagt, er fühle sich wie ein Promi. Und er sah auf jedem Bild gut aus. Er hat immer gut ausgesehen, sogar, wenn er den Clown gespielt hat.

Ich sollte zusammen mit seiner kleinen Schwester Gloria posieren – dem einzigen warmherzigen Mitglied der Familie Reyes. Seine Eltern waren nicht nur mir gegenüber kalt, wie ich zuerst gedacht hatte, sondern auch Paul gegenüber. Deswegen wollten wir ja auch so schnell zusammenziehen. Er sagte, er wolle mit jemandem zusammenleben, der ihn tatsächlich gernhat. Er hat sogar angeboten, die Wohnung allein zu bezahlen, aber ich wollte keine Schnorrerin sein. Ich war bereit zu sparen, um meinen Anteil zu übernehmen.

Aber was jetzt? Wird es noch dazu kommen? Und wo stehen wir überhaupt? Sind wir noch ein Paar?

Ich schließe die Augen und wünsche mir zum achtzigsten Mal, ich hätte diesen Post nie gesehen. Ich benutze meinen Instagram-Account kaum. Ich hätte unwissend bleiben können – das wäre netter gewesen. Nützt es wirklich etwas, die Wahrheit zu wissen, wenn sie einem die Welt in Stücke reißt? Oder ist es dann nicht vielleicht besser, bequem alles zu leugnen und eine dumme Gans zu sein?

»Jaz?«, fragt Cari.

Ich reiße mich aus meiner Erstarrung und stelle fest, dass meine Familie mich anstarrt; eingeschlossen Davey, der jetzt ein blaues Polohemd trägt, das dafür, dass es in seinem Zimmer zusammengeknüllt auf dem Boden gelegen hat, erstaunlich faltenfrei ist.

»Tut mir leid. Komme«, sage ich.

Caris Sorgenfalte tritt zwischen ihre wohlgeformten Augenbrauen. Die ganze Woche ist diese kleine Linie immer wieder aufgetaucht. Es scheint, als wolle sie etwas sagen, doch sie lächelt und schlingt einen Arm um mich. Wir stehen neben dem Pflanztopf mit der wuchernden Strelitzie, und ich warte, während Cari ihre Locken arrangiert und mein Haar so zurechtschiebt, dass es über meine Schultern fließt.

»Fertig«, erklärt sie.

»Sag ›Schulabschluss‹«, bittet mein Dad.

Ich zwinge mich zu einem Lächeln und dann zu einem Dutzend weiterer. Anschließend noch ein Dutzend Mal, während ich in jedem Zimmer mit jedem Familienmitglied posiere. Wir gehen nach draußen und wiederholen das Ganze noch einmal, und ich versuche, in der Hitze nicht zu schmelzen. Dann quetschen wir uns in Moms Explorer, um zur Abschlussfeier zu fahren … zwei Stunden zu früh.

Wenigstens werden meine Großeltern Essen mitbringen, wie zu einem Parkplatz-Picknick. Und wer kann schon Trübsal blasen, wenn es Fleischbällchen und Frühlingsrollen gibt? Ich nicht, hoffe ich.

10. Kapitel

DAVEYS NICHT GANZ NORMALER FAMILIEN-CHAT
24. MAI

Cari
Für morgen ist alles vorbereitet. Die Jungs werden spät kommen, um in der Menge unterzugehen. Falls sie fragt, ist Dad Justin Michael zufällig über den Weg gelaufen und hat ihn eingeladen. Mom wird behaupten, Aaron sei der Neffe einer befreundeten Kollegin. Und Tante Jay wird erwähnen, dass Eugene uns aushilft. Die Jungs wissen alle, was sie zu sagen haben.

Onkel Carlos
Okay, verstanden.

Cousine Crystal
Ja!

Tante Minnie
Okay. Wie war die Abschlussfeier?

Davey
Langweilig.

Mom
Wunderschön. Lass das, Davey.

Dad
Paul hat während der ganzen Feier Jaz' Hinterkopf angestarrt, aber nachher ist er an ihr vorbeigegangen, als hätte er sie nicht einmal gesehen. Seine Schwester hat sie aber gegrüßt und seine Eltern uns.

Mom
So gerade eben. Ihr wisst ja, wie diese Leute sind. Aber wenigstens war die Tussi nicht da.

Cousine Madison
Tante Dee ...

Cousin Wylan
Maddy, solltest du nicht deine Diplomarbeit schreiben oder dich nach diesem Mädchen verzehren, das dich nicht leiden kann?

Cousine Madison
Gott, Wylan. Wenigstens hat eine von uns eine echte, reale Freundin. Statt einer Online-Freundin, die – wo lebt? In Russland. Kommt mir sehr echt vor.

Tante Regina
Das reicht, sonst werfe ich euch beide aus diesem Chat.

Cousin Wylan
Dazu fehlen dir die technischen Fähigkeiten, Mom.

Tante Regina
Ich schicke eine Mail an die IT.

Cousine Madison
Oh, oh.

Cousin Wylan
Ach, Mist.

Cari
IN ORDNUNG. Ich weiß, dass wir alle aufgeregt sind, aber es ist wichtig, dass sich morgen alle normal verhalten.

Cousin Wesley
Viel Glück dabei, diese Familie dazu zu bringen, sich normal zu benehmen. Wieso macht ihr euch überhaupt die ganze Mühe? Justin Michael ist der Gewinner. Punkt.

Cousin Joe
Mit Sicherheit nicht. Weißt du nicht, dass Aaron Profi-Baseballer ist?

Cousin Wesley
Weil Jaz so viel von Baseball versteht? Ach, stimmt ja. Sie interessiert sich überhaupt nicht dafür.

Cousin Wylan
Nein. Sie wird sich einen Jungen von hier aussuchen.

Cousin Joe
Vielleicht, aber er heißt Eugene. Der unattraktivste Name der Menschheitsgeschichte.

Cari
EGAL.

Nonna
Alle werden sich benehmen, sonst kriegt ihr es mit meinem Holzlöffel zu tun, so wahr mir Gott helfe. Gibt es Pasta, Jay?

Mom
Hab ich dir doch gesagt.

Tante Jay
Es gibt Paella.

Nonna
Okay. Ich bringe Spaghetti mit Fleischklößchen mit.

Tante Jay
Mom, das ist wirklich ...

Nonna
Ich hab noch welche von gestern übrig. Kein Problem.

Mom
Ich mache auch Lasagne.

Tante Jay
... Wisst ihr, was? Ich schaue noch mal nach dem ganzen Essen, das ich für morgen machen sollte.

Nonna
Klingt gut, Liebling.

Cousin Wesley
Keine weiteren Fragen, Euer Ehren.

Cari
Kümmere dich lieber um dein Medizinstudium, Wes. Wir sehen uns morgen!

11. Kapitel

Es ist fünf Uhr nachmittags an dem Tag, an dem meine Party stattfindet, und ich bin im Garten und schufte wie ein Tier. Man könnte meinen, weil diese Feier zu meinen Ehren stattfindet, bräuchte ich nicht mitzuhelfen. Fehlanzeige. Nicht in dieser Familie.

Der Möbelverleih hat heute Morgen Tische und Stühle aufgebaut, aber dann hat es geregnet – so wie an jedem Sommertag gegen drei Uhr –, und Mom ist ausgeflippt, als hätte sie noch nie Wasser vom Himmel fallen gesehen.

Anmerkung: Sie ist hier aufgewachsen. In Orlando, Florida.

Jetzt ist es sonnig, die Luft ist eine dicke Suppe, und ich schwitze mein Shirt durch, während ich Tische und Stühle abwische … schon wieder. Wir mussten schon einmal alles umstellen, damit Mom nicht wegen des schlammigen Rasens durchdrehen konnte.

Wenigstens riecht die Lasagne richtig gut.

Cari hat eher drinnen mit angepackt, geputzt und Mom bei allem geholfen, was sie im Haus zu tun hatte. Aber Davey ist so verschwitzt, als hätte ihm jemand einen Eimer Wasser über den Kopf gekippt. Er schleppt gerade Möbel aus dem Haus nach draußen.

»Tisch für die Geschenke«, erklärt er schwer atmend. Er musste den antiken Eichentisch die Terrassentreppe hinunterbugsieren und dann quer durch unseren riesigen Garten tragen.

Cari tritt aus der Fliegengittertür und trägt einen Karton mit irgendetwas. Deko. Noch mehr Deko. Wir haben schon überall Ballons, Girlanden und Blumen; Letztere eine freundliche Spende aus Onkel Vins Blumenladen. Ich kann mir nicht vorstellen, dass die Tische mehr brauchen als die Essensplatten von Tante Jay, um schön auszusehen, aber Cari stellt Laternen mit Kerzen zwischen die Vasen, und es sieht sogar noch besser aus.

In ein paar Stunden, wenn es nicht mehr so verdammt heiß ist, wird der ganze Garten wie verzaubert wirken.

Mom taucht auf der Terrasse auf und sieht fix und fertig aus. Sie stemmt eine Hand in die Hüfte und hält einen Finger an ihre Lippen.

Oh, oh. Diese Haltung verheißt *nichts* Gutes.

»Sollten wir die Tische nicht anders stellen als in U-Form?«, fragt sie.

Davey und ich wechseln entsetzte Blicke. Meine Eltern haben rustikale Tische und schmiedeeiserne Stühle ausgeliehen. Alles sieht großartig aus, ist aber höllenschwer.

»Nein, ich finde, so ist es am besten, weil sich so alle auf Jaz in der Mitte konzentrieren«, meint Cari.

Ich bin sowieso nicht zu übersehen, weil hundert Ballons an meinen Stuhl gebunden sind. Es überrascht mich, dass er nicht abhebt.

»Und so bleibt für später auch Platz zum Tanzen«, setzt Cari hinzu.

»Hmm, stimmt wahrscheinlich«, meint Mom.

Ich habe keine Ahnung, was wir ohne Cari anfangen würden. Doch, eigentlich schon – wir würden die ganzen verfluchten Tische noch einmal herumtragen.

»Aber wo bleibt der Tanzboden?«, fragt Mom. »Ich rufe noch einmal bei der Firma an. Das ist lächerlich! Sie haben gesagt, er würde zwischen vier und fünf aufgebaut, und es ist fast fünf!«

Mom dreht sich um und geht zurück ins Haus, und ich stoße den Atem aus.

Besser, sie schikaniert die armen Seelen beim Partyservice. Wir, die Familie, die sie liebt, haben den ganzen Tag die volle Breitseite abgekriegt. Na ja, Dad nicht. Er war heute Nachmittag auffällig abwesend und hat »Besorgungen« gemacht.

Er ist der Schlaueste von uns.

Davey seufzt dramatisch. »Das war knapp.«

»Wem sagst du das?«, gebe ich zurück.

»Sie ist eben reizbar, weil sie so viel zu tun hat«, meint Cari. Sie neigt den Kopf, mustert stirnrunzelnd die Laterne, dreht sie um ungefähr dreißig Grad und tritt dann an die nächste. »Ihr wisst doch, wie wichtig es ihr ist, eine gute Gastgeberin zu sein. Die Eltern haben eine Menge Zeit und Geld hineingesteckt, und sie will sichergehen, dass an deinem großen Tag alles perfekt ist.«

Wie üblich hat Cari recht. Mom ist gestresst, weil sie das Beste für mich will. Und obwohl ich protestiert und gesagt habe, das sei nicht nötig, haben meine Eltern richtig viel Geld ausgegeben. Geld, für das sie Überstunden geschoben haben und mit dem sie ihren Kredit hätten abzahlen sollen. Ich werde versuchen, weniger undankbar zu sein.

»Du solltest duschen und dich umziehen, Jaz«, sagt Cari. »Dann mache ich dir die Haare und schminke dich.«

Nun, da wir jetzt nicht jedes Möbelstück noch einmal bewegen müssen, sind wir draußen so ziemlich fertig. Aber so, wie ich Mom kenne, ist noch mehr zu tun. Sie kann einfach die Füße nicht stillhalten. Dadurch ist sie eine großartige Krankenschwester, weil sie im Krankenhaus ständig nach den Patienten sieht, das Lager aufstockt oder Papierkram erledigt. Aber bei solchen Partys nimmt das Ganze ein wenig überhand. Wahrscheinlich, weil wir bis auf Cari alle nutzlos sind.

»Würde Mom nicht ausflippen, wenn noch was zu tun ist und ich nicht hier draußen bin?«, frage ich. Seit neun Uhr heute Morgen sind wir mit allen Mann an Deck.

»Sie wird eher ausflippen, wenn du nicht bald fertig bist. Glaub mir.« Cari winkt mich nach drinnen. Das ist bei ihrer Abschlussparty letztes Jahr passiert. Mom hatte einen Nervenzusammenbruch, weil Cari anderthalb Stunden, bevor die Gäste kommen sollten, noch Lockenwickler in den Haaren hatte.

Ich gehe zum Haus, schiebe die Glastür auf und ziehe meine eklig feuchten Sandalen aus. Die Klimaanlage und der kalte Fliesenboden erwecken mich wieder zum Leben. Ich kriege Gänsehaut und kann es kaum abwarten, unter die Dusche zu kommen.

Mom steht in der Küche, hat sich das Handy zwischen

Ohr und Schulter geklemmt und stemmt die Hände in die Hüften. Die »gereizte Zuckerdosenpose« nennen wir es. Mom wirft mir einen Blick zu, und ich zeige in Richtung Bad. Sie nickt und redet dann weiter laut mit der Person am anderen Ende.

Ich renne ins Badezimmer, ziehe meine klebrigen Sachen aus und kann endlich eine Minute verschnaufen. Die Arbeit ist getan, und die Party sollte ein Spaß werden. All meine Freunde und meine Familie werden da sein. Alle bis auf Paul.

Ich habe heute viel zu oft an ihn gedacht. Ich habe es vermisst, ihm über Kleinigkeiten zu schreiben, von denen ich wusste, dass er sich darüber amüsieren würde. Insider-Witze und Erinnerungen sind einfach nicht das Gleiche, wenn man sie mit niemandem teilen kann.

Cari hat meine iPhotos von ihm gelöscht, aber ich habe noch Bilder auf WhatsApp. Sie anzuschauen kann nicht schaden.

Okay, das wird wehtun. Aber ich kann nicht anders. Ich ... ich möchte mich nur daran erinnern, wie es war, glücklich zu sein.

Ich entsperre mein Handy und sehe, dass ich Nachrichten bekommen habe. Von June. Emily. Und von Paul.

Moment mal?

Ich sehe zweimal hin, aber ich hatte recht. Ich habe eine Nachricht von Paul Reyes.

> **♥ Paul ♥**
> Hoffe, du hast eine schöne Party.

Fast lasse ich mein Handy fallen. Was hat das zu bedeuten? Warum sollte er mich heute anschreiben, nachdem er mich gestern ignoriert hat?

Meine Gedanken wirbeln in eine Million Richtungen. Braucht er jetzt keine Zeit und keinen Freiraum mehr? Er hat an meine Party gedacht und sich bei mir gemeldet, und das hat etwas zu bedeuten. Paul hat als Kind so viel Zurückweisung erlebt, dass er selten aus sich herausgeht. Für seine Eltern ist nichts, was er tut, je genug. Er hat sich in den Sport gestürzt, das Einzige, worauf sein Dad Wert legte, und hat es schwergenommen, als der Fußballtrainer dieses Jahr an seiner Stelle einen Starspieler aus der neunten Klasse aufgestellt hat. Deswegen hat er auch die Mannschaft, die er liebte, verlassen. Aus diesem Grund war das letzte Jahr sehr schwer für uns. Also hat es eindeutig etwas zu bedeuten, dass er mir geschrieben hat, nur was?

Wünschte er, er wäre hier? Bedauert er, darum gebeten zu haben, dass wir uns mit anderen Leuten treffen?

June und Emily würden mir raten, ihn zu ignorieren, aber meine Lesebestätigung ist aktiviert. Ich sollte ihn nicht allzu lange auf eine Antwort warten lassen, denn das würde ich umgekehrt auch nicht wollen. Außerdem könnte ich ein ganzes Jahr darüber nachgrübeln, was ich antworten soll. Also tippe ich lieber schnell, was ich auf dem Herzen habe.

Jasmine
Danke. Du fehlst mir.

Vielleicht ist das nicht die richtige Reaktion. Vielleicht

hätte ich seine Nummer blockieren sollen, wie June, Emily und Cari wollten, aber so bin ich nicht.

Ich starre die Worte an: *Du fehlst mir.*

Sie sind die Wahrheit.

Ich schicke die Nachricht ab und stelle mich dann unter die kalte Dusche. Den Rest des Tages werde ich mein Handy im Bad liegen lassen, sonst warte ich nur auf seine Antwort und sehe alle zwei Minuten nach.

12. Kapitel

Es ist Abend, ungefähr eine Million Leute wimmeln in unserem Garten herum, und ich habe die Aufgabe, sie alle zu begrüßen. Meine Wangen tun mir vor lauter Lächeln weh, aber das wird noch die nächste Zeit so weitergehen. Die Party ist seit fast einer Stunde im Gang, und ich habe meine Runde noch nicht beendet. Ich küsse Tanten auf die Wange und nehme Umschläge entgegen, die sie mir großzügigerweise, aber merkwürdig verlegen in die Hand drücken.

Im Kopf formuliere ich schon die Dankesschreiben, zum Beispiel:

Liebe Tante,

danke für die unmarkierten Scheine. Ich werde sie alle in die Schuhschachtel tun, in der ich mein Geld spare. Tschüss, Jaz

Aber Cari wird mir sagen, was ich wirklich schreiben soll. Sie weiß immer die richtigen Worte. Momentan erzählt sie geduldig immer wieder von ihrem ersten Jahr am College. Davey soll eigentlich auch Gäste begrüßen, aber er gibt nur ein widerwilliges »Hi« von sich, wenn man ihn dazu auffordert. Kleiner Mistkerl.

Alle machen mir Komplimente über mein Kleid, und ich gebe zu, dass ich mich darin anders fühle. Selbstbewusst. Wie eine kleine koreanisch-griechische Göttin in einem hauchzarten blauen Gewand. Ich erwische mich sogar dabei, wie ich in perfekter Haltung auf meinen über zwölf Zentimeter hohen Absätzen stehe. Die statueske Pose hat allerdings weniger mit neu entdeckter Eleganz zu tun als vielmehr damit, dass ich mich auf diesen Stelzen nicht bewegen kann. Aber hey, ich nehme, was ich kriegen kann.

»Du bist so groß geworden«, meint Tante Lynn. Sie ist eine Freundin der Familie und schon so lange Teil unseres Kreises, wie ich denken kann. Sie könnte genauso gut fünfzig wie achtzig Jahre alt sein und hat knallorangenes Haar, das sie in dieser Dauerwellen-Rentnerinnenfrisur trägt.

»Ähm, danke, Tante Lynn«, sage ich.

Ich bin mir nicht sicher, ob das ein Kompliment ist, blicke auf und schaue mich um, und da sehe ich ihn. Das kann nicht wahr sein. Ich blinzle heftig, um das Trugbild zu vertreiben, aber er ist immer noch da. Und dann bin ich mir ganz sicher: Justin Michael Simmons steht in meinem Garten.

Mit einem Mal ist mein Mund trocken, und ich atme zu schnell.

»Würdest du … mich entschuldigen?«, frage ich.

»Ja, misch dich nur unter die Leute, du hübsches junges Ding«, entgegnet Tante Lynn.

»Bitte sag mir Bescheid, wenn ich dir etwas bringen kann«, sage ich. Aber ich schaue sie dabei nicht an.

Ich versuche, auf meinen High Heels schnell zu gehen – Spoiler: erfolglos –, aus Angst, er könne sich in Luft auflösen, wenn ich es nicht rechtzeitig schaffe. Mein Herz pocht und fragt mit jedem Schlag, ob mein alter Freund wirklich hier ist.

Er sieht anders aus als in meiner Erinnerung. Er hat auch zugelegt – und in dem Fall ist das ein Kompliment. Der früher schlaksige Junge sieht aus wie ein Mann und trägt eine khakifarbene Hose und ein Button-down-Hemd. Und er ist größer geworden, was unfair ist, da er schon vor vier Jahren groß war – aber jetzt ist es wirklich auffällig. Er trägt das blonde Haar immer noch kurz, aber von seiner dicken Brille ist nichts mehr zu sehen. Und er hat tatsächlich einen Bart! Doch dieses Gesicht würde ich überall erkennen, ob mit oder ohne Bart.

Ich trete auf ihn zu.

»Bist du das wirklich?«, frage ich.

Justin Michael sieht zu mir herunter. Sein Lächeln lässt den Garten heller aufleuchten als eine ganze Kiste Kerzen.

»Candy!«, sagt er.

Ein Glücksgefühl weitet mir die Brust, als er den alten Spitznamen ausspricht, den er mir gegeben hat, als wir zusammen *Pokémon Go* gespielt haben.

»Stardust!«, antworte ich mit seinem.

Er beugt sich vor, um mich zu umarmen, und ich drücke ihn fest an mich. Dann hebt er mich hoch, sodass meine Füße den Boden verlassen. Er muss inzwischen gut eins achtzig groß sein. An seinem Hals lächle ich so breit, dass mein Gesicht schmerzt. Aber er ist hier. Justin Michael ist wirklich hier bei mir. Ich hatte nicht geglaubt, ihn je wiederzusehen.

Behutsam stellt er mich wieder ab.

»Was machst du denn hier?«, frage ich und schlage ihm auf den Arm. Ich kann es nicht glauben. Zu viele alte Gefühle und Erinnerungen steigen in mir auf – es ist überwältigend, aber auf eine gute Art.

»Ich bin über den Sommer in der Stadt«, erklärt er. Er hat sich in den vier Jahren in Houston einen leichten texanischen Akzent angewöhnt, der aber gut zu ihm passt.

»Den ganzen Sommer? Wirklich? Wieso?«

»Ich mache ein Praktikum bei Disney! Normalerweise nehmen sie nur College-Studenten, aber meine Noten waren so gut, dass ich einen Platz bekommen habe, bevor ich an der Georgia Tech anfange. Und du weißt ja, nichts ist besser, als für Micky Maus zu arbeiten.« Er lächelt, und seine Zähne, die früher mit einer Spange versehen waren, sind vollkommen gerade. »Schön, zu Hause zu sein.«

Ein warmes Gefühl erfüllt mich, weil er Winter Park immer noch als sein Zuhause betrachtet. Früher hat er gleich nebenan gewohnt. Ich kann nicht einmal zählen, wie oft wir als Kinder miteinander gespielt haben, aber dann bekam seine Mom kurz vor der neunten Klasse eine tolle Beförderung. Der Nachteil: Sie mussten nach Texas ziehen, wo der Hauptsitz der Firma lag.

An seinem letzten Tag in Florida haben wir *C + D* in die Trauerweide in seinem Garten eingeschnitzt. Wahrscheinlich ist es noch da. Danach habe ich aufgehört, *Poké-*

mon Go zu spielen, weil es ohne ihn nicht mehr dasselbe war.

Wir lächeln immer noch, als June herbeischlendert. Ihre dunkle Haut bildet einen starken Kontrast zu ihrem weißen Kleid. Sie ist ungefähr so groß wie Davey und hat langes, dichtes schwarzes Haar, das ihr fast bis zur Taille reicht, und obwohl ich sie gewarnt habe, sie würde es bereuen, sieht ihr frisch geschnittener Pony irgendwie gut aus.

Ich lächle June zu, die meine Hand nimmt. Ich habe mit ihr geredet, als sie gekommen ist; aber da sie praktisch zur Familie gehört, wurde sie zwangsverpflichtet, bei der Party zu helfen, und seitdem habe ich sie nicht mehr gesehen. Emily kommt später. Ihr Dad hat darauf bestanden, sie zu ihrem Schulabschluss heute Abend zum Essen auszuführen. Seit der Scheidung ihrer Eltern sieht sie ihn nicht mehr so oft, deswegen kam sie nicht darum herum.

»Jaz«, sagt June.

»Junikäfer.« Ich neige mich zu ihr herüber. Endlich sind wir fast gleich groß, weil ich Stöckelschuhe trage. »Erinnerst du dich an Justin Michael?«

Ein Lächeln tritt auf ihr Gesicht. »Oh mein Gott. Ja, aber wow, du hast dich sehr verändert!«

»Moment mal …« Blinzelnd sieht er sie an, und seine braunen Augen bewegen sich schnell. »Junikäfer? June Tam? Nicht möglich!«

Verblüfft reißt er die Augen auf, und plötzlich ist es wie ein kleines Ehemaligentreffen. In der Grundschule waren wir drei unzertrennlich und sind herumgerannt und haben Fangen und alles Mögliche gespielt, was uns an dem Tag einfiel. Bei schlechtem Wetter haben wir zusammengesessen und in freundschaftlichem Schweigen gelesen.

In der Mittelstufe wurde allerdings alles anders. June und Justin haben sich nicht mehr oft gesehen, da er Basketball spielte und sie Tennis. Beider Leben drehte sich jetzt um den Sport, und wenn einer von ihnen freihatte, war der andere beschäftigt, und so hatten sie sich schon voneinander entfremdet, bevor Justin wegzog. Ich, die Unsportliche, blieb weiter eng mit beiden befreundet.

Sie wirft mir einen Blick aus großen Augen zu, um mir zu bedeuten: *Wow, er ist heiß geworden*, und glaubt mir, die Veränderung ist mir nicht entgangen. Das wiederum versuche ich ihr mit meinem Blick zu vermitteln. Sie lacht, was liebreizend wie ein Windspiel klingt.

Anmerkung: Mein Lachen nicht. Es klingt eher wie eine Posaune mit Asthma.

Wir stehen eine Weile herum und grinsen wie Honigkuchenpferde. Es ist merkwürdig und wunderbar, dass wir drei zusammen in meinem Garten sind. Doch dann schüttelt June den Kopf, als müsse sie in die Realität zurückkehren. »Tut mir leid, euch zu unterbrechen, Jaz, aber deine Mom hat mich gebeten, dich zu holen.«

»Oh. Wahrscheinlich braucht sie Hilfe. Okay.« Ich wende mich an Justin Michael. »Bleibst du die ganze Party?«

»Ja, aber ich weiß ja, wie eure Familienfeiern sind … Betriebsam.« Er lacht, und mir fällt wieder ein, wie wir uns zusammen unter den Tischen versteckt haben, wenn sich die Partys lange hinzogen. Dann lagen wir auf dem Bauch und haben geredet, während die Tanten bis tief in die

Nacht schnatterten. Meist ist einer von uns auf dem kühlen Gras eingeschlafen, oder wir beide.

»Können wir uns bald auf einen Bubble Tea treffen? Um uns zu erzählen, was wir inzwischen erlebt haben?«, fragt er.

»Sehr gern.« Ich weiß, dass ich grinse wie eine Idiotin. Aber genau wie *Pokémon Go* war Bubble Tea nicht mehr dasselbe, nachdem er fortgegangen war. Paul fand Tapioka eklig, daher sind wir nie welchen trinken gegangen, und June mag keinen Tee.

Justin Michael erwidert mein Lächeln. »Ich schreib dir.«

Ich setze mich in die Richtung in Bewegung, in die June zeigt, und habe das Gefühl zu schweben. Dann wird mir klar, dass ich mich zum ersten Mal seit … einer ganzen Weile aufrichtig glücklich fühle. Wenn ich ehrlich bin, ist das letzte Mal viel länger her als eine Woche.

Auf halbem Weg über den Tanzboden wird mir klar, dass ich in meiner Überraschung darüber, Justin wiederzusehen, vergessen hatte, warum wir damals aufgehört haben, miteinander zu reden. Die Erinnerung an seine Worte schmerzt mich körperlich, aber ich gehe weiter in Richtung Haus. Menschen sagen manchmal Dinge, die sie nicht meinen, oder meinen, was sie nicht sagen. Und ich hoffe, dass es damals so war, weil es sich so gut anfühlt, ihn wiederzusehen.

13. Kapitel

DAVEYS STREITLUSTIGER FAMILIENCHAT
25. MAI

Cousin Wesley
Spiel, Satz und Sieg. Warum gebt ihr eure Niederlage nicht gleich zu? Team Justin Michael oder Team Looooser.

Cousine Teagan
Ernsthaft. Habt ihr dieses Lächeln gesehen? Die Sache ist entschieden.

Cousin Joe
Sie hat die beiden anderen noch nicht mal getroffen. Macht mal halblang.

Tante Kim
Das ist ziemlich schwer zu übertreffen. Wie sagen die Kids noch: Nehmt das, Loser?

Davey
Will jemand seinen Einsatz verdoppeln?

Cousin Wesley
Bin dabei.

Cousine Teagan
Ihr solltet kein Geld darauf wetten. Wir machen das, um Jaz zu unterstützen.

Davey
Wollt ihr etwa einen Rückzieher machen?

Cousin Wylan
Tja, ich meine, die Venturas können ein wenig ... wankelmütig sein.

Cousine Teagan
Fünfzig Dollar auf Justin Michael. Nehmt es an, oder haltet den Mund, alle beide. Am besten seid ihr still.

Davey
Du bist dabei. Jetzt kommt sie auf Eugene zu.

14. Kapitel

Es dämmert schon, als ich draußen nach meiner Mom suche. Ich habe sie weder in der Küche noch im Rest des Hauses gefunden, also muss sie im Garten sein.

Die Lichterketten werfen ihren warmen Schein über die Party. Über die Terrassentreppe trete ich auf die Tanzfläche, die zum Glück aufgebaut wurde, während ich unter der Dusche stand.

Musik läuft, und Blaze, ein Freund der Familie, mischt die Tracks. Eigentlich soll erst nach dem Essen getanzt werden, aber diese Truppe ist nicht gerade zurückhaltend. Daher hat Blaze die Lautstärke und das Tempo erhöht, und einige Leute tanzen, während andere sich den Vorspeisen widmen.

Ich bahne mir einen Weg zwischen einigen guten und einigen sehr, sehr schlechten Tänzern. Und ich meine *wirklich* schlecht, denn Onkel Jimmie führt ohne einen Hauch von Ironie den Sprinklertanz auf. Tante Regina liebt ihn so sehr, dass sie nur lächelt und tanzt, als tue er … das nicht.

June und Justin Michael stehen immer noch da, wo ich sie auf der anderen Seite des Gartens zurückgelassen habe, und unterhalten sich. Wenn June und Emily hier sind und Justin wieder zu Hause ist, könnte das doch noch ein schöner Sommer werden. Ein letztes Aufgebot, bevor alle ihr Leben ohne mich weiterführen.

Ich bin so vertieft in meine Gedanken über die Vergangenheit und die Zukunft, dass ich nicht mehr auf die Gegenwart achte. Und da passiert es: Ich laufe zu dicht am Gabentisch vorbei und bleibe mit dem linken Absatz an dem gebogenen Bein hängen. Das merke ich eine Millisekunde zu spät, denn ich falle schon nach vorn.

Es verläuft wie in Zeitlupe. Ich stoße ein schrilles Quietschen aus und rudere mit den Armen.

Gleichzeitig bin ich mir aller Blicke auf mir bewusst. Und da es vorhin geregnet hat und der Tisch mit den Geschenken am Rand des Gartens steht, werde ich gleich im Schlamm landen. Tief im Inneren weiß ich, dass alle sich in alle Ewigkeit daran erinnern werden, wie Jaz damals in einem schicken Kleid der Länge nach hingeklatscht ist. Denn wer könnte das vergessen?

Ich schließe die Augen und wappne mich, aber bevor ich auf dem Boden aufkomme, reißt mich etwas hoch. Und dieses Etwas ist warm und riecht männlich. Wieder schreie ich auf, öffne die Augen und finde mich in den Armen eines Jungen wieder, den ich noch nie gesehen habe. Er hat sowohl südasiatische als auch weiße Züge – so wie Cari, aber auch wieder nicht. Er hat schwarzes Haar und sieht ungefähr so alt aus wie ich, und er richtet die blauen Augen einzig auf mich.

»Ich hab dich.«

Ich höre ihn, aber es ist, als wäre ich unter Wasser. Mein Herz pocht heftig, und das Blut rauscht mir in den Ohren. Ich muss ein außerkörperliches Erlebnis haben. In Wirklichkeit liege ich tot im Schlamm, und ein attraktiver männlicher Geist ist mit meinem Bewusstsein verbunden.

Aber nein, ich bin mir ziemlich sicher, dass das wirklich passiert.

»Umpf«, sage ich.

Er mustert aufmerksam mein Gesicht. Es ist noch so hell, dass ich erkennen kann, dass seine Augen nicht einfach blau sind … Sie sind türkis, so wie mein Kleid. Er hat die Arme um mich gelegt, und er riecht unglaublich gut.

Ich atme ein und schließe unwillkürlich die Augen. Am liebsten würde ich an seinem Hals schnüffeln.

Das ist der eigenartigste Gedanke, den ich in diesem Moment haben könnte.

»Geht's dir gut?«, fragt er.

Um alles willen, was heilig ist, sag NICHT, dass er gut riecht.

»Uh …«, sage ich. Der Laut hängt in der Luft, und ich zucke über mich selbst zusammen. Ich bin ganz klar eine Kandidatin für ein Stipendium.

»Ich helfe dir zu einem Stuhl«, bietet er an. »Vielleicht hast du dir ja den Knöchel verstaucht.«

Oh, gut. Er glaubt, ich hätte körperliche Schmerzen.

»Nein, nein«, sage ich. »Alles gut. Ich … ich habe nicht aufgepasst, wohin ich getreten bin. Und ich … ich bin bloß überrascht, dass ich mich nicht im Schlamm wälze.«

Er lächelt. »Ich war mir ziemlich sicher, dass das passieren würde.«

»Aber dank dir geht es mir gut. Also … ähm, danke …«

»Eugene.« Er löst seine Arme von mir und zeigt auf sein schwarzes T-Shirt. Er ist ein paar Zentimeter größer als ich auf meinen hohen Absätzen, also vielleicht knapp eins achtzig, aber er hat breite Schultern und Tattoos, die unter seinen kurzen Ärmeln hervorschauen. Er ist nicht wirklich für die Party angezogen, aber irgendwoher muss ich ihn kennen.

»Gehörst du zur Familie?«, frage ich.

Ja, das ist das Zweitpeinlichste, was ich abgesehen von »Kann ich an dir riechen?« hätte sagen können. Ich kenne meine Familie. Eigentlich wollte ich fragen, warum er auf der Party ist, aber jetzt gibt es kein Zurück mehr. Ich stehe da, warte auf seine offensichtliche Antwort und versuche dabei, nicht innerlich zu sterben.

Er lächelt, als wäre ich amüsant und nicht einfach nur seltsam. Er hat ein Grübchen in der rechten Wange, das nur ab und zu auftaucht, und ich kann den Blick nicht davon lösen. »Nein, ich bin mir ganz sicher, dass wir nicht verwandt sind«, sagt er.

Meine Wangen glühen wie tausend Sonnen. »Ich meinte …«

Wieder zeigt sich das Grübchen. »Ich helfe bei Jay aus.«

»Oh!«, rufe ich. Keine Ahnung, warum ich schreie. Ich schwöre, normalerweise bin ich nicht … so. Aber dieser Junge löst einen Kurzschluss in meinem Gehirn aus. »Dann arbeitest du beim Partyservice?«

»Nicht wirklich«, erklärt er. »Ich habe Desserts für das Restaurant meiner Familie ausgeliefert.«

Ich nicke in der Hoffnung, sein Grübchen noch einmal zu sehen. Doch dann geht mir auf, was das bedeutet. Die Desserts stammen aus dem besten Restaurant in Florida.

»Moment mal, gehört deiner Familie das Lantern & Jacks?«, frage ich.

Er reibt sich den Nacken. »Ähm, ja.«

Ich schaffe es, ein Quietschen zu unterdrücken. Mit knapper Not. Ich habe so viele Bewertungen über das L & J und Profile des Chefkochs/Besitzers Jack Matthews gelesen, dass ich dafür, noch nie dort gewesen zu sein, viel zu viel über das Restaurant weiß. Ich hatte zwar vermutet, dass Jay immer noch Beziehungen hat, aber ich war trotzdem schockiert, die typischen schwarz-weißen Dessertschachteln auf dem Tisch zu sehen, da sie normalerweise nicht liefern.

Die Leute sagen, Chef Matthews sei der neue Thomas Keller. Was heißen soll, dass er auf dem Weg ist, der beste Koch des Landes zu werden. Und das macht Eugene, Jacks einziges Kind, zu seinem mutmaßlichen Erben und, nehme ich an, Lieferanten. Ich weiß schon so viel über ihn, dass es an Stalking grenzt. Zum Beispiel, dass er mütterlicherseits indischer und väterlicherseits deutschenglischer Abstammung ist. Am liebsten möchte ich ihn fragen, wie es war, mit seinem Dad ein Jahr in der Toskana zu verbringen, Brot zu backen und Pasta zu machen; aber das kann ich unmöglich, ohne dass er danach denkt, er bräuchte eine einstweilige Verfügung, damit ich ihm nicht zu nahekomme. Der arme Kerl steckt mit mir schon im längsten verlegenen Schweigen der Welt fest.

»Da bist du ja«, sagt Mom in dem Moment.

Noch nie bin ich so dankbar dafür gewesen, dass meine Mom mein Gespräch mit einem Jungen unterbrochen hat. Aber sie wirkt ein wenig gereizt, und mir fällt ein, dass ich vor einer Viertelstunde nach ihr suchen sollte. Sie ist verärgert, seit Jay zu spät gekommen ist – was wahrscheinlich Absicht war.

»Oh, tut mir leid, Mom. Ich habe dich gesucht, aber dann …« Ich gestikuliere wild zu meinem Begleiter, als hätte ich die Stimme verloren, und versuche, pantomimisch darzustellen, was passiert ist.

Eugene lacht, und es klingt freundlich. Er lacht mich nicht aus. Na ja, schon, aber es wirkt mehr wie ein Insiderwitz und nicht, als würde er sich lustig über mich machen. Nach allem, was ich in der Mittelstufe erlebt habe, kenne ich den Unterschied.

Mom mustert mich irritiert und zieht die linke Augenbraue hoch.

»Sie ist über mich gestolpert«, erklärt Eugene. »Tut mir leid.«

»Oh, hallo«, sagt Mom höflich wie immer. »Du hilfst bei Jay aus, stimmt's?«

»Ja«, sagt er. »Und eigentlich … sollte ich gehen.«

Natürlich, dieser Junge, der … ich weiß nicht mal, was … mit mir macht, kann nicht schnell genug von mir wegkommen.

»Wirklich?« Mom klingt erstaunt, als hätte sie erwartet, dass er hier übernachtet oder so.

Er wirft einen Blick auf eine altmodische Uhr an seinem Handgelenk. Keine Apple-Watch oder ein Fitnesstracker. Es ist eine echte Ticktack-Uhr und so, wie sie aussieht, wahrscheinlich ein Erbstück. Vielleicht ist er ja old-school und ein wenig technikfeindlich, so wie ich.

»Tja …« Er zögert.

»Du bist mehr als herzlich eingeladen, zu bleiben und die Party zu genießen«, erklärt Mom. »Jay hat ein paar großartige Vorspeisen zubereitet, und du *musst* meine Lasagne probieren. Wir essen gleich.«

Mom ist sehr bestimmt, wenn es um ihr Essen geht. Jetzt kommt Eugene nicht wieder hier heraus, ohne einen oder zwei Teller voll zu essen. Zu seinem Glück ist die Lasagne meiner Mom die beste der Welt. Ich würde sogar behaupten, dass sie so gut ist wie die meines Vaters, wenn er denn mal eine macht.

»Wirklich! Du solltest bleiben!«, sage ich, und anscheinend habe ich vollkommen die Kontrolle über meine Lautstärke verloren, denn meine Stimme klingt viel zu laut und kratzig. Meine Mom sieht mich an, als wäre ich von allen guten Geistern verlassen. Eugene wirkt leicht verwirrt, lächelt aber.

»Es duftet alles ziemlich toll«, meint er.

»Gut. Dann ist das abgemacht«, bestimmt Mom und wirkt höchst erfreut. »Bleib wenigstens für einen Teller.«

Sie tritt mit Eugene einen Schritt beiseite.

»Moment mal«, sage ich. »Wolltest du nicht etwas von mir, Mom?«

»Ja. Nonna will dich sehen.«

»Warte mal. Nonna hat dich geschickt, und du hast June geschickt, um mich zu holen?«

»Richtig. Wir sind alle die Laufmädels der großen alten Dame. Sie sitzt an dem Tisch da drüben.« Mom zeigt auf die hintere Ecke der zu einem »U« aufgestellten Tische. »Komm, Eugene, besorgen wir dir etwas zu essen.«

»War nett, dich kennenzulernen, Jasmine«, sagt er.

Ich gehe zu meiner Großmutter und bin noch fünf Schritte entfernt, als mir aufgeht, dass ich ihm meinen Namen nicht genannt und Mom seinen nicht gesagt habe. Doch dann tue ich das ab. Jay hat die Namen sicher erwähnt, und ich habe Nonna unabsichtlich zu lange warten lassen.

15. Kapitel

DAVEYS SCHADENFROHER FAMILIENCHAT
25. MAI

Tante Regina
Meine Güte, wie sich das Blatt gewendet hat. Ich setze auf Eugene.

Tante Jay
Hab euch ja allen gesagt, dass sie meinen Jungen lieben wird.

Onkel Carlos
Ach, komm schon. Er hat sie aufgefangen, bevor sie in den Matsch gefallen ist. Natürlich hat sie Sterne gesehen.

Cousine Madison
Habt ihr gesehen, wie ihre Miene umgeschlagen ist, als er sie losgelassen hat? Zwischen den beiden stimmt einfach die Chemie. Sie hat voll mit ihm geflirtet.

Cousin Wesley
Bei dir klingt das so klinisch. Du vergisst, dass sie eine lange gemeinsame Geschichte mit Justin Michael hat. Mädchen entscheiden sich immer für den guten Freund.

Cousine Charlotte
Geh du erst mal länger als einen Monat mit jemandem, bevor du dich als Beziehungsexperte aufspielst, Wes.

Cousin Wesley
Amanda und ich sind jetzt sechs Wochen zusammen, vielen Dank.

Tante Regina
Ah, okay, dann fangen wir mit der Hochzeitsplanung an.

Cousin Wylan
Ach, hör schon auf!

Cousine Teagan
Lol, wahnsinnig komisch.

Cari
Steckt eure Handys weg! Irgendwann wird sie merken, dass die ganze Party auf ihre Bildschirme starrt.
Oh, toll, jetzt schaut ihr alle auf und seht wie die Affen aus.

Cousin Joe
Cari hat recht. Und Aaron ist der Letzte. Wir müssen zusehen, wie er den Homerun macht und gewinnt.

Davey
Du meinst, wie er abgehängt wird.

Cousin Joe
Ich verdopple meinen Einsatz, Davey. Das am leichtesten verdiente Geld des Jahres.

Davey
Ja, genau das habe ich mir auch gerade gedacht.

16. Kapitel

Ich trete zu Nonna an den großen Tisch, wo sie, umgeben von einer Schar Tanten, Hof hält. Poppy, ihr Mann, sitzt mit den älteren Onkeln und Grandpa Yap am anderen Ende. So geht das bei jeder Familienparty. Tanten rechts, Onkel links. Grandma Yap ist wie üblich nicht dabei, sondern spielt mit den jüngsten Enkeln.

Ich trete auf Nonna zu und küsse sie auf die Wange. Eigentlich habe ich meine Großeltern natürlich alle begrüßt, als sie gekommen sind, aber ich mache es trotzdem noch einmal.

Nonna sitzt kerzengerade auf einem Stuhl, und irgendwie hat sie keinen Hitzschlag, obwohl sie ein Kostüm mit langen Ärmeln trägt. Meine Nonna ist kürzlich achtundsiebzig geworden und hat sechs Kinder großgezogen, aber sie sieht besser aus als ich an den meisten Tagen. Sie trägt das blonde Haar kurz, und Diamanten hängen an ihren

Ohren und um ihren Hals. Sie riecht nach Shalimar und Knoblauch, eine Mischung, die ich liebe, seit ich klein war.

»Da ist ja meine Jasmine«, sagt Nonna und legt die Hände um meine Wangen. Acht Tanten unterbrechen ihr Gespräch, um uns zu mustern. Zwei reden weiter und sind so in ihren Kirchentratsch versunken, dass ihnen das Schweigen nicht einmal auffällt. Aber die beiden stehen in der Tanten-Hackordnung sowieso ganz unten.

»Du wolltest mich sehen, Nonna?«

»Ja, Baby. Ich hatte gehofft, du könntest deinen berühmten Punsch mischen«, erklärt sie. »Er passt so gut zu meinen Hackbällchen.«

Sie hat über hundert Fleischklößchen mitgebracht – etwas mehr als zur Abschlussfeier –, aber sie werden im Lauf des Abends verputzt werden. Es sind die besten Fleischbällchen, die ich je gekostet habe. Ich weiß, dass jeder das von dem Essen seiner Großmutter glaubt, aber die von Nonna sind sogar noch besser als die von Jay.

»Selbstverständlich«, sage ich.

»Das ist mein Mädchen«, gibt sie zurück.

Eine merkwürdige Bitte, aber gut – wenn Nonna Punsch will, kriegt Nonna Punsch.

Die Tanten warten nicht einmal ab, bis ich außer Hörweite bin, um über mich zu reden. Zuerst drehen sich ihre Bemerkungen darum, dass ich in die Fußstapfen meiner Mom trete und Krankenschwester werde, aber dann wendet sich das Gespräch schnell meiner Beziehung zu – denn das Thema ist pikanter. Jemand erzählt etwas von einem Wettbewerb, damit müssen sie mein Stipendium meinen.

Ich stoße einen langen Atemzug aus, höre weg und trete an den Tisch mit den Getränken. Das ist einfach noch mehr Kram, an den ich gerade nicht denken kann. Ich werde umso besser im Weghören, je öfter meine Mom aufgeregt darüber spricht, welche Kurse ich an der Schwesternschule belegen werde.

Mein Punsch ist nicht berühmt, aber gut. Er besteht aus mehreren Säften, ausgepressten Früchten und einem Spritzer Sprudelwasser. Mit Alkohol schmeckt er besser, doch das ist hier nicht der richtige Ort, um das zu sagen.

Ich fange damit an, Ananas- und Cranberry-Saft zu mischen. Als ich dabei bin, eine zweite Orange auszupressen, werde ich unterbrochen.

»Wow, die Barkeeper hier haben tolle Uniformen«, sagt jemand.

Ich drehe mich um und sehe in die Augen eines umwerfend attraktiven Jungen. Er ist so heiß, dass meine Finger den Dienst quittieren und ich die Orange in die Punschschüssel fallen lasse. Es gelingt mir gerade noch rechtzeitig, dem aufspritzenden Saft auszuweichen. Ungeschickt taste ich nach einem Rührlöffel und schaffe es erst beim dritten Versuch, die Orange herauszufischen.

Na, großartig.

»Oh, ich bin … ich bin keine Barkeeperin«, erkläre ich.

Anmerkung: Ich stehe hier und rühre einen Punsch an, also sehe ich eindeutig wie eine Barkeeperin aus. Aber ignoriere das bitte, superheißer Unbekannter.

Er lächelt. Er ist ein wenig größer als Justin Michael, hat dunkle Haut und einen Low-Fade-Haarschnitt. »Ich weiß. Ich wollte nur … Das war ein schlechter Spruch, oder?« Er zieht die perfekte Nase kraus und sieht zu Boden.

Moment mal … ein Spruch?

»Du versuchst, mich anzusprechen?« Ich blicke mich um, als befände sich hinter mir jemand viel Attraktiveres, und er lacht.

»Ähm, ja. Das ist deine Party, oder?«, sagt er.

Das habe ich wohl vergessen.

Mein ganzes Leben lang bin ich der Meinung gewesen, dass es nicht besonders aufs Äußere ankommt, aber sein Körperbau verschlägt mir die Sprache. Unter diesen Jungs, die Smokings für Abschlussbälle vorführen, würde er nicht auffallen; aber niemand sieht ohne Photoshop so aus … außer diesem Kerl. Ich nicke langsam.

»Ich bin Aaron«, stellt er sich vor.

»Jasmine.« Ich mache Anstalten, ihm die Hand zu schütteln, aber meine ist voller Orangensaft. Ich lasse sie herunterhängen und balle sie zur Faust. Warum bin ich bloß so unbeholfen?

»Hier.« Er greift über den Tisch und schnappt sich einen Lappen. Ich nutze natürlich den Moment, in dem er sich abwendet, um ihn zu mustern. Ein Stalker-Move, aber er ist es wert. Er ist gebaut wie Captain America. Wo kommt dieser Typ überhaupt her?

Er gießt Wasser aus dem Sektkübel auf das Handtuch und hält es mir entgegen. Ich glaube, dass er es mir geben will. »Darf ich?«, fragt er jedoch stattdessen.

Ich nicke, und er wischt mir die Handflächen und dann die Finger ab. Das kalte Wasser und der Druck seiner Hände wirken sehr erfrischend. Auf seinen Lippen liegt ein leises Lächeln, und seine Miene wirkt vollkommen konzentriert. Am liebsten möchte ich mich umschauen, um festzustellen, ob andere das hier bemerken oder ob es nur ein Trugbild durch die Hitze ist, aber ich möchte mir diesen Moment nicht entgehen lassen. Das ist wahrscheinlich das Erotischste, was mir je passieren wird.

»So, erledigt«, erklärt er. Sein Akzent klingt wie der aus der Gegend und vertraut, obwohl Aaron mir eindeutig fremd ist.

Ich bleibe mit ausgestreckten Armen stehen wie ein Zombie. Als ich sie sinken lasse, klatschen sie hörbar gegen meine Seiten. Ich zucke über mich selbst zusammen.

»Kennen wir uns?«, frage ich. Innerlich klopfe ich mir auf die Schulter, weil ich eine vernünftige Frage gestellt und mich nicht erkundigt habe, ob wir blutsverwandt sind.

Er lächelt. »Nein. Ich würde mich auf jeden Fall an dich erinnern.«

Baggert er mich an? Ist das ein Flirt? Ja, oder? Oder er ist einfach nur nett? So oder so sollte ich eine geistreiche, schlagfertige Antwort geben.

»Oh«, sage ich.

Ja … Das habe ich echt toll hinbekommen.

»Ich bin erst seit einem Monat in Orlando«, erklärt er. »Ich war ganz aufgeregt, weil ich eine Einladung zu dieser Party ergattert habe. Auch wenn es nur aus Mitleid war.«

Ich kann mir nicht vorstellen, dass dieser Kerl irgendwelche milden Gaben braucht, um Leute kennenzulernen. »Gehst du in der Nähe zum College?«

»Nein, ich arbeite hier.«

»Bei einem Partyservice?«

Er lacht. Er trägt ein Button-down-Hemd und sieht nicht mehr nach Partyservice aus als ich. »Nein, ich meine, dass mein Job mich in diese Gegend geführt hat. Ich spiele Baseball.«

»Das Spiel?«, frage ich. Dann beiße ich mir auf die Lippen. Existiert noch eine andere Definition von Baseball?

»Ja, das Spiel. Ich bin Pitcher in der Minor League«, erklärt er. »Die *Atlanta Braves* haben mich eingekauft, und ihr Regionalteam ist in Kissimmee stationiert.«

»Oh, wow«, sage ich. Er sieht nicht viel älter aus als ich, aber ich vermute, die meisten Baseballspieler sind das nicht. Plötzlich komme ich mir wie eine ziemliche Versagerin vor.

»Es ist toll«, meint er, »aber manchmal habe ich das Gefühl, ich sollte besser in Nashville aufs staatliche College gehen – wie ein normaler Zwanzigjähriger, verstehst du?«

Ich reiße die Augen auf. »Daher kommt dein Akzent? Du bist aus Nashville?«

»Ja, Ma'am.« Er lächelt; es wirkt breit und aufrichtig.

»Also Country-Musik …«

»Liegt mir im Blut«, erklärt er. »Ich könnte für den Rest meines Lebens jeden Tag Dolly oder Johnny Cash hören. Aber ich singe grauenhaft schlecht. Die Leute würden reihenweise davonlaufen.«

Ich lache und bemerke dann, dass Nonna und die Tanten herübersehen. Mist. Ich habe den Punsch vollkommen vernachlässigt. Schnell greife ich nach dem Rest der Zutaten, und Aaron beginnt, Gläser mit Eis zu füllen.

»Kannst du singen?«, fragt er.

»Nein … doch, einigermaßen.«

Ich gebe einen Schuss Sprudelwasser hinzu und schöpfe den Punsch in die Gläser, die mir Aaron hinhält. Wir harmonieren wortlos, als würde ich ihn schon ewig kennen. Paul musste ich sonst immer erst um Hilfe bitten.

Ich schenke fertig aus und nehme die Drinks in die Hände. Ich werde zweimal gehen.

»Hm, ja, das ist die bescheidene Antwort, die eine tolle Sängerin geben würde«, meint er.

Ich zucke die Achseln. Man hat mir schon Komplimente über meine Stimme gemacht, aber ich bin nichts Besonderes. »Nein, ich bin vollkommen durchschnittlich.«

Er bleibt vor mir stehen und sieht mir in die Augen. »Du bist alles andere als das. War nett, dich kennenzulernen, Jasmine. Hoffentlich sehen wir uns bald mal wieder.«

Bei dem Kompliment prickelt meine Gesichtshaut. Ich bin so entzückt, dass ich wie eine Idiotin grinse, während ich meiner Nonna und den Tanten den Punsch bringe. Ich ignoriere ihre Blicke und gehe den Rest der Gläser holen.

17. Kapitel

DAVEYS UNERTRÄGLICHER FAMILIENCHAT
25. MAI

Cousin Joe
HABT IHR ALLE DIESE MOVES GESEHEN? Vergesst den Loser mit der Bauchtasche. Aaron sollte Unterricht darin geben, wie man Mädchen angräbt.

Cari
Aaron war bei Weitem der Geschickteste.

Cousine Mabel
Und der Heißeste. Wo hast du den überhaupt her, Cari? Er sieht aus wie Prinz Naveen.

Cousin Wesley
Wer, Schwesterchen?

Cousin Wylan
Jemand aus *Star Wars?*

Cousin Joe
Star Trek?

Cousine Mabel
Ich hasse euch alle.

Cousine Teagan
Ich setze immer noch auf Justin Michael. Er ist der Einzige, der schon das nächste Date geplant hat.

Cousin Wylan
Ach, komm schon. Er kennt sie. Es wäre viel von Eugene verlangt, sie sofort einzuladen.

Cousine Mai
Wollte er vorhin nicht gehen? Was hatte das zu bedeuten, Cari?

Cari
Bin mir nicht sicher. Aber alles in allem ist es gut gelaufen.

Tante Tammy
So gut! Ich kann nicht glauben, dass sie keine Ahnung hat.

Cousine Mabel
OMG, beschrei es nicht.

Tante Kim
Nein!

Cousin Joe
Das ist nicht cool.

Tante Tammy
Was denn? Ich sage doch nur, es ist gut, dass sie weiter im Dunkeln tappt.

Cousin Wylan
Herrgott, jetzt sind wir vollkommen erledigt.

Cari
Muss los ... Zeit für den Kuchen.

18. Kapitel

CARISSAS NOTIZEN ZUM PROJEKT JASMINE 26. MAI

Die Party lief großartig, und unser Geheimkomplott hat begonnen! Zwei der Tanten haben es beinahe ruiniert, indem sie direkt vor ihr über den Wettbewerb geredet haben, aber Jasmine hat sie anscheinend nicht gehört. Gott sei Dank.

Die Begegnungen zwischen den Hauptpersonen sind reibungslos verlaufen. Aaron hat sie wirklich beeindruckt. Justin Michael kannte sie natürlich schon, und Eugene war zufällig dabei, als sie sich ungeschickt angestellt hat. Eugene hatte noch seine Zweifel, aber Mom hat ihn überredet, dabeizubleiben. Sie hat sich auch verplappert, weil sie seinen Namen schon kannte. Schätze, es kommt nicht darauf an.

Ich schwöre, diese Familie am Plaudern zu hindern, ist schwerer, als einen Sack Flöhe zu hüten.

Gestern Abend haben wir beschlossen, dass der »Gewinner«

derjenige sein wird, den Jaz zur großen Familienparty anlässlich des vierten Juli einlädt – die am sechsten Juli bei Grandpa und Grandma Yap stattfindet. Auch wenn natürlich eigentlich der vierte der Unabhängigkeitstag ist, feiern wir am sechsten, weil an diesem Tag Grandma Yap aus Manila hergekommen ist. Damit haben die Jungs genau sechs Wochen Zeit, sie zu daten. Wir werden Jaz klarmachen, dass alle Gäste in Begleitung sein müssen, und derjenige, den sie mitbringt, hat gewonnen.

An diesem Punkt habe ich keine Ahnung, wer das sein wird, aber ich habe beschlossen, einen Podcast darüber zu machen, weil es so aufregend ist! Ich glaube, darauf werden die Leute wirklich anspringen.

19. Kapitel

Die Party ging bis weit nach Mitternacht, und alle haben getanzt, gelacht und großartig gegessen.

Meine Familie hat es natürlich übertrieben. Als die ganze Partygesellschaft zum zweiten Mal *That's Amore* grölte, dachte ich mir schon, dass es heute ein schweres Erwachen geben würde. Nachdem Tante Lynn einen Revuetanz organisiert hatte, dessen Teilnehmerinnen die Beine in die Luft warfen, und Tante Tammy hinausgetragen wurde, war ich mir hundertprozentig sicher.

Alles in allem eine ziemlich normale Zusammenkunft des Yap-Ventura-Clans.

Im Haus ist es heute Morgen verdächtig leise, und das verrät mir, dass meine Eltern beim Mitsingen gestern mehr als ein Gläschen getrunken haben.

Ich bin schon aufgestanden, weil ich offenbar während der Party mein Handy verloren habe. Ich habe das Haus und mein Zimmer so gründlich durchsucht, wie ich konnte, ohne June oder Emily zu wecken, aber nichts.

Ich schlüpfe in Flipflops und sehe draußen nach. Ich schaue unter die Tische, wobei ich meinen Haarvorhang beiseitehalte, aber keine Spur. Mir wird klar, dass meine Suche sinnlos ist. Wenn gestern jemand mein Telefon gesehen hätte, hätte die Person mir Bescheid gesagt. Der ganze Clan ist geblieben, um beim Aufräumen zu helfen – niemand kann es genommen haben. Die Familie war unter sich.

Na ja … nicht ganz. Justin Michael war hier. Und Aaron, der Baseballspieler. Und Eugene Matthews. Die Begegnung mit ihnen hat den Abend so … besonders gemacht. Ich weiß schon, dass ich nur so viel Beachtung gefunden habe, weil es meine Party war, aber bisher haben mich nie so viele Jungs bemerkt. Ich konnte nicht anders, als mit Emily und June im Flüsterton über sie zu sprechen, bevor wir eingeschlafen sind.

»Hast du etwa gerade gekichert?«, fragte June.

»Nein … ich meine, doch«, sagte ich. Ich spürte, wie mir das Blut in die Wangen schoss, und war dankbar dafür, dass es in meinem Zimmer dunkel war.

»Wer ist dieses Mädchen?«, fragte Emily, während sie sich ein Tuch um ihre Zöpfe schlang. »Das kichert und über Jungs redet, im Plural?«

»Jaz ist Single und bereit, sich umzusehen«, erklärte June. »Wie in dieser alten Datingshow.«

»Wer wird gewinnen?«, fragte Emily im Tonfall einer Moderatorin. »Bachelor Nummer eins, Bachelor Nummer zwei oder Bachelor Nummer drei?«

June kicherte, und Emily schnaubte vor Lachen.

Ich bewarf die beiden mit Kissen.

Diese zwei faulen Deppen schlafen immer noch. Als ich aufgewacht bin, lag ich zwischen Emily, deren Nasenring in der Sonne glitzerte, und June, die auf dem Bauch lag und wie ein Mordopfer aussah. Wir drei sind so etwas wie Charlies Engel, wenn die Engel Schwarz, aus Korea adoptiert und eine schnarchende Chinesin wären.

June und ich haben Emily erst in der Highschool kennengelernt. Anders als bei June und mir, die einander schon als Kinder kannten, war es eher so, als kämen erwachsenere Persönlichkeiten zusammen, und das war genauso wertvoll.

Ich bin froh, dass wir letztes Jahr für Emily da sein konnten, als ihre Eltern sich getrennt haben. Ihre Schwester war schon auf dem College, daher hat sie den größten Teil des Dramas allein abbekommen. Aber Emily war bei mir oder bei June zu Hause jederzeit willkommen.

Es ist ätzend, dass Emilys Eltern sich getrennt haben, aber sie sagt, dass sie jetzt glücklicher und bessere Menschen sind. Dass man jemanden lieben und trotzdem nicht die richtige Person für den anderen sein kann. Oder vielleicht waren die beiden irgendwann die Richtigen füreinander, aber sie haben sich in unterschiedliche Richtungen entwickelt, und dann funktioniert es wohl einfach nicht mehr, zusammenzubleiben. Sobald man loslässt, verfliegt die ganze Spannung, und man hat es leichter.

Darüber denke ich nach, während ich über das Gras gehe – die Vorstellung, dass zwei Menschen sich einfach auseinanderentwickeln können. Meine Mom und mein Dad sind seit über dreißig Jahren zusammen und haben Höhen und Tiefen und brutale Arbeitszeiten überstanden, aber sie sind die Ausnahme, nicht die Regel. Ich hatte mir vorgestellt, dass Paul und ich auch eine Ausnahme sein würden, aber jetzt … bin ich mir nicht mehr so sicher.

Vor der Party hatte ich ihn vermisst, aber ich habe den Abend ohne ihn sehr genossen. In letzter Zeit hatte ich das Gefühl, jede Menge Energie aufzuwenden, um ihn glücklich zu machen; und meist bin ich gescheitert. Ohne ihn habe ich den Abend einfach genossen und mir keine Gedanken gemacht.

Moment mal. Ich hatte ihm eine Textnachricht geschrieben. Bevor ich geduscht habe.

Ich schiebe die Tür ins Haus auf, streife meine Schuhe ab und gehe hastig ins Badezimmer. Neben dem Duftspender, den nur Cari bedienen kann, liegt mein Handy.

Puh. Gott sei Dank habe ich es gefunden.

Ich sehe die Benachrichtigungen nach: Emily hat sich entschuldigt, weil sie spät dran war. Sie ist um neun gekommen, was vollkommen in Ordnung war. June hat mir geschrieben, dass meine Mutter mich sucht. Und Paul hat mir um 23:05 Uhr geantwortet.

Jasmine
Danke. Du fehlst mir.

♥ Paul ♥
Ich weiß. Aber momentan brauchen wir immer noch Zeit und Freiraum.

Ich starre seine Nachricht an. Ich betrachte sie ziemlich lange und bleibe an unterschiedlichen Teilen seines aus elf Wörtern bestehenden Textes hängen.

Zuerst: *Ich weiß.* Nicht: *Du fehlst mir auch.* Nur … Ja, schon klar.

Zweitens: *momentan.* Das lässt die Tür offen, nicht wahr? Anfang der Woche hätte ich mich darauf gestürzt, das Wort zu Tode analysiert und mich an die Hoffnung geklammert, er würde es sich noch vor dem ersten August anders überlegen. Aber jetzt kommt mir das gemein vor. Als wolle er mich ködern und mir Hoffnungen machen, er könnte sich eher entscheiden.

Drittens: *Wir brauchen.* Wer ist »wir«? Er meint »ich brauche«. Weil ich nie gesagt habe, ich bräuchte Zeit für mich. Und wenn er »wir« sagt, schiebt er mir damit nicht die Verantwortung zu?

Und als Letztes: *Zeit und Freiraum.* Er wollte nicht nur »unsere Optionen erkunden«, sondern es war auch seine Idee, diesen Sommer nicht zu reden oder Zeit miteinander zu verbringen. Weil das »nicht echt wäre«.

Zorn steigt in mir auf, und plötzlich sehe ich alles kristallklar. Keine Ahnung, wie mir das vorher entgangen ist, aber jetzt begreife ich: Er wollte sich mit anderen Mädchen treffen und mich als Notnagel behalten. Und ich sollte einfach hier sitzen und auf ihn warten.

Ich starre meinen Bildschirm so lange mit verzerrten Lippen an, dass mir das Gesicht wehtut, als ich aufhöre. Und zum ersten Mal überhaupt antworte ich nicht. Ich stecke das Handy in die Tasche meiner Pyjamahose und gehe in die Küche, um eine Kanne Kaffee für alle zu kochen.

20. Kapitel

Es ist Sonntagabend, was heißt, dass ich ziemlich allein bin. Dieses Wochenende war ich bei Berry Plum nicht eingeteilt, und das Tierheim hat schon lange geschlossen. Wir haben den Tag als Familie verbracht, aber jetzt ist jeder für sich unterwegs. Davey ist bei einem Freund, um Körbe zu werfen oder ein scheußliches Ballerspiel zu spielen. Mom ist vor ein paar Minuten zur Arbeit gefahren, um sich den Zuschlag für die Feiertags-Nachtschicht zu verdienen, da morgen Memorial Day ist, und Dad fährt mit seinem Auto Taxi. Er hat durchweg Fünf-Sterne-Bewertungen und behauptet, er liebe es, mit neuen Menschen zu reden oder im Auto Hörbücher zu hören, aber ich wünschte trotzdem, er bräuchte es nicht zu tun.

Cari ist da, doch sie sitzt in ihrer schalldichten Kabine und nimmt etwas auf. Ernsthaft, die Kabine ist schalldicht. Sie hat ihre Sachen in einen Kleiderschrank geräumt und diese Schaumteile, die wie Eierkartons aussehen, angebracht, sobald sie Werbesponsoren gewonnen hatte, um »ihren Produktionswert zu steigern« – ja, das hat sie wirklich gesagt. Sie hat sogar ein Schild an ihre Zimmertür gehängt, damit alle leise sind, wenn sie Aufnahmen macht. An der University of Miami, wo es im Wohnheim zu laut ist, nutzt sie das Radiostudio auf dem Campus. Sie hat sich Termine im Studio reserviert und macht dafür in ihrem Podcast und auf Instagram Werbung für die Uni.

Meine Schwester ist getrieben, laserscharf konzentriert und kriegt immer, was sie will. Sie ist alles, was ich nicht bin.

Jedenfalls sind alle bis auf mich beschäftigt, und zum ersten Mal seit dem Burrito-Freitag bin ich in der Stimmung zum Kochen. Liegt vielleicht an dem großartigen Essen auf der Party. Oder der Grund ist ein ganz anderer. Aber ehe das Gefühl noch vergeht, schnappe ich mir die Schlüssel des Corolla und fahre zu Publix.

Für den Fall, dass ihr es nicht kennt, Publix ist der beste Lebensmittelladen der Welt. Er hat anständige Preise, ist immer sauber und, als ich an diesem Sonntagabend auf den Parkplatz fahre, ruhig.

Ich schnappe mir meinen Einkaufsbeutel und einen Wagen, den jemand zwischen den Autos stehen gelassen hat, und gehe zum Eingang. An den Automatiktüren bleibe ich stehen. In Lebensmittelläden in Florida ist es immer lächerlich kalt, daher ziehe ich mein Sweatshirt über.

Anders als gestern, als ich eine koreanisch-griechische Göttin war, sehe ich in einem kurzen roten Sweatshirt über einem bauchfreien Shirt und gelben Shorts, die ein wenig zu eng sind, wie Winnie Puuh aus. Ich hatte nicht daran gedacht, mich umzuziehen, bevor ich das Haus verließ, aber glücklicherweise ist es hier menschenleer.

Ich halte direkt auf die Theken mit Fleisch, Fisch und Meeresfrüchten zu. Wenn man nicht weiß, was man kochen soll, findet man am leichtesten Inspiration, wenn man mit den Proteinen anfängt. Ich mustere die Glasvitrinen. Das Rindfleisch wirkt ziemlich abgegrast. Nicht erstaunlich, weil an diesem Wochenende alle grillen. Die Shrimps haben bessere Zeiten gesehen. Aber kanadische Muscheln von Prince Edward Island sind im Angebot, und sie sind frisch und sauber, also nehme ich sie.

Bei Muscheln kommt es ausschließlich auf die Brühe an. Die Leute klagen darüber, dass sie viel Arbeit für wenig Ausbeute machen, und was das Eiweiß angeht, stimmt das auch. Aber eine Schale Muscheln ist eine Ausrede, um einen ganzen Laib Brot in das köstliche Nass zu stippen. Das Muschelfleisch ist nur ein Extra zu dieser schon vollständigen Mahlzeit.

Ich kann die Muscheln in einer Weißweinbrühe zubereiten – von der Party ist noch Chardonnay übrig. Ich werde Blauschimmelkäse, Speck, Gemüsezwiebeln und ein wenig Grün zum Aufhübschen dazugeben. Vielleicht Petersilie.

Diesen Teil des Kochens liebe ich – das Brainstorming, wenn ich im Kopf ein Gericht zusammenstelle. Meine Eltern und Geschwister wissen, dass ich gern koche, aber sie halten das für ein Hobby. Nur Tante Jay hat je gewusst, wie ernst es mir damit war. Und sie ist auch der Grund dafür, dass ich nicht mehr Profiköchin werden will, seit ich vierzehn war. Ob sie das böse gemeint hat oder nicht, sie hatte recht: Ich bin nicht gut genug.

Aber hier, allein in dem Lebensmittelladen, ist das etwas anderes. Hier kann ich träumen. Ich schnappe mir Speck, als wäre ich bei *Top Chef*, und lenke meinen Wagen dann in die Käseabteilung. Ich konzentriere mich so übermäßig darauf, den Blauschimmelkäse zu erreichen, dass ich nicht sehe, wie ein anderer Einkaufswagen aus einem Gang kommt.

Es ist zu spät, um anzuhalten.

Mein Wagen rammt den anderen. Ein metallisches Scheppern holt mich in die Realität zurück. Als meine Brust gegen die Stange gedrückt wird, stoße ich ein liebreizendes »uff« aus.

»Oh mein Gott, das tut mir so …«, beginne ich.

»Tut mir leid, ich …«, sagt er.

Dann starren wir einander an. Denn als ich aufsehe, wird mir klar, dass ich gegen den Wagen von Eugene Matthews gefahren bin. War ja klar.

Er trägt ein weißes T-Shirt und Jeans, und anders als ich in meinen simplen Outfits für die Arbeit sieht er darin gut aus. Über seine Bizepse winden sich tätowierte Sanskrit-Zeichen, und selbst in der grellen Supermarkt-Beleuchtung sieht er perfekt aus.

Sofort bereue ich meinen ganzen Aufzug und hoffe insgeheim, dass er mich nicht wiedererkennt. Aber wir haben einander erst gestern Abend kennengelernt, und für zwei Unbekannte starren wir uns schon zu lange an.

»Jasmine?«, fragt er.

Toll.

»Ähm, ja.«

Hatte ich erwähnt, dass ich auch Rapunzel-Flipflops trage, die ich in Disneyland gekauft habe, und mein Haar unordentlich am Hinterkopf zusammengewürgt ist? Denn all das ist leider wahr. Es wäre großartig, wenn ich einfach in einen Abfluss in der Nähe rutschen könnte.

»Tut mir leid, dass ich dich angefahren habe. Ich war … in Gedanken«, erklärt er. Sein Blick schweift kurz in die Ferne, dann sieht er wieder zu mir. »Ich habe nicht aufgepasst.«

»Nein, nein. Es ist meine Schuld«, sage ich. »Ich wollte unbedingt Käse.«

Erschießt mich bitte.

Ich knirsche so fest mit den Zähnen, dass die Anspannung bis in meinen Schädel und meinen Nacken ausstrahlt. Wer sagt so etwas? Und wieso?

Er lacht. »Tja, Käse ist *wirklich* wichtig. Was für einen?«

»Blauschimmel. Vielleicht Roquefort. Kommt darauf an, was da ist.«

»Blauschimmel und Muscheln?« Er späht in meinen Wagen.

Ich nicke.

»Interessant«, meint er.

Er bedeutet mir loszugehen und schiebt seinen Wagen dann neben meinem her. Ich atme ein, und Eugene riecht genauso gut wie gestern Abend. Genau kann ich den Duft nicht definieren. Er ist eine Kombination aus Seife, Deo, Eau de Cologne und einfach Junge, schätze ich. Aber er erfüllt mich mit Wärme, und ich kann die Luft nicht tief genug einsaugen.

Ohne darüber nachzudenken, rücke ich näher an ihn heran und streife erneut seinen Wagen. Ich zucke zurück. Eugene ist so freundlich zu tun, als wäre das nicht passiert.

»Auch Speck, was?«, fragt er. »Mutig.«

»Ich gare die Muscheln in einer Weißweinbasis«, erkläre ich.

»Vielleicht könntest du wegen der Farbe ein paar Kirschtomaten mit anbraten. Kommt darauf an, was du vorhast.«

»Ich hatte an Petersilie gedacht.«

Er nickt, und so kaufen wir einfach weiter zusammen ein.

»Machst du auch Pommes frites dazu?«, fragt er.

»Hmm … jetzt ja«, sage ich, und sein Teilzeit-Grübchen taucht auf. »Ich habe zum Schulabschluss einen Airfryer bekommen und kann es nicht abwarten, ihn auszuprobieren. Aber dass ich Muscheln mache, habe ich mir erst hier überlegt.«

»Du siehst dich zuerst nach den Proteinen um, was?« Er lächelt. »Interessant. Dann kochst du gern?«

Ich zucke zusammen und wende mich ihm zu. »Wie kommst du darauf?«

Er wendet den Blick ab und zuckt dann die Achseln. »Nur so eine Ahnung.«

Ein peinliches Schweigen legt sich über uns, und ich weiß nicht genau, was ich getan habe. Ich will nur wieder so ungezwungen plaudern wie eben.

»Tja, es stimmt«, sage ich. »Ich koche wirklich gern.«

Ich weiß nicht, warum es mir so leichtfällt, das ihm gegenüber zuzugeben. Normalerweise spiele ich das herunter, indem ich etwas sage wie: »Ein Mädchen muss halt essen«. Aber er ist ein richtiger Koch, also wird er das verstehen, und etwas an ihm macht es mir unmöglich, das zu verstecken.

Als wir die Käseabteilung erreichen, lächelt er. Er lässt den Blick über die Auswahl schweifen und greift nach einem französischen Blauschimmelkäse mit hellerer Rinde.

»Du solltest einen nehmen, der das Gericht nicht dominiert«, erklärt er. »Für das, was du vorhast, ist ein traditioneller Roquefort zu stark. Ich finde, der hier oder sogar Gorgonzola wäre besser. Jedenfalls wäre das meine Wahl.«

Er reicht mir den Käse, als solle ich ihn inspizieren und genehmigen. Ich war schon in der Sekunde, als er ihn berührt hat, begeistert, aber ich mustere die Marmorierung und die hellblaue Rinde und lege ihn in meinen Wagen.

»Kochst du gern?«, frage ich, obwohl ich die Antwort schon kenne. Ich habe ein Bild von ihm gesehen, das ihn zusammen mit seinem Dad in der Küche zeigt. Damals war mir nur nicht klar, dass das Eugene war.

Er verzieht einen Mundwinkel, und das Grübchen wird tiefer. »Das ist eine komplizierte Frage.«

»Ach ja?«, frage ich aufrichtig überrascht.

Er steckt die Hände in die Taschen. »Das kann sie sein, wenn man der Sohn eines berühmten Kochs ist und alle wollen, dass man in seine Fußstapfen tritt. Und man nicht sicher ist, ob man das will.«

Bei seinen Worten und seinem Tonfall stutze ich und blinzle. Damit … hatte ich nicht gerechnet.

»Diese Antwort war *viel* ausführlicher, als du hören wolltest.« Lächelnd sieht er zu Boden und reibt sich den Nacken. Aus seinen türkisfarbenen Augen blickt er ein wenig schüchtern zu mir auf. »Tut mir leid, dass ich das so ausgewalzt habe. Das war eins der Themen, über die ich nachgedacht habe, als ich dich getroffen habe. Ähm, ja, ich koche schon gern. So hätte ich gleich antworten sollen.«

Ich schüttle heftig den Kopf. »Nein. Nein … Ich … Du warst ehrlich«, erkläre ich. »Ich verstehe das. Es ist kompliziert, weil es wichtiger für dich ist.«

Und ich habe wirklich Verständnis, denn obwohl ich gern koche, erinnere ich mich jedes Mal bei dem Gedanken daran, doch Profiköchin zu werden, an das kleine Büro, das Jay früher in Ventura's Bistro hatte. Ich erinnere mich an die Mahnungen auf ihrem Schreibtisch. Ich weiß noch, welche Auswirkungen das auf meine Eltern und Moms Beziehung zu Jay hatte, und dann wird mir wieder klar, dass ich keine Köchin werden kann. Eugene hat sicher das Zeug dazu, aber es kann nicht einfach sein, in die Fußstapfen seines Dads zu treten.

Eugene sieht mir in die Augen, und seine Schultern sinken herab, als er sich entspannt. Aus irgendeinem Grund wird mir bei diesem Anblick warm ums Herz.

»Genau *das* trifft es«, meint er.

Jetzt werde ich richtig rot. Die Hitze steigt mir vom Hals in die Wangen. Ich hätte wirklich nichts dagegen, wenn sich der Boden unter mir auftun und mich von meiner Verlegenheit erlösen würde.

Wir laufen in Richtung Obst- und Gemüseabteilung, und ich bin dankbar für die Ablenkung, obwohl ich mir wünsche, er würde mehr erzählen. Er redet mit einer seltenen Offenheit. Die Leute in der Schule wollten immer cool wirken – sogar June und Emily. Sie durften sich nicht allzu sehr für etwas begeistern, sonst hätten die anderen sich über sie lustig gemacht. Die Regel war, dass sie so tun mussten, als stünden sie über allem. Aber Eugene scheint auf so etwas keinen Wert zu legen. Er ist so ernsthaft, und das gefällt mir.

Beide mustern wir im Vorübergehen das Gemüse. Bei ihm ist das wahrscheinlich ein Reflex. Ich liebe den Geruch von Stangensellerie und nehme ein Bündel mit. Diskret schnuppere ich daran. Er greift nach roten Kartoffeln und packt sie in eine Tüte. Seine Zutaten verraten mir nicht, was er kochen will, aber vielleicht kauft er auch ganz normal auf Vorrat ein.

»Arbeitest du denn in Teilzeit oder Vollzeit für deinen Dad?«, frage ich.

»Woher willst du wissen, ob ich für ihn arbeite?« Er legt die Kartoffeln in seinen Wagen.

Mist. »Ach, die Lieferung von gestern ... Oder hast du nur jemandem einen Gefallen getan?«

Gott sei Dank ist mir das eingefallen.

»Ach, richtig. Zusammengenommen mit meinem ganzen Gourmet-Wissen«, meint er lächelnd. »In den Sommer- und Winterferien arbeite ich in Vollzeit. Ich besuche das Marist in New York, daher bin ich den Rest des Jahres dort oben.«

»Oh.«

Aus irgendeinem Grund trifft es mich, dass er aufs College geht. Keine Ahnung, warum – das machen die meisten Leute in unserem Alter. Aber er geht nicht in Miami und nicht einmal in Gainesville. New York ist einfach so weit weg. Das heißt, dass er im August, spätestens im September, fortgehen wird. Das versetzt mir einen ordentlichen Dämpfer. Vollkommen unsinnig, dass ich so darauf reagiere. Ich kenne ihn nicht einmal. Aber Gefühle müssen auch nicht vernünftig sein.

»Ich arbeite schon fast mein ganzes Leben für ihn«, erklärt Eugene. »Als ich klein war, habe ich nie daran gezweifelt, Koch werden zu wollen. Ich konnte es kaum abwarten, bis ich alt genug war, um in der Küche zu helfen. Es gibt ein Video von mir als Kleinkind, in dem mich mein Vater auf dem Arm hat und ich in einem Topf rühre. Mit fünf habe ich Zutaten angereicht. Mit zehn konnte ich mit einem Kochmesser umgehen. Mit siebzehn habe ich ausgeholfen, wenn einer der Köche sich krankgemeldet hat.«

»Das ist großartig«, murmle ich. Ich spüre einen Anflug von Neid; nicht, weil ich ihm etwas missgönnen würde, sondern weil ich mir das auch gewünscht habe. Ich wollte unbedingt an Tante Jays Seite arbeiten, aber ich hatte nie die Chance.

Er nickt. »Ja, früher. Meinem Dad gefiel es, dass ich lernen wollte. Seine Familie hat ihn verstoßen, als er jung war, und die Familie meiner Mom hat sich auch von ihr abgewandt. Daher waren wir nur zu dritt, so lange ich denken kann.«

»Das muss … Ich kann mir das gar nicht vorstellen«, sage ich.

Und das ist wahr. Meine riesige Familie ist schwer zu verkraften und manchmal überwältigend, aber ich kann mir nicht annähernd vorstellen, von allen getrennt zu sein. Auch deshalb hätte Paris niemals wahr werden können – ich könnte nie so weit entfernt von meiner Familie leben. Na ja, vielleicht auch schon, aber es ist nicht realistisch.

Am liebsten möchte ich Eugene fragen, warum seine Eltern beide von ihren Familien verstoßen worden sind, aber das geht mich nun wirklich nicht das Geringste an.

Sein Blick wirkt distanziert, doch dann konzentriert er ihn wieder auf mich. »Sie haben es überstanden und alles, was sie hatten, in die Eröffnung des Restaurants vor drei Jahren gesteckt, und ich liebe es wirklich. Ich weiß, dass sie stolz auf mich sind, aber … Ich möchte keinen Beruf einschlagen, nur weil es von mir erwartet wird, verstehst du?«

Nein, ich verstehe nicht. Aber ich nicke, weil mir gefällt, wie er über Probleme redet. Ich mag es, dass er mit Unsicherheiten umgehen kann und es wagt, seinen eigenen Weg zu gehen. Dass er sich allem stellt, was mir Höllenangst einjagt.

»Und für deine Eltern … ist das in Ordnung?«, frage ich vorsichtig, während ich die Petersilie inspiziere.

Meine Mom war aus dem Häuschen, als ich ihr gesagt habe, ich wolle vielleicht Krankenschwester werden. An dem Tag, nachdem mein Traum vom Kochen den Bach hinuntergegangen war, fragte sie mich beiläufig, was ich denn werden wolle. Ich antwortete, ich wisse es nicht, aber Krankenschwester sei ein stabiler Beruf, und irgendwie wurde daraus der Plan, dass ich in ihre Fußstapfen treten würde. Ich habe diesen Weg eingeschlagen, weil sie so begeistert war und ich einfach keine bessere Idee hatte. Und seitdem ist es mir nicht gelungen, ihn wieder zu verlassen.

»Oh, sie wünschen sich schon, dass ich das will«, erklärt Eugene. »Doch sie haben mich ermuntert, aufs College zu gehen und herauszufinden, was mich sonst noch interessiert. Ich glaube, wegen der Geschichte mit ihren Familien wollen sie mir nicht das Gefühl geben, in der Falle zu sitzen. Der Druck ist aber trotzdem da.«

»Wieso denn?«

Eugene öffnet den Mund, sieht jedoch an mir vorbei. Ich drehe mich um, um zu schauen, was seinen Blick angezogen hat. Es sind Amberlynn und Crystal, die mit ihren Einkaufskörben hereinkommen. Zum ersten Mal habe ich keine große Lust, mit meiner Familie zu reden. Lieber würde ich dieses private Gespräch mit Eugene fortsetzen. Aber das ist kein guter Gedanke, daher lächle ich.

»Hi, Cousinchen«, sagt Amberlynn. Aus ihren weit aufgerissenen braunen Augen sieht sie zwischen Eugene und mir hin und her. Na toll. Sie wird nicht einmal versuchen, cool zu tun.

»Na, wen haben wir denn da!«, ruft Crystal und kommt auch auf mich zu. Dann bemerkt sie Eugene und bleibt wie angewurzelt stehen. Sie mustert mein Outfit, das ich ehrlich gesagt vergessen hatte, das mir jetzt aber wieder peinlich bewusst wird. Dann sieht sie wieder Eugene an.

»Hi, Eugene. Ich bin Crystal Yap. Wir haben uns bei der Party gestern Abend kennengelernt«, erklärt sie. »Und meine Schwester Amberlynn kennst du ja auch.«

Ich ziehe eine Augenbraue hoch. Keine Ahnung, warum sie wie eine schlechte Bühnenschauspielerin klingt.

»Hi!«, sagt Amberlynn und winkt verhalten.

Crystal und Amberlynn tragen beide schicke Jeans und Tanktops und sind perfekt frisiert. Genau so hätte ich gern ausgesehen, wenn ich auf die Idee gekommen wäre, dass mich jemand sehen würde.

Eugene lächelt höflich. »Ja, ich erinnere mich. Nett, euch wiederzusehen.«

»Kauft ihr beide zusammen ein?«, fragt Amberlynn. Amberlynn ist einundzwanzig und Crystal zweiundzwanzig. Aber sie strahlen eine kaum gebremste diebische Freude aus, sodass man meinen könnte, sie wären zwölf, und das kommt mir reichlich unheimlich vor.

»Nein«, erkläre ich. »Irgendwie schon«, sagt Eugene gleichzeitig.

Amberlynn und Crystal wechseln Blicke und wirken, als würden sie gleich platzen.

»Tja, wir sollten die Limetten besorgen, die Mom wollte. Sie macht einen Kurs in thailändischer Küche, und na ja …« Ein Schauer überläuft Crystal.

»Lass uns noch Hähnchen für den Notfall mitnehmen«, meint Amberlynn. »Ich vertraue nicht wirklich darauf, dass Ms. Tammys Pad Thai nach Plan gelingt.«

»Gute Idee«, sagt Crystal und wendet sich dann an mich. »Tolle Party gestern Abend. Viel *Spaß* noch euch beiden.«

Sie gehen davon, flüstern dabei und ziehen ihre Handys hervor. Crystal sagt entweder »gewinnen« oder »spinnen«, und beides ergibt keinen Sinn.

Ich starre ihnen nach, bis sie nicht mehr zu sehen sind. Das war eigenartig, aber ich vermute, dass sie mich noch nie mit jemand anderem als Paul gesehen haben, und das muss für sie ebenfalls komisch gewesen sein. Außerdem gehe ich normalerweise nicht in so einem Aufzug aus dem Haus. Sie sind zu höflich, um mir ins Gesicht zu sagen, dass ich lächerlich aussehe, aber sie sind sich nicht zu fein dazu, darüber zu tratschen.

Herrje, sie werden das alles im Chat mit den Cousins und Cousinen breittreten. Ich kann nur hoffen, dass sie nicht heimlich Fotos geschossen haben. Ich kann es nicht gebrauchen, dass ein solches Bild von mir in Manila herumschwirrt.

Ich drehe mich um und stelle fest, dass Eugene mich

anstarrt. Aber er mustert nicht mein Outfit. Er schaut mir ins Gesicht und wirkt, als bilde er sich eine Meinung.

»Worüber hatten wir noch geredet?«, frage ich. Ich greife nach Gemüsezwiebeln und Schalotten und versuche, meine Scham unter den restlichen Zwiebeln zu begraben.

»Triffst du oft auf Familienmitglieder?«, fragt Eugene.

»Ständig«, gebe ich seufzend zurück.

Ich lächle, doch seine Miene wirkt wehmütig, und mir fällt wieder ein, dass er praktisch allein groß geworden ist. Ich war in der achten Klasse ziemlich auf mich gestellt, nachdem Cari zur Highschool ging und Justin Michael mit seinem Sport beschäftigt war, und es war das schlimmste Jahr meines Lebens.

Ich schüttle die Erinnerungen ab und werfe ihm einen Blick zu.

»Hm, ich glaube, ich habe alles«, erkläre ich.

»Ich auch. Zur Kasse?« Er zeigt in den vorderen Teil des Ladens.

Es ist acht Uhr abends, und bis auf Selbstbedienungskassen, bei denen es ewig dauert, Obst und Gemüse zu registrieren, gibt es nur eine einzige besetzte Kasse, an der wir uns anstellen. Die alte Frau vor uns kauft so viel Katzenfutter, dass Cuddles sehr lange glücklich damit wäre, also wird das eine Weile dauern.

»Was kochst du aus alldem?«, frage ich mit einem Blick in Eugenes Wagen.

»Ach, ich bin mir noch nicht sicher. Ich habe nur ein paar Grundnahrungsmittel mitgenommen«, erklärt er.

Er hilft mir, meinen Wagen auszuräumen, legt dann den Trennstab dahinter und lädt seine Einkäufe aufs Band. Keine Proteine, aber ich weiß, dass sein Vater ganze

Tiere zerlegt, daher bezieht er sein Fleisch wahrscheinlich über das Lantern & Jacks. Ich kann mir nicht einmal vorstellen, eine solche Qualität zur Verfügung zu haben.

Eugene kauft Rosenkohl, Kartoffeln, Blumenkohl, Brie und Camembert, Gebäckstäbchen, israelischen Couscous und … Cap'n Crunch.

»Großer Fan von Cap'n Crunch?«, erkundige ich mich.

Er wirft einen Blick auf den Karton und sieht mir dann in die Augen. »Das sind die besten Frühstücksflocken der Welt.«

Ich rümpfe die Nase.

»Was?«, fragt er.

»Du bist putzig. Du liegst falsch, aber das ist süß.«

»Dann nenn mir die beste Sorte. Ich warte.« Er verschränkt die Arme vor der Brust.

»Kleieflocken mit Rosinen.« Ich trete einen Schritt auf ihn zu und stelle mich auf die Zehenspitzen, um das zu sagen. Wenn ich keine hochhackigen Schuhe trage, ist er mit seinen eins achtundsiebzig vergleichsweise groß.

Ich weiß, dass meine Meinung nicht gut ankommen wird – das ist immer so. Aber ich bin darauf eingestellt. Durch den ewigen Kleinkrieg mit Cari und Davey kenne ich mich mit dieser Diskussion aus.

Eugene sieht auf meine Lippen, und dann müssen meine Worte bei ihm angekommen sein, denn er verzieht das Gesicht. »Was? Das kann nicht dein Ernst sein. Kein einziger Mensch sieht das so.«

Die Kassiererin begrüßt uns, und wir unterbrechen die Unterhaltung, um Hallo zu sagen. Eugene erkundigt sich, wie ihr Abend läuft und ob sie Pläne für den Memorial Day hat. Paul hat das nie getan, weil … na ja, es war ihm egal, und Smalltalk war ihm lästig. Aber Eugene hält Augenkontakt zu ihr, bis sie beginnt, meine Waren zu scannen, und wendet sich dann wieder mir zu.

»Ich warte immer noch auf eine Erklärung«, sagt er, leiser jetzt.

Beim Klang seiner Stimme laufen mir kleine Schauer durch den Körper, und ich versuche, mich zusammenzunehmen. Kleieflocken mit Rosinen. Ja, das war es. Frühstücksflocken. Dieses Gespräch ist so unsexy wie nur möglich.

»Kleieflocken mit Rosinen sind das perfekte Gleichgewicht zwischen süß und nicht süß«, erkläre ich. »Vor allem eingeweicht.«

Er wirft mir einen entsetzten Blick zu. »Ich habe den Abend damit verbracht, mit einem Mädchen einzukaufen, das auf durchweichte Frühstücksflocken steht?«

Ich zeige auf mich. »Ich lasse sie sogar auf der Arbeitsfläche stehen, damit sie sich mit Milch vollsaugen.«

Er schüttelt den Kopf. »Monstrum.«

Ich bezahle meine Einkäufe und warte dann, bis die Kassiererin seine Sachen scannt. Sie tut so, als lausche sie nicht, aber das Grinsen auf ihrem Gesicht verrät, dass sie zuhört.

»Kleieflocken mit Rosinen«, murrt er. Und das ist süß. So süß.

Aber Moment mal … wie kann ich einen neuen Jungen süß finden, obwohl ich immer noch mit Paul … was bin? Andererseits tue ich nichts Falsches. Das hier ist nur ein Einkaufsbummel unter Freunden, oder? Ich meine … man braucht mich nur anzusehen. Das ist absolut kein Date.

Eugene zahlt und dankt der Kassiererin, und dann

bringen wir die Wagen zurück hinter die Absperrung im Laden, da wir jeder nur eine Tasche haben. Während wir auf die Automatiktüren zugehen, streckt er die Hand aus und nimmt mir den Einkaufsbeutel ab. Kurz streifen sich unsere Finger, und wir sehen einander in die Augen.

»Ich habe sie«, sagt er.

Irgendwann lasse ich los, denn ich bin zu verblüfft, um einigermaßen zeitnah zu reagieren. Paul hätte nur seine eigene Tüte genommen und wäre mir inzwischen vier Schritte voraus.

Wir treten nach draußen, wo der Sommerabend noch warm ist, was sich auf meinen kalten Beinen gut anfühlt.

»Na schön«, sage ich, weil ich mich großmütig fühle. »Ich mag auch Corn Pops, aber die brauchen zu lange, um einzuweichen.«

»Deswegen sind sie ja auch die zweitbesten Frühstücksflocken der Welt – weil sie durch ihre Form und die Zuckerschicht nicht so schnell weich werden«, hält er dagegen. »Aber Cap'n schmeckt besser.«

Ich bleibe an dem Corolla stehen und schließe auf. »Haben wir gerade den Frühstücksflockenkrieg beigelegt?«

Er öffnet die hintere Tür und stellt die Einkaufstüte auf den Boden. Nachdem er sie geschlossen hat, bleiben wir beide auf der Fahrerseite stehen. Ich habe das Gefühl, dass zwischen uns ein Magnetfeld hängt, das mich anzieht, aber gleichzeitig erstarren lässt.

»Ich denke … ich könnte einen Waffenstillstand in Betracht ziehen«, erklärt er. »Aber ich habe das Gefühl, dass jemand, der zugibt, Kleieflocken mit Rosinen zu mögen, noch mehr grauenhafte Vorlieben verbirgt.«

»Es gibt nur eine Möglichkeit, das herauszufinden.« Ich zucke die Achseln.

»Du hast recht. Abendessen diese Woche?«

Wir stehen wie angewurzelt da und starren einander an. Ich öffne die Lippen, bringe aber kein Wort heraus. Ich kann nicht glauben, dass er das gesagt hat. Nach seinen schnellen Augenbewegungen zu urteilen, kann er es anscheinend auch nicht fassen. Will er sich wirklich mit mir verabreden? Vielleicht denkt er ja an ein Essen unter Gourmet-Freunden. Ja, so muss es sein. Unter Freunden.

Schweigend stehen wir neben dem Corolla. Die Stille dauert viel zu lange, während ich darauf warte, dass er mich nach meiner Nummer fragt oder noch etwas dazu sagt. Ich wappne mich gegen Hoffnung oder Enttäuschung, aber nichts davon trifft ein. Also muss er einen Scherz gemacht haben. Warum sollte ein gut aussehender, begabter Junge wie Eugene auch mit mir ausgehen wollen?

»Wo steht dein Auto?«, frage ich schließlich.

Er atmet hörbar aus. Keine Ahnung, ob er erleichtert oder enttäuscht ist.

»Meine Fahrgelegenheit steht gleich da.« Er zeigt auf ein Oldtimer-Motorrad in Schwarz und Grau, das in der Reihe gegenüber parkt.

»Das ist nicht dein Ernst.«

»Gibt es Leute, die Witze über Motorräder machen? Über Kleieflocken mit Rosinen vielleicht, aber nicht über Triumphmaschinen.«

»Ich … aber … Sie sind nicht sicher«, platze ich heraus. Was für eine sexy, coole Bemerkung.

Er zieht eine Schulter hoch. »Motorräder können gefährlich werden, wenn die Leute rücksichtslos fahren. Genau wie Skateboards, Autos und so ungefähr alles andere. Es kommt auf den Fahrer an. Hast du schon mal auf einem gesessen?«

»Nein. Noch nie. Nicht ein Mal. Garantiert nicht.« Ich schüttle den Kopf, und mein aufgestecktes Haar verrutscht und sieht jetzt wahrscheinlich tragisch statt niedlich-verwuschelt aus. Ich lasse es herunter. Er sieht zu, wie ich meine jetzt welligen Haare ausschüttle und hinter den Kopf werfe.

»Das … ist also ein Nein?« Er schmunzelt.

Ich verziehe das Gesicht.

»Schön«, sagt er. Er hievt sich die Einkäufe auf die andere Schulter. »Ruf mich an, wenn du es dir anders überlegst, und wir machen eine Spritztour.«

»Das werde ich nicht. Aber ich meine, sollte ich dich dann etwa anfunken wie eine Fledermaus?«, frage ich.

Er neigt den Kopf zur Seite.

»Ich habe deine Nummer nicht«, erkläre ich.

»Ach.« Er wirkt aufrichtig überrascht.

Er gibt mir seine Nummer, und ich schicke ihm eine Textnachricht mit meinem Namen, damit er meine hat. Als ich auf *Senden* klicke, rast mein Herz, als wäre ich von zu Hause bis hierher gerannt.

»Danke für die … ähm … Gesellschaft.«

Anmerkung: Das klingt so peinlich wie nur menschenmöglich.

»Das war wirklich eine angenehme Überraschung«, sagt er. Mit geöffneten Lippen hält er inne.

Ich lehne mich auf meinen Rapunzel-Flipflops nach vorn und warte darauf, dass er noch etwas sagt. Er sieht wieder auf meine Lippen, wendet dann aber den Blick ab. Lächelnd überquert er den ruhigen Parkplatz.

»Sieh zu, dass du den Cap'n Crunch eine Weile in Milch einweichen lässt«, rufe ich ihm nach.

»So, wie die Dinge stehen, werde ich ihn wohl trocken löffeln«, ruft er zurück.

Ich stoße mein eigenartig tiefes Lachen hervor.

Er öffnet eine Satteltasche, zieht einen Helm hervor und verstaut seine Einkäufe in der Tasche. Dann steigt er auf das Motorrad, kickstartet es, winkt mir verhalten zu und fährt in die Nacht davon.

Ich stehe mit klopfendem Herzen da und versuche, mir einen Reim darauf zu machen, warum er es zum Rasen bringt. Warum fühle ich mich so, wenn ich in seiner Nähe bin? Warum ist da diese Anziehung? Liegt es nur daran, dass er das Leben führt, von dem ich träume? Oder steckt mehr dahinter?

Ich öffne die Fahrerseite des Corolla und kann ihn immer noch riechen, als ich den Gurt anlege. Als ich mein Telefon einstecke, speichere ich ihn als Captain Eugene Crunch Matthews und lächle vor mich hin. Merkwürdigerweise habe ich den Wunsch, ihm jetzt schon zu schreiben, obwohl er gerade erst davongefahren ist. Obwohl ich rein gar nichts mehr verstehe.

Trotz allem mit Paul hätte ich Ja gesagt, wenn er mich zu einem richtigen Date eingeladen hätte. Dieser Gedanke erschüttert mich zutiefst, sodass ich mein Handy in meiner Handtasche verstecke und den Corolla starte.

21. Kapitel

DAVEYS EXTREM NEUGIERIGER FAMILIEN-CHAT

Cousine Amberlynn
OMG, Leeeuuuute!

Mom
Was? Was ist passiert? Alles in Ordnung?

Cousine Crystal
OMG, ich kann nicht glauben, dass du schon in der Chatgruppe bist! Petze!

Cousine Amberlynn
Du bist bloß neidisch, weil ich vor dir hier war. Aber ich habe sie zuerst gesehen.

Tante Minnie
Was ist los?

Cousin Joe
Wen habt ihr gesehen?

Cousine Amberlynn
Jaz und Eugene haben zusammen bei Publix eingekauft. ♥

Tante Tammy
Was?!

Davey
Moment mal, ist sie denn nicht zu Hause, Cari?

Cousine Crystal
Ich schwöre es euch. Wir haben mit ihnen geredet.

Tante Regina
War für heute Abend eine Begegnung geplant?

Cari
Nein. Als ich zuletzt nachgehört habe, war er sich nicht mal sicher, ob er noch dabei ist. Und ich dachte, sie wäre hier. Ich bin genauso erstaunt wie alle anderen.

Nonna
Also weicht unser Mädchen schon vom Drehbuch ab.

Tante Jay
Das gefällt mir irgendwie. Außerdem setze ich auf diesen Jungen. Ich wusste, dass er sie mögen würde.

Cousine Amberlynn
Tja, es hat ausgesehen, als wäre er völlig hin und weg von ihr.

Cousine Crystal
Und sie hat SELTSAM ausgesehen. Was sollten diese Shorts?

Cousine Amberlynn
Vielleicht sind sie sich ja einfach über den Weg gelaufen. Wie komisch wäre das denn?

Cousin Wesley
Wow, ihr Klatschtanten! Ihr habt an eurem freien Wochenende alle nicht genug zu tun.

Cousin Wylan
Machst dir wohl Sorgen, Eugene könnte gewinnen, was?

Cousin Wesley
Kein bisschen. Sie hat morgen in Onkel Eds und Tante Kims Laden ihre erste Zufallsbegegnung mit Justin Michael.

Tante Kim
Wir können es kaum erwarten!

Cousine Crystal
Also, ich wechsle zu Team Eugene.

Tante Jay
Wow, echt jetzt?

Cousine Crystal
Sie hat absolut gruselig ausgesehen, und er hat sie angeschaut, als wolle er ihr die Sterne vom Himmel holen. So süß, wie sie zusammen eingekauft haben wie ein altes Ehepaar.

Cousine Amberlynn
Hab ich dir doch von Anfang an gesagt, Schwesterchen.

Cousin Joe
Es ist noch nicht vorbei. Aaron ist der natürliche Favorit, und er hat keinen Moment gezögert, sondern wollte dabei sein.

Mom
OMG, geht doch alle ins Bett.

Davey
Wir haben Viertel nach acht, Ma.

Mom
Ich bleibe dabei.

Tante Tammy
Gute Nacht! Ich habe ein tolles Pad Thai gemacht. Ihr solltet euch alle die Reste abholen!

Cari
Hm, wir reden weiter, nachdem sie morgen Justin Michael getroffen hat.

22. Kapitel

JASMINES iPHONE
25. MAI

♥ Paul ♥
Hast du gestern meine Nachricht gekriegt?

23. Kapitel

Es ist Memorial Day, aber die Bösen dürfen nie in Frieden ruhen, wie das Sprichwort sagt – oder Teenager, die Sommerferien haben. Normale Menschen haben Feiertag, doch ich schiebe eine Doppelschicht.

Heute Vormittag leiste ich unbezahlte Arbeit – ein Teil des unfreiwilligen Freiwilligenprogramms meiner Familie. Meine Mom hat mich mit »ach, Jaz kann dabei helfen« angemeldet. Ich helfe in Onkel Eds und Tante Kims Buchladen aus, Books & Other Adventures. Sie haben neulich darin eine kleine Tee- und Scone-Bar eingerichtet, und dort werde ich hinter der Theke stehen und anschließend die Abendschicht bei Berry Plum übernehmen.

Ich fahre auf den Parkplatz des Buchladens und steige vorsichtiger als sonst aus dem Auto. Ich hatte beschlossen, heute zur Abwechslung mal ein Kleid anzuziehen. Als ich heute Morgen aus meinem Zimmer kam, schaute mich meine Familie an, als hätte ich drei Köpfe. Meine Mom, die gerade von der Nachtschicht nach Hause gekommen war, blieb stehen. »Ich muss übermüdet sein«, meinte sie, rieb sich die Augen und sah mich noch einmal an. Ich weiß auch nicht. Ich bin einfach mit einem guten Gefühl aufgewacht.

Andererseits … weiß ich es eigentlich schon: Gestern Abend habe ich zum ersten Mal seit dem Burrito-Freitag gekocht, und die Muscheln sind großartig geworden.

Als ich in der Küche stand, fühlte ich mich einfach … zufrieden. Am Herd zu arbeiten fühlte sich an, als wäre ich wieder nach Hause gekommen. Die Messer zu benutzen und mir die Hände schmutzig zu machen, schenkt mir ein Gefühl von Frieden. Dieser Moment, in dem die Zutaten zusammenkommen und sich in etwas verwandeln, das mehr ist als die einzelnen Bestandteile, schenkt mir Freude. Es ist etwas, das ich erschaffen habe und bei dem ich genau weiß, wie ich das Beste herausholen kann.

Das Tollste für mich war aber zuzusehen, wie Cari und Dad sich darüber hergemacht und sich um das Baguette gestritten haben, das ich zu den Muscheln gekauft hatte. Dad hat das letzte Stück erwischt und damit den Rest der Brühe aufgetunkt. Dann hat er sich den Bauch gerieben, und Cari warf ihm einen finsteren Blick zu. Sogar Davey, der keine Muscheln isst, hat Brot in die Brühe getaucht und mir das »Daumen hoch«-Signal gegeben, während er versuchte, mit vollem Mund zu reden. Und darum geht es dabei für mich: Menschen glücklich zu machen. Es gibt mir ein gutes Gefühl, und ja, zugegebenermaßen fühle ich mich dadurch besonders. Davey spielt großartig Basketball, Cari kann einfach alles, aber das ist meine Gabe.

Und ja, ich gebe auch zu, dass Eugene eine Wirkung

auf mich hatte. Unerklärlich, weil ich ihn kaum kenne, aber beim Kochen habe ich einen Liebessong gesungen und nicht schon wieder *Jolene.* Und ich habe vor dem Einschlafen im Kopf noch einmal unser ganzes Gespräch bei Publix abgespult. Diese Empfindung, diese magnetische Anziehung, die ich in seiner Nähe spüre, habe ich noch nie erlebt. Und das ist komisch, nachdem ich vier Jahre mit jemand anderem zusammen war.

Aber jetzt habe ich keine Zeit, an ihn zu denken. Oder mich zu fragen, warum er mir nicht geschrieben hat. Oder warum mir nichts Schlaues oder Witziges eingefallen ist, was ich ihm hätte schreiben können. Es ist Zeit für meine Schicht.

Ich öffne die Glastür und trete in den Buchladen. Als ich an der Kasse vorbeigehe, winke ich Simon zu. Er redet nie mit mir, aber er schiebt seine Brille hoch, was ich als »Hallo« deute. Onkel Ed kommt auf mich zu. Er ist Moms jüngster Bruder.

»Hey, Kiddo«, sagt Onkel Ed. »Danke für die Hilfe. Wir haben jetzt schon mehr zu tun als an einem normalen Montag.«

»Kein Problem.«

»Du weißt ja, wie alles läuft«, meint er.

Ich nicke. Ich habe schon ein Dutzend Mal bei ihm ausgeholfen. Er hat angeboten, mich offiziell für den Sommer anzustellen, aber Berry Plum war immer gut zu mir. Ich wollte den Laden nicht im Stich lassen, obwohl es netter gewesen wäre, hier zu arbeiten.

Onkel Ed zeigt auf mich. »Wenn du Trinkgeld kriegst, behalte es dieses Mal.«

Normalerweise lege ich es in die kleine Geldkassette. »M-hm«, sage ich.

Er starrt mich seufzend an. »Du bist genauso stur wie Dee. Die Schürze hängt hinter der Theke. Und nimm dir auch ein paar Scones. Jay hat sie vorhin gebracht, und sie sind noch warm.«

»Ohh. Da geht dein heutiger Profit dahin.« Ich ziehe die Augenbrauen hoch.

»Das Risiko gehe ich gern ein.« Er lächelt und drückt mir sanft das Kinn. Ich schiebe mich hinter die kleine Bar.

Die Teebar hat nur vier Sitzplätze und eine lackierte Holztheke mit einer Glasglocke für die Scones. Wir haben ein paar Sorten losen Tee und einen Milchaufschäumer für Lattes. Es ist nicht gerade Starbucks, aber perfekt für Books & Other Adventures.

Nicht lange, und ich habe meinen ersten Kunden. Die Bar liegt zwar in einer kleinen dunklen Ecke, aber an einem guten Vormittag setzt der Laden bestimmt über hundert Scones um, weil Tante Jay so überragend bäckt. Außerdem hat Onkel Eds Tochter Charlotte eine großartige Werbetafel gestaltet, die draußen steht und auf die Teebar im Inneren hinweist. Sie ist eine so gute Künstlerin, dass ihr ein Fan-Account für ihre Schilder und alles auf Instagram gewidmet wurde.

Die heutige Auswahl ist: Rosine, Cranberry-Orange und Bacon-Cheddar. Ich weiß, welche ich probieren werde: alle. Ich mag ja gemischte Gefühle für meine Tante hegen, aber meine Neigung zu Gebäck ist stärker.

Doch dann habe ich zu viel zu tun, um zu essen. Stundenlang lächle ich, plaudere mit Kunden, setze Scones in die Wärmeschublade und nehme sie heraus. Als das Geschäft langsamer läuft, ist es Mittag. Der Morgen ist dank freundlicher Gespräche mit ein paar Leuten, die sich mit ihrem Tee niedergelassen haben, um ihre neuen Bücher anzulesen, wie im Flug vergangen.

»Ich glaube, du bist fast fertig, Jaz, aber könntest du uns oben zur Hand gehen?«, fragt Onkel Ed. »Wir könnten mehr Stühle im Leseraum gebrauchen. Später kriegen wir noch Besuch von einem berühmten Kinderbuchautor.«

»Ja, klar.«

Ich versuche zu reden, als hätte ich den Mund nicht voll mit Bacon-Cheddar-Scone. Es … klappt nicht. Er lacht, und ich kaue zu Ende, während ich mich auf den Weg in die preisgekrönte Kinderabteilung mache.

Die obere Etage ist ein Wunderland. Es gibt einen Literaturwald, eine Bücherburg, in die Kinder hineinklettern können, ein von kreisenden Sternen umgebenes Piratenschiff, einen Minizoo mit Stofftieren, die man kaufen kann, und meinen persönlichen Lieblingsplatz: einen Leseraum, den man betritt, indem man ein Buch mit dem Titel *Books & Other AdVenturas* bewegt.

Onkel Al, ein weiterer von Moms Brüdern, hat einmal gesagt, der Entwurf und Aufbau der Kinderbuch-Etage sei das beste und zugleich schlimmste Projekt seines Lebens gewesen. Allerdings ist diese Etage schon so oft für Zeitschriften fotografiert worden, dass inzwischen alles vergeben ist.

Ich ziehe an dem roten Buch, und die Tür zum Leseraum öffnet sich. Das Innere wirkt wie ein Miniaturtheater – dunkel, mit einer kleinen Bühne und Strahlern an der Decke. Darin stehen schon dreißig Stühle, also sollten noch ein Dutzend weitere ausreichen. Ich nehme ein paar hölzerne Klappstühle aus dem Lagerraum und will zurückgehen, als mir ein Schatten in dem Raum auffällt. Neue Kunden gehen gern auf Erkundung aus, aber normalerweise kehren sie um, wenn sie feststellen, dass hier nichts los ist.

»Hey, die Lesung findet erst später statt, wenn Sie …«, fange ich an.

In dem Moment tritt Justin Michael ins Licht und lächelt mir zu. Im Scheinwerferlicht leuchtet sein blondes Haar auf wie ein Heiligenschein.

»Oh mein Gott!«, kreische ich.

»Candy!« Er breitet die Arme aus, und ich stürze mich hinein.

»Zweimal in einer Woche!«, sage ich und drücke ihn. Er ist jetzt viel muskulöser, und er riecht nach Minze und Eau de Cologne statt nach Schoko-Puffs und der Druckerschwärze von Kreuzworträtseln.

»Was machst du denn hier?«, frage ich. Ich meine … es ist ein Buchladen, aber trotzdem.

»Ich wollte ein paar Romane kaufen, doch dann sagte dein Onkel, du wärest oben«, erklärt er. Wir lösen uns voneinander. »Du siehst hübsch aus.«

Sofort nestle ich an meinem Haar herum und bin froh, dass ich das grau-weiß gestreifte Kleid angezogen habe. Besser, als auszusehen wie ein Cosplayer, der Winnie Puuh verkörpert, so viel ist sicher.

»Was machst du?«, fragt er. »Kann ich dir helfen?«

Er macht sich an die Arbeit, und innerhalb kürzester Zeit stellen wir die zusätzlichen Stühle auf. Wir verlassen den Leseraum, und die falschen Bücherregale schließen sich hinter uns. Direkt vor uns liegt die Bücherburg.

»Früher haben wir dort drinnen Stunden verbracht«, sage ich. »Weißt du noch?«

Ich zeige auf das kleine, mit echten Büchern verkleidete Haus.

»Wie könnte ich das vergessen?«, fragt er.

»Damals warst du viel kleiner«, sage ich stirnrunzelnd. Ich recke mich, lege die Hand auf sein weiches Haar und tue so, als nähme ich Maß.

Er lächelt. »Ich weiß. Damals habe ich schrecklich gern den Kopf in deinen Schoß gelegt, während du mir Percy-Jackson-Bücher vorgelesen hast. Manchmal hast du Erdbeer-Gummischnüre eingeschmuggelt. Du hast sie immer geteilt.«

Während er das sagt, stelle ich mir vor, wie wir in der Bücherburg gesessen haben. Statt des Haufens Kindergartenkinder, der gerade die Burg stürmt, sehe ich ein zehnjähriges koreanisches Mädchen und einen gleichaltrigen blonden, bebrillten Jungen, die still lesen. Der Geruch nach künstlichem Erdbeeraroma und Zucker steigt mir in die Nase und bringt Frieden in das Chaos.

»Ich kann nicht glauben, dass du dich so genau daran erinnerst«, sage ich.

Er lächelt langsam. »So zufrieden habe ich mich sonst nie im Leben gefühlt. Es ist nett, wenn Dinge genauso gut sind wie in der Erinnerung.«

Unsere Blicke treffen sich, und ich habe das Gefühl zu zerfließen. Ich. Er redet von mir. Meine Schultern sacken nach vorn, und ich bekomme weiche Knie. Worte steigen in mir auf. Ich sollte ihm sagen, dass diese Zeiten mir viel bedeutet haben. Ich sollte ihm erklären, dass es keine Rolle spielt, wie es vor all den Jahren mit uns ausgegangen ist.

Ich habe das Gefühl, er sei nie fort gewesen. Ich sollte ein vollkommen anderer Mensch sein, mich auf die Zehenspitzen stellen und ihn dafür küssen, dass er etwas so Reizendes gesagt hat. Und vielleicht würde ich dort verharren. Vielleicht würde daraus ein richtiger Kuss.

Moment mal, was? Nein. Er ist mein Freund. Wir sind praktisch befreundet, seit wir Babys waren. Er wäre schockiert. Und ich bin eindeutig *nicht* so ein Mensch. Ich bin immer noch mit Paul zusammen … irgendwie. Vielleicht? Herrje. Außerdem habe ich noch nie jemand anderen geküsst. Ich wollte nie einen anderen küssen. Etwas Eigenartiges passiert mit mir.

»Möchtest du … kann ich dir Tee kochen?«, frage ich.

»Sehr gern«, sagt Justin Michael.

Wir gehen die Treppe hinunter. Seine Hand streift meinen Rücken, als wir die Erinnerungen daran, wer wir früher waren, in der Kinderabteilung zurücklassen.

24. Kapitel

JASMINES iPHONE
27. MAI

♥ Paul ♥
Geht's dir gut, Jaz?

25. Kapitel

Das Geheimrezept für guten Tee, falls denn eins existiert, ist, ihn in Ruhe zu lassen. Man befolge die Anweisungen, gebe eine Extraprise Teeblätter hinzu und behalte die Hände bei sich.

Während der Darjeeling zieht, serviere ich Justin Michael einen Rosinen-Scone. Er sitzt mir gegenüber und beugt sich über die Theke – momentan ist er mein einziger Kunde. Mir haben die Scones mit Bacon und Cheddarkäse am besten geschmeckt, aber er stand schon immer mehr auf Süßes, deshalb habe ich ihm einen Rosinen-Scone ausgesucht.

»Deine Tante Jay ist unglaublich«, erklärt er und bewundert den Scone. »Die sind so leicht und fluffig.«

Jay hat mir beigebracht, wie man Mehl richtig abmisst, den Teig nicht zu stark knetet und wie wichtig es ist, ihn ruhen zu lassen. Zusammen pflegten wir beim Backen neue Geschmackskombinationen zu testen, und nichts war besser als etwas, das direkt aus ihrem Ofen kam.

Ich höre wieder unser Gelächter, als wir uns gegenseitig mit Mehl bewarfen, nachdem ich darauf hingewiesen hatte, dass sie etwas an der Wange hatte. Mom war verärgert, weil ich mein schwarzes Shirt schmutzig gemacht hatte, aber Jay verdrehte nur die Augen und erklärte, sie werde mir eine Kochschürze besorgen. Und das tat sie auch.

Die kleine Eieruhr hinter mir klingelt und reißt mich aus meinen Erinnerungen. Ich schenke eine Tasse Tee für Justin und eine für mich ein. Wir nehmen beide Zucker; er auch Milch.

Er spült einen weiteren Bissen von seinem Scone hinunter, und ich wärme mir die Hände, die kalt von der Klimaanlage sind, an meiner Tasse auf.

»Ich bin froh, dass ich dich getroffen habe«, sagt Justin Michael. »Eigentlich wollte ich dir eine Nachricht schreiben und dich auf einen Tee einladen. Aber hier sitzen wir schon.«

Wir stoßen mit unseren Tassen an.

»Cheers«, sage ich. Ich hebe meinen Tee und puste auf das duftende Nass. Jetzt ist er noch zu heiß zum Trinken. »Ich bin auch froh.«

»Wahrscheinlich hätte ich es vermasselt«, meint er. »Wie damals, als ich dich zu einem Date einladen wollte.«

Als seine Worte richtig bei mir ankommen, trinke ich einen großen Schluck Tee, statt darauf zu pusten. Ich habe keine Zeit, es zu bereuen. Es ist, als hätte ich einen Kometen verschluckt. Meine Kehle steht in Flammen. Ich huste, und Tränen schießen mir in die Augen.

Ich versuche, etwas zu antworten, und jepp: Es wird noch schlimmer.

Ich schlage um mich, und der Tee in meiner Tasse schwappt über. Die heiße Flüssigkeit verbrennt mir die linke Hand. Ich schüttle den Tee ab, taumle nach vorn und lasse meine Tasse auf die Theke fallen. Sie kippt um, und Justin stellt sie wieder hin. Aber wenigstens habe ich ihn nicht auch verbrüht.

Immer noch hustend drehe ich den Wasserhahn auf und lasse kaltes Wasser über meine Hand laufen, bis sie sich besser anfühlt. Sie ist nicht schlimm verbrannt. Was mehr schmerzt, ist mein Ungeschick. Auf der Theke liegen Servietten, aber ich trockne mir die Handflächen an meiner Schürze ab. Schließlich bekomme ich wieder Luft. Ein paar Kunden haben sich umgedreht und mich angestarrt, aber da meine spontane Selbstentzündung ausgeblieben ist, stöbern sie jetzt weiter.

Statt für die heutigen Scones zu werben, hätte Charlotte besser darauf hingewiesen, dass der Tee von einem Clown serviert wird, der auch für Kinderpartys buchbar ist.

»Das tut mir wirklich, wirklich leid«, sagt Justin. Seine braunen Augen wirken besorgt. »Alles okay?«

»Prima«, krächze ich. Ich schnappe mir meine Wasserflasche aus dem Kühlschrank und trinke einen Schluck, um mir Mund und Hals abzukühlen.

»Mein Timing ist furchtbar. Das war meine Schuld«, erklärt er.

Ich halte den Kopf schief. Warum tut es ihm leid? Paul hätte mich für eine so peinliche Szene stehen gelassen, so wie damals, als wir uns im Kino Snacks geholt hatten und ich gestolpert bin und überall Popcorn verstreut habe.

Aber Justin Michael entschuldigt sich? Als wäre er derjenige, der nicht richtig trinken gelernt hat?

»Nein, nein. Ich war nur ein wenig … überrumpelt«, sage ich. Denn Justin Michael hat behauptet, er hätte mich mal auf ein Date eingeladen. Entweder das, oder er hat inzwischen einen ziemlich trockenen Humor entwickelt.

»Das sehe ich«, meint er lachend.

Darauf muss ich mitlachen, und dann schütten wir uns vor Gelächter aus. Wenigstens schnaube ich dabei nicht wie Emily.

»Nur fürs Protokoll«, sage ich, »du hast mich nie eingeladen.«

»Doch, ernsthaft!«

»Niemals.« Ich schüttle den Kopf, sodass mein Pferdeschwanz hin- und herschwingt.

»Ich habe dich ins Kino eingeladen«, erklärt er. »Es war ein Pixar-Film, und du hast mich eiskalt abblitzen lassen.«

Ich lache immer noch, aber … ist das sein Ernst? Das kann nicht sein, aber es sind zu viele Einzelheiten, um erfunden zu sein. Außerdem wirkt seine Miene aufrichtig, und ich zerbreche mir den Kopf darüber, wann das gewesen sein kann. Wenn es wahr ist, weiß ich eins: Mir war nicht klar, dass er mich zu einem Date eingeladen hat.

»Wusste ich, dass es ein Date sein sollte?«, frage ich.

Er schüttelt den Kopf. »Wenn ich heute darüber nachdenke, nicht. Ich war schrecklich nervös. Du hast gesagt, du hättest zu tun, und ich bin abgezischt. Es hat eine Weile gedauert, bis mir klar wurde, dass du einfach etwas anderes vorhattest. Aber ich fühlte mich zurückgewiesen – ich hab in meinem Zimmer deprimierende Songs über Trennungen gehört und alles.«

Er lacht über sich selbst und fährt sich über den Bart. Der Kiefer des Jungen, den ich kannte, hat sich stark verändert, und jetzt sieht er richtig männlich aus.

»Ich habe den Mut nicht noch einmal aufgebracht«, erklärt er. »Meine Mom hat diesen Posten als stellvertretende Direktorin bekommen, und durch den Umzug und alles hatte ich nie wieder eine Chance.«

Ich bin wie vor den Kopf geschlagen. Ich kann das nicht einmal verarbeiten, weil meine Gedanken noch darum kreisen, wann er mich damals ins Kino eingeladen hat. Normalerweise haben wir Spiele gespielt, Bücher gelesen oder Tee getrunken. Aber Moment mal … da war diese eine Situation.

Ich saß auf der Schaukel, die an der Trauerweide in seinem Garten hing, und er stieß mich an. Das war kurz vor einer weiteren Yap-Ventura-Party. Er erklärte, seine Eltern könnten uns am Kino absetzen, und wirkte dabei merkwürdig nervös. Ich begriff nicht, warum er aufgehört hatte, mich anzuschaukeln, oder warum er wie ein Metronom hin- und herschwankte und ständig seine Brille hochschob.

Jetzt ergibt das alles einen Sinn.

»Moment mal, war das im Sommer vor der neunten Klasse?«, frage ich.

Er nickt.

Kurz, bevor er weggezogen ist.

Die Puzzleteile finden zusammen, und endlich erkenne ich, warum wir uns gestritten haben. In den zwei Wochen, nachdem Justin nach Texas gezogen war, haben wir uns ständig geschrieben. Alles war großartig, und wir haben Pläne geschmiedet, wie wir uns wiedersehen könnten –

Flüge, Züge oder quer durchs Land trampen. Dann fing die Highschool an, und da ich der Meinung war, er sei einfach ein guter Freund, habe ich ihm, als ich Paul kennenlernte, alles erzählt. Und da ging Justin auf Distanz. Ich habe ihm Nachrichten geschickt wie immer, aber er reagierte kaum noch. Einen Chat auf FaceTime habe ich verpasst, weil ich mit einer Gruppenarbeit beschäftigt war, und daraufhin haben wir uns gestritten. Er sagte, es täte ihm leid, dass er nicht problemloser sei. Ich gab zurück, er sei nie bequem gewesen, was anders herüberkam, als ich es gemeint hatte. An diesem Punkt sagte er, er wolle sich nicht mehr mit mir abgeben, ich sei es nicht wert. Ich war niedergeschmettert. Ich habe darauf gewartet, dass er sich entschuldigen würde, aber er hat sich nie wieder bei mir gemeldet.

Die Leute sagten, ich hätte nicht davon ausgehen dürfen, den Kontakt zu jemandem halten zu können, der so weit weggezogen war. Dass die meisten Freundschaften aus der Kindheit nicht andauerten. Doch ich wusste, dass mehr dahintersteckte. Ich hatte nur keine Ahnung, was. Irgendwann musste ich aufgeben. Aber wie sich jetzt herausstellt, mochte er mich, und ich habe ihn verletzt.

Eine Million Entschuldigungen stauen sich hinter meinen Lippen auf. Am liebsten möchte ich Justin sagen, es tut mir leid, dass er sich zurückgewiesen fühlte, auch wenn er inzwischen darüber lachen kann. Weil ich nur zu gut weiß, wie sich Zurückweisung anfühlt. Dass ich mein erstes Date gern mit ihm gehabt hätte. Und ich frage mich, was gewesen wäre, wenn er und nicht Paul mein erster Freund geworden wäre. Aber ich kann nichts davon ändern, und es kommt mir nicht richtig vor, es vier Jahre später zu sagen. Es ist zu wenig und kommt zu spät.

»Ich hätte gern diesen Film mit dir gesehen«, sage ich stattdessen.

Er lächelt herzlich und nippt an seinem Tee. Wenigstens einer von uns wedelt nicht damit herum wie ein gestörter Roboter.

»Witzigerweise kommt er jetzt auf Netflix«, sagt er.

Wir könnten ihn zusammen anschauen – so tun, als hätten wir das Date gehabt. Aber es ist anders, intimer, einen Film auf der Couch zu streamen. Bei dem Gedanken reibe ich mit den Handflächen über meine Schürze, obwohl sie trocken sind. Aber ich habe wirklich keinen Grund, nervös zu sein. Justin ist mein Freund. Auch wenn er mit mir ausgehen wollte, waren wir vor vier Jahren schließlich noch Kinder. Das heißt nicht, dass er sich wünscht, das hier wäre mehr als eine freundschaftliche Zusammenkunft.

Oder?

Ich stemme die Hände in die Hüften, eine Imitation meiner Mom. »Justin Michael Simmons, lädst du mich etwa zu ›Netflix und Chillen‹ ein?«

»Nein«, sagt er und reißt die Augen auf; ein Bild der Unschuld. »Klingt aber, als wolltest du das. Vielleicht sollten wir es ›Filmabend‹ nennen – hier sind schließlich Kinder.« Er wackelt mit den Augenbrauen und wartet lächelnd auf meine Antwort.

Ich lache. »Bei mir? Donnerstagabend?«

»Klingt gut«, sagt er. »Ich komme nach der Arbeit vorbei. Popcorn und Erdbeer-Gummischnüre?«

»Auf jeden Fall. Ich besorge noch mehr Snacks, denn

Davey hat sich inzwischen zu einem menschlichen Staubsauger entwickelt, wenn du verstehst, was ich meine.«

Er lacht, kramt dann in seiner Tasche und zieht einen Zwanziger hervor.

»Dein Geld gilt hier nicht«, sage ich und schiebe es zurück. Ich werde seinen Tee und seinen Scone von meinem Trinkgeld bezahlen.

Er streckt den Arm aus, legt die Hand auf meine und drückt sie auf das Geld. Im Vergleich zu früher sind unsere Hände so unterschiedlich. Und bei dem Gefühl von seiner Hand auf meiner überschlägt sich mein Magen.

Wir sehen einander in die Augen, und ein Lächeln tritt auf sein Gesicht. Ich starre ihn an und vergesse zu atmen.

»Bitte«, sagt er. »Das Wechselgeld ist für dich.«

Er löst die Hand von meiner, und ich brauche ein paar Sekunden, um meine Benommenheit abzuschütteln.

»Nein. Hier«, sage ich. Ich muss zwei Anläufe machen, um das Geld in die Hand zu nehmen.

Er sieht mir in die Augen, wendet sich dann ab und rennt davon. In seinem komischen Laufstil mit den kleinen Schritten verlässt er den Laden, sieht durch das Schaufenster zurück zu mir und setzt sich dann wieder in Bewegung. Ich stehe lachend und kopfschüttelnd hinter der Theke.

Aber ich kann nur daran denken, was für ein Gefühl es war, ihm in die Augen zu sehen, während seine Hand auf meiner lag. Ich kann es nicht besser erklären, aber es fühlte sich an, als reiche mir jemand einen Schirm, nachdem ich im Regen nass geworden bin. Zwischen uns ist einfach eine herrlich entspannte, behagliche Stimmung entstanden.

Erst nachdem ich die Bestellung abgerechnet habe, geht es mir auf: Ich habe mich gerade mit Justin Michael Simmons verabredet. Und es ist möglich, dass es ein *richtiges* Date ist.

Was mache ich jetzt bloß?

26. Kapitel

Es ist Dienstagabend, und ich trage schon wieder ein Kleid. Als ich zur Arbeit bei Berry Plum gegangen bin, kam ich mir ganz aufgebrezelt vor, aber Katia hat doch tatsächlich eine echte Orchidee hinter dem Ohr stecken.

Was soll ich machen? Damit kann ich nicht konkurrieren.

Es ist ruhiger als bei der Abendschicht gestern. Wir haben nur wenige Gäste: ein älteres Paar, das vor ein paar Minuten gekommen ist, zwei College-Freundinnen, die seit ungefähr einer Stunde über einen Philosophen debattieren, und eine Familie mit kleinen Kindern, die für so viel Zucker viel zu spät auf sind. Ich vermute, dass sie Touristen sind, denn die Kinder haben etwas von »Magic Kingdom« gekreischt, während sie um den Tisch herumrannten.

Winter Park liegt, je nach dem Verkehr auf der Interstate 4, zwischen fünfundvierzig und zehntausend Minuten von Disneyland entfernt, daher kommen nicht viele Touristen her. Justin Michael meinte, sein Arbeitsweg nach Disneyland sei nicht so toll, aber Houston ist natürlich immer schlimmer.

Er wohnt bei einem Cousin in Baldwin Park, einem weiteren Vorort von Orlando. Als wir uns gestern Abend auf FaceTime unterhalten haben, hat er mit mir einen virtuellen Rundgang durch die schicke Junggesellenwohnung unternommen. Er hat mir auch sein Bett gezeigt, und ich bin unwillkürlich rot geworden.

Ich hasse mein Gesicht.

»Fangen wir an, zuzumachen, damit wir pünktlich hier rauskommen«, sagt Katia. »Ich habe ein Date.« Sie dreht sich ein wenig.

»Ooh. Mit wem?«, frage ich. Ich habe sie noch nie so aufgeregt erlebt.

»Lee. Ich habe ihn dieses Wochenende bei einem Konzert kennengelernt, und wir haben uns gestern Abend getroffen«, erklärt sie. Sie nennt mir den Namen einer Gruppe, von der ich noch nie gehört habe. In dieser Hinsicht ist Orlando cool – eine große Mischung von Musikgeschmäckern. Country-Musik, die ich liebe, und auch Techno, worauf Paul immer stand, was ich überhaupt nicht verstehen konnte.

Katia kommt hinter der Theke hervor. Dienstags kommen so spät normalerweise keine neuen Gäste mehr, daher nimmt sie eine der weniger beliebten Eismaschinen auseinander. Wir bauen jeden Abend eine ab, um sie zu putzen, und die Tagschicht setzt sie wieder zusammen. Ich wische die anderen Maschinen ab und mache im Prinzip für den Abend zu.

Die Familie versteht den Hinweis. Sie stehen auf, werfen ihren Müll weg und gehen. Das ältere Paar ist noch mit seinem Eis beschäftigt. Die College-Freundinnen haben ihres schon lange gegessen.

Da wir fast fertig sind, greife ich nach meinem Handy und schreibe Cari, damit sie mich in einer Viertelstunde abholt.

Ich habe wieder eine Nachricht von Justin, auf die ich einen schnellen Blick werfe. Auf dem Bild hält er ein schwer zu erkennendes Stück Obst in der Hand, das er im Kühlschrank seines Cousins gefunden hat. Es ist schwierig zu identifizieren, weil es von Schimmel in allen Farben überzogen ist, und Justin zieht daneben eine lustige entsetzte Grimasse.

Ich lache. Es ist schön, dass wir wieder miteinander reden – obwohl ich mir immer noch nicht sicher bin, ob unser Filmabend ein Date ist oder nicht. Oder ob ich mir das wünsche. Oder er.

Ich fühle mich ein wenig komisch dabei, mit Jungs zu schreiben – jedenfalls mit einem, von Eugene habe ich immer noch nichts gehört –, obwohl ich irgendwie noch mit Paul zusammen bin, aber schließlich war er derjenige, der sich mit anderen treffen wollte, daher ist das in Ordnung. Oder? Kein Grund für ein schlechtes Gewissen.

Anmerkung: Ich habe trotzdem ein total schlechtes Gewissen.

Paul hat mir auch geschrieben. Er hat gefragt, ob ich seine letzte Nachricht bekommen habe, und wollte wissen, ob es mir gut geht. Ich habe geantwortet, mir gehe es prima, ich hätte nur viel Arbeit. *Gut, ich habe mir schon Sorgen gemacht*, hat er geantwortet. Keine Ahnung, wieso er sich

Gedanken gemacht hat, und ehrlich gesagt hatte ich zu viel um die Ohren, um oft an ihn zu denken.

Die Türglocke läutet, und ich werfe mein Handy seufzend in die Handtasche. Jetzt muss ich die Eismaschinen noch einmal abwischen. Da habe ich wohl doch zu früh damit angefangen. Ich versuche, ein starres Lächeln aufzusetzen, aber als ich aufblicke, klappt mir die Kinnlade herunter, denn vor mir steht Aaron, der Baseballspieler.

»Hi … hey«, sage ich.

Er verzieht das perfekte Gesicht zu einem warmen Lächeln. »Jasmine.«

Schmetterlinge fliegen in mir auf und flattern herum, als er den Blick auf mich richtet. Ich bin nicht die Einzige, die ein wenig von seinem Glanz geblendet ist. Er trägt ein einfaches T-Shirt und Shorts, aber alle im Café haben mit dem aufgehört, was sie tun, um diesen Mann anzuschauen. Sogar die College-Studentinnen habe ihre endlose Debatte beigelegt. Und ich habe ein ungewohntes Gefühl dabei, in seiner Nähe zu sein. Ich komme mir fast ein wenig bedeutender vor. Vielleicht färbt seine Starqualität auf mich ab.

»Wa… was machst du denn hier?«, frage ich. Anscheinend habe ich eine Betriebsstörung entwickelt, die beim Anblick von heißen Typen einsetzt. Toll – genau das hat mir noch gefehlt.

»Deine Verwandten haben erwähnt, dass du hier arbeitest, und mir das Café empfohlen«, erklärt er. »Wir hatten heute ein Heimspiel, da dachte ich, ich schaue vorbei. Es ist nett hier. Richtig nett.«

Ich segne und verfluche meine Familie gleichzeitig für ihre Einmischung. Eine kleine Vorwarnung wäre schön gewesen. Teagan und Joe waren vorhin eine Weile hier –

sie hätten es mir sagen können, falls sie es wussten. Aber wer weiß schon, wer aus meiner Familien-Großpackung es erwähnt hat.

Wenigstens ist das Berry Plum *wirklich* hübsch. Die Zielgruppe sind Kinder, aber es ist so schick eingerichtet, dass sich auch Erwachsene dort wohlfühlen.

»Ähm, ja, du solltest was probieren, auf jeden Fall«, sage ich. Dann klappe ich den Mund so schnell zu, dass meine Zähne hörbar zusammenklicken. Ernsthaft, Jasmine, du solltest für immer schweigen.

»Kann ich mir einfach nehmen, was ich will?«, fragt er und beugt sich ein wenig vor.

Ich spüre, wie ich rot werde, aber … es ist Joghurt. Er fragt nach dem Frozen Yogurt, du Chaotin.

»Ja, ja, bitte.« Ich zeige auf die großen Becher und die Schüsseln mit den Waffeln, die auf der rechten Seite aufgestapelt sind. Er setzt sich in Bewegung.

»Sag Bescheid, wenn du einen Versuch wagen willst«, sage ich.

In der Sekunde, in der die Worte meinen Mund verlassen, wird mir klar, wie das geklungen hat. Wir sehen einander in die Augen, und ich drehe mich von ihm weg, weil ich es nicht aushalte.

»Jasmine«, sagt er.

Neeeein.

Widerstrebend drehe ich mich wieder um.

»Mache ich«, setzt er durchtrieben lächelnd hinzu.

In meiner Kehle bildet sich ein schrilles *Iiip.* Zum Glück kann er es, glaube ich, wegen des Radios, das Katia viel zu laut aufgedreht hat, um die Gäste zum Gehen zu bewegen, nicht hören. Wie gerufen kommt sie aus dem

Lagerraum zurück. Sie bleibt stehen und starrt den umwerfenden muskulösen Mann an, der sich unter unserem Angebot an Frozen Yogurt umsieht.

»Welche ist deine Lieblingssorte, Jaz?«, fragt er mit einem Blick über die Schulter.

Katia blickt verwirrt zwischen ihm und mir hin und her, und ihre großen Augen werden noch größer.

»Ich mag am liebsten Espresso«, erkläre ich. »Aber ich nehme auch manchmal Natur, wenn ich Lust auf Toppings habe.«

»Beides eine gute Wahl«, meint er. Er gibt etwas von beidem in seine Schale und schlendert zu den Toppings.

Unsere Bar für die trockenen Toppings hat eine Auswahl von süßen Streuseln, Nüssen und Cerealien in kleinen Behältern. Dann haben wir noch eine Kühltheke mit frischem Obst, Schlagsahne, Bubbles und Desserts. Schließlich gibt es noch heiße Toppings, also warme Soßen.

Katia schiebt sich neben mich. »Wer ist *das* denn?«, flüstert sie in scharfem Ton.

»Aaron. Er ist … ein Freund der Familie.«

»Deine Familie ist besser als meine«, sagt sie. »Der wäre *toll* als Trostpflaster für dich.«

Bevor ich Einwände erheben kann, geht sie davon, um die M & Ms aufzufüllen.

»Entschuldigung«, sagt sie und tritt grinsend um Aaron herum.

Er macht ihr Platz und zeigt auf die Behälter. »Bitte«, sagt er.

Sein Nashville-Akzent ist jetzt deutlicher, oder vielleicht will ich ihn nur hören.

Ich sehe zu, wie er sich unter den Toppings umsieht, als mein Handy einen Ton von sich gibt. Ich werfe einen Blick darauf und sehe eine Nachricht von Cari.

Cari
Tut mir schrecklich leid, aber ich kann dich gerade nicht abholen. Kannst du dir ein Lyft nehmen? Ich geb dir das Geld zurück.

Ich stöhne auf. Laut. Viel lauter, als ich vorhatte. Aaron dreht sich um, und Katia ebenfalls.

»Was ist passiert?«, fragt sie. Sorge steht in ihren Rehaugen. Wir waren nie eng befreundet. Erst als Paul sich mit anderen Mädchen treffen wollte, sind wir uns nähergekommen, und jetzt denkt sie bestimmt, dass mein Aufstöhnen etwas mit ihm zu tun hat.

»Ach, nichts«, sage ich. »Ich kann nur nicht abgeholt werden.«

»Mensch, ich würde dich ja fahren, aber ich werde selbst abgeholt«, sagt Katia. »Ich könnte Lee fragen …«

»Nöö, nicht so schlimm. Ich rufe mir ein Lyft«, winke ich ab. Ich will auf keinen Fall bei ihrem Date das fünfte Rad am Wagen sein.

Aaron stellt seinen Frozen Yogurt auf die Theke. Ich mustere die Toppings, die er ausgesucht hat: Schokoladenstreusel für den Espresso-Joghurt, zusammen mit ein paar Mandeln und Gebäckstückchen. Maraschino-Kirschsoße und Schokoladenbrownies für die Seite mit der Vanille.

»Ich kann dich nach Hause fahren, wenn du willst«, bietet Aaron an. Seine Stimme ist tief und läuft vibrierend durch meinen Körper.

»Ist schon okay«, sage ich, um höflich zu sein.

Ich starre ihn an, und es sieht aus, als hätte seine Haut nicht einmal Poren, so vollkommen ist er. Er erwidert meinen Blick und zieht die Augenbrauen hoch, und ich vergesse, ihm den Preis zu sagen – momentan meine einzige Aufgabe. Er reicht mir eine Kreditkarte, und ich denke – gerade eben noch – daran, sie durchzuziehen. Ich drehe den Bildschirm so, dass er ihn sehen kann. Dafür, dass der Frozen Yogurt nur sechs Dollar kostet, gibt er ein dickes Trinkgeld. Ich kann nichts dagegen tun, weil die Eingabe schon verarbeitet ist.

»Das war wirklich nicht nötig«, sage ich.

»Kein Problem. Und dich abzusetzen ist auch kein großes Ding.«

»Liegt es auf deinem Heimweg?«

Er lächelt. »Nein. Aber es ist nicht weit. Ich wohne im Stadtzentrum.«

»Oh. Du sollst aber keinen Umweg fahren«, protestiere ich.

Ich spüre Katias Blick. *Was zur Hölle, nimm doch die Mitfahrgelegenheit von diesem superheißen Typ an, der dich irgendwoher kennt.* Aber ich hasse es, anderen zur Last zu fallen. Auch wenn er aussieht wie eine Statue und ich unbedingt herausfinden will, wie seine Nase so gerade sein kann. Paul musste sich die Nase machen lassen, nachdem er sie sich beim Fußball gebrochen hatte, aber ich bezweifle, dass Aaron operiert ist. Er besitzt dieses entspannte Selbstvertrauen von jemandem, der perfekt auf die Welt gekommen ist. Cari ist auch so. Als wären sie nie im Leben die Treppe hinuntergefallen … oder über einen Gabentisch gestolpert.

»Ich will dich ja nicht unter Druck setzen«, sagt er, »aber bei meinen Schwestern zum Beispiel hätte ich immer ein besseres Gefühl, wenn sie von jemandem nach Hause gebracht würden, den sie kennen, statt einen Mietwagen zu nehmen.« Er zuckt die Achseln und greift nach seinem Becher.

Mein Dad fährt für eine solche Firma, aber sogar er sagt, ich soll aufpassen. Nur normale, vernünftige Vorsichtsmaßnahmen, zum Beispiel ein schlechtes Bauchgefühl bei einem Fahrer nicht ignorieren oder auf die Route achten. Mein Bauchgefühl bei Aaron ist, dass er ein netter Kerl und unfassbar heiß ist.

Er steht vor mir und isst einen Löffel. »Mit dem Espressogeschmack hattest du recht. Es ist wirklich gut.«

»Wie viele Schwestern hast du denn?«, frage ich.

»Drei. Alle jünger. Wir sind wie die Orgelpfeifen: zwanzig«, er zeigt auf sich selbst, »achtzehn, sechzehn und rotzfreche vierzehn.«

Er wischt über sein Handy und zeigt mir eine unglaublich schöne Familie an einem Seeufer. Er trägt ein blaues Button-down-Hemd und seine Schwestern hellblaue Kleider, und bei ihnen steht eine ältere Frau, die seine Mom sein muss.

»Was für eine wunderschöne Familie«, meine ich. »Hat dein Dad das Foto gemacht?«

»Nein. Er war auf einem Auslandseinsatz. Eigentlich hat meine Mom uns großgezogen. Und sie würde mir ganz schön den Kopf waschen, wenn ich dir nicht anbieten würde, dich zu fahren, oder wenigstens mit dir warte, um sicherzugehen, dass der Fahrer vertrauenswürdig wirkt.«

Ich bin entzückt. Er ist fast übertrieben charmant.

»Tja, ich würde deiner Mom keine Sorgen bereiten wollen …«

»Das solltest du auch nicht.« Er lächelt. »Sie ist eine ziemlich taffe Frau.«

»Sie muss sehr stolz auf dich sein«, sage ich.

Er lächelt und sieht auf die Theke hinunter. »Sie freut sich, dass ich es geschafft habe.«

Etwas daran, wie er das sagt, kommt mir merkwürdig vor. Ich habe das Gefühl, dass mehr dahintersteckt; dass ich einen Blick hinter seine Fassade erhascht habe, aber ich kenne ihn nicht gut genug, um zu fragen. Er lächelt wieder, und seine Miene wirkt erneut ungekünstelt und freundlich.

Das ältere Paar geht, und jetzt sind nur noch die Studentinnen übrig.

»Ach, zum Teufel«, sagt Katia halblaut. Sie geht davon, und plötzlich wird es im Laden dunkler, als sie das Licht ausschaltet.

Die Mädchen verstehen den wenig diskreten Wink und gehen.

»Entschuldige mich kurz«, sage ich zu Aaron. »Wir müssen zumachen, aber … bleib, wo du bist.«

»Klar. Lass dir Zeit«, erwidert er.

Katia und ich erledigen die restlichen Arbeiten, vom Wegräumen der gekühlten Toppings bis zum Zählen der Kasse. Ich bin mir nicht sicher, wer es eiliger hat, von hier zu verschwinden, sie oder ich.

Immer wieder werfe ich Aaron Blicke zu, denn ich bin mir sicher, mir nur eingebildet zu haben, dass jemand, der so gut aussieht, ganz ruhig dort sitzt und auf mich wartet. Paul ist immer ausgeflippt, wenn ich nicht fertig war, sobald er mich abholen kam. Nicht im Laden natürlich, aber nachher im Auto. Ich habe ihm irgendwann immer erst geschrieben, wenn wir schon fertig waren, um sicherzugehen, dass ich ihn nicht warten lassen würde. Und dann habe ich allein draußen gesessen. Das hat ihn nie gestört. Und ich bin nie auf die Idee gekommen, mich darüber zu ärgern, weil er sich schließlich die Mühe machte, mich zu fahren.

Vielleicht hätte ich mehr von ihm erwarten sollen.

Ich schließe die Hintertür des Ladens ab, und wir gehen durch den Vordereingang hinaus. Dann stehen wir zu dritt in der drückenden Luft und sehen einander an.

»Danke, dass ich bleiben durfte, Ladys«, sagt Aaron.

»Jederzeit wieder«, erwidere ich.

»Du solltest noch mal vorbeikommen«, sagt Katia und wirft mir den offensichtlichsten Blick der Welt zu.

Und ich dachte, meine Familie wäre übel.

Eine Sekunde später – und keinen Augenblick zu früh – fährt ein Jetta auf den Parkplatz.

»Tja, ich werde abgeholt«, erklärt Katia. »Viel Spaß euch beiden. Tut nichts, was ich nicht auch tun würde.«

Mit einem Zwinkern geht sie davon und steigt in das Auto. Sie beugt sich über die Mittelkonsole und küsst die Person, von der ich annehme, dass es sich um Lee handelt. Ich versuche, mich angesichts der Knutschszene vor mir und mit Aaron neben mir nicht unbehaglich zu fühlen. Aber wo soll ich sonst hinsehen?

Eine sehr lange Minute später setzt der Jetta zurück und fährt mit einem Hupen davon.

»So, wie hast du dich entschieden?«, fragt Aaron. »Ein Lyft, oder kann ich dich nach Hause fahren? Mir ist beides recht. Ich will auch nicht, dass du dich dazu gedrängt fühlst, zu mir ins Auto zu steigen. Knutschen ist allerdings nicht erforderlich.«

Ich lache, und dann piept mein Handy.

Ich krame in meiner Handtasche, aber jetzt stelle ich mir automatisch vor, wie es wäre, mit Aaron zu knutschen. Ich greife mehrmals daneben.

»Tut mir leid. Lass mich nur sehen, ob das Cari ist«, sage ich.

Er runzelt die Stirn. »Wer?«

»Meine Schwester«, erkläre ich.

»Oh. Carissa. Du nennst sie Cari?« Er lächelt. »Ihr seid süß zueinander.«

»Kann schon sein, aber sie ist diejenige, die mich mit dem Abholen versetzt hat. Also kommt sie mir gerade nicht wirklich süß vor.« Endlich finde ich mein Handy und entsperre es.

Es ist nicht Cari, sondern June. Emily geht es nicht gut, und June will sie morgen besuchen. Ich arbeite morgen im Tierheim, aber ich kann bestimmt vorher vorbeischauen. Sobald ich zu Hause bin, werde ich ihr zurückschreiben.

Ich lasse das Handy in die Tasche fallen.

»Ist sie mit ihrem Freund unterwegs?«, fragt er.

»Cari? Nein, sie hat keinen. Ich glaube, sie hatte noch nie einen.«

Obwohl meine Schwester so von Romantik besessen ist, hatte sie noch nie eine richtige Beziehung.

Er zieht die Augenbrauen hoch. »Wie ist das möglich? Sogar meine jüngste Schwester hat einen. Mir gefällt nicht, dass Cam, das Schnoddermonster, einen Freund hat, aber ich habe es akzeptiert. Einigermaßen.«

Er zieht eine Grimasse, und ich lache. Es hat etwas Herziges, wie er von seinen Schwestern redet, sogar der, die er ein Schnoddermonster nennt. Er hat einen ausgeprägten Beschützerinstinkt, ohne es zu übertreiben.

»Hmm, falls dein Angebot noch steht …«, sage ich.

»Nein, sorry, gerade abgelaufen …« Er wirft einen Blick auf sein Handgelenk, an dem er keine Uhr trägt. »Vor fünf Sekunden. Verflixt. Du warst so nah dran.«

Ein Lächeln breitet sich auf seinem Gesicht aus, und er drückt einen Knopf. An einem schicken roten Audi blitzen die Lichter auf. Er zeigt auf den Wagen.

Er hat die schnittigen Linien eines sündhaft teuren Autos. »Nettes Raumschiff«, meine ich und folge ihm zur Beifahrerseite.

»Und dabei sind wir noch nicht mal gestartet.« Er zieht kurz die Augenbrauen hoch, und ich wende schüchtern den Blick ab. Dann öffnet er die Beifahrertür und schließt sie hinter mir wieder. Ich falle praktisch auf den Sitz, aber tun wir einfach so, als wäre das nicht passiert.

Das Innere ist mit Leder ausgestattet und spacig. Nur hier zu sitzen gibt mir das Gefühl, cool zu sein. Und zum ersten Mal in meinem Leben *will* ich bemerkt werden. Ich *will*, dass die Leute mich in diesem schicken Auto mit diesem umwerfenden Kerl sehen. Ich *will* Aufmerksamkeit. Ich wünschte, die Kids, die bei diesem Lagerfeuer in der Mittelstufe dabei waren, würden in diesem Moment vorbeigehen. Vor allem der Kerl, der »nein, dich auf keinen Fall« gesagt hat. Mir selbst ist ja klar, dass Aaron nur freundlich ist, aber das würden sie ja nicht wissen.

Aaron synchronisiert sein Handy und gibt meine Adresse ein. Ich frage mich, woher er weiß, wo ich wohne, aber dann fällt mir wieder ein, dass er auf meiner Party war.

Mein Magen verkrampft sich, weil ich allein mit ihm und ihm so nahe bin. Er riecht wie ein Oktobertag – wie dieser Moment, wenn die Luftfeuchtigkeit plötzlich sinkt und die Luft frisch riecht. Und er scheint sich ein wenig weiter als nötig zu mir herüberzubeugen. Doch dann richtet er sich auf, als die Wegbeschreibung beginnt.

»Ernsthaft, danke fürs Mitnehmen«, sage ich.

»Kein Problem. Ich hatte ohnehin gehofft, dich zu sehen«, gibt er zurück.

»Ach ja? Wieso?«

Ich klinge genauso schockiert, wie ich bin. Ein nervöses Prickeln läuft an meinem Rückgrat hinauf.

Er lacht, setzt zurück und folgt den Anweisungen. »Tja, ich dachte, wenn du Samstagabend Zeit hast, könntest du mit deiner Familie ein Spiel ansehen kommen.«

»Oh.« Wir waren noch nie bei einem Spiel der Regionalliga, und eigentlich schaue ich keinen Baseball, aber das könnte lustig werden.

»Ich spiele am Samstag«, setzt er hinzu.

»Oh!«, sage ich viel zu laut.

Sein Blick huscht zur mir herüber.

»Sehr gern«, schiebe ich in normaler Lautstärke hinterher. »Keine Ahnung, was meine Eltern vorhaben, aber Davey oder Cari wollen bestimmt kommen.«

»Toll. Ich hinterlege dann drei Freikarten an der Kasse. Sagt einfach, dass ihr meine Gäste seid.«

»Das ist wirklich lieb, aber wir können auch bezahlen.«

»Ich kriege Karten für meine Familie, meine Leute leben allerdings in Nashville. Wäre nett, im Publikum ein paar vertraute Gesichter zu sehen.« Er wirft mir einen Blick zu. »Besonders so hübsche.«

Ich bin dankbar dafür, dass es dunkel ist, denn mein Gesicht wird gerade mindestens so rot wie das Auto, das zu mir nach Hause rast. Aber zu seinem Spiel zu gehen ist kein Date. Wir würden ja nicht einmal miteinander reden. Er ist einfach nur nett und braucht Freunde in der Stadt.

Glaube ich.

27. Kapitel

Am nächsten Morgen steht June pünktlich vor meiner Tür. Sie fährt mit mir bei Emily vorbei, und anschließend bringt sie mich zum Tierheim. Cari hat versprochen, mich nach meiner Schicht abzuholen … Dieses Mal wirklich.

Wie sich herausstellte, hatte sie eine einstündige Bachelor-Fragestunde auf Reddit versehentlich für gestern Abend statt für heute angesetzt. Ich kann nicht glauben, dass so viele Leute Fragen an meine Schwester haben, aber ich habe gesehen, wie die Benachrichtigungen auf ihren Konten explodiert sind. Das ist wohl einfach etwas, von dem ich nichts verstehe.

Doch es war nicht schlimm, dass sie mich versetzt hat, denn Aaron war ja da. Wir haben auf dem ganzen Weg nach Hause alte Country-Songs gehört, und am Ende haben wir unsere Nummern ausgetauscht. Keine Ahnung, warum jemand wie er sich für mich interessieren soll, aber ich versuche, nicht allzu sehr darüber nachzudenken. Genau, wie ich versuche, nicht daran zu denken, dass ich mich morgen mit Justin treffe. Kaum zu glauben, dass mich zwei Jungs in einer Woche einladen, aber ich lasse es einfach auf mich zukommen.

Ich sinke auf den Beifahrersitz von Junes silbernem Ford Mustang, und sie reicht mir einen Eiskaffee von Dunkin' Donuts. Im Getränkehalter steht noch ein Haselnuss-Cappuccino, der für Emily sein muss.

»Konntest du sie erreichen?«, frage ich.

June schüttelt den Kopf. »Heute noch nicht. Gestern hat sie gesagt, es sei das pure Chaos, und hat dann nicht mehr zurückgeschrieben, daher der Spontanbesuch.«

»Was glaubst du, was da los ist?«, frage ich.

»Keine Ahnung. Vielleicht etwas mit ihrer Schwester oder ihrer Mom? Ein Junge kann es nicht sein, weil sie seit Shawn mit niemandem zusammen war – Gott sein Dank.«

Ich verziehe die Lippen. Das Desaster mit Shawn war irgendwie meine Schuld. Paul und ich hatten Emily und Shawn einander vorgestellt. Die beiden hatten sich sofort gut verstanden, entwickelten sich aber rasch zu einem grauenhaft dramatischen Paar. Geschrei, tränenreiche Trennungen, leidenschaftliche Versöhnungen, eifersüchtige Ausbrüche, alles in allem eine Art Mini-Version ihrer Eltern – was wir ihr nie sagen konnten, weil sie dann ausgerastet wäre.

Die zehnte Klasse zog sich ziemlich hin.

Mit dem Auto ist es nicht weit zu Emily. Sie wohnt bei Paul um die Ecke. Der Gedanke, mich in seinem Viertel aufzuhalten, gefällt mir nicht, aber wenigstens sitzen wir in Junes neuem Mustang und nicht in meinem geliehenen Corolla.

Wie viele Menschen in Winter Park hat die Familie Reyes jede Menge Geld. Keine Ahnung, was Pauls Eltern machen, abgesehen davon, dass sie reich sind und damit angeben. Es war mir immer superpeinlich, den Corolla neben einem Bentley und einem Mercedes mit Flügeltüren zu parken. Vorher hatte es mich in Verlegenheit gestürzt, wenn Mom mich mit ihrem abgewrackten alten Honda abholte. Und ich hasste es, so zu denken. Ich mache mir nichts aus Luxus und war dankbar dafür, gefahren zu werden. Ich bin stolz darauf, dass meine Mom und mein Dad so hart arbeiten. Aber … es ist mir aufgefallen.

Paul hat mich in dieser Hinsicht weder positiv noch negativ beeinflusst. Aber er pflegte kleine Bemerkungen wegen des Essverbots in meinem Auto zu machen und meinte, es sei doch »nur« ein Corolla. Vielleicht wusste er ja nicht, dass diese Bemerkungen mich verletzten.

Heute Morgen hat er mir wieder geschrieben und gefragt, ob wir reden könnten. Noch habe ich ihm nicht geantwortet, denn erstens kommt Emily zuerst, und zweitens weiß ich nicht, was ich sagen soll. Eigentlich wollte er, dass wir bis August nicht miteinander reden, und entgegen allen Erwartungen genieße ich die Pause. Etwas sagt mir, dass es mir nicht guttun würde, ihn zu treffen.

Als wir auf Emilys kreisrunder Auffahrt anhalten, schiebe ich die Gedanken beiseite. June schnappt sich den Cappuccino, und wir klingeln. Melodische Klänge hallen durch das Haus, und nach fast einer Minute kommt Emily endlich an die Tür.

Ihre haselnussbraunen Augen sind rot gerändert, und sie trägt immer noch ihre Schlafanzughose und ein Tanktop. Sie ist beinahe so groß wie Cari, aber jetzt steht sie krumm da.

»Wir haben dir einen Cappuccino mitgebracht«, erklärt June und hält ihn ihr hin wie ein Friedensangebot. Emily sieht in ihre Richtung, nimmt ihn aber nicht.

»Kommt rein …«, sagt sie.

»Geht's dir gut? Was ist los?«, frage ich, nachdem wir die Tür geschlossen haben. June und ich stehen in dem riesigen Foyer herum.

»Elterndrama.« Emily seufzt und marschiert dann so energisch auf dem Marmorboden hin und her, als versuche sie, die Platten mit den Füßen aufzuwärmen.

»Vertragen … vertragen sie sich wieder nicht?«, erkundigt sich June diplomatisch.

»Nicht vertragen« ist die Untertreibung des Jahres. Einmal, als wir Emily abholen wollten, war ihre Mom dabei, die Sachen ihres Dads rauszuwerfen … vom Balkon im ersten Stock.

Endlich bleibt Emily stehen. »Nein. Schlimmer. Sie wollen es noch mal miteinander versuchen.«

Ich runzle die Stirn. Ich dachte, es wäre gut, wenn ihre Eltern wieder zusammenkommen würden. Eine Zeit lang hat Emily sich nichts mehr gewünscht, als ihre ganze Familie zurückzuhaben.

»Und jetzt willst du das nicht mehr?«, frage ich vorsichtig.

Ihre Augen werden feucht. »Nein! Meine ganze Welt ist zusammengebrochen, weil die beiden es ›nicht hinbekommen‹ haben. Und ich habe es akzeptiert. Ich habe akzeptiert, dass ›erwachsene Menschen sich verändern‹ und dass ›wir alle loslassen müssen‹. Und jetzt wollen sie es wieder versuchen? Jetzt spielen sie zweite Flitterwochen, weil sie ›bereit‹ sind? Ernsthaft? Das ist so ein Schwachsinn.«

Ich weiß nicht, was ich sagen soll. June und ich haben so etwas in unseren Familien noch nie erlebt. Wahrscheinlich ist es das Beste, wenn wir Emily schimpfen lassen, für sie da sind und ihr zuhören.

Emily nimmt schließlich den Cappuccino, hält aber inne, bevor sie einen Schluck nimmt. »Wisst ihr, manche Leute brauchen keine zweite Chance, wenn etwas aus gutem Grund zu Ende gegangen ist.«

Sie starrt mich an, und ihre Worte kommen bei mir an und schmerzen mich. Aber sie redet nicht von mir, oder? Das mit Paul ist nicht zu Ende – nicht wirklich.

»Gestern Abend sind sie mit mir ins Lantern & Jacks gegangen und haben mich angesehen, als wollten sie sagen: ›Wieso regst du dich auf, Schatz?‹, und ich ertrage das nicht«, erklärt sie. »Ich tue mir das nicht noch einmal an. Sie sind genau dieselben Menschen, die sie vor einem Jahr waren, und wenn sie das machen, ziehe ich aus. Jaz, suchst du immer noch eine Wohnung für August? Würdest du jetzt mit mir zusammenziehen?«

June und Emily drehen mir die Köpfe zu. Ich bin so in Zugzwang, dass ich ganz spontan reagiere.

»Umpf.«

Brillant. Aber ich kämpfe immer noch mit dem Umstand, dass sie einfach so zu Lantern & Jacks gegangen sind, obwohl das Restaurant Monate im Voraus ausgebucht ist. Meine Gedanken wandern zu Eugene, von dem ich mir inzwischen sicher bin, dass er mir nie schreiben wird. Aber das ist jetzt *nicht* der richtige Zeitpunkt dazu.

Ausziehen. Genau. Ich weiß nicht. Keine Ahnung. Ich habe die ganze Sache bis zum ersten August auf Pause gestellt. Umziehen macht für mich keinen Sinn, wenn ich nicht mit Paul zusammenziehe, denn wenn ich zu Hause wohnen bleibe, spare ich eine Menge Geld. Wenn ich keine Miete zahlen müsste, könnte ich meinen Eltern sogar mit ihrer zweiten Hypothek helfen.

»Ich weiß nicht …«, sage ich. »Es ist gerade … so viel los … Seit der Party habe ich gar nicht mehr ans Ausziehen gedacht.«

Und das ist die Wahrheit. Ich habe aufgehört, jeden Tag die Websites mit den Wohnungsanzeigen zu durchkämmen. Ich ignoriere sogar die E-Mails mit den neuesten Angeboten von *Apartments.com.* Ich wollte wegen Paul ausziehen, nicht um meinetwillen, so viel ist mir durch unsere Auszeit klar geworden.

Emily und June wechseln Blicke, aber ich verstehe nicht, was sie einander mitteilen wollen. Und das ist komisch, weil ich immer weiß, was June denkt, seit wir acht waren.

»Was?«, frage ich.

»Nichts«, sagt Emily.

»Nichts«, sagt June.

Klar.

Vielleicht gefällt es ihnen ja nicht, dass ich mir unsicher über meine Zukunft bin. Möglich, dass sie es schwach von mir finden, auf Paul zu warten. Mehr als einmal haben sie meinen Wunsch hinterfragt, hier in der Gegend auf ein öffentliches College zu gehen statt an eine Universität. Aber dieses Mal habe ich das Gefühl, dass mir etwas Bedeutenderes entgeht. Es fühlt sich fast an, als wüssten sie etwas, was ich nicht weiß. Aber was?

»Hier stimmt doch etwas nicht«, sage ich. »Was ist es?«

Emily öffnet die Lippen, aber June schüttelt den Kopf. Sie sehen einander an, und es wirkt, als führten sie einen lautlosen Kampf, und das kommt mir sehr eigenartig vor. Schließlich seufzt Emily.

»Vielleicht ist es ein wenig überdramatisch von mir, ausziehen zu wollen«, meint Emily. »Aber ich kann nicht glauben, dass meine Eltern das tun.«

Anmerkung: Emily hat noch kein einziges Mal zugegeben, dass sie überdramatisch ist. Sogar, als sie einmal den halben Tag geheult hat, weil Shawn auf Instagram ein Foto vom Hund eines Mädchens gelikt hatte, hatte Emily das Gefühl, im Recht zu sein. Was ist das jetzt wieder für ein Unsinn? Wieso ist Emily so schnell umgeschwenkt? Warum ist June so merkwürdig still?

»Habt ihr schon gefrühstückt?«, fragt June.

»Nein«, sagt Emily. »Na ja, außer, man rechnet den Kaffee mit. Danke übrigens.«

»Jederzeit wieder«, sagt Junc. »Aber vielleicht macht Jaz uns ja ein richtiges Frühstück? Pfannkuchen?«

June starrt mich an, und dann huscht ihr Blick zu Emily, wie um zu sagen: Jetzt biete ihr schon an, Pfannkuchen zu machen, du Esel.

Ich bin schwer von Begriff, weil ich immer noch versuche, mir einen Reim darauf zu machen, wieso die beiden sich so komisch benehmen. Aber ich habe auch noch nicht gefrühstückt, und Pfannkuchen klingen wirklich gut. Außerdem haben die Underwoods eine großartig ausgestattete Küche.

»Wir können mithelfen«, erklärt Emily.

Ich kneife ein Auge zu. Sie können beide nicht kochen, und Emily hat schon ihre Mikrowelle angezündet … zweimal.

»Mit ›helfen‹ meine ich, dass wir mit dir reden, während du kochst«, sagt sie.

»Und wir waschen ein paar Teller ab«, setzt June hinzu. Emily nickt.

»Na schön«, stimme ich zu. »Alle Teller.«

»Abgemacht«, sagt Emily.

Wir gehen in die Küche. Ich kann zwar das Gefühl nicht abschütteln, dass mir etwas entgeht, aber die beiden würden mir nie etwas Wichtiges vorenthalten, daher konzentriere ich mich auf die Frage, was für Pfannkuchen ich backen soll. Blaubeere klingt perfekt.

28. Kapitel

Ein paar Minuten vor zwölf biegt June auf den Parkplatz des Tierheims ein. Nachdem ich Teig auf mein T-Shirt gekleckert und Emily mir absolut keine Ruhe gelassen hatte, habe ich mir ein Shirt von ihr geliehen. Keine Ahnung, warum sie so darauf bestanden hat, dass ich mich umzog, aber das ärmellose Shirt ist viel netter als alles, was ich normalerweise trage. Ich glaube, es ist aus Seide und hat wahrscheinlich genauso viel gekostet wie mein Schulabschlusskleid, aber Emily hat behauptet, es sei ihr zu eng und ich solle es behalten. Ich habe Angst, es schmutzig zu machen, aber ich arbeite heute an der Rezeption, sodass ich keine Flecke darauf bekommen sollte.

Berühmte letzte Worte.

Ich danke June fürs Fahren, steige aus dem Mustang und stehe vor dem massiven, beige gestrichenen Gebäude.

Nachdem ich einmal tief Luft geholt habe, öffne ich die

Tür und trete hinein. Ich setze mich auf den Stuhl hinter der leeren Rezeption und mache mich an die Arbeit.

Im Lauf der letzten zwei Jahre habe ich hier schon so ungefähr jede ehrenamtliche Aufgabe übernommen, vom Hundeausführen bis zum Sortieren von Papieren, aber in letzter Zeit habe ich mich darauf konzentriert, die Website zu verbessern, damit mehr Tiere vermittelt werden.

Kurz nach drei Uhr habe ich die Website und die sozialen Medien upgedatet und E-Mails beantwortet. Die Türglocke läutet, und es ist meine Aufgabe, Besucher zu begrüßen. Ich hoffe immer, dass es eine Familie ist, die ein Tier adoptieren will. Aber mittwochs sind es normalweise Lieferungen und manchmal jemand, der ein Tier bringt. Haustiere landen hier, wenn sie weglaufen, wenn ihre Besitzer sterben oder, sehr oft, wenn sie einfach nicht mehr erwünscht sind.

Ich blicke von meinen Papieren auf. Es ist jemand mit einer Kiste, die so groß ist, dass sie seine obere Körperhälfte verdeckt. Sieht nicht nach FedEx aus, daher müssen es Spenden sein, was großartig ist. Die können wir immer gebrauchen.

Aber dann wird der Karton auf den Boden gesetzt, und Eugene steht vor mir.

»Was?«, sage ich.

Anmerkung: »Was?« hat nicht zu der Million Dinge gehört, die ich ihm seit unserer Begegnung bei Publix sagen wollte.

»Du meine Güte. Hey«, sagt er. Er blinzelt ein paarmal.

Wir starren einander an, und ich wünschte wirklich, wir könnten von vorn anfangen. Am liebsten von der Sekunde an, in der er mich davor gerettet hat, in den Schlamm zu fallen, aber sonst zumindest von heute an.

»Warum … ähm … ich meine, was machst du hier?«, frage ich. Mein Herz pocht, als wolle es mir aus der Brust springen und davonlaufen. Es ist ein Grauen, in der Nähe eines Jungen zu sein, den man irgendwie mag.

»Ich liefere Spenden ab«, erklärt er. »Botenjunge der Sonderklasse zu deinen Diensten. Na, eigentlich in den Diensten meines Dads.« Er verbeugt sich elegant.

»Oh, das ist wirklich nett.«

»Arbeitest du hier?«, fragt er. »Oder hast du die Rezeption gekapert?«

Ich lache. »Ich bin ehrenamtliche Helferin.«

»Das ist cool.«

Mit einem Mal bin ich Emily besonders dankbar für das Shirt, denn ich hätte mich *unmöglich* zweimal hintereinander so vor ihm sehen lassen können; einmal in der Winnie-Puuh-Aufmachung und dann in einem fleckigen Fünf-Dollar-Tanktop. Als er nicht hinsieht, fahre ich mit der Zunge über meine Zähne und bete, dass keine Blaubeeren dazwischen kleben.

»Ich bin zum ersten Mal hier«, erklärt Eugene und sieht sich um. »Meine Eltern spenden jeden Monat an eine gemeinnützige Organisation, und dieses Mal sollte es um Tiere gehen, also spenden wir an den Tierschutz. An dieses Tierheim und an den Tierschutzverband.«

»Das ist wirklich nett von euch. Wir erhalten nicht annähernd so viele Mittel wie der Tierschutzverband. Der kriegt jede Menge Unterstützung und erhebt höhere Gebühren, aber wir strecken unseren Etat so weit, wie wir können. Wir wissen es sehr zu schätzen, was du gebracht hast. Ich kann dir eine Spendenbescheinigung geben, und du kannst versichert sein, dass wir alles benutzen werden. Und …«

Ich unterbreche mich, als mir klar wird, dass er mich anstarrt.

»Und … jetzt steige ich von der Bühne und höre auf, Reden zu schwingen«, sage ich.

Das Grübchen auf seiner Wange taucht auf. »Auf einer Bühne wärest du größer.«

Ich sehe ihn aus zusammengekniffenen Augen an. »Hast du Kleieflocken mit Rosinen dabei?«

»Ha.« Er klappt den Karton auf und kramt darin herum. »Wir haben Leinen, Halsbänder, aufwendige Kotbeutelspender, ein paar edle Hundekörbe aus einer äußerst überteuerten Haustier-Boutique, einen Katzenbaum und einen Haufen Leckerchen von Lantern & Jacks.«

»Lantern & Jacks stellt Hundekuchen her?«, frage ich stirnrunzelnd.

»Nicht offiziell. Die sind nur für das Tierheim«, erklärt Eugene.

»Steht *Lantern & Jacks* darauf?« Ich trete um die Theke herum und spähe in den Karton. Es müssen drei Dutzend Schachteln sein. Mein Hirn überschlägt sich. Das könnte alles sehr nützlich sein.

»Ja, sie sind in unseren Dessert-Boxen«, sagt Eugene und mustert die Behälter. »Der Schäferhund unseres Sous-Chefs liebt sie, daher nehme ich an, dass sie toll sind. Collins ist besessen davon, sein Hundefutter selbst herzustellen.«

»Würde es euch etwas ausmachen, wenn ich sie für eine Verlosung stifte?«, frage ich. »Das könnte eine gute Art sein, Spenden zu sammeln. Oder wir könnten sie als Ansporn für Adoptionen ausgeben – wenn Sie ein Haustier adoptieren, bekommen Sie Gourmet-Leckerli dazu und vielleicht eine Teilnahme an der Verlosung eines großen Geschenkkorbs mit einem überteuerten Hundekorb. Ich muss meine Chefin fragen, was sie besser findet.«

»Das sind beides großartige Ideen«, meint Eugene. »Macht, was immer euch eine größere Hilfe ist.«

Wir nicken und verstummen dann.

»Du hast nicht geschrieben«, sage ich – genauer gesagt, ich platze damit heraus. Ich sehe auf den Boden, als wäre er überaus interessant, bis ich schließlich den Mut zum Aufblicken finde. Er schaut zu mir herunter.

»Ehrlich gesagt hatte ich gehofft, du würdest mir schreiben«, erklärt er. »Was komisch klingt, nachdem ich es jetzt laut ausgesprochen habe. Ich hätte dir als Erster schreiben können, oder?«

»Ich … ich weiß nicht.«

Eine Sekunde starren wir einander an, und dann fangen wir an zu lachen. Eigentlich ist es nicht komisch, aber irgendwie auch doch. Wir haben beide ständig auf unsere Handys gesehen und gehofft, die andere Person würde den ersten Schritt machen.

»Ich habe mir viel zu viele Gedanken gemacht.« Er reibt sich den Nacken und lächelt schüchtern. »Ich habe einen Haufen Nachrichten geschrieben, sie aber nie abgeschickt.«

»Oh Gott, ich auch.« Viele, viele Nachrichten, doch wir brauchen hier nicht in die genauen Zahlen zu gehen.

»Ich würde mich wirklich gern irgendwann mit dir treffen«, sagt er. »Hast du diese Woche Zeit?«

Ich denke an meine Termine, und plötzlich habe ich … ein Leben. Justin Michael kommt morgen Abend, um einen Film zu sehen, am Freitag arbeite ich, am Samstagabend gehe ich zu Aarons Baseballspiel, und Sonntag hat meine Cousine Mabel Geburtstag. Wie ist das bloß passiert? Normalerweise habe ich nur den Burrito-Freitag mit Paul, hänge am Samstag mit June und Emily ab und verbringe den Sonntag mit meiner Familie.

»Heute hätte ich Zeit«, sage ich. Ich werfe einen Blick zur Uhr, es ist nach halb drei. Ich sollte ohnehin gegen drei Uhr Schluss machen. »Ich kann jetzt, wenn du nicht zu viel zu tun hast.«

Anmerkung: Ich klinge viel zu eifrig. Ich versuche, nicht über mich selbst zu seufzen.

»Hmm, ich hatte meinem Dad gesagt, dass ich zurückkomme, um das Mise-en-place fertig zu machen«, erklärt er mit einem Blick auf seine Armbanduhr.

Meine Hoffnungen schwinden, aber ich zwinge mich zu einem Lächeln. »Oh, okay.«

»Danach habe ich allerdings frei. Willst du … wäre es okay für dich, im Restaurant abzuhängen, während ich mit den Vorbereitungen beschäftigt bin? Das dürfte ungefähr zwei Stunden dauern, aber wenn du Hunger bekommst, kann ich dir etwas zu essen machen.«

Bitte, was? Was in aller Welt?

»Ja«, sage ich. Ich breche den Landgeschwindigkeitsrekord für Übereifer, aber heiliger Scheiß! Ich werde im Lantern & Jacks »abhängen«. Ohne Reservierung, vielleicht in der Küche, und Eugene wird für mich kochen? Wie ist das bloß passiert?

»Und du hast Glück«, sagt er. Ich starre ihn an, als hätte er meine Gedanken gelesen. »Ich bin nicht mit dem Motorrad hier, weil ich heute Lieferungen ausgefahren habe. Du brauchst also nicht auf einem Motorrad mitzufahren … noch nicht.«

Daran hatte ich überhaupt nicht gedacht, weil ich mich nur darauf konzentriert hatte, Jack Matthews' Küche in Aktion zu erleben. Mit einem Mal bin ich ein wenig enttäuscht, weil ich nicht die Arme um Eugene schlingen werde. Und wenn auch nur, um mich auf dem Motorrad an ihn zu klammern und mein Leben zu retten. Aber in den Worten »noch nicht« schwingt so viel Hoffnung.

Moment, was ist das überhaupt für ein Gedanke? Auf gar keinen Fall werde ich auf seine Todesmaschine steigen. Ich schüttle den Gedanken ab.

»Ach, außer, du bist mit deinem Auto hier«, sagt er. »Dann kannst du mir nachfahren.«

Ich lächle strahlend. »Nein, meine Freundin hat mich abgesetzt, daher wäre es toll, wenn du mich mitnimmst. Perfekt. Ich brauche eine Mitfahrgelegenheit. Bei dir. In einem Truck. Nicht auf einem Motorrad.«

Ach du lieber Gott. Leg ein Schweigegelübde ab, Jasmine.

Er lacht. »Okay. Musst du dich ausstempeln oder so?«

»Nein, aber kannst du mir helfen, den Karton ins Büro zu bringen? Mit ›helfen‹ meine ich, dass du das Ding allein trägst.«

Wieder lacht er. »Klar.«

Er hievt den Karton hoch, und während wir zum Büro gehen, starre ich auf seine Muskeln. Es ist ein kleiner, fensterloser Raum, dessen Wände mit Fotos von vermittelten Hunden und Katzen bedeckt sind – und mit bedeckt meine ich vollkommen zugepflastert. Wenn Hunde und Katzen in irgendeinem Raum eine Verschwörung aushecken würden, würde er so aussehen.

Eugene stellt den Karton auf den Boden. Ich schreibe eine Notiz darüber, dass die Spenden dazu benutzt werden sollen, Geld zu sammeln oder die Aufmerksamkeit für unser Anliegen zu erhöhen, und schließe dann die Tür.

Wir gehen zurück zur Rezeption, wo ich eine Spendenbescheinigung nehme, sie abstemple und Eugene gebe. Dann stelle ich ein Schild auf die Theke, das Besucher bittet, den Gang entlangzugehen, wenn sie Hilfe brauchen.

»Ich bin so weit«, sage ich.

»Großartig.«

Wir verlassen das Tierheim, und sobald ich draußen bin, fühle ich mich erleichtert. Wie immer. Es ist eine Belastung, ehrenamtlich in einem Heim auszuhelfen, das nicht jedes Tier retten kann. Ich atme tief durch und recke die Schultern. Sogar die feuchtwarme Hitze fühlt sich auf meinen nackten Armen gut an. Eine Sekunde lang schließe ich die Augen und lasse alles los. Dann schlage ich sie wieder auf, und Eugene sieht mich an.

»Kann ich dich etwas fragen?«, sagt er.

»Klar«, sage ich.

»Ich stehe übrigens da drüben.« Er zeigt auf einen blauen F-150. Keine Ahnung, womit ich gerechnet hatte, aber nicht damit, dass er einen Pick-up fährt.

»Warum hilfst du hier ehrenamtlich aus?«, fragt er.

»Was meinst du?«

»Du hättest dir alles aussuchen können, und der Tierschutzverband liegt gleich auf der anderen Seites des Parkplatzes. Das hier kommt mir … schwierig vor.« Er schließt den Truck auf und hält mir die Beifahrertür auf. Ich hieve mich hinein.

Tief sauge ich die Luft ein, denn die ganze Fahrerkabine duftet nach ihm, was so viel besser ist als der Geruch im Tierheim, der sich aus Flohpulver und Bleiche zusammensetzt. Er steigt auf der anderen Seite ein.

»Es ist auch schwierig«, stimme ich zu. »In einem Tierheim gibt es mehr Herausforderungen, aber ich kann hier mehr Gutes tun.«

Sein Schlüssel steckt im Zündschloss, aber er hält inne. Aus seinen türkisfarbenen Augen starrt er mich an und nickt dann. »Leuchtet mir ein.«

»Kann ich dich auch etwas fragen?«

»Sicher.«

»Wieso fährst du einen Pick-up?«

Er runzelt die Stirn und glättet sie wieder. »Ich habe in einem fahren gelernt und hatte immer schon einen Truck. Sie sind praktisch, und ich mache mich gern nützlich. Außerdem passt mein Motorrad auf die Ladefläche, daher kann ich es leicht nach New York mitnehmen.«

»Oh.«

Er startet den Truck und legt den Gang ein. Wieder spüre ich diese Traurigkeit, die mir den Magen umdreht, weil er fortgeht. Das ergibt immer noch keinen Sinn. Ich kenne ihn ja kaum.

»Aber jetzt bleiben beide den Rest des Jahres hier.« Er fährt vom Parkplatz.

»Wirklich? Wieso?« Ich werde munter. Vielleicht hat er ja beschlossen, an die University of Central Florida zu wechseln oder in Vollzeit im Restaurant zu arbeiten und für immer mit mir zusammen zu sein. Obwohl ich immer noch in einer Beziehung bin … irgendwie.

Ahh, daran kann ich nicht einmal denken.

»Weil es schwierig würde, sie nach Spanien mitzunehmen.«

Ich starre ihn an. »Was?«

»Ich habe mich nach den Frachtkosten für mein Motorrad erkundigt«, sagt er, »aber da kann ich mir billiger ein gebrauchtes kaufen. Es ist nicht dasselbe, doch es bringt mich von A nach B.«

»Was?« Ich drehe mich auf meinem Sitz zur Seite. »Spanien? Du gehst nach Spanien – also in das Land?« Mit den Fingern beschreibe ich in der Luft einen kleinen Umriss, der absolut nichts mit Spanien zu tun hat.

Er lacht. »Ja. Ich fange im September in Madrid an der Universität an, aber mein Programm führt mich durchs ganze Land. An den Wochenenden ziehe ich wahrscheinlich auf Erkundung aus.«

Na klar, er wird Valencia sehen, die Stadt, und ich gehe aufs Valencia, das öffentliche College. Ist ja fast das Gleiche.

»Wieso Spanien?«, frage ich.

Wir halten an einer Ampel, und er schaut mir in die Augen. »Wieso nicht?«

Aus einer Million Gründe! Es ist ein fremdes Land auf einem anderen Kontinent und schrecklich weit weg, voll mit neuen Menschen, neuen Gebräuchen und mit einer Sprachbarriere, um nur ein paar zu nennen. Ich gerate ins Stottern, aber nichts Vernünftiges kommt aus meinem Mund.

»Die spanische Küche ist großartig, und ich kann mir

für meinen Abschluss internationale Punkte in Betriebswirtschaft anrechnen lassen«, erklärt er. »Aber der wahre Grund ist, dass ich vor fünf Jahren in Barcelona war und es geliebt habe. Seitdem wollte ich zurück nach Spanien. Und jetzt habe ich eine gute Ausrede für ein Abenteuer.«

»Fährst du mit deiner Freundin?«, frage ich.

Ich kann nicht glauben, dass ich einfach so gefragt habe. Aber sag bitte Nein.

Mehrmals habe ich überlegt, dass er mir vielleicht nicht schreibt, weil er mit jemandem zusammen ist. Vielleicht in New York.

Er wirft mir einen merkwürdigen Blick zu. »Natürlich habe ich keine Freundin. Ich vermute, dass ich dort drüben Freundschaften schließen werde. Aber selbst wenn ich allein unterwegs sein sollte, ist das meine Chance, in Europa zu leben.« Er zuckt die Achseln. »Vielleicht bleibe ich auch ein ganzes Jahr. Mal sehen, wie es läuft.«

Ich bin erleichtert, weil er keine Freundin hat, aber ein Jahr? Einfach so? Ist das sein Ernst? Wie er das so beiläufig sagen kann …

»Wir sind so verschieden«, denke ich. Leider spreche ich es auch laut aus.

Ich schlage eine Hand vor den Mund. Was ist nur mit mir los, wenn ich in seiner Nähe bin? Es ist, als versuche ich *bewusst*, ihn in die Flucht zu schlagen.

Er lacht. »Verschieden?«

»Ja.«

»In welcher Hinsicht?«

»Ich könnte unmöglich ein halbes Jahr oder länger nach Europa gehen. Sosehr ich mir das auch wünsche.« Den letzten Satz murmele ich nur.

Er wirft mir einen kurzen Blick zu, bevor wir auf die Interstate fahren. »Warum nicht?«

Diese Frage stelle ich mir seit Monaten, und er fragt das einfach so direkt. Zuerst lautete meine Antwort »wegen Paul«, aber es steckt mehr dahinter.

»Ist einfach so«, sage ich. »Weil das nicht ich bin. Weil es so weit weg ist. Weil ich allein wäre, und ich bin nie allein. Weil … alles daran mir Angst macht.«

»Angst ist doch normal«, meint er. »Die zeigt bloß an, dass du deine Komfortzone verlässt.«

Ich schüttle den Kopf, sodass mein langes Haar fliegt. »Nein. Angst zeigt mir an, dass ich das, was mir Angst macht, *nicht* tun sollte. Ich mag es bequem und vorhersehbar. Ich liebe meine Komfortzone. Brave Komfortzone.« Ich tätschle das Armaturenbrett.

Er zieht einen Mundwinkel hoch. »Ich finde, du traust dir nicht genug zu. Wenn du gehen willst, solltest du das tun.«

Ich reiße die Augen auf, denn seine Gedankenleserei macht mich wahnsinnig. »Ich will nicht.«

»Du hast gesagt: ›Sosehr ich mir das auch wünsche‹. Also hast du darüber nachgedacht, willst es tun und hast es dir selbst ausgeredet, weil es außerhalb deiner Komfortzone liegt.«

Ich zucke zusammen. Ich war noch nie mit jemandem zusammen, der mir so genau zuhört. Und ja, ein Teil von mir träumt trotz allem noch davon. Stellt sich ein Leben vor, in dem ich mich einfach nach Paris davonmache und eine weltberühmte Köchin werde. Mit diesem Teil von mir brauchte ich mich nie zu beschäftigen, weil Paul es auch sicher, solide und vorhersehbar mochte. Aber das Zusammensein mit Menschen wie Aaron, Eugene und sogar Justin, die ihre Träume verfolgen, macht mich nachdenklich …

Nein. Komfortzone ist gut. Wenn man sie verlässt, passieren schlimme Dinge. Das habe ich auf die harte Tour gelernt. Zweimal.

»Du kennst mich doch gar nicht«, sage ich.

Er zuckt die Achseln. »Vielleicht nicht. Aber ich lerne dazu. Und das, was ich schon weiß, gefällt mir.«

Als wir in die Innenstadt kommen, glüht mein Gesicht. Aber ich kann mich nicht allzu sehr mit meinen scheußlich roten Wangen beschäftigen, denn in der Ferne, in der Lantern Street, liegt das Lantern & Jacks vor uns.

29. Kapitel

DAVEYS REIZBARER FAMILIENCHAT
29. MAI

Cousin Wesley
Und, wann rückt ihr alle das Geld raus?

Cousine Crystal
Wahrscheinlich nie, weil Eugene gewinnen wird. Die beiden passen perfekt zueinander.

Cousin Joe
Geht sie nicht am Samstag zu Aarons Baseballspiel? Nehmt Riechsalz mit, sie wird ohnmächtig werden.

Cousine Madison
Ach, weil Frauen so empfindsam sind? Lol.

Cousin Wylan
Geht das schon wieder los. Danke, Kumpel.

Cousine Madison
Tja, Wylan. War ein schlechter Witz.

Tante Kim
Ich habe gehört, sie und Justin Michael hätten in der Teebar ausgesehen, als wären sie ziemlich eng miteinander. Trotzdem eine Schande, dass ihr Simon nicht mit ins Boot geholt habt. Er mag sie!

Tante Rosey
Kommen alle am Sonntag zu Mabels Party?

Tante Minnie
Natürlich.

Davey
Kommen die Jungs auch?

Onkel Carlos
Hm ... Gar keine so üble Idee.

Cari
Die Idee ist schrecklich.

Onkel Carlos
Wieso?

Cari
Weil sie uns dann bestimmt auf die Schliche kommt. Sie stellt ihren Freundinnen schon Fragen, weil sie langsam ein merkwürdiges Gefühl bekommt. Halten wir uns einfach an den Plan, Leute. Unternehmt nichts auf eigene Faust. Teagan und Joe hätten leicht alles verderben können, als sie gestern Abend in ihrem Frozen-Yogurt-Laden aufgetaucht sind.

Cousine Teagan
Tut uns leid! Wir wollten nur ... zusehen.

Cousin Joe
Sie hat uns nicht bemerkt.

Cari
Ich kann das nicht noch mal erklären. Sie hätte einen von euch bitten können, sie nach Hause zu fahren, und was dann? Hätte sie dann noch mal »zufällig« über Aaron stolpern müssen? Es läuft gut. Lasst uns jetzt keinen Fehler machen.

30. Kapitel

Eugene fährt ins Parkhaus und hält auf einem Platz, der für Mitarbeiter von Lantern & Jacks reserviert ist.

Ich springe aus dem Truck, und er wartet am Heck auf mich. Er bedenkt mich mit einem Blick, der mir das Gefühl gibt, der einzige Mensch auf der Welt zu sein. Am liebsten möchte ich den Blick abwenden, weil seine Aufmerksamkeit mich nervös macht, aber ich kann nicht anders, als ihn auch anzuschauen.

Er lächelt, als ich vor ihm stehen bleibe. »Warst du schon mal im Restaurant?«, fragt er.

»Nein, aber ich habe es mir immer gewünscht.«

»Dann führe ich dich schnell herum, bevor ich mich an die Vorbereitungen mache. Wir wollen das richtig machen.«

Wir verlassen das Parkhaus, und Eugene legt eine Hand auf meinen Rücken, um mich um eine Ecke zu steuern.

»Hier entlang«, sagt er.

Er lässt die Hand dort liegen, und ich würde bis ans Ende der Welt mit ihm gehen, wenn er mich so führt. Aber stattdessen landen wir vor dem Haupteingang des Lantern & Jacks.

Zwei wunderschöne Laternen flankieren die Tür, und darüber hängt ein schlichtes Schild. Die Fassade besteht aus einer riesigen Fensterfront.

Es ist vollkommen.

»Da sind wir«, erklärt Eugene. »Das erste eigene Restaurant meines Vaters. Die Beschriftung auf dem Schild ist in der Handschrift meiner Mutter gestaltet. Dad wollte sichergehen, sie hier einzubeziehen.«

Das gefällt mir.

Ich habe noch mehr über seine Familie nachgelesen, weil ich so eine Stalkerin bin, und herausgefunden, dass die Eltern seines Dads ihn verstoßen haben, als er mit Anfang zwanzig drogensüchtig war. Die Eltern seiner Mom haben den Kontakt zu ihr abgebrochen, weil sie jemanden geheiratet hat, den sie nicht ausgesucht hatten.

Es machte mich schrecklich traurig, das zu lesen, aber ich war auch dankbar dafür, dass meine Großeltern so aufgeschlossen sind. Sie sind auf der einen Seite philippinische Einwanderer und auf der anderen Seite italienisch in der zweiten Generation, aber es ist schon fast verrückt, wie viel sie trotz all ihrer Unterschiede gemeinsam haben. Sie gehen in dieselbe Kirche und haben die gleichen Wertvorstellungen. Außerdem sind Grandpa Yap und Poppy beste Freunde und merkwürdigerweise große Konkurrenten beim Boccia. Aber das Wichtigste ist, dass sie ihre Kinder glücklich sehen wollen. Und heute reicht unsere Familie von einer Mischung aus Laos und Dominikanischer Republik – Davey – über Tante Reginas Kinder, die Schwarz und philippinisch sind, bis zu Onkel Richards Kindern, die sich selbst als »Feld-, Wald- und Wiesenweiße« bezeichnen.

Eugene öffnet die Restauranttür, und ich lasse den Raum auf mich wirken. Insgesamt ist der Stil klar, komfortabel und eher schlicht. Alles, von den Lampen bis zu den Stühlen, wirkt weich und künstlerisch. Schnittblumenarrangements sind überall im Raum verteilt und von kleinen Laternen umgeben. Die Einrichtung sieht vollkommen anders aus als früher die in Ventura's Bistro, aber sie passt perfekt zu dem Raum.

Die Bedienungen arbeiten leise und decken die Tische, wobei sie die Abstände mit dem Lineal abmessen. Als wir vorbeigehen, begrüßen sie Eugene und starren mich an.

»Also, das ist der große Speisesaal«, erklärt er. »Das gesamte Mobiliar stammt von Oliver Underwood. Dad hat versucht, bei lokalen Designern und Herstellern zu bleiben, und es ist genau so geworden, wie er es sich vorgestellt hatte.«

Dachte ich mir doch, dass der Stil mir bekannt vorkam.

»Mr. Underwood ist der Vater meiner Freundin Emily. Ich glaube, du hast sie bei der Party kennengelernt.«

»Ja«, sagt er. »Sie waren neulich sogar zum Abendessen hier. Ich bin herausgekommen und habe sie begrüßt.«

Ich neige den Kopf zur Seite. Merkwürdig, wirklich seltsam, dass Emily nichts davon gesagt hat, ihn gesehen zu haben. Aber ich kann mich nicht weiter mit diesem unbestimmten Gefühl beschäftigen, denn Eugene setzt seinen Rundgang fort.

»Unser Weinkeller.« Er zeigt auf einen Raum hinter einer Glasscheibe, die bis zu der hohen Decke reicht und versiegelt ist. »Er ist temperaturkontrolliert. Weißweine unten, Rotweine oben, wo es von Natur aus wärmer ist.«

»Wie holt ihr die Flaschen nach unten?«, will ich wissen.

»Mit einem hydraulischen Arm. Ein tolles Design von Al Ventura.«

Mir klappt der Mund auf. »Onkel Al.«

Eugene runzelt die Stirn. »Al Ventura ist dein Onkel?«

Ich nicke. »Der Bruder meiner Mom. Ich hatte keine Ahnung, dass er daran gearbeitet hat.«

Komisch, dass ich bei all meinen Recherchen nie darauf gestoßen bin, aber ich schätze, Leute machen keine Reklame mit ihren Architekten.

Eugenes Grübchen taucht auf. »Gibt es in Zentralflorida jemanden, den du nicht kennst oder mit dem du nicht verwandt bist?«

»Nein, ich glaube nicht.«

»Das klingt sehr nett.« Er lächelt.

Da bin ich eine ganz andere Reaktion gewöhnt. Paul pflegte sich zu beklagen, weil er meine zweiundachtzig Cousins und Cousinen nicht auseinanderhalten konnte. Dabei sind es gar keine zweiundachtzig. Jedenfalls … nicht ersten Grades.

»Der private Speisebereich ist hier drüben«, sagt Eugene. »Wenn wir keine große Gesellschaft haben, steht dort der Gemeinschaftstisch für das Probiermenü. Mein Dad findet, Essen sollte ein gemeinsames Erlebnis sein, und ich bin seiner Meinung.«

Das Degustationsmenü kostet vierhundert Dollar, und

das ganz ohne die möglichen Ergänzungen – wie eine enorme Menge an Trüffeln. Ich habe die Bewertungen gelesen, deren Verfasser erst skeptisch gewesen waren, so viel zu zahlen, ohne einen eigenen Tisch zu haben, dann aber Spaß daran hatten, ihre Gänge miteinander zu diskutieren.

»Das Büro meines Dads liegt im ersten Stock, und da sind noch ein paar Lagerräume«, erklärt Eugene. »Ganz unter uns, meine Eltern überlegen, dort zusätzliche Gasträume einzurichten, aber mein Dad ist unsicher, wie viel qualitativ hochwertiges Essen er auf einmal produzieren kann. Falls ich fest für ihn arbeite, könnten wir …«

Er verstummt und verschluckt die Worte, die ich gern gehört hätte. Was wäre denn, wenn er auf Dauer bei seinem Dad arbeiten würde? Dann wäre er ein Profikoch, der in Orlando lebt, und kein Student in New York. Ich weiß, was mir lieber wäre.

Eugene runzelt die Stirn. »Jedenfalls gibt es dort oben nichts Interessantes zu sehen.« Seine Miene hellt sich wieder auf, und er lächelt. »Bereit, dir die Küche anzuschauen?«

Sein veränderter Gesichtsausdruck hat mir die Chance genommen, ihn nach seinen Gedanken zu fragen. »Absolut«, sage ich stattdessen.

Er stößt die Tür auf, und ich staune.

Die Küche ist ein Traum.

Ich hatte mit einem Chaos gerechnet, wie ich es aus Jays Bistro kannte, doch stattdessen ist dies der friedvollste Raum, in dem ich je gewesen bin. Alle, die hier arbeiten, tragen eine saubere weiße Kochjacke oder eine schwarze Schürze. Niemand spricht, bis auf ein »Heiß!« oder »Hinter dir«, wenn sie Töpfe umhertragen.

Von irgendwoher kommt leise klassische Musik, und die Küche ist von Licht erfüllt, das durch ein Panoramafenster einfällt. Hinter dem Restaurant liegt ein kleiner Garten. In der Zeitschrift *Food & Wine* habe ich gelesen, dass das Lantern & Jacks dank Eugenes Mom viele seiner Zutaten selbst anbaut.

Die Köche blicken von ihrem Mise en Place auf und nicken oder lächeln Eugene zu, aber ihre Blicke bleiben an mir hängen. In der Küche halten sich ein Dutzend Männer und Frauen auf, aber ich würde Chef Matthews überall erkennen. In seiner weißen Jacke schlendert er auf uns zu. Unter den Ärmelaufschlägen schauen Tattoos hervor. Er ist wahrscheinlich über eins achtzig groß und hat einen breiten Brustkorb, aber er hat das gleiche sanfte Lächeln wie Eugene.

»Wie waren die Auslieferungen?«, fragt der Küchenchef.

»Alles erledigt«, gibt Eugene zurück.

»Und du hast uns jemanden mitgebracht.« Sein Dad lächelt.

»Dad, das ist Jasmine. Al Venturas Nichte.«

Zum zweiten Mal heute legt er die Hand auf meinen Rücken, und sie fühlt sich so warm an. Ich bin beinahe traurig, als er sie wieder sinken lässt.

»Das gibt's ja gar nicht. Wirklich?« Der Küchenchef sieht mich an. Ich bin adoptiert, daher gibt es keine Familienähnlichkeit zu entdecken. Die Seite meines Dads stammt von den Philippinen, aber ich sehe natürlich nicht philippinisch aus, deshalb tritt immer diese Pause ein.

»Nett, dich kennenzulernen«, sagt er. »Eugene hat mir viel von dir erzählt.«

»Wirklich?« Ich sehe von seinem Dad zu Eugene und ziehe die Augenbrauen hoch. »Viel?«

Eugene seufzt. »Er weiß nicht, was er redet. Ein Hirnschaden aus seiner Phase mit der Molekularküche. Ignorier ihn.«

»Ha!«, ruft sein Dad aus und klingt genau wie Eugene. »Jedenfalls willkommen in der Küche, Jasmine. Eugene, der mir nichts von dir erzählt hat, sagt, dass du auch kochst.«

Ich zucke zusammen. »Ich … ähm, na ja, nicht von Beruf. Ich … nur zu Hause. Ich koche zu Hause Abendessen. Manchmal.«

Der Küchenchef nickt. »Jeder fängt zu Hause an. Aber du bist auch Jay Venturas Nichte, oder?«

»Ja.«

Er schiebt die Unterlippe vor und nickt. »Die Frau hat Talent.«

Das ist, als würde Serena Williams erklären, jemand spiele gut Tennis. Ich spüre, wie Stolz in mir aufsteigt, denn ja, Jay ist talentiert. Obwohl sich meine Gefühle für meine Tante verändert haben, habe ich nie aufgehört, stolz auf sie zu sein.

»Bist du hungrig?«, fragt er. »Das Personalessen ist in zwanzig Minuten fertig.«

Moment mal … Chef Matthews wird für mich kochen? Nicht … zu fassen. Ich bin tot. Ich bin gestorben und im Himmel, und das ist in Ordnung für mich, solange mein Geist noch essen kann.

»Ich esse sehr gern mit Ihnen«, sage ich. Ich will Eugene einen Hilfe suchenden Blick zuwerfen, aber er steht auf einmal nicht mehr neben mir. »Wenn das okay ist. Wenn nicht, ist das auch kein Problem. Ich will mich nicht aufdrängen. Ich kann … also ich kann mich einfach in die Ecke stellen. Schätze ich.«

Chef Matthews lacht. Er wendet sich Eugene zu, der sich in dem Moment wieder zu uns stellt, und klopft seinem Sohn auf die Schulter. »Zeig ihr den Garten, und dann müssen wir mit dem Mise en Place fertig werden.«

Er sieht auf seine Uhr – die gleiche, die Eugene trägt, obwohl sie neuer wirkt. Merkwürdig.

»Ja, Chef«, sagt Eugene.

Während wir uns unterhalten haben, hat er seine Kochjacke angezogen, und er sieht darin beunruhigend gut aus. In der Jacke strahlt er eine ganz andere Haltung aus. Selbstbewusster, erwachsener.

»Gehen wir nach draußen«, sagt er zu mir. Er öffnet die Glastür, die in den ummauerten Garten führt. Hier ist es heiß, und ein Geruch nach Erde, Frühlingszwiebeln, Rosmarin, Lavendel und Minze liegt in der Luft.

Wir gehen über die Wege, die sich durch den Garten schlängeln. Er ist nicht groß, aber gut aufgeteilt und in der unverkennbaren Handschrift seiner Mutter beschildert.

Im Gehen pflückt Eugene die wenigen vertrockneten Blätter. »Mein Dad setzt sich hierher, um sich eine neue Speisekarte auszudenken oder einen klaren Kopf zu bekommen. Der Garten erinnert ihn auch an meine Mom, und das wirkt beruhigend.«

»Ist sie … nicht hier?«

Die Familie Matthews ist so bekannt, dass eine Scheidung oder, Gott bewahre, ein Todesfall in der Klatschpresse breitgetreten würde. Aber sie könnte auch aus anderen Gründen fort sein.

Er schüttelt den Kopf. »Sie ist vor einer Woche nach Kalifornien geflogen, um Gartenbau zu studieren, was sie sich immer schon gewünscht hat. Sie müsste aber zurück sein, bevor ich nach Spanien gehe. Wenn nicht, besuchen die beiden mich in Europa.«

»Oh.«

Schon wieder Spanien. Ich beginne, einen Groll gegen ein ganzes Land zu entwickeln.

»Sie hat alles für dieses Restaurant getan. Jetzt ist sie an der Reihe und kann tun, was sie sich wünscht. Aber ohne sie ist es wirklich nicht dasselbe.«

Es gefällt mir, wie er über seine Mom spricht, wie offensichtlich er sie über alles liebt. Ich liebe meine auch und will es nicht riskieren, sie zu enttäuschen. Daher werde ich wahrscheinlich nie versuchen, mir solch ein Traumrestaurant aufzubauen, aber das ist in Ordnung. Ein aussichtsloser Traum ist es nicht wert, eine Familie wie meine zu verlieren.

Eugene lässt sich auf einer Steinbank nieder und bedeutet mir, mich ebenfalls zu setzen. Sobald ich neben ihm Platz genommen habe, hält er das Gesicht in die Sonne.

»Hier draußen wirkst du glücklich«, meine ich.

Er dreht sich zu mir und sieht mir in die Augen. »Ich liebe es hier. Aber ich weiß immer noch nicht, ob um meiner Eltern willen oder meinetwegen. Und seit meine Mom fort ist, macht Dad mir noch mehr Druck, mich zu entscheiden.«

Ich weiß nicht, was ich sagen soll. Was ist denn jetzt anders? Und warum ist es nicht so wichtig, seine Eltern stolz zu machen? Er hat alles; alles, was sie für ihn erkämpft haben, aber er weiß nicht, ob er es haben will?

Zum ersten Mal frage ich mich, warum ich mich so zu jemandem hingezogen fühle, der so vollkommen anders ist als ich.

»Okay«, sagt Eugene. »Ich muss in die Küche. Aber du kannst hierbleiben, wenn du willst. Oder du wartest im privaten Speiseraum – da, wo das Personalessen stattfindet.«

»Kann ich euch irgendwie helfen?«

»Nein. Wir haben alles unter Kontrolle. Bis gleich dann.«

Er streicht über meinen Arm, und seine Berührung wischt die Fragen in meinem Kopf weg. Ich atme den klaren Duft von Orangenblüten, Kräutern und Gewürzen ein. Ich stoße mit der Luft all meine Zweifel aus und gestatte mir einen Moment lang den Traum, das hier könnte mir gehören.

Als mein Handy piept, schalte ich es stumm, ohne einen Blick darauf zu werfen. Nichts wünsche ich mir mehr, als diesen Moment auszukosten.

31. Kapitel

JASMINES iPHONE
29. MAI

♥ Paul ♥
Kann ich heute Abend oder morgen vorbeikommen?
Ich muss unbedingt mit dir reden.

32. Kapitel

Ich hatte die besten Noten im Englisch-Leistungskurs, aber mir fehlen die Worte, um das Personalessen zu beschreiben. Es gab Brathuhn – nur ein einfaches Huhn, und es war die beste Mahlzeit meines Lebens. Das Fleisch war perfekt gewürzt und die Soße so gut, dass ich am liebsten meinen Teller abgeleckt hätte. Nur meine Manieren hielten mich davon ab.

Knapp.

Zu dem Huhn gab es ein unglaublich cremiges Kartoffelpüree und einen Salat, der eine wahre Geschmacksexplosion war.

Ich dachte, ich könnte kochen. Aber ich kann es eindeutig nicht. Wie meine Tante eines furchtbaren Abends schon sagte: Ich habe nicht das Zeug dazu.

Kurz nach fünf war Eugene mit den Vorbereitungen fertig, und jetzt gehen wir langsam zu seinem Truck zurück. Eigentlich rolle ich eher, denn ich habe mir von allem nachgenommen.

»Und, wie fandest du das Lantern & Jacks?«, fragt Eugene.

»Es war überwältigend. Bitte richte deinem Dad noch mal meinen Dank aus.«

»Er mochte dich gern«, sagt er.

Er schließt den Truck auf und öffnet mir die Tür. Diese Kleinigkeiten, wie zum Beispiel, dass er zuerst auf meine Seite tritt, unterscheiden ihn von Paul. Und ich frage mich, warum ich von Paul nie erwartet habe, mich so zu behandeln.

»Normalerweise lässt er keine Außenstehenden herein«, fährt Eugene fort. »Aber er fand eure Unterhaltung wohl gut.«

»Keine Ahnung, was ich gesagt habe, aber das freut mich. Ich mochte ihn auch. Es war mir wirklich eine Ehre.«

Eugene grinst, schließt meine Tür und steigt auf seiner Seite ein. Er startet den Motor, und ein Luftschwall schießt aus den Lüftungsdüsen.

»Es hat auch geholfen, dass du beim Abräumen angepackt und mit Luke geplaudert hast«, erklärt er.

»Warum hätte ich nicht mit Luke plaudern sollen?«, frage ich.

Luke ist der Helfer, der für die Spülmaschine und den Müll zuständig ist, und der einzige Angestellte ungefähr in unserem Alter.

Eugene zuckt die Achseln. »Manche Leute nehmen nur meinen Dad oder Collins wahr, weil sie die meiste Macht besitzen. Aber mein Vater schätzt alle Angestellten gleichermaßen. Ich habe so ungefähr jeden Job in seinen Restaurants schon gemacht, weil er mir zeigen wollte, dass jede Rolle nötig ist, damit das Ganze läuft. Ich … bin ein lausiger Kellner und am Empfang unterdurchschnittlich. Von diesen Posten hat er mich schnell entfernt.«

Ich lache. Ich bin mir hundertprozentig sicher, dass ich eine grauenhafte Kellnerin wäre, weil ich so gerade eben Tee über die Theke im Buchladen schieben kann. »Es zeigt, dass er sie alle zu schätzen weiß – und sie lieben ihn dafür«, sage ich.

»Das Team ist so etwas wie eine Wahlfamilie. Die Hälfte von ihnen hat er aus seinem alten Restaurant mitgenommen, also kennt er sie schon zehn Jahre. Einige sogar länger.«

»Heißt das, dass sie dich schon kannten, als du … neun warst?«, frage ich.

Er nickt. »Mit Zahnspange und allem.«

Ich lege den Kopf schief und sehe ihn an. »Du hattest eine Zahnspange? Damit musst du niedlich ausgesehen haben.«

Er zieht eine Grimasse. »Das war ich eindeutig nicht. Du hattest keine Zahnspange, oder?«

»Nein.«

»Perfekt geboren, nehme ich an.« Er legt den Rückwärtsgang ein.

Ich blinzle ein paarmal, denn ich kann mich nicht daran erinnern, dass mich je jemand perfekt genannt hätte. Wenn wir alle zusammen abgehangen haben, hat Shawn ständig davon geredet, wie vollkommen Emily war – wenn zwischen den beiden nicht gerade die Fetzen flogen. Meine wunderschöne Königin hier und mein hinreißendes

Mädchen da, während Paul und ich schweigend dasaßen. Sogar Justin Michael, der mich als Kind toll fand, hat nie gesagt, ich wäre perfekt.

Meine Familienmitglieder finden mich ziemlich gut, aber die sind auch gesetzlich verpflichtet, das zu behaupten. Und June und Emily sind überhaupt nicht objektiv. Sie werden wohl kaum sagen: »Hey, du siehst aus wie ein Gartenzwerg. Übrigens, kann ich bei dir übernachten?«

»Ich bin nicht vollkommen«, sage ich. »Alles andere als das.«

Er sieht mich so lange an, dass mir unbehaglich wird, und ich habe das Gefühl, noch etwas sagen zu müssen.

»Cari ist schön und vollkommen«, erkläre ich.

»Und das heißt, dass du das nicht sein kannst?«

»Ja, irgendwie schon. Sie ist groß und elegant und überall beliebt – sogar, wenn die Leute sie nicht sehen können. Sie war Klassensprecherin *und* Ballkönigin. Ich habe akzeptiert, dass ich dazu geboren bin, ihr Sidekick zu sein. Sie ist eine asiatische Barbie, und ich bin ihre Skipper.« Ich wedle mit den Händen herum und lege sie dann wieder auf meine Jeans, weil er mich immer noch ansieht.

»Jetzt verstehe ich«, meint er.

»Was?«

Er streckt die Hand aus und streicht mir das Haar hinters Ohr. Ich konzentriere mich so auf die Schauer, die mich durchlaufen, dass ich beinahe überhöre, was er sagt.

»Du hast ja keine Ahnung, wie besonders du bist.«

Er legt die Hand wieder auf den Schalthebel, und ich habe das Gefühl, mich im Leerlauf zu befinden und durch seine Worte und Berührungen vor mich hinzuschweben.

33. Kapitel

DIE KLEINE BACHELORETTE – PODCAST (AUSZUG) STAFFEL 1, EPISODE 1 – 1. JUNI

Anonyma: Hi und herzlich willkommen zur allerersten Episode des Podcasts *Die kleine Bachelorette.* Ich bin eure Moderatorin Anonyma.

Damit ihr alle auf dem neuesten Stand seid: Dies ist ein sechswöchiger Wettbewerb, der seit genau einer Woche läuft. Drei sehr unterschiedliche Bewerber sind ausgewählt worden, um zu versuchen, das Herz meiner wunderschönen kleinen Schwester zu gewinnen – nennen wir sie in diesem Podcast Arielle. Alle drei Jungs haben Arielle bei einer Party letzten Samstag einzeln kennengelernt. Alle hatten anschließend geplante oder zufällige Begegnungen mit ihr, und diese Woche hat sie sich mit allen dreien getroffen.

Wir wissen nicht, wer den Wettbewerb gewinnen und Arielles Prinz Erik werden wird. Wir haben noch fünf Wochen Zeit, also ist alles möglich. Stellt euch eine *Bachelorette*-Staffel mit Teenagern vor, bei der nur eines fehlt: die Rosenübergabe. Und es gibt keine Interviews mit Arielle. Außerdem keine echten Namen, denn hier kommt die schockierende Wendung: Sie hat keine Ahnung von alldem.

Bestimmt denkt ihr jetzt: Was zum Teufel, Anonyma. Das klingt ... verkehrt.

Aber hört erst mal zu. Arielle ist achtzehn und hat bisher nur einen Freund gehabt, ihren Highschool-Schwarm, einen Drecksack und Betrüger – nennen wir ihn kurz DB. Obwohl er nie gut genug für sie war, obwohl er sie mies behandelt hat und obwohl unsere Familie aus diesen Gründen nichts von DB hält, wollte Arielle ihr Leben mit ihm verbringen. Das heißt, bis wir ihn dabei erwischt haben, wie er sie betrogen hat.

Verkorkst, oder?

Aber es kommt noch schlimmer: Er hat ihr eingeredet, er hätte sie nicht wirklich betrogen, aber sie sollten sich beide über den Sommer mit anderen Leuten treffen, bevor sie zusammenziehen. Und meine Schwester war bereit, ihn seine Optionen erkunden zu lassen, während sie selbst zu Hause hockte.

Der Grund, aus dem Arielle sich das gefallen lassen hat, und der, aus dem wir diesen Wettbewerb aufgezogen haben, ist ein und derselbe: Arielle, die freundlichste und großzügigste Seele auf der Welt, weiß einfach nicht, was sie wirklich wert ist. Unsere Familie versucht, ihr das klarzumachen. Ihre Freundinnen auch. Wir sagen ihr, wie großartig sie ist, aber wahrscheinlich sind wir nicht objektiv. Und männliche Beachtung ist einfach noch eine andere Art von Bestätigung. Wir wollen, dass sie erkennt, wie viele Optionen da draußen sind. Also haben wir uns etwas einfallen lassen, um ihr vor Augen zu führen, welche Behandlung und Wertschätzung sie verdient hat. Deswegen haben wir uns den *Die-kleine-Bachelorette*-Wettbewerb ausgedacht. Wir hoffen, dass sie dadurch nicht nur jemanden findet, den sie liebt, sondern, wichtiger noch, zu sich selbst findet.

Und geheim ist der Wettbewerb deswegen, weil sie wegen ihres geringen Selbstbewusstseins und ihrer Abneigung gegen Reality-Shows nie damit einverstanden gewesen wäre. Ganz gleich, wie sehr sie daran wachsen könnte. Daher hat unsere Familie interveniert, unter dem Mantel des Schweigens Bewerber gefunden und die besten drei Junggesellen handverlesen – und dabei unendlich viel gezankt –, um dafür zu sorgen, dass die Jungs ihr über den Weg laufen. Wir haben alle unsere persönlichen Favoriten. Die Sache liegt uns am Herzen. Aber letztendlich ist es ihre Entscheidung. Sie kann am Ende mit einem neuen Freund oder einfach allein dastehen. Wir wünschen uns nur, dass sie erkennt, wie sie behandelt werden möchte. Was sie verdient hat.

Nun ist allerdings ein Problem aufgetaucht, mit dem wir nicht gerechnet hatten: DB, der das Ganze ausgelöst hat, weil er sich mit anderen Mädchen treffen wollte, scheint es sich jetzt anders überlegt zu haben. Er nimmt immer öfter Kontakt zu ihr auf. Und keiner von uns hat eine Ahnung, was für einen Einfluss das auf sie hat.

Neulich stand er abends vor unserer Haustür – wie

dreist! – und wollte mit ihr sprechen, aber glücklicherweise hatte sie ein Date mit Bachelorette-Kandidat Nummer drei. Ich habe ihm erklärt, dass sie nicht mit ihm reden wolle und er gehen soll. Aber vielleicht haben wir – nicht ganz freiwillig – jetzt vier Kandidaten.

Ja, das war ein leidgeprüfter Seufzer.

Aber lasst mich jetzt zu den drei ausgewählten Junggesellen kommen und euch erzählen, was sie zu bieten haben und warum jeder von ihnen ihr Herz gewinnen könnte ...

34. Kapitel

DAVEYS EMPÖRTER FAMILIENCHAT
1. JUNI

Davey
Der Drecksack Paul hat heute SCHON WIEDER nach Jaz gefragt.

Tante Jay
Nicht möglich.

Cousine Crystal
Bah. Der soll bloß abhauen.

Tante Regina
Bye, bye, boy.

Cousin Wylan
Ich kann das nicht genug betonen:

Verdammte …

Tante Regina
Achte auf deine Sprache.

Cousin Wylan
Axt.

Cari
Wahrscheinlich hat er sie angeschrieben. Hat behauptet, sich Sorgen zu machen, weil sie nicht geantwortet hat. Gut, dass sie heute Abend bei June war.

Cousine Mai
Ich hoffe, er versteht den Hinweis.

Davey
Die Eltern sind total über ihn hergefallen. Das war episch.

Onkel Vin
Oh, der Junge hat sich mit dem falschen Bibliothekar angelegt.

Tante Minnie
Was hast du angestellt, Ferdy?

Dad
Ich habe ihm erklärt, dass er bei uns nicht mehr willkommen ist. Dann habe ich Dee festgehalten.

Mom
Du hast mich nicht festgehalten.

Davey
Doch, absolut.

Cari
Ja, hat er.

Mom
Er hätte eben nicht auftauchen sollen, als ich gekocht habe.

Cari
Lass die Messer in der Küche, Ma.

Nonna
Gut gemacht, Schatz.

Cousine Mabel
Überlegt sie wirklich, ihn zurückzunehmen, bevor der Sommer vorbei ist? Oder überhaupt?

Cari
Keine Ahnung. Wir haben beschlossen, ihr nicht zu erzählen, dass er hier war.

Cousine Amberlynn
Wieso nicht?

Cari
Sie würde das vielleicht als »große Geste« betrachten.

Cousine Amberlynn
Aber wird sie das nicht herausfinden, wenn sie mit ihm redet?

Mom
Hoffentlich redet sie gar nicht erst mit ihm. Aber wir können immer behaupten, wir hätten es vergessen – so wie Davey »vergisst«, den Müll rauszubringen.

Davey
Das war EIN MAL!

Dad
Hoffen wir, dass sie klug ist und ihn weiter ignoriert.

Tante Minnie
Bestimmt – unser Mädchen ist superschlau.

35. Kapitel

Ich treffe mich mit Paul zum Mittagessen, und ich bin ein wenig spät dran.

Fast eine Woche hat er mir täglich geschrieben, und schließlich habe ich mich bereit erklärt, mich mit ihm zu treffen. Ich habe mir das Chuy's ausgesucht, aber ich komme zu spät, weil Justin Michael mir ein lustiges Video aus *Jeopardy!* geschickt hat, während ich mich fertig gemacht habe und wir noch ein bisschen geschrieben haben.

Ich bin mir immer noch nicht sicher, ob unser Filmabend ein Date war. Aber wir hatten Spaß, und das ist die Hauptsache. Wir hatten uns ein Paket Erdbeer-Gummischnüre geholt und haben uns um die nicht ganz aufgeploppten Popcorn-Kerne gestritten – eindeutig die besten und seltensten Popcorn-Kerne. Es war wie in den alten Zeiten, aber auch anders. Zwischen uns herrschte mehr … Anspannung. Statt über- und untereinander zu liegen wie als Kinder, blieben wir schicklich auf Abstand. Ständig fragte ich mich, ob er seinen Arm um mich legen oder näher an mich heranrücken würde, doch das tat er nicht. Ich war ein wenig geknickt und fragte mich gleichzeitig, ob ich selbst den ersten Schritt tun sollte.

Spoiler: Habe ich nicht.

Wir haben uns nur berührt, wenn sich unsere Hände streiften, als wir nach den Snacks griffen. Das passierte zu oft, um Zufall zu sein. Aber kann es ein Date sein, wenn es mit einer kurzen Umarmung endet und die ganze Zeit mindestens ein Familienmitglied durchs Zimmer latscht oder etwas »sucht«? Ich frage für eine Freundin, die eine super neugierige Familie hat.

Ich weiß auch nicht, ob es als Date gilt, dass ich zu Aarons Baseballspiel gegangen bin. Wahrscheinlich nicht, aber es war wirklich cool, ihn spielen zu sehen. Ich jubelte bei jedem Schlag und ließ mich von der Aufregung mitreißen. Direkt nach dem Spiel sah er zu mir hoch und winkte mich aufs Feld herunter. Alle auf der Tribüne drehten sich um, starrten mich an und fragten sich wahrscheinlich, woher ich ihren Star-Pitcher kenne. Ich fühlte mich so besonders – wie ein VIP. Aaron führte mich durch das gesamte Clubhaus und stellte mich den Trainern und Spielern vor. Das hätte sich wie ein Date anfühlen können, aber meine beiden Geschwister hingen auf Schritt und Tritt an unseren Fersen. Kann es romantisch sein, wenn man zwei lästige Anstandswauwaus mitschleppt? Ich glaube nicht.

Diese Woche gehen wir (zu zweit) zu den Schlagkäfigen, und das ist alles meine Schuld. Als Aaron davon erzählte, was für ein Problem zu lahme Würfe für einen Schlagmann darstellen, erwähnte ich, noch nie einen Baseballschläger geschwungen zu haben. Er schwor, mir innerhalb einer Saison das Schlagen beibringen zu können. Und weil ich mich in letzter Zeit noch nicht oft genug in Verlegenheit gebracht habe, sagte ich wie eine dumme Gans: »Darauf wette ich.« Also steht die Verabredung. Wenn ich am Donnerstag – dem nächsten Tag, an dem er in der Stadt ist –, keinen Hit mache, gibt er mir ein Eis aus. Wenn ich erfolgreich einen Ball treffe, schulde ich ihm eins. Ich werde gewinnen und meine Scham in Schokoladeneis mit Nüssen und Marshmallows ertränken.

Mein Handy piept und reißt mich aus meinen Gedanken. Ich parke das Auto und sehe nach. Okay, vielleicht hoffe ich, dass Eugene endlich geschrieben hat. Denn nachdem er mich in sein Restaurant mitgenommen hatte, hat er sich überhaupt nicht mehr gemeldet.

Ich runzle die Stirn. Die Nachricht ist nicht von Eugene, sondern von Paul, der fragt, ob ich noch komme.

Ich hole tief Luft und steige aus dem Wagen. June und Emily meinten, es sei eine richtig schlechte Idee, Paul wiederzusehen, aber ich weiß, dass ich damit umgehen kann. In letzter Zeit habe ich wirklich nicht mehr so oft an ihn gedacht, doch ich will hören, was er zu sagen hat. Und wie er selbst sagte: Es ist nur ein Mittagessen. Es ist nicht, als kämen wir wieder zusammen. Ich schaffe das.

Ich öffne die Tür des Chuy's, und die Empfangsdame begrüßt mich.

»Hey«, sagt sie. »Ein Tisch für eine Person?«

»Hi. Nein, ich bin verabredet.« Ich blicke mich um. Es ist Montag und ziemlich leer, aber besser besucht, als ich erwartet hatte.

»Oh, ich glaube, er sitzt dort drüben«, sagt sie. »Ungefähr *so* groß und ziemlich attraktiv?« Sie lächelt.

Lady, das hilft mir jetzt nicht gerade.

Aber ich nicke, folge ihr und stelle fest, dass Paul in einer Nische mit blauen Vinylpolstern sitzt. Er sieht gut aus. Ist mir immer noch so vertraut. Alte Gefühle steigen in mir auf, als er lächelnd aufsteht.

»Hey, Jaz«, sagt er.

Ich bleibe so dicht vor ihm stehen, dass ich ihn rieche. Sein Eau de Cologne löst so viele Erinnerungen aus. Jede hat gute und schlechte Untertöne.

Er beugt sich vor, um mich zu küssen.

Ich starre seine Lippen an. Ich will, dass er mich küsst.

Nein. Nein. Schlechte Idee. Wir sind nicht zusammen. Das Letzte, was ich gebrauchen kann, ist die Verwirrung, in die ein Kuss mich stürzen würde. Was ist mit den Vorsätzen, die ich eben im Auto gefasst habe? Komm schon, Jasmine. Halte eine ganze Minute durch.

In letzter Sekunde drehe ich den Kopf, sodass seine Lippen gegen meine Wange stoßen.

Es ist so peinlich, wie es klingt.

Er räuspert sich, wirkt kurz niedergeschlagen und nimmt sich dann wieder zusammen.

»Danke, dass du gekommen bist«, sagt er.

»Hmm …«, gebe ich zurück und setze mich ihm gegenüber in die Nische. Er hat nur ein Wasser vor sich stehen. Ich vermute, dass er dieses Mal mit der Bestellung gewartet hat, obwohl ich zwölf Minuten zu spät gekommen bin. Ich schlage gerade meine Speisekarte auf, als der Kellner kommt.

»Hey, kann ich euch etwas zu trinken bringen?«, fragt er.

»Gingerale«, sagt Paul und wartet nicht ab, ob ich bestelle. Das hat er früher auch nie, aber zum ersten Mal fällt mir auf, dass es mich stört.

»Eine Cola, bitte«, sage ich.

»Nicht light?«, fragt Paul.

Ich starre ihn an. »Ich bin nicht auf Diät.«

»Ich bringe sie gleich.« Der Kellner hat es sichtlich eilig, von uns wegzukommen.

»Ich meinte nicht, ob du auf Diät bist, aber ich dachte, du magst Cola light lieber«, sagt Paul.

»Eigentlich hasse ich sie.«

»Aber du hast sie immer bestellt.« Er ist aufrichtig verwirrt – die gleiche Miene hat er stets aufgesetzt, wenn er versucht hat, seine Geometrie-Hausaufgaben zu machen. Als seine Freundin habe ich ihm gratis Nachhilfe gegeben. Er war mein schlechtester Schüler.

»Ich habe eine Menge Entscheidungen getroffen, die ich nicht wiederholen würde.« Ich werfe ihm einen scharfen Blick zu und beschäftige mich wieder mit der Karte.

Alles sieht gut aus, aber ich kann mich nur schwer konzentrieren, weil ich tatsächlich einen Treffer bei Paul gelandet habe, was noch nie vorgekommen ist.

Das Schweigen zieht sich in die Länge, und ich blicke auf. Paul starrt mich an. Er neigt den Kopf. Ich schlucke heftig und wappne mich gegen seine Reaktion.

»Du hast dich verändert«, meint er.

»Ist das gut oder schlecht?«

»Gut. Du wirkst … selbstbewusster. Du siehst übrigens großartig aus. Hast du etwas mit deinem Haar gemacht?«

Jetzt macht er mir Komplimente? Ich wünschte, ich könnte behaupten, dass es nicht darauf ankommt, doch das tut es. Der Teil von mir, der sich nach seiner Anerkennung gesehnt hat, saugt das Kompliment auf und aalt sich in dem Gefühl, dass Paul Reyes findet, ich sehe großartig aus.

Unsere Getränke werden gebracht, und der Kellner huscht eilig davon.

»Nein, mein Haar ist genau wie immer, aber danke«, sage ich. Ich kann nicht anders, als das seidene Haarband, das es zurückhält, zurechtzurücken.

Ich habe mir eine Scheibe von meiner Schwester abgeschnitten und mich bewusst angezogen, um gut auszusehen. Wie sich herausstellt, fühle ich mich selbstbewusster, wenn ich schick angezogen bin. Selbstachtung ist ein Kreislauf.

»Was nimmst du?«, frage ich.

Stirnrunzelnd mustert er die Speisekarte. »Weiß nicht. Ich bin in Stimmung für einen Burrito, aber ich bin mir nicht sicher, ob ich den von hier mag, und außerdem sind alle mit Käse.«

»Sie sind wirklich gut – und riesig. Sie werden dir schmecken. Du kannst sie ja ohne Käse bestellen.«

»Den Big-As-Your-Face-Burrito?«, meint er. »Wäre das größer oder kleiner als mein Ego?« Er zieht die Augenbrauen hoch.

»Eindeutig kleiner«, sage ich. »So viel Platz haben die hier gar nicht.«

Anmerkung: Das Restaurant ist riesig und hat hohe Decken.

Ich wende den Blick ab und kann nicht glauben, dass

ich das gerade zu ihm gesagt habe. Vor ein paar Wochen hätte ich mich nie über ihn lustig gemacht, aber jetzt fühlt sich alles anders an. Ich spüre den Druck nicht mehr, ihn glücklich zu machen oder wie auf Eierschalen zu gehen, um Streit zu vermeiden, weil wir nicht richtig zusammen sind. Und das habe ich noch nie gespürt. Früher habe ich mir so viele Gedanken um seine Gefühle gemacht, dass es, wenn er einen schlechten Tag hatte, auf mich abgefärbt hat und ich auch einen schlechten Tag hatte. Es ist erfrischend, diese Last nicht mehr zu spüren. Eine leise Stimme in meinem Kopf fragt sich, ob es so mit uns weitergehen könnte, wenn wir uns beide zum Besseren verändern. Aber es ist zu früh, um das zu beurteilen, oder?

Paul lacht – er lacht tatsächlich. Das ist verwirrend, weil Paul keinen Sinn für Humor besitzt. Doch der Kellner kommt zurück, und wir bestellen. Er nimmt einen Burrito ohne Käse, und ich bestelle die Vorspeisen-Probierplatte. Sie enthält auch Käsedip, aber das ist in Ordnung – sie ist ja nur für mich.

Nachdem die Speisekarten abgeräumt sind, legt er die Arme auf den Tisch. Ich lasse meine Hände auf den Beinen liegen, und mein Fuß zittert.

»Wie geht es dir in letzter Zeit? Ich habe mir Sorgen um dich gemacht«, erklärt er.

»Wieso?«

»Na, du hast so lange gebraucht, um meine Nachrichten zu beantworten.«

»Ich hatte viel zu tun«, sage ich und spiele mit der Hülle meines Strohhalms. »Tut mir leid.«

Ehrlich gesagt tut es mir nicht besonders leid, aber es ist einfacher, ihn zu besänftigen.

Er räuspert sich. »Ich weiß, du bist immer noch wütend auf mich. Und du hast jedes Recht dazu.«

»Eigentlich bin ich das nicht«, entgegne ich. Dann denke ich darüber nach, und es stimmt. Ich bin nicht wütend. Ich war verletzt und wollte, dass alles wieder so wird wie vorher, aber wütend war ich nicht.

Ich trinke einen Schluck Cola – das ist so viel besser als die Light-Version. Als die Bläschen auf meiner Zunge prickeln, geht mir die Frage im Kopf herum, ob ich dieses neu entdeckte Ich bleiben könnte, wenn ich wieder mit Paul zusammenkäme. Oder würde zwischen uns alles wieder so werden wie letztes Jahr?

»Ich … ähm … rede übrigens nicht mehr mit ihr«, erklärt er.

Ich blinzle ein paarmal, denn mein Gedankengang ist unterbrochen. Will er mir wirklich erzählen, wie der Stand seiner Beziehung zu dem Instagram-Mädchen ist? Okay, jetzt bin ich sauer.

»Du … du fehlst mir einfach, Jaz«, sagt er. »Ich habe es dir nicht geschrieben, und wahrscheinlich hätte ich es tun sollen, weil es die Wahrheit ist. Aber ich brauchte noch Zeit, um über alles nachzudenken. Das … mit uns … bedeutet mir viel. Bis zu diesem Sommer hatten wir uns beide noch nie mit anderen getroffen. Und ich habe ein wenig Panik dabei geschoben, als Jungfrau aufs College zu gehen, zusammenzuziehen und all das. Aber ich vermisse dich. Ich fahre am Tijuana vorbei, und es fehlt mir, dort hineinzugehen. Das war unser Restaurant – nicht das hier.«

Vor zwei Wochen wäre das noch alles gewesen, was ich mir wünschte. Ich hätte glatt Geld bezahlt, um diese Worte zu hören. Paul gibt normalerweise keine emotionalen

Erklärungen ab, daher bedeutet das hier viel. Er versucht es wirklich. Aber aus irgendeinem Grund fliegt ihm mein Herz nicht so zu wie früher. Und das liegt nicht an dem anderen Mädchen. Nicht wirklich. Ich habe eher das Gefühl, dass ich mehr verdient habe. Dass das hier nicht genug ist.

Mein Handy piept und durchbricht die Stille.

Ich werfe einen Blick darauf, insgeheim dankbar dafür, dass jemand das Gespräch unterbrochen hat. Es ist Eugene. Ein Glücksgefühl explodiert in meiner Brust wie ein Feuerwerk. Ich versuche, nicht zu lächeln, weil Paul glauben wird, dass es ihm gilt. Und das stimmt nicht. Vielleicht bremst mich ja der Gedanke, dass ich etwas Besseres haben könnte, vielleicht Eugene.

Paul erwartet offensichtlich von mir, dass ich auch eine Erklärung abgebe.

»Es ist …« Ich unterbreche mich und lege mein Handy weg. »Warum wolltest du dich mit mir treffen?«

Er runzelt die Stirn. »Na ja … Wir vermissen einander. Ich dachte, wir sollten Schluss mit diesem getrennten Sommer machen. Das war ein Fehler.«

»Oh. Nein«, sage ich.

Meine Aussage ist so hart und endgültig wie diese zwei Wörter – Oh und Nein. Aber ich sitze mit offenem Mund da, weil ich sie unmöglich laut ausgesprochen haben kann.

»Nein?«, wiederholt Paul.

Er wirkt verwirrt, und ich bin es auch. Vier Jahre lang war ich bereit, alles zu tun, damit wir zusammenblieben. Warum stürze ich mich nicht zurück in unsere Beziehung? Ich fühle seinen Sog, den unserer gemeinsamen Geschichte. Wie könnte es anders sein? Aber ein größerer Teil meiner selbst hat das Gefühl, dass ich es mir schuldig bin, das durchzuziehen.

Ich schüttle den Kopf. »Ich glaube, ich … ich brauche noch Zeit.«

»Warum? Jemand Besseren findest du sowieso nicht«, sagt er.

Ich starre ihn an. Das ist ganz schön … gemein. Und manipulativ. Ganz zu schweigen davon, dass es nicht wahr ist. Es gibt Bessere. Oder zumindest Jungs, die mich besser behandeln würden. Bei Paul fühle ich mich nicht so ungezwungen wie bei Justin Michael, spüre nicht dieses Hochgefühl, das ich habe, wenn ich von einem Star wie Aaron hofiert werde, und auch nicht dieses undefinierbare Etwas, das Eugene bei mir auslöst.

Es ist vorbei. Diese Worte sollten aus meinem Mund kommen. Jetzt. Also, sofort. Aber aus irgendeinem Grund kann ich sie nicht aussprechen. Ich warte immer noch ab. Ich bin nicht in der Lage, unsere Zukunftspläne loszulassen. Und ja, ich will mich zwar nicht wieder hineinstürzen, aber ich hoffe immer noch, dass er sich ändert. Außerdem sorge ich mich tief im Inneren, diese plötzliche männliche Aufmerksamkeit könnte so schnell wieder vergehen, wie sie gekommen ist. Dass ich mich lächerlich mache wie vor Jahren. Dass Paul am Ende doch recht hat – und ich niemand Besseren finde als ihn.

Er streckt eine Hand aus und legt sie auf meinen Arm. »Das … das klang jetzt komisch.«

In diesem Moment bringt der Kellner unser Essen. Paul zieht seinen Arm zurück, und der Kellner stellt die Teller vor uns hin. Sofort nimmt Paul Messer und Gabel in die Hand.

Zögernd nimmt er einen Bissen von seinem Burrito, kaut und schluckt. »Der ist … richtig gut«, erklärt er. Als hätte er mir nicht wirklich geglaubt.

Ich starre ihn an, ohne mein Essen anzurühren, bis er die Gabel weglegt.

Er wirft mir einen fragenden Blick zu. Ich ziehe die Augenbrauen hoch, um ihn daran zu erinnern, dass ich immer noch warte.

»Eigentlich wollte ich sagen, dass wir beide zusammengehören, Jaz«, sagt er.

»Als wir zuletzt miteinander geredet haben, warst du dir nicht so sicher«, gebe ich zurück.

Er runzelt die Stirn. »Das mit ihr war … es war etwas, das ich abschließen musste, bevor ich mit dir den nächsten Schritt gehen kann.«

Ich habe nicht die geringste Ahnung, was ich dazu sagen soll, und Paul ist anscheinend fertig, daher esse ich meine Tortilla-Röllchen und tauche sie in Käsedip. Beim Essen reden wir nicht viel. Stattdessen begebe ich mich auf eine emotionale Achterbahnfahrt zwischen dem Hochgefühl, ihn sagen zu hören, dass wir zusammengehören, und dem neuen Tiefpunkt, an dem er sagte, ich würde niemand Besseren finden. Die Erinnerungen und die Vertrautheit ziehen mich zurück, und der ganz neue Gedanke, dass wir nicht mehr zusammenpassen, entfernt mich von ihm.

Nachdem wir aufgegessen haben, streiten wir uns um die Rechnung, aber schließlich zahlt Paul, und wir gehen zusammen hinaus. Nach unseren Burrito-Freitagen sind wir normalerweise in sein Auto gestiegen und haben irgendwo geparkt und geknutscht, aber nun nehme ich meine Schlüssel aus der Handtasche. Heute fahre ich allein.

In der drückenden Schwüle bleiben wir draußen stehen. Sein BMW steht auf einer Seite des Parkplatzes und der Corolla auf der anderen.

»Also, danke fürs Mittagessen«, sage ich.

»Ich will dich zurückhaben, Jaz«, erklärt er. Er wirkt aufrichtig – mehr als noch vor ein paar Minuten. »Das mit ihr hatte für mich keine Bedeutung.«

Ich kann kaum ein Auflachen unterdrücken, weil er das so herunterspielt. »Tja, für mich schon.«

Schweigend stehen wir da, während ich ihn ansehe und gegen die Sonne anblinzle. Sonst hätte ich den Blick abgewandt, aber nicht jetzt. Nicht bei diesem Thema.

Ich trete einen halben Schritt weg.

»Du hast einmal gesagt, du könntest nicht ohne mich leben«, sagt er. »Dann war dir das nicht ernst?«

Mir stockt der Atem. Es fühlt sich an, als wäre das erst gestern passiert, obwohl es eineinhalb Jahre her ist. Meine Mutter rief mich an, um mir mitzuteilen, Paul habe mit seinem Dad einen Autounfall gehabt. Zu dem Zeitpunkt wusste ich nicht, wie ernst die Sache war, und bin ins Krankenhaus gerast, wo ich ihn mit einem Kopfverband angetroffen habe. Später sollte ich herausfinden, dass er eine Gehirnerschütterung hatte und mit ein paar Stichen genäht worden war, aber ich habe mich zu ihm gesetzt und ihm erklärt, ich könne nicht ohne ihn leben.

Ich hatte nicht gedacht, dass er mich gehört hatte. Und seitdem hat er nie davon geredet.

»Ich weiß nicht, was ich sagen soll, Paul.« Ich schüttle den Kopf. »Ich brauche noch Zeit zum Nachdenken.«

Ich wende mich ab, um zu meinem Auto zu gehen. Denn tief im Inneren spüre ich, dass ich nachgeben werde, wenn ich hier draußen stehen bleibe. Und ich glaube nicht, dass das eine gute Idee ist.

»Warte, Jaz. Ich wollte dir das hier geben.« Er greift in die Tasche und zieht einen Schlüsselanhänger hervor. Ich erkenne ihn sofort. Den habe ich ihm in der zehnten Klasse geschenkt. Er musste mit seiner Familie eine lange Kreuzfahrt unternehmen und hatte keine Lust. Also habe ich ihm einen Schüsselanhänger in der Form von Florida gekauft, auf den *Jasmine* eingraviert war, damit er ein Stück Florida mitnehmen konnte. Der Anhänger hat zwölf Dollar gekostet, was für mich viel Geld war. Ich hatte nur wenig Taschengeld, so wie Davey heute, und konnte davon nur in der Schule das Essensgeld bezahlen und mir ein paar Kleinigkeiten leisten, wenn ich dafür sparte.

Paul, der noch nie einen Job hatte, hatte den Schlüsselanhänger genommen und sich bedankt, aber seitdem habe ich ihn nicht wiedergesehen. Ich hatte angenommen, er hätte ihn verloren.

»Ich dachte, vielleicht möchtest du das hier zurückhaben«, erklärt er.

Er gibt ihn mir, und die unechte Vergoldung ist abgerieben, was merkwürdig ist. Er hat den Anhänger nie an seinen Auto- oder Hausschlüsseln getragen – ich habe danach Ausschau gehalten.

Ich runzle die Stirn und drehe ihn auf meiner Handfläche um.

»Ich hatte ihn … immer als Glücksbringer in der Tasche«, sagt er und sieht auf den Gehsteig hinunter.

Ich hatte keine Ahnung. Ich dachte, dass meine Geschenke ihm nichts bedeuteten. Ich konnte mir nie so protzige Geschenke leisten wie er. Meine Fendi-Handtasche, die Kopfhörer mit Schallunterdrückung und die Saphir-Ohrringe, die ich zu extravagant finde, um sie zu tragen, habe ich alle von ihm. Ich habe ihm selbst gebastelte Geschenke gemacht oder solche, die mir etwas bedeuteten. Ich habe immer gehofft, sie würden ihm auch etwas bedeuten, obwohl ich das bezweifelt habe.

Aber, obwohl er alles hat, was er sich wünschen kann, hat er einen billigen Schlüsselanhänger in Ehren gehalten? Was hat es zu bedeuten, dass er so sentimental ist? Und mir nicht einmal davon erzählt hat? Genau, wie ich nicht wusste, dass er mich damals im Krankenhaus gehört hatte. Wie viele Geheimnisse passen in eine einzige Beziehung? Wie viel kann man ungesagt lassen?

Kurz denke ich, dass er lügt, aber der Schlüsselanhänger ist abgewetzt und nicht verkratzt. So sieht etwas nur aus, wenn man es wieder und wieder fest in der Hand gehalten hat.

»Du hast ihn wirklich als Glücksbringer behalten?«, frage ich.

»Ja. Heute hat er aber wohl nicht gewirkt«, setzt Paul mit einem bedrückten Lächeln hinzu.

Mein dummes Herz fliegt ihm zu und will am liebsten diese ganze Auszeit abblasen. Aber ich schaffe es, mich zu beherrschen.

»Davon … hast du mir nie erzählt«, sage ich.

Er steckt die Hände in die Taschen und zuckt die Achseln. »Es hätte … keine Ahnung, wie das geklungen hätte. Aber diese Kreuzfahrt mit meinen Eltern hat sich zu einer unserer wenigen guten Reisen entwickelt, und der Schlüsselanhänger hat mich daran und an dich erinnert. Dann, als ich zurück war, hat er mir, ich weiß nicht, Prüfungen leichter gemacht – ich habe mich an deine Tipps erinnert, und irgendwie schien es mir Glück zu bringen, darüber zu reiben.«

Abergläubisch war er immer schon. Besonders, wenn es um Fußball ging. Aber alle Sportler scheinen abergläubisch zu sein. June, Justin Michael und Aaron haben beim Sport alle feste, unverrückbare Rituale.

»Du solltest ihn behalten«, sage ich. »Schließlich habe ich ihn dir geschenkt.«

Ich strecke meine Hand aus. Er nimmt sie und schließt die Finger um meine.

»Ich weiß«, sagt er. »Aber du solltest ihn haben. Ich brauche keine weitere Erinnerung daran, was ich vermisse.«

Er klingt so zerknirscht. Das war er am Burrito-Freitag eindeutig nicht, und sogar eben beim Mittagessen schien er sich nicht wirklich entschuldigen zu wollen. Aber jetzt meint er es so, und das bricht mir auf eine neue Art das Herz. *Lass uns einfach zusammen sein,* möchte ich am liebsten sagen, aber einmal mehr kommen mir die Worte einfach nicht über die Lippen.

»Wir … ähm … können ja trotzdem miteinander reden«, sage ich.

Er nickt. »Gern. Dann antwortest du mir, wenn ich dir schreibe?«

»Ja. Aber ich muss los.«

Die Wahrheit ist, dass ich keine Minute länger hier stehen kann, während so viele Fragen und Gefühle in mir durcheinanderwirbeln. Es fühlt sich an, als würde ich darin ertrinken.

»Okay, Jaz. Bis bald.« Er küsst mich auf die Wange, und dieses Mal ist es nicht peinlich. Dieses Mal kommen wieder alte Gefühle auf.

Ich gehe zu meinem Auto und habe noch nicht einmal den Motor gestartet, als ich nach meinem Handy greife. Die Nachricht von Eugene ignoriere ich. Stattdessen schreibe ich Emily und June, dass ich sofort mit ihnen reden muss.

36. Kapitel

Emily antwortet sofort. Sie hilft bei Macrebelle's aus, einer Boutique, die einer Freundin ihrer Mutter gehört und wo ein Paar Socken fünfundvierzig Dollar kostet. Aber sie hatte fast Feierabend, als sie meine Nachricht bekam.

Ich treffe sie auf dem Parkplatz des Ladens und steige in ihren weißen Mercedes. Sie sitzt schon hinter dem Steuer und hat Klimaanlage und Musik aufgedreht.

»Dann ist Der Paul also wieder da, was?«, fragt sie und stellt den Rockmusiksender leiser.

Emily hat in der elften Klasse angefangen, ihn »Den Paul« zu nennen. Eines Abends war ich wütend, weil er ohne mich zu einer Party gegangen war. »Er hält sich für den Größten«, hat sie gesagt, »und dabei ist er in Wirklichkeit einfach nur … Der Paul.« Und wir beide haben Tränen gelacht. Danach ist der Name hängen geblieben.

Ich schließe meinen Gurt. »Ich … Nein … Ich weiß nicht. Ich habe mich mit ihm zum Mittagessen getroffen, und alles lief gut, ehrlich, bis er mir das hier gegeben hat. Weißt du noch, wann ich ihm das besorgt habe?«

Ich zeige ihr den Schlüsselanhänger.

»Ja«, sagt sie. Sie senkt ihre klassische Pilotenbrille, um mir in die Augen zu sehen. »Loser.«

Ich ziehe die Nase kraus.

»Also wollte er dieses tolle Experiment beenden?«, fragt sie.

»Ja.«

»Hmpf«, macht Emily und legt den Rückwärtsgang ein.

Über den ganzen widerstreitenden Emotionen habe ich Emilys Fahrkünste vergessen. Drücken wir es mal so aus: Wenn ich einen Schutzhelm tragen könnte, würde ich es tun.

Während sie vom Parkplatz schießt und den Gegenverkehr kreuzt, klammere ich mich an der Armlehne fest. Wir treffen June im Winter Park Club, wo sie Tennis unterrichtet. Emily ist Mitglied und hat einen Kundenparkplatz. Das ist der *einzige* Grund, aus dem sie jetzt fährt.

Ich schlage unauffällig ein Kreuz, als wir an einer Ampel vorbeibrettern, die wahrscheinlich dunkelgelb bis rot ist. Ich wünschte, ich hätte mein Christopherus-Medaillon dabei, aber das liegt im Corolla.

»Also, erzähl mir, was passiert ist … Oder willst du warten, bis die drei Engel zusammen sind?«, fragt sie.

Ja, sie meint Charlies Engel, weil wir *so* peinlich sind.

»Warten wir, bis wir June sehen«, sage ich.

»Okay, dann schreib ihr, dass wir in zehn Minuten am Klubhaus sind.«

Ich ziehe mein Handy hervor und entsperre es. Bei der

roten Benachrichtigung fällt mir wieder ein, dass ich Eugenes Nachricht nie gelesen habe.

> **Captain Eugene Crunch**
> Morgen habe ich endlich einen freien Tag. Sollte ich eigentlich heute haben, aber wir hatten eine Personalversammlung. Hast du am Dienstag Zeit, oder wartest du dann immer noch darauf, dass deine Frühstücksflocken durchziehen?

Ich lache und ziehe damit Emilys Blick auf mich. Ich zeige auf die Windschutzscheibe, damit sie sich auf die Straße konzentriert, und schreibe schnell eine Nachricht an June.

»Oh, oh. Dieses Lächeln kenne ich. Wer schreibt dir? Der Paul? Ich hoffe wirklich, es ist nicht Der Paul. Denn, Jaz … Was er getan hat, war nicht richtig.« Sie runzelt die Stirn.

»Ich weiß«, sage ich. »Es ist nicht Paul.«

»Ohhh. Wer dannnn? Ich bin ja so gespannt zu hören, welcher Anwärter dir *solch* ein Lächeln aufs Gesicht zaubert.«

Sie hat sich angewöhnt, die Jungs, die sich neuerdings für mich interessieren, »die Anwärter« zu nennen. Widerlich, aber ich weiß, was sie meint. Es ist fast wie in dieser Show, von der Cari besessen ist – in der ein Haufen Kerle versuchen, dasselbe Mädchen zu daten.

Aber ich date niemanden. Nicht wirklich.

Emily wedelt vielsagend mit den Armen, als wir vor dem weitläufigen Gelände des WPC halten. Das WPC ist ein standardmäßiger schicker Country-Club, dem der größte Teil der feinen Gesellschaft von Winter Park angehört. Ich brauche wohl nicht zu erwähnen, dass meine Eltern keine Mitglieder sind. Junes Eltern auch nicht, aber Emilys Dad hat ihr hier einen Job besorgt.

An diesen heißen Sommernachmittagen hat June zwischen den Stunden viel Leerlauf, deswegen kann sie sich ein paar Minuten, nachdem wir uns ins Foyer gesetzt haben, mit uns treffen. Ein paar alte Kerle drehen sich um und starren sie an. Es ist eklig, aber sie nimmt es locker und grüßt sie mit Namen.

»Hallo, Mr. Preston. Guten Tag, Mr. Johannson.«

Sie hören auf zu glotzen, als ihnen einfällt, dass June sie kennt … und ihre Frauen … und ihre Enkelkinder.

Junikäfer lässt sich uns gegenüber in einen Sessel fallen und schlägt die langen Beine übereinander. Manchmal glauben die Leute, wir wären verwandt, weil wir beide ostasiatische Züge haben, aber eigentlich sehen wir uns überhaupt nicht ähnlich.

»Dann ist Der Paul also wieder da, was?« Sie rümpft die Nase, als rieche in diesem wunderschönen Raum etwas schlecht.

Jetzt wäre ein guter Zeitpunkt, um zu erwähnen, dass meine Freundinnen Paul nicht leiden können. Emily findet sich mit ihm ab. June hat das zu Anfang auch versucht, aber ab der zwölften Klasse hat sie jede Ausrede benutzt, um sich zu verdrücken, wenn er da war.

Es ist nicht so, dass die Meinung der beiden mir egal war, aber ich dachte immer, dass sie ihn nicht so kennen wie ich. Vielleicht stimmt das ja, doch ehrlich gesagt bin ich mir jetzt nicht mehr so sicher.

»Der Paul ist nicht wieder da … Ich weiß nicht«, sage ich. »Ich wollte eigentlich nur hören, was er zu sagen hatte, aber dann hat er mir den Schlüsselanhänger gegeben. Er hat ihn die ganze Zeit behalten. Und er weiß noch, dass ich ihm gesagt habe, ich könnte nicht ohne ihn leben. Vielleicht hat er sich ja geändert. Oder wir haben nicht genug über unsere Gefühle geredet.«

June und Emily wechseln Blicke.

»Du weißt, dass es mir nicht zusteht, über dich zu urteilen«, beginnt Emily. »Dazu habe ich mich viel zu oft wieder mit Shawn vertragen. Aber … warum solltest du Paul nach allem, was du seinetwegen durchgemacht hast, zurücknehmen?«

»Ich … ich habe gesagt, wir würden miteinander sprechen. Nichts weiter.«

June runzelt die Stirn. »Du hast doch jetzt viel bessere Optionen. Du solltest dich von Paul nicht verwirren lassen.«

»Ich habe keine Optionen«, widerspreche ich.

June seufzt. »Justin Michael ist zurück. Aaron geht diese Woche mit dir Baseball trainieren …«

»Sie wollen nur mit mir befreundet sein«, unterbreche ich sie.

Emily verdreht so heftig die Augen, dass ich überrascht bin, weil sie ihr nicht aus dem Kopf fallen.

June blinzelt, als versuche sie, hinter ihren Lidern Kraft zu finden. »Du hattest dieses tolle Essen mit Eugene. Er hat sich vielleicht nicht bei dir gemeldet, aber ich bin mir sicher, das macht er noch.«

Das mit Eugene ist das Einzige, was ich nicht abstreiten kann. Da ist einfach etwas zwischen uns. Keine Freundschaft. Und das verwirrt mich, weil er mich zu mögen scheint, aber dann … wieder nicht. Vielleicht mag ich ihn auch, aber wie soll das möglich sein, solange Paul noch im Bild ist? Ganz zu schweigen davon, dass Eugene und ich vollkommen unterschiedlich sind. Aber ich kann nicht bestreiten, wie gut es sich angefühlt hat, von ihm zu hören.

»Ähm, also, er hat mir heute geschrieben«, erzähle ich.

»Ich wusste es!« Emily wedelt mit den Fäusten. »Ich *wusste* es. Sie hatte diesen Gesichtsausdruck, als sie auf ihr Handy geschaut hat, und da wusste ich, dass er es war.«

»Wer weiß, ob er mich wirklich mag«, meine ich.

Einer der Clubhaus-Angestellten bringt uns Wasser mit Eis und Zitrone. Emily und June sagen beide Hi. Als er geht, verfallen wir in verlegenes Schweigen.

Emily sieht June an. »Wir müssen sie immer noch zu allem zwingen. Es ist, als würde sie bewusst ignorieren, was direkt vor ihr liegt. Ich kann das nicht.«

»Du weißt doch, wie Jaz ist.« June zuckt die Achseln.

Ich tippe mir an die Brust. »Hey, ich kann euch übrigens hören. Ich habe mich nicht in Luft aufgelöst.« Ich wedle mit den Armen, um mich zu vergewissern, dass sie mich noch sehen können.

Emily streckt die Hand aus, und June nickt. Es ist, als hätten die beiden das geprobt.

»Die Anwärter wollen dich daten, Miss Bachelorette«, erklärt Emily. »Deswegen sind sie ja bei dem ... Deswegen verbringen sie ja Zeit mit dir.«

Ich schüttle den Kopf. Okay, das dachte ich auch. Aber wie stehen die Chancen, dass in einem einzigen Sommer drei Jungs mit mir zusammen sein wollen? Paul hat gern darauf hingewiesen, dass er der Einzige war, der mich je auf ein Date eingeladen hat. Ich war mir nie sicher, ob er meinte, dass mich niemand sonst wollen würde oder dass wir füreinander bestimmt waren. Ich habe lieber nicht gefragt.

»Das wisst ihr doch gar nicht«, wende ich ein. »Justin Michael ist wegen eines Praktikums in der Stadt, und wir sind alte Freunde. Aaron will nur neue Leute in Orlando kennenlernen. Und Eugene … Der fährt bald nach Europa, also was könnte das überhaupt werden?«

Wieder wirft Emily June einen Blick zu, und June schüttelt kaum wahrnehmbar den Kopf.

»Okay, was ist? Das nervt mich jetzt«, sage ich. »Was sollen diese Blicke?«

June verschränkt die Hände im Schoß. »Du weißt, dass Justin schon vor Jahren mit dir ausgehen wollte. Solche Gefühle verschwinden nicht einfach. Und du hast gesagt, Aaron gebe dir das Gefühl, etwas Besonderes zu sein, und Eugene habe etwas Bestimmtes an sich.«

»Das heißt aber nicht, dass sie mich mögen.«

»Okay.« Emily stellt ihr Wasserglas auf den Tisch. »Wieso wälzt du dich so in deiner mangelnden Selbstachtung?«

»Ach, dann ist heute wohl der Tag der unangenehmen Wahrheiten?«, versuche ich zu scherzen, aber ihre Worte treffen mich. »Ich … ich habe keine … Ich bin nur realistisch.«

»Bist du nicht«, widerspricht Emily. »Wenn Jungs dich offensichtlich mögen, glaubst du, das könne nicht sein, weil Paul dich in deinen Selbstzweifeln bestärkt hat, damit du bei ihm bleibst. Weil du glaubst, nicht so gut zu sein wie deine Schwester. Weil sich in der Mittelstufe irgendein Schwachkopf dir gegenüber unmöglich benommen hat. Und, ich weiß nicht … einfach die Art, wie du von Natur aus bist. Aber das ist alles Schwachsinn.«

Emily lehnt sich zurück, und June sieht sie aus aufgerissenen Augen an. Emily klappt den Mund zu und schürzt die Lippen, als hätte sie nicht so viel sagen wollen oder vielleicht gar nichts.

Emily versteht das nicht. Sie ist nicht mit uns in die Mittelstufe gegangen. Sie war nicht dabei, als eines der beliebtesten Mädchen, Morgan Weller, mir erzählt hat, der beliebteste Junge, Kyle McGovern, sei verliebt in mich. Sie war nicht dabei, als auf dem Flur vor den Spinden geflüstert wurde und ich plötzlich für alle interessant war. Sie war nicht dabei, als ich Kyle schüchtern zuwinkte und er mir zuzwinkerte und lächelte. Hat nicht den Nervenkitzel miterlebt, der mich durchlief, weil mich jemand bemerkte. Und wie ich den Namen Jasmine McGovern ausprobierte, weil … na ja, weil ich dreizehn war.

Emily ging nicht auf unsere Schule, als ich endlich den Mut aufbrachte, Kyle beim Mittagessen anzusprechen. Sie hat nicht gesehen, wie er mit Morgan und den coolsten Kids aus unserem Jahrgang am Tisch saß. Wie sie alle beiseiterückten, damit ich mich neben ihn setzen konnte. Wie großartig es sich anfühlte, von Leuten freundlich aufgenommen zu werden, die mich nie beachtet hatten.

Weder Emily noch June waren dabei, als sie mich einluden, an diesem Abend mit ihnen an einem Lagerfeuer zu sitzen. Sie waren nicht dabei, als ich neben Kyle saß und zuschaute, wie er lächelte und redete. Sie haben keine geklaute Flasche Rum herumgereicht und nicht erlebt, wie ich mir den Mut antrank, ihn zu küssen. Sie haben nicht gesehen, wie er angewidert zurückfuhr. Sie haben das Kichern der Gruppe nicht gehört. Sie haben sein »Igitt« nicht gehört. Sie haben nicht miterlebt, wie ich Morgan verwirrt ansah, die meinen Blick ausdruckslos erwiderte. Sie haben Kyles Gesicht nicht gesehen, als ich sagte: »Ich dachte, du magst mich.« Sie haben nicht mitbekommen, in welchem höhnischen Ton er erwiderte: »Nicht dich, Jasmine, dich auf keinen Fall.« Sie haben das Lachen nicht gehört, mit dem er sagte: »Morgan, als ich meinte, dass ich Yap mag, meinte ich Carissa und nicht ihre hässliche kleine Schwester.«

Sie haben die Tränen in meinen Augen nicht gesehen, als ich davonrannte. Oder wie ich mich eine Weile versteckte, um zu heulen. Wie ich allein den ganzen Weg nach Hause gegangen bin und versuchte, die Scham über meinen verunglückten ersten Kuss abzuschütteln.

Doch dann kam Paul, sah mich und liebte mich. Um meinetwillen.

»Wir sind total vom Thema abgekommen«, sagt June. »Was willst du wegen Paul unternehmen?«

»Ich habe gesagt, wir könnten reden, aber dass wir vor dem ersten August keine Entscheidung treffen würden, so wie abgemacht«, erkläre ich.

»Du ruinierst noch die ganze …«, beginnt Emily.

June dreht ihr ruckartig den Kopf zu, und Emily stößt hörbar den Atem aus. »Du ruinierst deine Chance, jemanden oder etwas Besseres zu finden.«

»Findet ihr denn nicht, dass es etwas zu bedeuten hat, dass er den Schlüsselanhänger behalten hat? Dass er vielleicht mehr Gefühle hatte, als er zeigen konnte? Ihr wisst doch, dass seine Eltern kalt zu ihm sind und es ihm schwerfällt, jemanden zu lieben.«

June und Emily sehen mich beide an, als wollten sie mich fragen: »Hörst du dich gerade selbst reden?« Und ja, ich höre mich, aber er hat mich verblüfft.

»Wirf ihn weg«, sagt Emily.

»Was? Nein.« Ich drücke den Anhänger fester an die Brust.

»Er hat ihn dir zurückgegeben, damit du an ihn denkst«, erklärt sie. »Um zu ruinieren, wie du dich dabei fühlst, andere Leute zu sehen, auch wenn ihr ›nur redet‹.«

Emily zeichnet feindselige Anführungszeichen in die Luft.

»Nein, ich kann ihn nicht wegwerfen«, protestiere ich. »Daran hängen Erinnerungen.«

Emily macht eine Handbewegung in Junes Richtung. »Ich gebe auf.«

»Vielleicht sollte ich das Ding verwahren«, meint June.

»Wieso?«, frage ich.

»Weil …« June holt tief Luft. »Weil du anfangen wirst zu glauben, er sei nicht so übel gewesen, weil er etwas behalten hat, das du ihm geschenkt hast. Aber Jaz … Er war schlimm. Vor allem im letzten Jahr. Du willst immer das Beste von anderen denken. Immer, aber in diesem Fall ist es bloß ein Schlüsselanhänger. Und Emily hat recht – er wird deine Gefühle für alle anderen außer ihm ruinieren. Das ist Manipulation.«

Elegant streckt sie den Arm aus und wartet, die Handfläche nach oben gekehrt.

Ich umklammere den Anhänger fester, aber meine Reaktion macht mir klar, dass sie recht hat. Er kennt mich und weiß, wie er mich am stärksten trifft, und ich habe nie erkannt, wenn er mich manipuliert hat. Ich gehe immer davon aus, dass Menschen ehrlich sind.

Ich bin mir ziemlich sicher, dass die beiden guter Cop/böser Cop gespielt haben, aber ich lasse den Schlüsselanhänger in Junes Hand fallen. Sie steckt ihn in die Tasche ihres Tenniskleids und steht dann auf.

»Ich hätte nicht gedacht, dass sich das zu einer kompletten Intervention auswachsen würde«, murmle ich und verschränke die Arme.

»Wir intervenieren aus Liebe«, sagt June. Sie küsst mich auf die Stirn. »Du kannst weiterschmollen, wenn du willst, aber ich muss zurück auf den Platz.«

»Du solltest deinem Lieblingsverehrer schreiben, statt zu schmollen«, sagt Emily.

»Wer immer das sein mag.« June zwinkert.

Als sie geht, weiß ich zwei Dinge: Meine Freundinnen sind absolut das Letzte, und ich habe keine Ahnung, was ich ohne sie anfangen würde. Und sehr bald werde ich beide verlieren, und was habe ich dann, wenn nicht Paul?

37. Kapitel

»Ich dachte, vielleicht bin ich mit dem Kotz-Emoji zu weit gegangen«, meint Eugene, als ich aus meinem Auto steige. Er lächelt, und sein Grübchen zeigt sich. Als ich auf ihn zutrete, wird mir klar, dass mir sein Grübchen gefehlt hat. Er hat mir gefehlt.

Ich habe ihm nach dem Gespräch mit June und Emily geschrieben, und er hat sofort geantwortet. Wir beschlossen, uns am Dienstag nach meiner Schicht bei Berry Plum zu treffen.

Als ich Feierabend hatte, schickte er mir eine Adresse. Das war alles – nur eine Adresse. Ich fragte, wohin wir gehen, was wir tun würden und was ich anziehen sollte, doch er gab keine Antwort. Also tat ich, was jedes normale Mädchen, das für jemanden schwärmt, getan hätte: Ich zog ein leichtes Sommerkleid an, stieg in mein Auto und fuhr über eine halbe Stunde, um mich mit einem Jungen zu treffen, den ich kaum kannte.

In einer True-Crime-Serie wäre ich schon tot.

»Du hast ein Recht auf deine eigene fehlgeleitete Meinung über Frühstücksflocken«, sage ich.

Eugene schüttelt lächelnd den Kopf. Er lehnt sich an seinen Truck, und ich spüre den inzwischen vertrauten Drang, mich an ihn zu schmiegen und an seinem Hals zu schnüffeln.

Ja, ich habe auch keine Ahnung, was mit mir nicht stimmt.

Natürlich bleibe ich, wo ich bin, und spiele mit meinen Autoschlüsseln. »Und was machen wir hier?«, frage ich.

Wir stehen auf dem Parkplatz des Speedway, eines riesigen weiß gestrichenen Gebäudes an der Florida Turnpike.

»Tja, auf mein Motorrad willst du ja nicht steigen, da dachte ich, Kartfahren wäre die nächstbeste Möglichkeit«, erklärt er.

»Das habe ich noch nie gemacht.«

Er lächelt. »Das wird ein Spaß, aber ich warne dich, es macht süchtig. Komm. Besorgen wir dir eine Sturmhaube.«

»Eine was?«

Er gibt keine Antwort, aber ich folge ihm. Er hält mir die Tür auf, und sobald die Fahrbahnen zu sehen sind, ist mir klar, dass das eine schreckliche Idee ist. Ich fahre nicht gern schnell. Rasen und Risiken eingehen, das ist Emilys Ding, nicht meins. Die nach Formel 1 aussehenden Rennkarts sind nicht mein Bier. Apropos …

»Vielleicht sollten wir stattdessen irgendwo etwas trinken«, sage ich.

»Nervös?«, fragt er.

»Na ja …« Ich weise auf die Rennstrecke.

Wir treten an einen Computer, und er zieht eine Karte durch und berührt dann den Bildschirm.

»Es gibt auch eine Rennstrecke für Kinder«, sagt er. »Vielleicht sollten wir die nehmen, weil ich mir sowieso nicht sicher bin, ob du groß genug für Erwachsenenrennen bist.«

Er legt die Hand auf meinen Scheitel und tut, als messe er mich.

Ich verziehe das Gesicht. »Passt dein dicker Kopf überhaupt in einen der Helme?«

»Ha!« Eugene lacht.

Er zieht das Formular für den Haftungsverzicht auf den Bildschirm, und ich werfe einen Blick darauf. Darin steht alles Mögliche von Tod, Verletzungen und dem Verlust von Gliedmaßen. *Verlust von Gliedmaßen* – sie benutzen tatsächlich diesen Ausdruck.

Er scrollt zu der Stelle, an der man unterschreiben muss, und wartet darauf, dass ich mit dem Finger unterzeichne. Ich mustere das Formular, dann ihn und dann wieder das Formular. Nein. Auf gar keinen Fall.

»Nicht weit von hier liegt eine sehr nette Teestube«, sage ich. Ich sehe aus hoffentlich flehenden Augen zu ihm auf.

»Ich verspreche dir: Es ist sicher. Du trägst einen Helm und bist angeschnallt. Es macht einfach Spaß.«

Wir haben offensichtlich unterschiedliche Auffassungen von Spaß.

Er schürzt die Lippen. »Ich sage dir was, weil ich gutem Tee nicht widerstehen kann: Fahr zwei Rennen mit mir, und wir gehen anschließend.«

»Zwei Rennen? Eins.«

»Zwei. Ich habe schon bezahlt.«

Verdammt.

Ich zögere. Ich will auf keinen Fall in eine Maschine springen, die mich verstümmeln könnte. Aber er lächelt, wenn er aufgeregt ist, und seine türkisfarbenen Augen weiten sich ein wenig. Okay, es geht ja nur um schwere, bleibende Schäden.

»Also einmal um die Strecke?«, frage ich.

Er lacht. »Das würde ungefähr eine Minute dauern. Es sind sechzehn Runden, und die schnellste Zeit gewinnt. Man versucht, bei jeder Runde die eigene Bestzeit zu übertreffen.«

»Sechzehn Mal? So wie in eins, zwei, drei, vier … sechzehn? Nein danke.« Ich schüttle heftig den Kopf.

Er lächelt, als wäre ich reizend und nicht stur, und beugt sich zu mir herüber. »Das Bubble & Co liegt in der Nähe und hat thailändischen Milchtee.«

Meine Entschlossenheit gerät ins Wanken. Wenn er mir so nahe ist, überwältigt sein Geruch meine Sinne. Das »Ja« liegt mir auf der Zunge.

»Und … Bubble-Waffeln«, flüstert er mir ins Ohr.

Alle Härchen auf meinen Armen stellen sich auf, als wollten sie ihm näher sein.

»Was sind Bubble-Waffeln?«, frage ich beinahe atemlos. Wir reden über einen süßen Snack am Nachmittag, aber es fühlt sich nicht so an.

»Um das zu sehen, musst du mir ein Rennen liefern. Wer gewinnt, bezahlt.« Er richtet sich wieder auf.

Ich wende ihm den Kopf zu. »Moment mal … Was? Wer verliert, sollte zahlen.«

»Wenn du glaubst, dass ich nicht asiatisch genug bin, um mich wegen der Rechnung zu streiten, kannst du dich auf eine weitere Überraschung gefasst machen«, erklärt er.

Ich lache.

Paul hat die kulturelle Dynamik dieses Kampfs um die Rechnung nie begriffen. Merkwürdigerweise ist die Seite meiner Mom, die abgesehen von Tante Kims Familie nicht asiatisch ist, genauso schlimm wie die meines Dads. Alle fünfzig versuchen sie, sich auf die Rechnung zu stürzen. Ein regelrechtes Gemetzel.

Ein Mädchen in einem engen T-Shirt mit Speedway-Aufdruck kommt auf uns zu. Sie ist ungefähr in unserem Alter, zwinkert Eugene zu und tippt schnell alles Mögliche auf den Bildschirm ein. Ehe ich mich versehe, halte ich eine Art Baumwollsocke und einen Mitgliedsausweis in der Hand, und Eifersucht steigt in mir auf.

Aber Eugene scheint sich für niemanden außer mich zu interessieren, als er mich zu dem Gestell mit den Helmen führt. Er zieht sich seine Haube über den Kopf und sieht aus wie ein Knappe.

»Was zum Teufel ist das?«, frage ich.

»Eine Sturmhaube. Du hast auch eine.« Er lächelt.

Das ist also das Baumwollteil. Damit werde ich sehr, sehr liebreizend aussehen.

Er nimmt sich einen Helm.

»Komm schon, Miss Sicherheitsbewusst. Zieh die Sturmhaube an, und lass uns einen Helm suchen, der dir passt.«

Ich ziehe eine Augenbraue hoch, doch er lacht.

Nachdem ich Sturmhaube und Helm angezogen habe,

warten wir darauf, in die Gehirnerschütterungskarts verladen zu werden.

Ich kann nicht glauben, was aus meinem Leben geworden ist.

Das Schlimmste ist, dass ich nicht nur gegen Eugene antrete. Ich muss sechzehn Runden gegen einen Haufen Leute fahren, die ich nicht einmal kenne.

»Es ist nicht schwer, ehrlich«, sagt Eugene, als könne er meine Gedanken lesen. »Der Kleine da kann nicht älter als dreizehn sein – wenn er das schafft, kannst du es bestimmt auch.«

Er zeigt auf ein Vater-und-Sohn-Gespann vor uns, und der Junge ist eindeutig in der Mittelstufe. Er erinnert mich an die Jungs aus Kyle McGoverns beliebter Clique. Die ganze Zeit hat er sich über den Typ lustig gemacht, der das Sicherheitsprotokoll vorgetragen hat, weil er sich natürlich aufführen muss, als stehe er darüber.

»Aber ich habe keine Ahnung, was ich tue«, sage ich. Ich höre meinen weinerlichen Unterton. Kaum etwas wirkt so sexy wie Jammern, da bin ich mir sicher.

»Du reimst es dir schon zusammen«, sagt Eugene.

Er streicht mir mit der Hand über den Rücken, und plötzlich kann ich mich kaum noch daran erinnern, was wir hier tun. Es ist schwer, sich auf etwas anderes als seine Berührung zu konzentrieren.

Wir sind an der Reihe, und weil ich offensichtlich den Verstand verloren habe, steige ich in den Gokart. Das Steuer ist nicht wirklich ein Rad, sondern erinnert mehr an die Controller eines Videospiels, in dem Davey sicher großartig wäre. Ich dagegen werde wahrscheinlich draufgehen. In *Mario Kart* bin ich eine Niete.

Aber ich bleibe in meinen Gurten sitzen. Ein Countdown läuft ab, und die Ampel springt auf Grün. Eugene gibt Vollgas, jemand senkt die Flagge, und ich fahre los. Er umrundet die Kurve und schüttelt den Kopf, weil ich dahintuckere und versuche, ein Gefühl für das Gaspedal zu bekommen.

Ich habe ungefähr drei Viertel der Strecke hinter mir, als Eugene neben mir bremst. Er hat mich überrundet. Er wirft mir einen Blick zu und rast wieder davon. *Hol mich doch ein, wenn du dich traust*, sollte das wohl heißen.

Ich schüttle den Kopf. Was habe ich hier überhaupt zu suchen? Paul hätte mich nie zu so etwas genötigt. Er kennt meine Grenzen, meine Komfortzone. Wenn Eugene bemerkt, dass ich darin bin, zwingt er mich, sie zu verlassen.

Ich habe gerade meine zweite Runde begonnen, als der Mittelschüler mich überholt. Er lacht mich aus und rast dann davon.

Ja, ein pickliger Zwölfjähriger hat mich gerade verspottet, weil ich vorsichtig fahre.

Und irgendwie legt sich dadurch ein Schalter bei mir um. Ich habe einfach die Nase voll – davon, verhöhnt zu werden, davon, eine Fußabtreterin zu sein, davon, immer auf Nummer sicher zu gehen. Wegen eines Kids wie diesem habe ich in der achten Klasse angefangen, mich so zu verhalten, und was hat es mir eingebracht außer einem gebrochenen Herzen?

Noch einmal überprüfe ich meine Gurte und trete dann das Gaspedal durch. Bei der Geschwindigkeit krümmt sich mein Magen, aber ich bin super in defensivem Fahren. Das weiß ich. Ich kann vorhersagen, was die anderen tun, bevor es passiert.

Daher weiß ich auch, dass der Mittelschüler versuchen wird, mir zum Spaß seitwärts in den Kart zu fahren. Deswegen steige ich auf die Bremse, sodass er mich verfehlt, als er einen Schlenker macht, und in die mit Reifen behängte Bande kracht. Ich verharre eine Millisekunde, um einen Blick auf das Wrack zu werfen, und schieße dann an ihm vorbei. Jetzt will ich Eugene überholen, der laut dem Mädchen, das vor meiner Nase mit ihm geflirtet hat, ein Stammgast ist. Es war, als wäre ich wieder unsichtbar.

Ich stemme meine kleinen Füße gegen die Roste, und mein Körper verspannt sich und fleht mich an, darüber nachzudenken, wie sicher dieser Plastikkarren ist, der mit fünfundfünfzig Stundenkilometern dahinbrettert. Die Umgebung zieht verschwommen an mir vorüber, aber ich konzentriere mich nur auf Eugene.

Er ist ein besserer Fahrer als der Junge. Sobald ich ihm näher komme, hängt er mich ab. Aber er muss auch einen langsameren Gokart überholen, und ich hole auf. Außerdem muss er in der Kurve abbremsen. Ich gebe Gas und überschlage im Kopf den weitesten Bogen, bei dem ich nicht bremsen muss, aber auch nicht von der Bahn geschleudert werde. Anders als Paul habe ich mich nie vor meinen Matheaufgaben gedrückt. Ich habe das im Griff.

Ich fahre neben Eugene, und er ist sichtlich verblüfft. Ich sehe es aus dem Augenwinkel, und da er gebremst hat, um mich anzusehen, ziehe ich an ihm vorbei.

Eugene reckt die Faust in die Luft und feuert mich an. Ich lache laut.

Vierzehn Runden später ist das Rennen zu Ende, und wir kehren an unsere Startpositionen zurück.

Eugene löst seine Gurte und hilft mir dann aus meinen.

Er nimmt Helm und Kopfhaube ab. Sein Haar ist auf niedliche Weise verwuschelt.

»Das war toll!«, sagt er. Er weist auf die Anzeigetafel, wo ich als Fünfte aufgelistet bin. Er ist Zweiter geworden. »Du hast zuerst tiefgestapelt und mich dann überholt.«

Ich lache. »Nein, wirklich nicht. Keine Ahnung, was über mich gekommen ist.«

»Tief im Inneren bist du konkurrenzorientiert. Ich wusste es.«

Ich versuche aufzustehen, aber mir wird beim Aussteigen schwindlig. Es ist, als bestünden meine Beine und der Boden aus Wackelpudding. Meine Hände zittern sichtlich.

»Wow, ich hab dich.« Eugene schlingt einen Arm um meine Taille, und ich lehne mich an ihn. Klingt romantisch, ist es aber nicht, weil ich im Moment so schlaff wie eine Stoffpuppe bin.

»Das war eine Menge Adrenalin«, meint er.

Er tritt an das Gestell, und ich nehme Helm und Sturmhaube ab. Nachdem er unsere Helme weggeräumt hat, legt er wieder den Arm um mich. Ich bin mir nicht sicher, ob ich das brauche, aber ich möchte es. Ich lehne mich an ihn und spüre durch sein T-Shirt, wie sein Herz schlägt. Und das ist den ganzen Zirkus mit den gemeingefährlichen Karts wert.

»Du hast mich überrascht, Jasmine«, sagt er.

Ich mag es, wie mein Name klingt, wenn er ihn ausspricht. Andere Leute nennen mich Jaz, aber er benutzt meinen vollständigen Namen, und aus seinem Mund klingt er erwachsen, sexy sogar.

»Ich habe mich selbst überrascht.«

Er lächelt. »Wir brauchen nicht noch ein Rennen zu fahren. Dieses war ziemlich episch«, sagt er.

Das ist alles, was ich hören wollte.

Ich sehe ihn prüfend an. »Bist du dir sicher? Ich dachte, du hättest für zwei bezahlt.«

»Ja, aber man kann jederzeit wiederkommen. Komm schon, lass uns gehen. Ich finde, du hast dir deine Bubble-Waffel verdient.«

Wir verlassen das Speedway und fahren zu Bubble & Co. Ein paar Minuten später sitze ich mit meiner allerersten Bubble-Waffel an einem Cafétisch – einer normalen Waffel, in deren Teig aber statt Vertiefungen lauter Luftblasen sind. Meine ist mit Vanilleeis, Schokoladenchips, Erdbeeren und Schokosoße gefüllt. Eugen hat Schokoladeneis, Banane und darüber geträufelte Karamellsoße.

Ich habe versucht zu zahlen, weil ich ihn technisch gesehen einmal geschlagen habe. Er hat freundlich darauf hingewiesen, dass er die anderen fünfzehn Runden gewonnen hat. Ich glaube nicht, dass das zählt, aber er hat darauf bestanden, also …

Ich starre meine Bubble-Waffel an und versuche herauszufinden, ob ich sie wie einen Döner oder mit Besteck essen soll. Da kommt Eugene mit zwei Löffeln und unseren thailändischen Milchtees zurück.

Er setzt sich mir gegenüber hin, und wir beginnen gleichzeitig zu essen.

»Also, war das Rennen jetzt dein schlimmster Albtraum, oder hast du dich doch gut unterhalten?«, fragt er.

Ich lächle verhalten. »Okay, ich hatte Spaß.«

Auf dem Weg hierher habe ich die ganze Zeit überlegt, wie ich auf der Strecke schneller hätte sein können. Also hatte er recht: Es macht süchtig. Nachdem ich meine anfängliche Angst überwunden hatte, war ich geradezu in einem Geschwindigkeitsrausch.

Und der eigentliche Höhepunkt war der Moment, als Eugene mir aus dem Gokart geholfen hat.

»Ich muss vielleicht wieder hin«, sage ich.

Eugene lächelt strahlend. »Ja?«

»Vielleicht – wenn du mitkommst.«

Ich versuche, die Waffel mit dem Löffel abzustechen, aber das klappt nicht, daher nehme ich sie in die Hand und beiße hinein. Sie ist weich und perfekt. Eugene sieht mich mit einem Blick an, den ich nicht deuten kann. Vielleicht hätte ich die Waffel doch mit dem Löffel zerlegen sollen. Bin ich ein Höhlenmensch, der nicht richtig essen kann?

Unser Gespräch kommt ins Stocken, und ihn scheint das Schweigen nicht zu stören. Ich dagegen bin verunsichert.

»Ähm … Warum siehst du mich an?«, frage ich.

Er lacht. »Wo soll ich denn sonst hinschauen?«

Okay, gutes Argument. Aber ihm so direkt gegenüberzusitzen ist … intim. Paul hat meistens auf seinem Handy gescrollt, oder wir waren mit seinen Freunden zusammen. Außer an unseren Burrito-Freitagen haben wir einander selten so ins Gesicht gesehen.

Eugene hat aufgehört zu essen, daher lege ich meinen Löffel auch weg. Er lehnt sich auf seinem Stuhl zurück. Wenn er über etwas nachdenkt und seine türkisfarbenen Augen diesen distanzierten Ausdruck annehmen, sieht er besonders gut aus.

Nicht, dass ich ihn anstarre.

Anmerkung: Natürlich starre ich ihn an.

»Was?«, frage ich.

Er beugt sich vor, und ich tue es ihm nach. Als er sich auf die Unterlippe beißt, möchte ich am liebsten auch an seinen Lippen knabbern. Ich muss aufhören, so seltsam zu sein.

»Ich mag dich«, erklärt er.

Ich blinzle ein paarmal. »Du magst mich … auf freundschaftliche Art, stimmt's?«

»Ähm, nein.« Seine Augen leuchten amüsiert auf. »Ich meine, ja, schon, aber ich möchte dich auch daten.«

Es fühlt sich an, als hätte jemand in meiner Brust eine Rakete gezündet. Es bedeutet mir unendlich viel, ihn das sagen zu hören. Aber dann komme ich wieder zurück auf den Boden der Tatsachen, denn was soll das überhaupt heißen? Paul hat immer gesagt, er liebe mich auch, aber ich kann mich nicht erinnern, dass er je gesagt hätte, dass er mich mag. Kein einziges Mal. In mir steigen alle Gründe auf, aus denen Eugene mich nicht mögen sollte: Ich bin ungeschickt. Ich bin klein. Ich bin weder besonders hübsch oder talentiert noch etwas Besonderes.

Und, na schön, vielleicht hatte Emily ja recht, was meine Selbstachtung angeht.

»Aber das hier ist doch kein richtiges *Date.* Oder?«, frage ich.

Er lacht, aber sein Blick ruht auf meinem Mund. »Nicht? Dann muss ich mir wohl mehr Mühe geben.«

Ich habe kaum Zeit, seine Worte richtig zur Kenntnis zu nehmen, bevor sich unsere Lippen treffen. Ich reiße die Augen auf, und dann schließen sie sich wie von selbst. Er schmeckt nach Schokolade, Tee und Wundern. Dieser

Kuss ist so gut, dass es mir den Atem verschlägt. Die Art Kuss, über die ich immer nur gelesen habe. Aber noch nie im Leben habe ich etwas Ähnliches erlebt. Nicht bei all dem Knutschen nach den Burrito-Freitagen.

Seine Zunge umkreist meine, und ich habe das Gefühl zu schweben, und vielleicht tue ich das auch … bis mein Arm sich nass anfühlt. Ich unterbreche unseren Kuss und schaue nach unten. Ich habe meinen Milchtee umgeworfen.

Typisch.

Eugene und ich greifen hektisch nach Servietten, um den Tee aufzusaugen. Wir sehen einander lächelnd in die Augen und wischen die Pfütze auf. Nachdem wir unsere Servietten weggeworfen haben, setzen wir uns wieder vor unsere Bubble-Waffeln.

Doch obwohl ich eine köstliche Süßigkeit esse, kann ich nur daran denken, wie sein Kuss geschmeckt hat. Und daran, dass ich es kaum erwarten kann, ihn wieder zu küssen.

38. Kapitel

DAVEYS SORGENVOLLER FAMILIENCHAT
4. Juni

Cari
Also, es tut sich einiges, und fast nichts davon ist gut.

Tante Tammy
Sitzt jemand im Gefängnis?

Tante Minnie
Frag das doch nicht jedes Mal.

Tante Tammy
Na ja, möglich ist alles.

Onkel Vin
Ist es das, Liebelein?

Cari
Niemand sitzt im Gefängnis, aber Jaz hat sich mit Paul zum Mittagessen getroffen. Er versucht immer noch, sie zurückzugewinnen.

Cousine Madison
Warum sollte sie sich mit ihm treffen?

Tante Kim
Na, die beiden haben eine lange gemeinsame Geschichte.

Cousin Joe
Komm schon. Sie hat drei Jungs, die hinter ihr her sind.

Cari
Da kommt noch mehr.

Dad
Schlimmer als Paul kann es nicht sein.

Cari
Ihre Freundin Emily hat ihr beinahe von unserem Plan erzählt und will nichts mehr damit zu tun haben.

Cousin Wesley
Überraschung. Es ist schlimmer geworden. Was? Wieso?

Cari
Es hat eine Weile gedauert, Emily ins Boot zu holen, aber ... sie findet, dass wir Jaz unterschätzen und ihr auf lange Sicht schaden.

(Zehn Sekunden Schweigen)

Cousin Joe
Tja, Mist.

Cari
Und noch was.

Tante Minnie
So, wie die Sache aussieht, wäre es mir lieber, jemand würde im Gefängnis sitzen.

Cari
Ähm, es ist eine lange Geschichte, aber ich habe einen anonymen Podcast über das alles gemacht, und der ist ... na ja, viral gegangen.

Tante Jay
Das ist *nicht* gut.

Tante Tammy
Ach, Cari.

Cousin Wylan
Wie viele Episoden? Wie heißt er?

Cousin Joe
Sind wir jetzt alle berühmt?

Cousine Teagan
Konzentriert euch auf Jaz. Je mehr Klicks, umso wahrscheinlicher hört sie davon.

Cousin Wylan
Eine freundliche Erinnerung: Sie ist technisch vollkommen unbegabt.

Onkel Carlos
Aber wenn es sich weit genug verbreitet, wird sie dann nicht irgendwann trotzdem davon hören?

Mom
Ich kann nicht glauben, dass du uns nicht zuerst gefragt hast.

Cari
Ich weiß, Ma. Ich dachte einfach nicht, dass daraus etwas wird. Aber er wird immer öfter heruntergeladen, und auf Reddit hat mich jemand gefragt, ob ich die Moderatorin bin.

Mom
Du musst das aus dem Netz nehmen. Sofort.

Cari
Ich hatte nicht gedacht, dass er so abgeht.

Nonna
Du musst den Podcast herunternehmen.

Cari
Ja.

39. Kapitel

DIE KLEINE BACHELORETTE – PODCAST (AUSZUG)

Staffel 1, Episode 2 – 8. JUNI

Anonyma: Hey und willkommen zurück zum Podcast *Die kleine Bachelorette.* Ich bin eure Gastgeberin Anonyma.

Die kleine Bachelorette läuft jetzt offiziell seit zwei Wochen, und die Ereignisse überschlagen sich. Arielle hatte zweite Dates mit den drei Kandidaten – dem Jungen von nebenan, dem Sportler und dem Koch. Und ich bedaure, berichten zu müssen, dass sie sich Anfang der Woche mit DB zum Mittagessen getroffen hat. An diesem Punkt müssen wir einräumen, dass wir offiziell einen vierten Kandidaten haben.

Aber genug von dieser Enttäuschung. Wir haben eine von Arielles besten Freundinnen bei uns, die uns mehr über Arielle und die Lage mit den vier Anwärtern erzählen wird. Wie sollen wir dich nennen?

Fabius: Ich schätze Fabius, wenn wir bei dem Thema der kleinen Meerjungfrau bleiben wollen, auch wenn mir das eigentlich nicht gefällt. *lacht*

Anonyma: Wir könnten ja einen anderen Namen wählen. Sebastian? Ursula? *lacht*

Fabius: Fabius ist in Ordnung.

Anonyma: Dann willkommen, Fabius. Danke für deinen Besuch in meiner Sendung. Ich weiß, dass du Vorbehalte gegen diesen ganzen Wettbewerb hattest.

Fabius: Ja. Es gefiel mir nicht, Arielle im Dunkeln tappen zu lassen, und Em..., Sebastian, ihre andere gute Freundin, hat ein paar wirklich gute Gründe dafür vorgebracht, nicht damit weiterzumachen. Aber nachdem ich gestern mit eurer Familie geredet habe, glaube ich, dass ihr recht habt. Ohne diesen Wettbewerb hätte sie zu Hause gesessen und gedacht, wie toll DB ist, obwohl das nicht stimmt. Sie wäre nicht auf Dates gegangen und hätte nicht gemerkt, dass sie jemand Besseren als ihn verdient. Und sie hätte ihn inzwischen bestimmt zurückgenommen. Allein dadurch, dass sie die Kandidaten kennengelernt hat, hat sie sich sehr verändert, und dabei ist das erst zwei Wochen her.

Anonyma: Ich bin absolut deiner Meinung. Okay, lass uns gleich zum Thema kommen. Ich habe ein Gerücht gehört, Arielle hätte diese Woche einen der Jungs geküsst.

Fabius: Ich kann bestätigen, dass sie den Koch geküsst hat.

Anonyma: Und am Donnerstag ist sie in den Schlagkäfigen dem Sportler nähergekommen.

Fabius: Sie hat einen Baseball getroffen. Es gibt für alles ein erstes Mal ... angeblich.

Anonyma: *lacht* Ich habe den Videoclip gesehen. Es ist wirklich passiert. Aber reden wir über den Jungen von nebenan, denn die beiden hatten ihr Date in einem Themenpark. Und du kennst ihn schon länger ...

Fabius: Seit wir Kinder waren. Damals haben wir alle miteinander gespielt. Ich finde ihn wundervoll, und unter uns gesagt ist er mein Favorit.

Anonyma: Bei mir ist dein Geheimnis sicher.

40. Kapitel

Es ist Sonntag, das Ende einer vollkommen verwirrenden Woche oder der Anfang einer neuen, je nachdem, wie man es betrachtet.

Aaron hat mir gerade eine Nachricht geschrieben. Er will Discgolf spielen, wenn er wieder in der Stadt ist, weil er immer noch nicht akzeptiert, dass ich unsportlich bin. Liegt wahrscheinlich daran, dass er unsere Wette gewonnen hat – ich habe am Donnerstag tatsächlich einen Baseball getroffen.

Nach dem aufregenden Kartrennen habe ich mich gleich in die Schlagkäfige gestürzt und hatte keine Angst mehr vor neuen Erfahrungen.

Kleiner Scherz. Ich hatte schreckliche Angst.

Aaron ist aber gut damit umgegangen. Geduldig hat er eine Million Mal meine Haltung korrigiert. Ich hätte schwören können, dass seine Hände unnötig lang auf meinem Körper lagen, besonders, als er meine Hüften ausgerichtet hat. Aber nur eine oder zwei Sekunden zu lang und überhaupt nicht schmierig.

Es wäre so sexy gewesen, wie er hinter mir stand und mich berührt hat, aber leider habe ich ihn mit dem Baseballschläger erwischt.

Ja.

Er sagte etwas, das ich nicht verstand, daher habe ich mich schwungvoll umgedreht. Leider hielt ich dabei den Schläger in der Hand.

In diesem Moment sah ich seine zukünftige Karriere in der Major League den Bach hinuntergehen. Aber er hat blitzschnelle Reflexe und trat aus dem Weg, bevor ich richtig Schaden anrichten konnte. Trotzdem habe ich seinen Rücken getroffen, und ich werde mein restliches Leben lang voller Grauen an diesen Moment zurückdenken. Danach wird es meinem Geist weiter peinlich sein.

Obwohl ich vor Scham wie benebelt war, war es beeindruckend, ihn schlagen zu sehen. Die Bälle tauchten auf und segelten dann in die Ferne davon, weiter als die aller anderen. Alle Leute – und ich meine wirklich alle – drehten sich um und starrten ihn an. Und er war mit mir zusammen dort.

Anschließend kaufte ich ihm das Eis für den Gewinner – und ein Kühlpack. Wir saßen mit voll aufgedrehter Klimaanlage in seinem Audi und hörten Country-Musik. Wir sangen mit, und er singt wirklich grauenhaft, aber er sagte, ich müsse Nashville besuchen. Er hat angeboten, mir die Stadt und die *Country Music Hall of Fame* zu zeigen. Eines Tages muss ich den Mut aufbringen, ihn beim Wort zu nehmen, denn schon allein wegen der Musik und des berühmten Nashville Hot Chicken stelle ich mir die Stadt himmlisch vor.

Es war alles locker und lustig, bis er erwähnte, dass er nicht immer in Nashville gelebt habe, und ich ihn fragte, warum er umgezogen sei.

»Mobbing in der Mittelstufe«, erklärte er und wandte den Blick ab.

Ich runzelte die Stirn. »Du … hast jemanden gemobbt?«, fragte ich.

Er lächelte betrübt. »Nein. Ich war die Zielscheibe.«

Als ich jetzt diesen Star, diesen Playboy vor mir anschaute, konnte ich mir das nicht vorstellen. Er muss mir das vom Gesicht abgelesen haben.

»Mit zwölf war ich kleiner und magerer und offenbar eine leichte Zielscheibe für Spott. Mein Dad war beim Militär, und meine Mom hatte mit meinen kleinen Schwestern und allem schrecklich viel um die Ohren. Ich dachte nur … keine Ahnung, dass ich der Mann im Haus sein sollte. Deswegen habe ich nichts gesagt. Ich habe es … mir einfach gefallen lassen, verstehst du?«

Tränen brannten mir in den Augen. Ich verstand es tatsächlich. Es ist nicht das Gleiche, aber ich habe June, Justin Michael und Cari auch nichts von der Sache mit Kyle erzählt. Dazu habe ich mich zu sehr geschämt. Schließlich habe ich es June ziemlich vage zusammengefasst, aber Cari gegenüber habe ich nie davon gesprochen. Sie hätte sich meinetwegen schlecht gefühlt und Mitleid mit mir gehabt, doch das war nicht der Sinn der Sache.

Aaron holte tief Luft. »Aber nachdem mich jemand die Treppe hinuntergestoßen hatte und ich ins Krankenhaus musste, konnte ich es nicht mehr verschweigen. Mom hat mich aus der Schule genommen, und wir sind nach Nashville gezogen. Es war ein Neuanfang. Ich brauchte diese Kids nie wiederzusehen.«

Er lächelte, als könne er das einfach abtun, aber solche Erinnerungen aus der Mittelstufe hinterlassen ein Brandmal. Ich erinnere mich an dieses Lagerfeuer, als wäre es erst eine Stunde her, und jener Abend in Ventura's Bistro kommt mir vor, als wäre er vor einer Minute passiert. Und was er erlebt hat, war viel schlimmer.

»Das tut mir …«, begann ich, aber ich konnte ihm vom Gesicht ablesen, dass Mitleid das Letzte war, was er wollte.

»Ich wünschte, wir wären auf dieselbe Schule gegangen«, sagte ich stattdessen. »Dann hätten wir einander den Rücken stärken können.« Ich legte meine Hand auf seine. Er schaute darauf hinunter und lächelte aufrichtig. Dann drehte er seine Hand um und drückte meine.

Keine Ahnung, was mit mir los ist. Ich habe Eugene geküsst. Ich war auf einem Date mit Aaron und auf einem mit Justin.

Jedenfalls glaube ich, dass Letzteres ein Date war.

Irgendwie hatte er Freikarten für die Universal Studios ergattert, daher traf ich mich am Mittwoch nach seinem Feierabend mit ihm.

Wie sich herausstellte, war das der perfekte Abend, um zu erkunden, woran wir uns erinnerten und was sich verändert hatte. Wir waren beide nicht mehr in dem Themenpark gewesen, seit wir dreizehn waren. Wir fuhren mit den – wenigen – Achterbahnen, für die ich den Mut aufbrachte, spazierten herum und ließen die Shows und die Menschen auf uns wirken. Er brachte mich mit seinen nerdigen Funfacts über den Park zum Lachen, und dann lachte er über mich, weil ich mich beim Wasserpistolen-Schießen absolut grauenhaft anstellte.

Während wir das nächtlich beleuchtete Hogwarts betrachteten, lehnte ich mich mit dem Rücken an ihn, und er schlang die Arme um mich. Es war so behaglich – wie in alten Zeiten, so, als verschmelze man mit einer jüngeren Version seiner selbst. Wir passten immer noch zusammen wie Frage und Antwort beim Kreuzworträtsel.

Als wir uns zum Abschied umarmten, mochte ich gar nicht loslassen. Der Gedanke, dass er wieder aus meinem Leben verschwinden wird, wenn sein Praktikum vorbei ist, bereitet mir körperlichen Schmerz. Noch jemand, der weiterziehen wird, während ich bleibe, wo ich bin. Aber ich begann mich zu fragen, ob ich ihn nicht gehen lassen will, weil ich ihn als Freund so gern mag, oder ob es mehr ist. Ob meine Gefühle für ihn sich verändert haben und mit uns erwachsen geworden sind.

Kurz bevor ich ins Auto stieg, sah er mir in die Augen, und ich dachte, er würde mich küssen. Mein Herz schlug schneller, doch dann drückte er mir die Lippen auf die Stirn, schaute mich noch einmal an und sagte gute Nacht. Als ich den Corolla aufschloss, schlug mir das Herz bis zum Hals, und meine Hände zitterten.

Das war vielleicht noch intimer als ein Kuss.

Und ich habe keine Ahnung, was ich von alldem halten soll.

Darüber denke ich nach, während ich bei Sephora die Gänge durchstöbere. Emilys Eltern haben ihr ohne Anlass einen Gutschein geschenkt, und sie gibt June und mir neues Make-up aus. Deswegen irre ich durch diesen Dschungel aus teuren Hautcremes.

Mein Handy piept, und ich krame in meiner Tasche danach. Schon wieder Paul. Seit dem Mittagessen, nach dem er mir den Schlüsselanhänger gegeben hat, schreibt er mir jeden Tag. In letzter Zeit hat er sich darauf verlegt, mir seine Lieblingsfotos zu schicken. Einige kenne ich schon. Ein paar hat er heimlich von mir aufgenommen – beim Lernen, wie ich bei seinem Spiel auf der Tribüne saß, auf einer Party mit jemandem redete oder einfach aus dem Fenster sah. Ich glaube immer noch, dass seine Gefühle für mich stärker waren, als er zum Ausdruck bringen konnte. Und ich habe immer noch keine Ahnung, was ich damit anfangen soll. Ist das genug? Ich weiß es nicht.

»Paul will sich noch einmal mit mir treffen«, erkläre ich, als June, Emily und ich uns zufällig im selben Gang befinden.

June, die Lippenstift ausprobiert, unterbricht sich kurz und seufzt.

»*Ihn* hättest du mit dem Baseballschläger bearbeiten sollen«, sagt Emily.

Stirnrunzelnd sehe ich in den Schminkspiegel. »Haha, Leute. Danke. Den dumpfen Knall, als ich Aaron getroffen habe, werde ich den Rest meines Lebens hören.«

June kichert, und Emily schnaubt.

»Zurück zu Dem Paul …«, sagt Emily.

»Überlegst du wirklich, DB wiederzusehen, Jaz?«, fragt June.

Über die Schulter werfe ich ihr einen verwirrten Blick zu. June hat sich ein Knallrot ausgesucht, betrachtet es aber stirnrunzelnd.

»Wen?«, frage ich.

»Paul.«

Ich schüttle den Kopf, als hätte ich Wasser in den Ohren. »Das hast du aber nicht gesagt.«

»Du spinnst. Sie hat Paul gesagt.« Emily trägt Glitzerpuder auf ihre Augenbrauen auf. »Du hast zu viele Jungs im Kopf, einschließlich Mister Küss-den-Koch.«

Ich seufze. »Euch Idiotinnen erzähle ich gar nichts mehr. Wir betreten jetzt den Kreis des Schweigens.« Mit den Fingern zeichne ich um mich herum einen Kreis in die Luft, setze mich dann auf einen der hohen Stühle und ziehe einen Schmollmund.

Ich schmolle nicht, weil sie mich aufgezogen haben. Der Grund ist … alles, was mit Eugene zu tun hat. Er ist so verwirrend. Er hat gesagt, dass er mich mag. Er hat mich geküsst. Aber er schreibt mir trotzdem nicht. Ich habe bis Freitag gewartet und gehofft, etwas von ihm zu hören, aber … null. Da von ihm nichts kam, habe ich meinen Mut zusammengenommen und ihm als Erste geschrieben.

Jasmine
Dem Tierheim gefällt die Idee, die Gourmet-Leckerlis an Familien auszugeben und sie an der Verlosung der Geschenkkörbe teilnehmen zu lassen. Nochmals danke.

Captain Eugene Crunch
Gern geschehen.

Jasmine
Was machst du heute?

Trainierst du, um deine Zeit beim Kartfahren zu verbessern?

Captain Eugene Crunch
Schön wär's. Ich mache das Mise en Place, und dann geht der abendliche Betrieb los.

Nach seinen alles andere als enthusiastischen Antworten lasse ich das Gespräch auslaufen. Es ist besser so. Ich mag ihn gern, aber ich verstehe ihn nicht. Er tut so, als wäre es eine Last und kein Privileg, im besten Restaurant des Landes zu arbeiten. Er wünscht sich ein Leben, in dem er mit dem Rucksack durch Europa reisen kann, also was könnte schon aus uns werden? Vielleicht komme ich am Ende, nachdem all das vorbei ist, wieder mit Paul zusammen. Vielleicht ist das nicht so übel. Vielleicht sind wir füreinander bestimmt, und all das wird uns einfach helfen, uns weiterzuentwickeln.

Mein Handy piept, und ich sehe nach. Ich rechne mit einer weiteren nostalgischen Nachricht von Paul. Aber es ist nicht Paul.

Eugene schreibt mir, als hätte er gehört, dass wir über ihn geredet haben.

Captain Eugene Crunch
Tut mir leid, ich wollte mehr schreiben, aber ich hatte schrecklich viel zu tun. Morgen habe ich dafür endlich frei.

»Oh, ihr Gesicht«, meint Emily und reckt den Hals, als könne sie aus zwei Metern Entfernung den Text auf meinem Display lesen. »Ich wette, ich weiß, wer ihr schreibt.«

»Wer ist es, Jaz?«, fragt June.

»Ein Junge mit weichen Lippen und glühenden türkisfarbenen Augen?« Emily klimpert mit ihren langen Wimpern und macht einen Kussmund.

»Ich habe euch nichts zu sagen, ihr fürchterlichen Clowns«, entgegne ich. Aber innerlich strahle ich. Ich kann nicht anders, als überglücklich zu sein, von ihm zu hören. Und okay, vielleicht träumt ein Teil von mir immer noch gern. Und dieser Teil fühlt sich wohl zu jemandem hingezogen, der seine Wünsche wahrmacht.

Ich überlege, was ich zurückschreiben soll, als mein Handy wieder einen Ton ausstößt. June und Emily drehen sich um.

Captain Eugene Crunch
Collins' Hund wurde notoperiert, deswegen habe ich das ganze Wochenende als Sous-Chef gearbeitet.

Jasmine
OMG. Geht's seinem Hund wieder gut?

Captain Eugene Crunch
Er hat es irgendwie fertiggebracht, einen Kochhandschuh zu verschlucken, aber ihm geht es gut.

Jasmine
Puh. Freut mich.

Captain Eugene Crunch
Ich hätte dich wirklich gern gesehen, aber ich habe ununterbrochen gearbeitet. Wie wär's morgen mit einem Picknick am Strand?

Ich sollte mich unnahbar geben. Oder ihn auf die Antwort warten lassen, stimmt's? So tun, als wäre ich sehr gefragt.

Jasmine
Klingt großartig.

Meine Finger sind miese Verräter.

Captain Eugene Crunch
Dann hole ich dich um 11 ab?

Jasmine
Bis dann.

Ich lächle so breit, dass mir die Wangen wehtun. Während ich das Handy wegstecke, versuche ich, eine ausdruckslose

Miene aufzusetzen, aber es nützt nichts. June und Emily haben mich die ganze Zeit angestarrt.

»Du grinst ja über das ganze Gesicht«, meint Emily.

»Na schön.« Ich seufze. »Eugene und ich fahren morgen an den Strand.«

Sie reißen die Münder auf.

Ich hebe die Hand. »Kein Wort.«

June neigt den Kopf zur Seite.

Emilys Augen weiten sich. Sie zeigt mit ihren manikürten Nägeln auf mich. »Wer ist diese neue coole Sau?«

»Keine Ahnung, aber ich mag sie«, sagt June.

Ich versuche, nicht rot zu werden, und scheitere. Das war's dann wohl mit meiner Coolness.

»Gehen wir Kaffee trinken«, sagt Emily. »Ich brauche Koffein. Hast du etwas gefunden, Jaz?«

Ich schüttle den Kopf.

»Dann kaufe ich dir diese Palette«, erklärt Emily. Sie hat sie schon in der Hand, denn sie wusste genau, dass ich mich in diesem riesigen Kosmetikladen nicht entscheiden könnte.

Ich warte am Eingang, während Emily mit ihrer Geschenkkarte bezahlt. Ich will gar nicht wissen, was die Palette kostet. Wahrscheinlich so viel, wie ich an einem ganzen Arbeitstag verdiene.

June und ich bedanken uns bei ihr, aber sie wedelt wegwerfend mit der Hand. Wir steigen in Junes Mustang und fahren zu Wired, einem der coolen unabhängigen Cafés in der Stadt.

Ich bestelle einen kalt gebrühten Kaffee mit Vanillesirup, June einen geeisten Latte und Emily Cappuccino. Wir nehmen die Kaffees und lassen uns auf Sesseln nieder.

June und Emily entspannen sich und strecken die langen Beine aus. Ich setze mich auf die Vorderkante meines Platzes, damit meine Füße bis zum Boden reichen.

»Also ein Date am Strand morgen, was?«, sagt June.

»Ähm, ich weiß nicht … ich meine … Ja«, sage ich. Und ich kann mir das Grinsen nicht vom Gesicht wischen. Ich habe Angst, aber ich freue mich auch darauf, ihn wiederzusehen.

June und Emily wechseln ein Lächeln.

»Reden wir über Badeanzüge, weil du nämlich keinen Oma-Anzug mit Röckchen oder einen Kinder-Einteiler tragen kannst wie sonst«, erklärt Emily.

»Was ist denn verkehrt an meinen Badeanzügen?«, frage ich.

Emily schüttelt den Kopf. »Hast du kein Wort von dem gehört, was ich gesagt habe? Sie sehen entweder nach Oma aus oder als wärest du zwölf. Wir müssen bei Cabana vorbeifahren und dir einen Bikini besorgen.«

»Kann ich mir nicht leisten.« Ich hasse es, das zuzugeben, aber ich kann mir eindeutig nichts von Cabana erlauben. Normalerweise shoppe ich im Ausverkauf bei Old Navy oder so.

»Das übernehme ich«, sagt Emily.

Ich schüttle den Kopf. »Nein.«

»Doch«, sagt Emily.

»Nein. Ich brauche keine milden Gaben.«

Meine Eltern haben mich gelehrt, dankbar zu sein, aber keine Hilfe anzunehmen, die ich nicht brauche. Ich arbeite, damit ich mir Wünsche erfüllen kann. Und ehrlich, Emily übertreibt. Meine Badeanzüge sind vollkommen in Ordnung … glaube ich.

»Nennen wir es ein Geschenk zum Schulabschluss«, sagt Emily und zwinkert. Der Lidschatten, mit dem sie sich bei Sephora geschminkt hat, lässt ihre Augen buchstäblich glitzern.

»Das kann ich wirklich nicht annehmen. Außerdem hast du mir schon etwas zum Schulabschluss geschenkt.«

Einen sehr großzügigen Scheck, den ich auf ein Sparkonto fürs College eingezahlt habe, zusammen mit dem anderen Geld, das ich zum Schulabschluss bekommen hatte.

»Dein Schulabschlussgeschenk war ein Gruß von Oliver Underwood und seinem schlechten Gewissen, weil er sein jüngstes Kind fürs Leben gezeichnet hat. Dein Badeanzug geht auf mich. Und ernsthaft, milde Gaben? Wie oft habt ihr mich in den letzten zwei Jahren aufgenommen, du und June? War das Wohltätigkeit oder weil wir Freundinnen sind?«

Darauf weiß ich nichts zu sagen.

»Kommt schon. Fahren wir zu Cabana. Ich muss später noch zu einer Grillparty.«

Daraufhin stehen wir alle auf und werfen unseren Müll weg. Die beiden sind vor mir aus der Tür, und wieder kommt mir der Gedanke, dass ich im August allein in diesem Café sitzen werde. Dass ich mich weigere, daran zu denken, wird nichts daran ändern.

Und plötzlich fühlt sich die Vorstellung, in Orlando zu bleiben, eher an, als würde ich feststecken und nicht, als würde ich auf Nummer sicher gehen.

41. Kapitel

DAVEYS INTRIGANTER FAMILIENCHAT
9. JUNI

Cousine Crystal
Was ist mit Eugene los? Ich dachte, die Jungs würden alle die gleiche Zeit kriegen.

Tante Jay
Er hat Probleme damit, sie im Dunkeln zu lassen, aber er hat versprochen, ihr zu schreiben.

Cari
Die beiden fahren morgen an den Strand.

Cousin Joe
Gähn. Das reißt es auch nicht raus. Aaron hat sie an den Schlagkäfigen schwer beeindruckt.

Cousine Amberlynn
Aber sie hat ihn nicht geküsst, oder?

An welchen Strand?

Cari
Nein.

Cousine Amberlynn
Nein, was?

Cari
Nein, du kannst nicht einfach an einem Montag »zufällig« am selben Strand auftauchen. Glaubt bloß nicht, dass ich einige von euch bei Aarons Spiel nicht gesehen habe. Wir hatten Glück, dass es Jaz nicht aufgefallen ist.

Cousine Amberlynn
Ich wollte gar nicht ...

Cousine Crystal
Das hättest du garantiert gemacht.

Cousine Amberlynn
Wie gemein.

Cari
Und wir hatten Glück, dass wir nach der Unterhaltung über die Wette bei Mabels Geburtstagsparty nicht aufgeflogen sind. Du konntest ihr ja gerade noch einreden, dass ihr auf Fantasy Football wettet, Wes. Wir haben nicht mal Football-Saison!

Davey
Sie ist aber nicht darauf gekommen.

Will jemand seinen Einsatz noch ändern?

Cousine Teagan
Nein. Justin Michael gewinnt.

Cousine Madison
Sie braucht sich ja gar keinen Jungen auszusuchen. Wichtiger ist, dass sie zu sich selbst findet.

Cousin Joe
Ja, in Aarons Armen.

Cousine Madison
Ihr seid ein jämmerlicher Haufen. Ich muss etwas für meine Diplomarbeit tun.

Cousine Amberlynn
Also, Cocoa Beach ...?

Cari
Nacht zusammen.

42. Kapitel

Ich binde die Bänder an meinem Oberteil neu, um ganz sicherzugehen, dass ich Eugene keine nackte Haut zeige. Nichts, ich wiederhole, nichts könnte peinlicher sein. Keine verrutschten Kleidungsstücke heute.

Ich könnte auch den ganzen Tag meinen Strandüberwurf anbehalten, aber wir haben jetzt schon über dreißig Grad. Und darunter trage ich meinen neuen, sehr teuren Bikini. Er ist rot, mit einem Neckholder-Oberteil im Retrostil und Badeshorts – so ähnlich wie auf einem Pin-up-Bild aus den Fünfzigerjahren. Er ist das Gegenteil von allem, was ich allein ausgesucht hätte.

Bei Cabana fühlte ich mich zu einem Einteiler hingezogen, der, wie sich herausstellte, ein Umstandsmodell war. Wer jetzt denkt, Emily und June hätten mich ohne Ende damit aufgezogen, hätte recht.

Also … habe ich mich ihrer Entscheidung angeschlossen.

Eugene trägt eine dunkelblaue Badehose und ein T-Shirt und sieht großartig aus. Am Steuer trägt er eine klassische Pilotenbrille.

Ich versuche, nicht allzu viel in seine Entscheidung hineinzudeuten, seinen einzigen freien Tag mit mir zu verbringen.

Spoiler: Ich interpretiere sehr viel hinein.

Wir parken an einer Zufahrt nach New Smyrna, einem kleineren Strand in der Nähe von Daytona.

»Willst du dein Handy auch hierlassen? Ich schließe meins hier ein«, erklärt er.

Es überrascht mich, wie leicht er die Welt hinter sich lassen kann. Unmöglich, Emily oder Cari zu überreden, sich einen ganzen Tag von ihren Handys zu trennen. Sogar Davey würde sich wehren, weil er in Verbindung mit seinen Gaming-Kumpeln und seinem Wettgeschäft bleiben will. Vermutlich expandiert er gerade und bietet Familienwetten auf Fantasy-Sportarten an.

Ich überlege, ob ich jemanden erreichen muss, aber ich bin schon mit der Person zusammen, mit der ich reden will. Also lege ich mein Handy zu Eugenes ins Handschuhfach. Nebeneinander sehen sie beinahe identisch aus. Er nimmt noch seine Uhr ab und schließt dann alles ein.

Und das war's. Wir sind vom Netz. Das hat etwas Befreiendes und Aufreibendes – also so ziemlich wie das Zusammensein mit Eugene.

»Ich hole das Zeug von der Ladefläche«, erklärt er.

»Ich helfe dir.«

Wir schnappen uns Stühle, Kühlbox und Strandtaschen und stapfen durch den Sand. Wir einigen uns auf eine Stelle am Wasser, aber nicht zu nahe am Ufer. Eugene macht sich an die Arbeit, und bald haben wir bis auf das Essen alles aufgebaut. Ich bin schrecklich gespannt darauf, was er mitgebracht hat.

»Ich gehe einen Schirm ausleihen«, erklärt er und blickt zur Sonne auf.

»Ach, das kann ich doch machen«, sage ich.

»Nein, bin schon dabei.«

Er schlendert davon. Es ist immer jemand mit einem Truck oder einem Lieferwagen am Strand, der Stühle und Sonnenschirme für den Tag vermietet. Meine Familie besorgt sich nie welche, denn mein Vater würde lieber eine ganze Hautschicht opfern, als für Strandausrüstung zu bezahlen, aber ich war schon immer neidisch auf Leute, die welche hatten.

Ich greife nach meinem Handy, aber dann wird mir klar, dass ich es nicht bei mir habe. Statt zu scrollen, lausche ich der Brandung und den Möwen, die über mir kreischen, während ich meine Sonnencreme mit Lichtschutzfaktor 10.000 auftrage. Eigenartig, so … im Hier und Jetzt zu sein.

Sobald ich fertig bin, setze ich mich auf meinen Stuhl und schlage die neueste romantische Komödie von Sandhya Menon auf. Ich habe gerade mal die erste Seite gelesen, als Eugene zurückkommt. Ein Typ mit einem großen Sonnenschirm folgt ihm und stellt ihn zwischen den Stühlen auf. Der Schatten fühlt sich großartig an.

»Und, Hunger?«, fragt Eugene.

»Am Verhungern«, sage ich.

Er lächelt, und ich starre auf sein Grübchen. »Gut. Fangen wir mit Samosas an. Ich habe sie heute früh gebacken.«

Er nimmt einen Isolierbehälter aus seiner Strandtasche und reicht mir eine. Ich beiße davon ab.

»Oh mein Gott«, sage ich mit vollem Mund.

»Ich habe auch Tandoori-Hähnchenspieße gemacht«, erklärt er.

Das glaube ich jedenfalls zu verstehen. Schwer zu sagen angesichts der Geschmacksexplosion in meinem Mund. Der Teig ist perfekt, und die Kartoffeln sind würzig, ohne alles zu dominieren.

»Heirate mich«, sage ich.

»Ich bin noch nicht fertig.« Eugene grinst und öffnet die Kühlbox. »Wir haben noch getrüffelten Dip aus weißen Bohnen und geröstete Pita-Chips.«

»Wirst du auf mich herabsehen, wenn ich den mit dem Löffel esse?«, frage ich.

»Überhaupt nicht.«

Er wühlt durch die Behälter. »Eine Käseauswahl mit in Honig pochierter Quittenpaste – weil ich mich erinnere, dass ein gewisser Jemand total auf Käse steht. Wir haben auch lächerlich guten Speck. Einen Maissalat. Einen Kartoffelsalat, der ziemlich gut ist, ohne mich selbst loben zu wollen. Außerdem Sandwiches mit Schinken, Brie und Aprikosen. Ich habe im Restaurant Süßigkeiten und noch anderen Knabberkram mitgenommen. Und, um dem Ganzen die Krone aufzusetzen, die beste Limonade der Welt. Nicht mein Verdienst, weil die Bar des L & J sie herstellt, aber ich habe mir die Mühe gemacht, sie zu stehlen. Was meinst du?«

Eugene verstummt und sieht mich an.

»Das ist offiziell das beste Date aller Zeiten«, erkläre ich.

Und das ist es wirklich. Es übertrifft alles, was ich mir vor einem Monat hätte wünschen können. Er hat so viele Ideen und Mühe hineingesteckt – etwas, was ich von Paul nie erwartet hätte. Selbst wenn kein Bissen davon essbar wäre, hat Eugene sich für mich ins Zeug gelegt wie noch nie jemand.

Eugene lächelt und beißt von einer Samosa ab. »Das freut mich.«

Wir stürzen uns auf das Essen, und mein kleines Schlemmerherz ist im Himmel. Er gießt mir einen Becher Limonade ein, und sie ist perfekt – herb und süß zugleich.

Während ich trinke, wird mir klar, dass es nichts Besseres gibt als diesen Moment mit diesem Jungen und diesem Essen an einem sonnendurchfluteten Strand.

»Die Limonade ist wirklich gut«, sage ich. »Fast so gut wie der Kartoffelsalat. Beinahe.«

Er lächelt und lehnt sich mit seinem Sandwich zurück. Ich kann seine Freude gut nachempfinden. Ich fühle mich genauso, wenn jemand das Essen, das ich gekocht habe, zu schätzen weiß. Es ist die Befriedigung darüber, andere glücklich zu machen und Anerkennung dafür zu ernten, dass man etwas Besonderes geschaffen hat.

Wir essen entspannt zu Ende und schließen dann die Kühlbox. Er wirft den Möwen, die über zwanzig Minuten geduldig darauf gewartet haben, ein paar Brotkanten zu.

»Ein einfacher Dank ist nicht genug«, erkläre ich. »Trotzdem: Danke für das Essen.«

»Gern geschehen. Du kannst dich revanchieren, indem du irgendwann für mich kochst.«

»Nein. Oh nein. Gegen all das komme ich nicht an.« Ich zeige auf die Kühlbox. Mit jemandem, der sein ganzes

Leben in der Küche verbracht hat, kann ich es nicht aufnehmen. *Danke für das Fünf-Sterne-Mahl, Eugene – da hast du ein Sandwich mit Erdnussbutter und Marmelade.*

»Hmm«, meint er. »Lass uns ein Stück gehen.«

Er steht auf und streckt eine Hand aus. Ich nehme sie, um mich von dem Stuhl hochzuhieven. Ich bin pappsatt, aber ich werde mir trotzdem nachnehmen, sobald ich wieder in der Lage bin, mich mit Köstlichkeiten vollzustopfen.

Zu meiner Überraschung hält er weiter meine Hand, als wir durch den Sand gehen. Und das ist das klassische Pärchending – Hand in Hand am Strand spazieren gehen –, oder? Paul hat nicht gern Händchen gehalten, aber so habe ich mir das immer vorgestellt.

Eugene und ich gehen an der Brandung entlang, und das kühle Wasser fühlt sich an meinen Fußsohlen gut an. Seine Hand in meiner gibt mir das Gefühl zu träumen.

»Rede mit mir. Warum hast du so viel Angst?«, fragt er.

»Eine der charmanten Facetten meiner Persönlichkeit?«, sage ich und hoffe, damit das Thema zu wechseln. Wir sollten über etwas anderes reden, zum Beispiel das Rezept für diesen Dip aus weißen Bohnen. Oder darüber, wie er mich heiratet und wir ein Dutzend Schlemmerbabys bekommen.

»Befürchtest du, ich würde über dein Essen urteilen wie ein Restaurantkritiker?«

Ich schüttle den Kopf. »Das ist es nicht … Na ja, vielleicht ein wenig. Aber es liegt mehr daran, dass ich genau weiß, dass ich nicht so kochen kann wie du.«

»So, wie du mich auf der Rennstrecke nicht überholen konntest?«, gibt er zurück.

Ich sehe seine herausfordernde Miene.

Ich schüttle den Kopf. »Das ist etwas anderes. Du bist nicht der Sohn eines Fahrers, der die fünfhundert Meilen von Daytona gewonnen hat.«

»Kochtalent ist nicht erblich, aber ich weiß, was du meinst. Ja, mein Vater ist mein Mentor, seit ich laufen kann, aber du bist mit Jay Ventura verwandt. Mein Dad sagt, sie ist eine der besten Köchinnen von Florida. Und hat sie dir nicht das Kochen beigebracht?«

»Doch, aber …« Ich verstumme.

Mit einem Mal bin ich nicht mehr am Strand. Im Kopf bin ich vierzehn und strecke die Hand nach der Hintertür von Ventura's Bistro aus. Jeden Montag nahm ich, statt nach der Schule nach Hause zu gehen, den Bus zum Lokal meiner Tante.

Das war unser kleines Geheimnis; das einzige, das ich je vor meiner Familie hatte. Mom hatte so viel Angst vor allem, was in der Küche heiß und scharf war, dass sie mich nicht im Bistro aushelfen ließ. Aber als ich am Montag nach der Szene am Lagerfeuer Angst gehabt hatte, in die Schule zu gehen, hatte ich mich meiner Tante anvertraut. Sie war die Einzige, der ich in allen Einzelheiten von der Sache mit Kyle erzählte. Jay sagte, wenn ich tapfer wäre und hingehen würde, würde sie mich nach der Schule lehren, ihre spezielle französische Zwiebelsuppe zu kochen.

Von da an wurde es Tradition, dass ich am Montag, wenn das Restaurant Ruhetag hatte, vorbeikam und ihr bei der Vorbereitung für den nächsten Tag half. Jedes Mal brachte sie mir eine neue Fertigkeit oder ein neues Rezept bei.

Aber an diesem Montag war alles anders. Die Hintertür

war offen wie immer, doch in der Küche war es dunkel. Keine Musik mit wummernden Bässen, kein Licht, keine wunderbaren Aromen, die vom Herd aufstiegen. Mir wurde schrecklich flau im Magen. Vielleicht wäre alles gut ausgegangen, wenn ich auf mein Bauchgefühl gehört hätte, aber nein. Ich stürmte los und suchte nach meiner Tante.

Damals war Josephina Ventura eine bekannte Persönlichkeit. Sie stand oft in der Zeitung oder wurde in den sozialen Medien getaggt; entweder, weil Prominente das Bistro besuchten, oder einfach, weil ihr Restaurant so in aller Munde war. Sie war berühmt, und ich war stolz auf sie.

Doch an diesem späten Nachmittag fand ich sie in ihrem Büro, eine leere Weinflasche im Arm. Draußen war es noch nicht einmal dunkel, aber sie war an ihrem Schreibtisch eingeschlafen. Es war schwer, den Anblick meiner betrunkenen Tante auszuhalten, doch mir fielen noch andere Dinge ins Auge. Ich trat einen Schritt näher und sah jede Menge Mahnungen mit knallroten Stempeln darauf. Zerknüllte Anwaltsschreiben. In der Hand hielt sie einen tränenverschmierten Umschlag, auf dem nur *Lebewohl* stand.

Ich konnte mich nicht entscheiden, ob ich bleiben oder gehen sollte. Da hob Jay den Kopf.

»Was hast du hier zu suchen?«, verlangte sie zu wissen. Sie rieb sich übers Gesicht und schob dann hastig die Rechnungen und den Umschlag beiseite.

»Ich dachte … na ja, ich dachte, wir würden heute Mise en Place machen oder kochen«, sagte ich.

Sie lachte auf. »Wofür?«

»Na ja, für morgen. Wir haben Montag.« Ich hoffte,

ihrem Gedächtnis auf die Sprünge zu helfen, denn ich sah, dass sie benebelt war.

Sie schüttelte den Kopf, als bemitleide sie mich. »Geh nach Hause, Jasmine.«

Und vielleicht hätte ich das tun sollen. Ich habe mir so oft gewünscht, ich wäre an diesem Zeitpunkt gegangen. Aber ich tat es nicht.

»Ich … ich kann dir helfen«, sagte ich.

Endlich sah Jay mich an und kniff die blauen Augen zusammen. »Du glaubst, du kannst mir helfen? Weil du so etwas Besonderes bist?«

Ihre scharfen Worte sahen ihr so unähnlich, dass ich eine Sekunde lang wie vor den Kopf geschlagen war.

»Nein«, sagte ich. »Aber du bist besonders. Du kannst alles.«

Ihre Miene wurde ein wenig weicher.

Ich trat einen kleinen Schritt auf sie zu und fand die Worte für das, was ich im Herzen fühlte. »Ich möchte so sein wie du. Ich will eines Tages mein eigenes Restaurant haben.«

Ihre Miene schlug um, verhärtete sich. Sie schloss die Augen, als schmerze sie der Gedanke. »Du hast nicht das Zeug dazu, Jasmine. Niemand hat das. Und jetzt verschwinde.«

Die letzten Worte hätte sie nicht zu sagen brauchen, denn ich war schon dabei, rückwärts aus dem Büro zu gehen.

Ich rannte zur Bushaltestelle und wartete, während ihre Worte meine Träume zerstörten. Ich weinte, während ich auf den Bus wartete, und auch während der Fahrt. An meiner Haltestelle lief ich eine Weile herum, bis man mir nicht mehr ansah, dass ich geweint hatte. Die Tränen versiegten, aber der Schmerz blieb.

Innerhalb von zwei Monaten war Ventura's Bistro geschlossen. Eine Weile versuchte Jay sich an verschiedenen Jobs und eröffnete dann ihre Catering-Firma. An dem Tag, nachdem meine Träume geplatzt waren, fragte mich meine Mom, was ich werden wolle, und ich sagte, vielleicht Krankenschwester. Sie war so glücklich und stolz, weil ich ihr nacheifern wollte, dass ich mich nie wieder herauswinden konnte. Und zwischen meiner Tante und mir wurde es nie wieder wie früher.

»Ich kann nicht …«, sagt Eugene gerade. »Ich begreife es einfach nicht.«

Seine Stimme holt mich in die Gegenwart zurück. An den Strand. Vier Jahre, nachdem das passiert ist. Ich schüttle die Erinnerung ab und sehe zu ihm auf.

»Was begreifen?«, frage ich.

»Warum du so stark bist, aber deine Kraft nicht einsetzt. Ich verstehe nicht, warum du nicht zu erreichen versuchst, was du dir wünschst.«

Etwas an der Art, wie er das sagt, macht mich wütend. Vielleicht trifft es mich, weil ich gerade den Moment, in dem ich meine Träume begraben musste, noch einmal durchlebt habe. Oder weil ich Dinge durchgemacht habe, die er unmöglich begreifen kann. Er hat vor nichts Angst. Und er hat nie kämpfen müssen. Ihm bietet man einfach alles auf einem Silbertablett an, und das Schlimmste ist, dass er nicht einmal weiß, ob er es annehmen soll.

»Wovor hast du solche Angst?«

»Vor allem!«, schreie ich. Ich lasse seine Hand los und schlage entnervt mit den flachen Händen auf meine

Schenkel. Die Erinnerung frustriert mich. Er frustriert mich.

Eugene stellt sich vor mich.

Ich rede weiter. »Ich habe Angst, meiner Familie wehzutun. Zu scheitern. Nicht gut genug zu sein. Jay war so talentiert, und trotzdem hat ihr Restaurant geschlossen. Zehntausende Dollar von meinen Eltern waren einfach weg, und unser Haus war in Gefahr, weil sie Geld auf ihr Können gesetzt hatten. Meine Eltern hatten damit zu kämpfen, zwei Hypotheken zu bezahlen, weil sie *keine* Angst hatten, obwohl sie besser welche gehabt hätten. Und wenn Jay es als Köchin nicht geschafft hat, habe ich überhaupt keine Chance.«

Er öffnet den Mund, aber ich bin noch nicht fertig. Der Frust, den ich empfinde, seit ich ihm begegnet bin, bricht sich Bahn, und die Worte sprudeln nur so aus mir hervor.

»Sieh mal, ich betrachte das Leben nicht als ein Abenteuer, bei dem ich einfach allein nach Spanien fliegen oder jederzeit als Sous-Chef im besten Restaurant des Landes einspringen kann. Ich bin nicht du. Ich stehe nicht hier, nachdem mir alles geschenkt worden ist, und frage mich, ob ich es überhaupt will. Ich weiß, wie es sich anfühlt zu kämpfen, um wenigstens das, was ich habe, zusammenzuhalten. Du nicht. Dir hat noch niemand gesagt, dass du nicht gut genug bist.«

Eugene schweigt fast eine halbe Minute. Mein Herz hämmert, und als meine Wut verfliegt, steigt Reue in mir auf. Was zum Teufel habe ich gerade getan? Ich habe ihn angebrüllt. Ich habe ihm Dinge ins Gesicht geschrien, die ich niemandem anvertraue – nicht einmal June und Emily.

Dass meine Eltern sich verschuldet haben. Der Neid, den ich empfinde, weil er die Wahl hat, weil er auch nur auf die Idee kommen kann, den Traum, der sich für mich nie erfüllen wird, abzulehnen. Dass es meine größte Angst ist, nicht gut genug zu sein.

Während sich die Sekunden in die Länge ziehen, wird mir klar, dass er nicht von den Schulden wegen des Restaurants gewusst haben kann oder davon, dass ich Profiköchin werden will. Er wusste nur, dass ich ein vages Interesse am Kochen als Hobby hatte. Keine Ahnung, warum er immer davon angefangen hat – als hätte er vermutet, dass ich Köchin werden will. Vielleicht habe ich das nicht so geheim gehalten, wie ich dachte. Aber so oder so wird er gleich sicher sagen, dass wir fahren sollen. Paul hätte das getan, und ich hätte es ihm nicht einmal übel genommen. Wer benimmt sich schon so? Wer schreit jemanden zusammen, den er mag?

Schweigend taxiert mich Eugene. »Restaurants können aus allen möglichen Gründen scheitern. Dass Jays Restaurant geschlossen hat, heißt nicht, dass deins auch pleitegehen würde. Leider kommt es in der Branche nicht immer auf das Können an. Die richtige Lokalität oder die richtige Küche können Erfolg haben, während andere, die eigentlich besser waren, scheitern. Und ich verstehe schon, wie ich auf dich wirke – der bedauernswerte Erbe eines Imperiums. Der arme Prinz, der nicht weiß, ob er den Thron annehmen soll. Glaub mir, das ist mir klar. Aber ich weiß wenigstens, was ich will, und gehe ehrlich damit um.«

»Und was willst du?«, frage ich. Ich beuge mich näher zu ihm, lehne mich dieser Gewissheit entgegen, die er ausstrahlt.

Er sieht an mir vorbei zum Horizont. »Zeit. Wenn ich diesen Weg gehe, will ich wissen, dass es meine Entscheidung war, ihn einzuschlagen. Aber mein Dad will, dass ich mich jetzt entscheide, weil er den ersten Stock zu einem Gastraum umbauen und das Eisen schmieden will, solange es heiß ist. Weil es bei Restaurants um das Timing geht, und das verstehe ich ja. Ich bin nur nicht so weit. Noch nicht. Doch wenn ich zögere, könnte die Zeit mir die Entscheidung abnehmen. Darüber denke ich seit dem Ende meines ersten Studienjahrs nach. Darüber habe ich nachgegrübelt, als wir bei Publix übereinander gestolpert sind.«

Er richtet seine Aufmerksamkeit wieder auf mich. »Aber was willst du? Wirklich?«

»Ich will bloß …« Ich verstumme.

Was will ich? Ich will immer noch das Restaurant. Auch nach allem, was passiert ist, sogar nachdem mir das Herz gebrochen worden ist, selbst nachdem ich gesehen habe, wie meine Eltern kämpfen mussten, habe ich nie aufgehört, mir das zu wünschen. Ich habe es verdrängt, aber der Wunsch ist nie verschwunden. Nicht ganz. Ich habe immer noch gekocht. Trotzdem YouTube-Videos geschaut, trotzdem in der Küche experimentiert, trotzdem endlos Dokus und Artikel über die Köche verschlungen, die es geschafft haben. Aber andererseits habe ich nicht versucht, den Traum zu verfolgen. Weil meine Mom schrecklich enttäuscht wäre. Weil es ein Schlag ins Gesicht für meine Eltern und alles wäre, wofür sie so schwer gekämpft haben. Weil ich zwar nicht begeistert davon bin, an die Valencia zu gehen und Krankenschwester zu werden, aber dieser Beruf real und stabil ist.

»Ich will Sicherheit«, erkläre ich.

»Das ist alles? Das gibt dir das Gefühl, lebendig zu sein?« Er sieht aus, als glaube er mir keine Sekunde lang. Als wisse er, dass da noch mehr ist, was ich nicht sage. Und ich frage mich, ob ich wirklich so leicht zu durchschauen bin.

»Daran ist nichts Falsches. Ich will bleiben, wo ich bin, und das ist in Ordnung. Ich will an Land bleiben. Ich gehe ja nicht mal schwimmen!«

Eugenes Blick zuckt zum Wasser und wieder zurück. »Du kannst nicht schwimmen?«

Darüber … Darüber will er reden? Er zieht die Augenbrauen hoch, und die Spannung zwischen uns lässt nach.

»Ich kann schon schwimmen.« Ich seufze. »Aber ich gehe nicht ins Meer. Da gibt es Strömungen, und es ist einfach … zu unberechenbar.«

Ich schließe lange die Augen. Ich bin achtzehn, aber ich klinge wie achtzig. Das war eins der Probleme, über die Paul gesprochen hat – dass es mit mir nicht mehr lustig ist. Ich bin mir nicht sicher, ob es irgendwann lustig war, jedenfalls nicht mehr, als er mich kennengelernt hat. Ich hatte beschlossen, in der Highschool ein anderer Mensch zu werden und das Risiko nicht mehr einzugehen, verletzt zu werden wie von Kyle oder Jay.

Eugene verzieht die Lippen. »Wenn du entscheiden müsstest, ob du für mich kochst oder jetzt ins Wasser gehst, was würdest du tun?«

»Wieso sind das meine Optionen?«, frage ich.

Er starrt mich an.

»Schwimmen, schätze ich.«

Ich kann nicht glauben, dass wir diese Diskussion führen.

»Tja, ich bin staatlich geprüfter Rettungsschwimmer, und das Wasser ist ziemlich warm«, erklärt er.

Ich runzle die Stirn und versuche, mir einen Reim darauf zu machen, was er damit sagen will. Doch bevor ich etwas erwidern kann, hechtet er kopfüber – ja, kopfüber – ins Meer. Ich stehe wie erstarrt da, während seine Füße im Wasser verschwinden.

Was zur Hölle?

Ich starre die Stelle an, an der er hineingesprungen ist. Eine Sekunde vergeht. Zwei. Mir stockt der Atem. Verdammt! Wo steckt er? Hat er sich den Kopf angeschlagen? Ist er bewusstlos? Ist er in eine Strömung geraten? Es ist nicht wirklich Hurrikan-Saison, aber möglich ist das. Soll ich seinen Truck aufbrechen und den Notruf wählen? Habe ich die Kraft, ihn an Land zu ziehen? Ich habe schon gesehen, wie Menschen unter Stress Autos mit den Zähnen gezogen haben, aber vielleicht waren diese Videoclips ja nicht echt? Keine Ahnung.

Eugene kommt an die Oberfläche, und Erleichterung steigt in mir auf. Er lacht – war ja klar.

»Du bringst mich noch um«, sage ich.

»Mir kommt's vor, als würde es dir ganz gut gehen. Du stehst immer noch da und siehst hübsch aus.«

Ich lächle widerwillig. Obwohl ich mir gerade noch den Kopf darüber zerbrochen habe, wie ich ihn retten soll, möchte ich ihn jetzt aus mehreren Gründen am liebsten würgen. Keine Ahnung, wie er es geschafft hat, mich von alldem abzulenken, aber plötzlich ist nur noch wichtig, dass wir beide uns über die Brandung hinweg unterhalten.

»Das Wasser fühlt sich toll an«, sagt er. »Was würde es brauchen, damit du zu mir hereinkommst?«

»Ein Wunder!«

Er lacht. »Habe ich gerade nicht auf Lager. Wie wäre es mit Bestechung? Du gehst mit mir schwimmen, und ich gehe am Wochenende mit dir essen?«

Oh. Oh nein. Bestechung wirkt bei mir leider sehr gut. Ich überlege und kaue dabei auf meiner Unterlippe. Um ins Wasser zu gehen, müsste ich definitiv meine Komfortzone verlassen.

»Ich weiß, dass du es in Betracht ziehst«, sagt Eugene. »Samstagabend. Es ist nicht originell, aber wir könnten im Lantern & Jacks essen. Du hast gesagt, du wärst noch nie dort gewesen, und Huhn beim Personalessen zählt nicht. Wir könnten das Probiermenü essen, und Collins besorgt uns Plätze. Er ist mir noch was schuldig.«

Wow, Moment mal. Das Probiermenü bei Lantern & Jacks? Wie stark ist sein Wunsch, mich ins Meer zu locken? Und warum?

Meine Muskeln wollen sich in Bewegung setzen. Die Komfortzone klammert sich an mich und will wissen, ob ich wirklich bereit bin, für ein Gourmetmahl alles aufs Spiel zu setzen. Doch ja, das bin ich.

Außerdem bin ich es so was von leid … ich zu sein. Immer nur besessen davon zu sein, auf Nummer sicher zu gehen. Zu verdrängen, was ich will.

Ich trete knietief ins Wasser. »Wie weit muss ich hineingehen?«

»Etwas weiter schon!«, ruft er. »Weit genug, um mir zu beweisen, dass du schwimmen kannst, denn so langsam zweifle ich daran.«

Er tritt ein paar Meter vor mir Wasser. Ich mag nicht so weit hineingehen, dass ich den Boden unter den Füßen verliere, was heißt, dass ich nicht besonders weit gehe. Aber andererseits gehe ich auch nicht in edle Restaurants. Es ist eine Sache, von dem Essen zu lesen und es zu sehen, aber eine ganz andere, es zu schmecken.

Ich nehme meinen Strandüberwurf ab, und er stößt einen Pfiff aus.

»Hast du mir etwa gerade nachgepfiffen?«, frage ich und werfe meinen Überwurf auf den trockenen Sand.

»Ich? Nein. Ich kann gar nicht pfeifen. Aber wenn ich den Kerl erwische, der das war …«

Ich stoße mein komisches tiefes Lachen aus. Ich bin schon immer befangen wegen meines Körpers gewesen, und Paul hat das mit seinen Vorschlägen von wegen Diät-Burritos noch gefördert. Aber Eugenes Blick fühlt sich so anders an. Als bewundere er mich, statt mich zu kritisieren.

Mit meinem – vorübergehend – gestärkten Selbstbewusstsein trete ich ins Wasser. Ich gehe weiter, bis es mir zur Taille reicht. Er mag mich. Er hat mich wirklich gern, und das zieht mich weiter.

Ich gehe hinein, bis das Wasser mir bis zum Oberteil reicht. Er gibt mir das Gefühl, etwas schaffen zu können. Als wären Träume erfüllbar. Als würde mir nichts passieren, auch wenn das Wasser mir über den Kopf reicht.

Die Komfortzone löst sich um mich herum auf, aber ich sage mir, dass ich darauf pfeife, und schwimme los.

Ich bin nicht besonders gut – machen wir uns nichts vor. Doch ich komme voran, und vielleicht ertrinke ich gar nicht.

Als ich ihn erreiche, bin ich ein wenig außer Atem. Aber er strahlt übers ganze Gesicht.

»Du kannst also *wirklich* schwimmen«, meint er. »Oder was auch immer das sein sollte.«

Ich reiße den Mund zu einem empörten »Hey!« auf. Dann klatsche ich mit der Hand aufs Wasser, sodass er nass gespritzt wird.

Ich stehe immer noch unter Schock. So habe ich mich nicht benommen, seit ich … ungefähr in der siebten Klasse war. Vor dem Lagerfeuer und dem Bistro. Bevor ich herausfand, dass es einfacher war, mich in Pauls Schatten zu verstecken, als das Risiko einzugehen, ich selbst zu sein.

Eugene fährt sich mit der Hand übers Gesicht und wischt sich Wassertropfen von der Nase. »Ach, echt jetzt?«

Ich quietsche, weil er auf mich losgeht. Ich versuche, an Land zu schwimmen, aber es ist ziemlich offensichtlich, dass ich das nicht schaffe. Er folgt mir und attackiert mich im Wasser. Eine Welle bricht über uns herein, und wir geraten kurz darunter und kommen dann wieder an die Oberfläche.

Wir haben uns dem Ufer so weit genähert, dass er im Wasser stehen kann. Und ich umschlinge ihn und atme schwer. Auch seine Brust hebt und senkt sich schnell, dabei hat er sich kaum angestrengt.

»Alles in Ordnung bei dir?«, fragt er.

Das Haar klebt mir im Gesicht, aber ich nicke.

Er streicht es zurück. »Du bist so viel mehr, als du glaubst«, erklärt er. »Du kannst alles tun, was du willst – was du wirklich willst. Ich weiß es.«

Und in diesem Moment, hier im Meer mit diesem Jungen, bei dessen Geruch ich Schmetterlinge im Bauch spüre, am besten Tag meines Lebens und an ihn geschmiegt, weil er mich zum Schwimmen herausgefordert hat, spüre ich das auch.

Ich beuge mich vor, und dieses Mal bin ich diejenige, die ihn küsst.

43. Kapitel

CARISSAS PODCAST-NOTIZEN
10. JUNI

Ich weiß, ich WEISS, dass ich versprochen habe, den Podcast aus dem Netz zu nehmen, aber … ich habe nicht gesagt, wann. Ja, das ist ein Schlupfloch, aber schließlich wissen alle, dass ich Jura studiere …

Wenn der Podcast nicht so ein Hit wäre, wäre es einfacher, ihn zu löschen. Aber Die kleine Bachelorette ist wie von selbst ein Erfolg geworden. Dabei habe ich nicht einmal Werbung dafür gemacht – nicht wirklich. Ich habe ein paar Spotlights angenommen, aber größtenteils hat er sich durch Mundpropaganda verbreitet. Folge eins hat schon 35.000 Downloads und geht auf die 40.000 zu. Und besser noch, sie sind mit der zweiten Folge nicht zurückgegangen und danach sogar leicht gestiegen. June einzuladen war der Schlüssel. Wenn ich die

Jungs vors Mikrofon kriege, komme ich bestimmt auf über 50.000 Downloads.

Aber die Familie hat recht: Mit jedem Klick wird es wahrscheinlicher, dass Jaz alles herausfindet. Jedes Mal, wenn die Zahlen langsam hochgehen, bin ich sowohl entzückt als auch nervös. Doch nur der eine User auf Reddit hat mich mit dem Podcast in Verbindung gebracht, und ich habe seinen Kommentar ignoriert. Hoffentlich fällt es niemand anderem auf.

Die Familie ist sich einig darüber, Jaz nichts von alldem zu erzählen. Der ganze Wettbewerb dauert nur sechs Wochen. Eine blitzkurze Zeit – ein Sommer der Liebe, in dem sie sich ohnehin mit anderen treffen sollte. Wer gibt etwas darum, wie sie sie kennengelernt hat? Und die Jungs werden schließlich keinen plötzlichen, verdächtigen Abgang hinlegen, wenn er vorbei ist. Justin Michael hat gesagt, dass er mit ihr befreundet bleiben will, egal, für wen sie sich entscheidet. Und Aaron meinte, er werde mit ihr in Verbindung bleiben. Unberechenbar bleibt nur Eugene, und der war von Anfang an so. Leider sieht es aus, als wäre er derjenige, den sie wirklich gern mag. Meine Sorge ist, dass er – und vielleicht auch Emily – ihr von dem Wettbewerb erzählen könnte. Und manchmal, wenn die beiden Zweifel anmelden, frage ich mich auch, ob wir das Richtige getan haben. Aber Jaz ist so glücklich, dass man nur schwer behaupten könnte, es sei ein Fehler gewesen.

Und ja, okay, für mich springt dabei auch etwas heraus. Ich habe mir eine neue Herausforderung gewünscht, und Jaz ist dabei, sich zum Besseren zu verändern. Also, ich weiß nicht – ist das in Ordnung? Rechtfertigt der Zweck die Mittel?

Ich verspreche, dass ich diesen Podcast bald aus dem Netz nehme, aber vorher werde ich, glaube ich, Aaron einladen. Die Leute verlangen lautstark danach, von den Jungs zu hören.

Und ihm stehe ich am nächsten. Außerdem ist er am unterhaltsamsten. Er ist auch ein großer Fan meines anderen Podcasts, und wir schreiben uns oft darüber. Er kennt meinen Stil und den Ablauf und erzählt die besten Geschichten. Die Hörer werden sich in ihn verlieben, so wie ich es mir für Jaz gewünscht hätte.

44. Kapitel

Als Eugene den Truck startet, sehe ich schockiert, dass es schon halb sechs abends ist. Der Tag ist mit Schwimmen, großartigem Essen und noch besseren Küssen wie im Flug vergangen.

Während ich mir Sand von den Füßen wische, schließt er das Handschuhfach auf. Als ich auf den Beifahrersitz klettere, lächle ich Eugene zu, aber er wirkt aufgewühlt. Seitdem wir schwimmen waren, hat er die ganze Zeit gelächelt und gelacht, daher spüre ich, wie ich mich sofort verspanne. Er ist mir böse, das sehe ich. Genauso, wie ich es erkennen kann, wenn jemand in einer Textnachricht komisch klingt. Sogar das Wetter scheint umgeschlagen zu sein, und Wolken rollen heran.

»Du, ähm, hast ein paar Nachrichten«, erklärt Eugene. Er reicht mir mein Handy. »Ich wollte nicht spionieren. Ich dachte, ich hätte mein eigenes erwischt.«

Das war bestimmt Emily, und sofort fühle ich mich

furchtbar, weil ich mein Handy im Truck eingeschlossen habe. Wahrscheinlich muss sie reden. Ihre Sitzung bei der Familientherapie war heute, und sie wollte ihren Eltern *al-les* erzählen, was sie empfindet.

Ich wische über meinen Bildschirm und habe sechs Nachrichten. Aber sie stammen nicht von Emily – sie sind alle von Paul. Fünf davon sind »Weißt-du-noch«-Bilder, denn er schickt mir weiter ein virtuelles Fotoalbum. In der letzten Nachricht schreibt er, dass er mich morgen von der Arbeit abholen kann, worüber wir nie gesprochen haben. Außerdem ist er in meinem Handy immer noch als ♥ *Paul* ♥ gespeichert, weil ich die lahmste Schnecke von Schneckenhausen bin.

»Er ist … Paul ist … Es ist kompliziert«, sage ich.

Eugene nickt und fährt los. »Bist du mit ihm zusammen?«

Wieder und wieder drehe ich das Telefon in den Händen und überlege, was ich sagen soll. Wahrscheinlich ist die Wahrheit die richtige Antwort. Ich hätte sie ihm schon längst sagen sollen, vielleicht nach unserem ersten Kuss. Wahrscheinlich sogar früher.

»Nein«, sage ich. »Er … Doch, war ich. Aber er wollte diesen Sommer eine Auszeit nehmen und sich mit anderen treffen. Wir waren während der ganzen Highschool-Zeit zusammen, und er war der einzige Junge, den ich je gedatet hatte. Bis vor ganz kurzer Zeit war er der Einzige, den ich je geküsst hatte. Er wollte, dass wir etwas Zeit getrennt verbringen, bevor wir entscheiden, ob wir vor dem College zusammenziehen, und … ich weiß nicht.«

Eugene schweigt eine Weile, und das ist furchtbar. Der Tag entgleitet mir, und ich wünsche mir nichts mehr, als ihn mit Gewalt zurückzuholen. Und alles nur wegen dieses Schwebezustands mit Paul, den ich akzeptiert habe, weil ich zu viel Angst hatte, ihn zu verlieren. Das Wenige zu verlieren, was ich hatte. Vielleicht brauchte ich ja diesen Rettungsanker.

»Ich hätte dir davon erzählen sollen. Es tut mir wirklich leid«, sage ich.

»Dann überlegst du, ob du am Ende des Sommers zu ihm zurückkehrst?« Eugene sagt es beiläufig, aber er beißt die Zähne zusammen.

Ich schüttle den Kopf. »Das hat er sich so gedacht: eine Auszeit bis August, in der er machen kann, was er will – und wahrscheinlich mit wem er will. Und ich war bereit, dabei mitzuspielen, obwohl meine Freundinnen und meine Familie gemeint haben, ich solle mich von ihm trennen. Ich … ich habe nicht geglaubt, dass ich etwas Besseres verdiene. Und dann habe ich dich kennengelernt …« Ich hole tief Luft. Es ist lange her, dass ich so offen und ehrlich zu jemandem war, aber was habe ich an diesem Punkt schon zu verlieren? Wenn ich die Chance nicht ergreife, ist er fort. Das sehe ich ihm an. Daher sage ich ganz offen, wie es um mich steht. »Ich habe noch nie so empfunden«, sage ich.

Ein leises Lächeln huscht über Eugenes Lippen.

Ich stoße den Atem aus, und Erleichterung steigt in mir auf.

Als wir auf die Interstate auffahren, verfliegt die Anspannung zwischen uns. Er legt seine Hand auf meine, und es fühlt sich an wie eine Rettungsleine.

»Ich habe mich auch noch nie so gefühlt wie mit dir«, erklärt er schließlich. »Ich verstehe, warum es dir schwergefallen ist, einfach mit ihm Schluss zu machen, obwohl die Beziehung nicht so toll war. Ich war noch nie so lange mit jemandem zusammen, aber meine Eltern sagen, dass ein Partner nach einer Weile zu einem Teil von einem wird.«

Ich nicke eifrig. »Genauso ist es. Es ist schwer, wenn man jahrelang so eng mit jemandem zusammen war, und ehrlich gesagt war das Schwierigste, die Zukunft loszulassen, all die Pläne, die wir hatten. Er ist ein Teil von mir, aber ich bin mir nicht sicher, ob er noch hineinpasst. Es ist, als wären mir die Augen für die Teile geöffnet worden, die im Lauf der Zeit ihre Form verändert haben.«

Das ist die Wahrheit, und meine eigenen Worte treffen mich tief. Das habe ich bei dem Mittagessen mit Paul gefühlt. Ich habe es gedacht, seit ich mich auf meiner Schulabschlussparty ohne ihn besser amüsiert habe – dass er nicht mehr wirklich zu mir passt. Aber es war zu schwierig, mir das einzugestehen.

»Ich verstehe«, sagt Eugene. »Wirklich.«

»Tut mir leid, dass ich dich angelogen habe.«

Er runzelt die Stirn. »Du hast nicht gelogen.«

Ich schüttle den Kopf. »Doch. Ich hätte von Anfang an die Wahrheit über die Situation mit Paul sagen sollen. Ich habe dir nicht die ganze Wahrheit gesagt, und das ist auch eine Art Lüge. Vielleicht war es sogar schlimmer, weil ich dich im Dunkeln gelassen habe.«

Eugene sieht zur Seite, obwohl wir geradeaus fahren. Etwas daran ist merkwürdig, aber ich weiß nicht, was.

Die Stimmung kippt, und er legt die Hand wieder aufs Steuer. Mein Rettungsanker ist fort, und mir dreht sich der Magen um. Ich warte darauf, dass er weiterspricht und etwas sagt, aber es kommt nichts. Und ich habe keine Ahnung, wie ich das in Ordnung bringen soll, weil ich nicht weiß, was ich Falsches gesagt habe.

Er spricht kein Wort, aber als wir davonfahren, ist mir klar, dass wir nie wieder einen Tag am Strand verleben werden.

45. Kapitel

Damit ist es offiziell: Ich bin eine Stalkerin. Ich habe Eugenes Social-Media-Profile so oft aufgerufen, dass er der erste Vorschlag ist, wenn ich die Suchfunktion anklicke. Ich sollte mir meine Mails auf seinen Instagram-Account nachschicken lassen, denn ich wohne jetzt da.

Ich habe ihm am Dienstagmorgen geschrieben und mich für den Tag am Strand bedankt, aber keine Antwort bekommen, egal, wie lange ich auf mein Handy gestarrt habe. Dann habe ich ihm nach dem Minigolf mit Aaron am Mittwoch eine witzige Nachricht geschickt – ich hatte Minigolf vorgeschlagen, weil ich sicher war, darin besser zu sein als im Discgolf, aber er hat mich trotzdem haushoch geschlagen –, doch auch darauf keine Reaktion erhalten. Immer wieder sehe ich auf mein Handy, versuche ihn mit bloßer Willenskraft zum Schreiben zu bewegen, aber es funktioniert nicht. Ich habe angefangen, Phantomgeräusche zu hören, wenn es keinen Laut von sich gibt.

Ich vermute, er kommt nicht darüber hinweg, dass ich unehrlich war. Irgendwann werde ich das akzeptieren müssen. Aber es fühlt sich an, als hätte ich mich wieder mal geöffnet, nur um die Antwort zu bekommen: *Nicht dich, Jasmine. Dich auf keinen Fall.*

Eigentlich habe ich gerade gar keine Lust auf das Kunstmuseum in Orlando, doch ich fahre trotzdem auf den Parkplatz. Ich habe Justin Michael versprochen, mich dort mit ihm zu einer abendlichen Malstunde für Paare zu treffen, und dabei werde ich ihn sicher nicht versetzen. Außerdem wird es nett sein, Zeit mit ihm zu verbringen. Vielleicht vergesse ich darüber ja Eugene.

Ich steige aus dem Corolla und streiche mein schwarzes Kleid glatt. Justin wartet am Eingang, weil er genauso pünktlich ist wie ich. Er lehnt an der Wand und hat die langen Beine vor sich ausgestreckt. Als unsere Blicke sich treffen, richtet er sich auf und lächelt. Bei seinem Anblick fühle ich mich gleich besser. Ich war so mit Eugene beschäftigt, dass ich vergessen hatte, wie beruhigend es sich anfühlt, mit Justin zusammen zu sein. Bei ihm kann ich ganz ich selbst sein und muss nicht alle dreißig Sekunden meine Komfortzone verlassen. Bei meinem alten Freund bin ich gut genug, so wie ich bin.

»Candy«, sagt er. »Pünktlich auf die Sekunde.«

Ich lächle, und er zieht mich in eine Umarmung. Zufrieden seufze ich. Ich habe mich an seinen neuen Duft nach Aftershave und Minze gewöhnt, obwohl mir der Geruch von Druckerschwärze fehlt.

»Du siehst toll aus«, sagt er.

Ich kämme mir das Haar mit den Fingern. Heute habe

ich Cari erlaubt, diesen Diffuseraufsatz bei mir zu benutzen.

»Du siehst auch gut aus«, sage ich.

Justin reckt das Kinn und rückt den Kragen seines Button-down-Hemds zurecht wie ein Model. Ich lache.

»Bereit?«

»Bereit, dir beim Malen zuzusehen? Ja«, sage ich.

Justin war schon immer künstlerischer veranlagt als ich. June und er haben früher oft komplizierte Kritzelbilder gemalt. Ich zeichnete gern, habe jedoch keinen eigenen Stil. Ich kann aber gut kopieren, daher schlage ich mich gut bei *Malen nach Zahlen* oder was immer heute Abend stattfinden soll.

Wir gehen ins Foyer des Museums und folgen den Wegweisern zur Kunstnacht. Als wir den richtigen Raum finden, bleiben wir in der Tür stehen. Wir sind die Jüngsten hier, alle anderen sind ungefähr vierzig Jahre älter. Ich kann mir das Lachen nicht verkneifen. Justin versucht, ernst zu bleiben, fällt aber schließlich ein. Es ist, als hätten wir ein Altersheim betreten. Doch wir sind daran gewöhnt, uns zu zweit unsere eigene Welt zu schaffen, also gehen wir zwischen den älteren Leuten hindurch.

Die Dozentin, die um die sechzig sein muss, mustert uns fragend. Offensichtlich hat sie keine Ahnung, was wir hier wollen. Ich auch nicht, aber wir ziehen unsere Schutzkittel an und setzen uns.

»Willkommen zur Kunstnacht im Museum«, beginnt sie. »Bei der Veranstaltung werden Getränke ausgeschenkt, doch ich glaube, wir haben hier ein paar Künstler, die zu jung sind, um Alkohol zu trinken.«

Die alten Leute mustern uns und brechen in Gekicher

aus. Mir steigt die Hitze ins Gesicht, und ich erröte und schrumpfe auf meinem Platz zusammen.

Justin beugt sich zu mir herüber. »Weiß ich, wie ich ein Mädchen gut unterhalte, oder nicht?«

Ich lache, und die Dozentin wirft uns noch einen Seitenblick zu. Ich räuspere mich und setze meine unschuldigste Miene auf.

»Also dann. Wir werden heute Abend unsere Kubismus-Serie mit einem Blick auf Jacob Lawrences Werk fortsetzen. Ist jemand von Ihnen vertraut mit Lawrence?«

In dem Raum herrscht Schweigen, bis Justin aufzeigt. Natürlich weiß er Bescheid.

»Er war ein Maler der Harlem-Renaissance. Berühmt für seine Serie über Migration«, erklärt Justin.

Ich hebe die Augenbrauen. Er ist *solch* ein Nerd!

Die Miene der Dozentin hellt sich sichtlich beeindruckt auf. »Sehr gut! Jacob Lawrence ist wohl der berühmteste Schwarze amerikanische Maler des zwanzigsten Jahrhunderts.«

Sie tritt in die Mitte des Raums und enthüllt ein Gemälde. Während sie mit monotoner Stimme über das Werk und das Leben des Künstlers doziert, lauscht Justin andächtig. Er hat schon immer gern gelernt. Aber niemand hat ihn in der Mittelstufe verspottet, weil er ein Junge ist, gut im Baseball und sympathisch. Als er immer beliebter wurde, fragten sich die Leute, warum er mit mir abhing. *Ich* fragte mich, warum er sich weiter mit mir abgab.

»Also«, erklärt die Dozentin, »lassen Sie uns heute Abend Porträts in dem abstrakten Stil erschaffen, den

Lawrence hier zeigt. Aber statt Selbstporträts möchte ich, dass Sie ein Bild Ihres Partners malen.«

Sie machen Witze, Lady. Wo bleibt die Malen-nach-Zahlen-Version von *Sternennacht?*

Ich blicke mich um, und vielleicht noch zwei andere Personen wirken skeptisch. Justin hingegen lächelt, als wäre ihm das vollkommen recht.

»Dann mal los«, sagt er. Er rückt seinen Stuhl so, dass er mir gegenübersitzt.

»Du weißt schon, dass ich kein … wie sagt man noch?« Ich tippe mir ans Kinn. »Ach ja: ›Talent‹ habe.«

Er zieht die Augenbrauen hoch. »Das stimmt nicht. Ich habe dich schon zeichnen gesehen.«

»Ich kann abzeichnen«, sage ich.

»Das ist ein Talent. Hier geht's nur darum, nach dem Vorzeichnen noch Farbe aufzutragen.«

Ich schüttle den Kopf.

»Na schön, dann kannst du stattdessen Modell für mich sitzen.« Er kneift die Augen zusammen und bildet mit den Fingern einen Rahmen, und ja, okay, das ist noch schlimmer.

Ich schneide ihm eine Grimasse.

»Das ist meine Muse«, sagt er.

Ich seufze theatralisch, aber innerlich grinse ich. »Schön.«

Dann schnappe ich mir einen Bleistift, um vorzuzeichnen, und er lächelt.

»Du brauchst nicht zu posieren oder zu zeichnen«, erklärt er. »Ich habe dich nur aufgezogen. Wenn du nicht zeichnen willst, kannst du mir einfach Gesellschaft leisten. Ich male sowieso aus dem Gedächtnis.«

»Bin nur froh, dass heute nicht Aktzeichnen dran ist«, murmle ich.

Justin lacht so heftig, dass er sein Wasser verschüttet. »*Das* wäre jetzt wirklich ein Date gewesen.«

Ich falle ein und beginne zu zeichnen. Es wird nicht gut werden, aber wenigstens soll es abstrakt sein.

»Ich meine, wenn du dich ausziehen willst, halte ich dich nicht auf …« Justin späht um seine Leinwand herum und wackelt mit den Augenbrauen. Ich bespritze ihn mit Wasser.

»Hör auf, das Genie bei der Arbeit zu unterbrechen«, sage ich. Ich setze mich wichtig hinter meine Leinwand, und er lacht.

Nach einer Weile geht die Dozentin durch den Raum, wahrscheinlich nur, um die Leute zu verunsichern. Natürlich nimmt sie sich Zeit, um Justins Werk zu bewundern.

Streber.

Er lässt mich sein Bild erst sehen, wenn er fertig ist. Ich habe schon ungefähr ein Dutzend Mal gefragt.

Die Dozentin tritt hinter mich und ist alles andere als beeindruckt von meiner Arbeit. Sie gibt etwas wie »hmm« von sich, und das war's, bevor sie weitergeht.

Trotzdem ist das Bild nicht übel, nachdem ich meine Zeichnung übermalt habe. Dieses Museum wird es nicht erwerben, aber ich habe die Vorgaben ganz gut eingehalten. Vielleicht hätte ich mich viel besser geschlagen, wenn ich von dem Wein hätte trinken können, den die Erwachsenen in sich hineinkippen, statt aus einer Wasserflasche. Außerdem frage ich mich, womit sich Justin so große Mühe gibt. Es sieht ihm nicht ähnlich, mir etwas vorzuenthalten.

Nach einer weiteren Stunde ist die Zeit um, und wir legen unsere Pinsel weg und waschen uns die Hände. Wir kehren an unsere Plätze zurück und binden unsere Schürzen ab. Ich werfe Justin, der ungewöhnlich ausweichend wirkt, einen verstohlenen Blick zu.

»Darf ich das Meisterwerk immer noch nicht sehen?«, frage ich.

»Doch. Aber lass uns unsere Bilder gleichzeitig umdrehen. Eins … zwei … drei.«

»Ta-da!« Ich drehe meine Leinwand um, damit er meinen mittelmäßigen Versuch mit dem Dreieck, das seine Nase darstellt, sehen kann, aber sein Bild verblüfft mich. Es ist abstrakt, doch das bin eindeutig ich mit vierzehn. Ich stehe neben der Trauerweide in seinem Garten. Der Baum wirkt betrübt, und seine Äste hängen so matt herunter, als weine er wirklich. Blutstropfen quellen aus dem in seine Rinde eingeschnitzten *C + D*. Und ich kenne das Gefühl genau, das sein Gemälde ausstrahlt, weil es mich ebenfalls zerrissen hat, als er umziehen musste.

Justin beobachtet mich, aber als sich unsere Blicke treffen, schaut er weg.

»Ich erinnere mich an diesen Tag«, sage ich.

Er nickt. »Deswegen brauchtest du nicht Modell zu sitzen. Das werde ich nie vergessen.«

Gefühle steigen in mir auf. Traurigkeit natürlich, aber auch schöne Erinnerungen. Er ist wirklich talentiert.

Ich lächle. »Ich finde es wunderschön.«

Er lächelt ebenfalls. Ich glaube, er ist erleichtert. »Freut mich. Du kannst es haben.«

»Wirklich?«

»Natürlich.«

»Du bist so ein guter Freund«, sage ich.

Er starrt mich eine Sekunde lang an. Aber es stimmt. Seine Freundschaft hat mir gefehlt. Ich empfinde nicht so für ihn wie für Eugene, aber ich bin überglücklich, ihm wieder nahe zu sein.

»Es freut mich, wieder Teil deines Lebens zu sein, Candy«, erklärt er.

»Mich auch.« Ich lehne mich an seinen Arm. »Komm, Stardust. Ich weiß, wo wir richtige Drinks kriegen.«

»Boba?«, fragt er.

»Genau. Geht auf mich.«

Wir lassen unsere »Kunstwerke« im Museum, damit sie über Nacht trocknen, und gehen hinaus. Das hat Spaß gemacht – viel mehr, als ich vorher dachte –, und es war schön, Zeit mit Justin zu verbringen. Trotzdem sehe ich auf mein Handy, sobald ich in meinem Auto sitze.

Keine neuen Nachrichten.

Seufzend starte ich den Corolla.

46. Kapitel

***DIE KLEINE BACHELORETTE* – PODCAST (AUSZUG)**
1. STAFFEL, EPISODE 4 – 15. JUNI

Anonyma: Hey, und willkommen zurück beim Podcast *Die kleine Bachelorette.* Ich bin eure Gastgeberin Anonyma.

Wir haben jetzt offiziell die Halbzeit unseres *Bachelorette*-Wettbewerbs erreicht!

Für alle neu Hinzugekommenen: Es ist kaum zu glauben, dass all das erst vor ein paar Wochen angefangen hat, und zwar damit, dass meine Familie die Idee hatte, drei Jungs zu suchen, die um das Herz meiner kleinen Schwester wetteifern sollten.

So viel hat sich verändert. Arielle war auf ein paar großartigen Dates und hat sich wirklich persönlich weiterentwickelt. Durch die Anwärter, die sie kennenlernt, scheint sie zu begreifen, wie sie behandelt werden sollte und was sie will. Vielleicht verliebt sie sich sogar in einen oder mehrere der Jungs.

Da die Hälfte der Zeit um ist, habe ich etwas Besonderes für euch. Zum ersten Mal überhaupt wird einer der Teilnehmer selbst zu Wort kommen! Bleibt dran, um herauszufinden, welcher Anwärter uns besucht.

Aber lasst mich zuerst diese wichtige Woche des Wettbewerbs zusammenfassen. Arielle hatte jetzt mit allen Jungs das dritte Date. Diese Woche war sie mit dem Jungen von nebenan bei einer Kunstnacht im Museum, an einem Abend beim Minigolf mit dem Sportler, und mit dem Koch hat sie einen Tag am Strand verbracht.

DB, unser uneingeladener vierter Anwärter, ist bei ihrer Arbeit aufgekreuzt und hat ihr etwas vom Imbiss mitgebracht. Er wollte, dass sie noch bleibt, aber sie hat abgelehnt und ist stattdessen mit mir nach Hause gefahren. Vor unserem Wettbewerb hätte sie das nie getan.

Ich habe sie gefragt, ob sie immer noch überlegt, im August wieder mit ihm zusammenzukommen, da es bis dahin nur noch eineinhalb Monate sind, und sie hat es abgestritten. Sie war aber untypisch still.

Ich muss sagen, der Nachteil an diesem Wettbewerb ist, dass wir weniger Familienzeit miteinander verbringen. Sie hat mir nicht viel anvertraut, da sie mit den Jungs, ihrer Arbeit und ihren Freundinnen so beschäftigt war.

Aber hier ist kein anderer als der Sportler, der heutzutage viel besser weiß, was Arielle gerade macht. Willkommen, Anwärter Nummer zwei.

47. Kapitel

Es ist Vatertag, und ich versuche, ein Lächeln zu wahren. So wie an jedem Vatertag haben Mom und ich Dads Lieblingsfrühstück zubereitet: Spiegeleier und *tocino* – süß glasierter Schweinebauch wie auf den Philippinen. Dazu haben wir kubanischen Kaffee gekocht, eine Tradition, die ursprünglich aus Pauls Familie stammt. Früher hat mein Dad lieber Grandma Yaps traditionelle *tsokolate* getrunken, schaumig geschlagene heiße Schokolade auf philippinische Art.

Wir haben zusammen gefrühstückt, und ich habe mich gezwungen, etwas zu essen, aber eigentlich hatte ich keinen Hunger. Es hat mir nicht einmal etwas ausgemacht, dass Davey die Hälfte meines *tocino* gemaust hat.

Mir ging eine Menge durch den Kopf – größtenteils Eugene. Ich habe ihm noch einmal geschrieben, und jetzt ist es unbestreitbar: Er ghostet mich.

Ich versuche, rationale Erklärungen für sein Schweigen

zu finden – er arbeitet in Vollzeit in einer anspruchsvollen Küche, wir kommunizieren auf unterschiedliche Art und so weiter. Aber seit dem Abend im Museum weiß ich tief im Herzen, dass etwas nicht stimmt. Und ich weiß, dass ich jetzt wie eine Megastalkerin klingen werde, aber am Freitag habe ich mir solche Sorgen gemacht, dass ich am Parkhaus in der Nähe des Lantern & Jacks vorbeigefahren bin, um zu sehen, ob sein Truck dort stand – das heißt, ob Eugene noch am Leben war. Ich habe das Auto gesehen und bin davongefahren.

Trotz allem, was die anderen über Paul sagen, hat er mir so etwas nie angetan. Nicht ein einziges Mal ist er einfach ohne ein Wort vom Planeten gefallen. Er hätte mich nie ohne Erklärung meinen Sorgen und Fragen überlassen. Ich weiß, dass es falsch war, Eugene das mit Paul zu verschweigen, aber er hätte mir einfach sagen können, dass er nicht mehr mit mir reden will. Das jetzt ist einfach … herzlos.

Unnötig zu erwähnen, dass ich gestern Abend nicht mit ihm bei Lantern & Jacks gegessen habe. Ich habe versucht, mich davon nicht herunterziehen zu lassen. Aber es hat wirklich wehgetan. Vielleicht hat er ja stattdessen ein anderes Mädchen eingeladen. Vielleicht das Mädchen von der Kartbahn, das mit ihm geflirtet hat.

Aber nicht alles war schlecht. Paul ist am Dienstag bei der Arbeit aufgetaucht und hat mir meine Lieblingssuppe mitgebracht. Sie ist aus einem vietnamesischen Restaurant am gegenüberliegenden Ende von Orlando. Allein der Duft der Brühe munterte mich auf.

»Danke«, sagte ich und trat aus dem Berry Plum. Er

hatte sie zur Ladenschlusszeit gebracht und draußen gewartet, bis ich fertig war.

»Jederzeit«, sagte Paul. »Kannst du vielleicht noch ein wenig bleiben?«

Ich schüttelte den Kopf. »Nein.«

»Oh«, sagte er. »Ich dachte, vielleicht könnten wir zusammen essen.«

»Du magst doch gar kein Vietnamesisch.«

Er hasst die Suppe und hat sich oft beklagt, dass sein Auto danach stank, wenn ich Reste mit nach Hause nahm.

»Ich weiß«, sagte er. »Aber wir könnten uns etwas anderes besorgen und bei mir zu Hause essen. Meine Eltern sind mit Gloria auf der Jacht ihrer Freunde. Ich bin ganz allein.«

Mein Herz krampfte sich zusammen, weil ich weiß, wie sehr er es hasst, in diesem riesigen Haus allein zu sein. »Ich ... ich kann nicht. Cari ist unterwegs, um mich abzuholen. Sie wird jede Minute hier sein ...«

»Ist schon okay«, sagte er. Er stand mit den Händen in den Taschen da.

»Aber nochmals danke für die Suppe. Das war eine sehr nette Überraschung.«

»Das war doch nichts.«

»Es war kein Nichts.« Ich legte ihm eine Hand auf die Schulter.

Er warf einen Blick darauf und sah mir dann in die Augen. »Wahrscheinlich habe ich versucht, dich an unsere guten Zeiten zu erinnern – dass wir sie wenigstens hatten. Und wir könnten sie wiederhaben. Das wäre ganz anders, Jaz. Ich weiß jetzt, wie es ist, dich zu verlieren.«

Er streckte die Hand aus und strich mir über die Wange. Meine Augen schlossen sich wie von selbst, so wie früher.

»Ich hoffe, du denkst darüber nach«, murmelte er.

Er sah an mir vorbei, als Cari mit dem Corolla vorfuhr, küsste mich dann auf die Stirn und stieg in seinen Wagen. Zutiefst hin- und hergerissen ließ ich mich auf den Beifahrersitz fallen, und Cari fuhr mich nach Hause.

Ich weiß, dass unsere Beziehung nicht gut war, aber ich werde das Gefühl nicht los, dass Paul sich jetzt wirklich Mühe gibt. Und die Suppe war großartig. Sie hat mich gewärmt und getröstet, wie das nur gutes Essen kann.

Bis zum ersten August sind es jetzt noch siebenundvierzig Tage, aber vielleicht sollte ich dieses Experiment beenden und einfach mit Paul zusammenbleiben. Möglich, dass wir doch zusammengehören, wie er behauptet. Ich habe mich verändert, aber er sich auch, und vielleicht passen wir jetzt ja wieder zusammen.

Doch warum macht dieser Gedanke mich traurig?

Ich bringe es fertig zu lächeln, als Dad sein Geschenk von uns öffnet. Mom, Cari, Davey und ich haben zusammengelegt und ihm ein Tablet gekauft, das speziell für das Bearbeiten von Fotos ausgelegt ist. Das wird ihn für den Rest des Tages – vielleicht des Jahres – beschäftigen.

Anschließend helfe ich beim Saubermachen nach dem Frühstück, wobei ich nicht viel zu denken brauche, und ziehe mich dann in mein Zimmer zurück. Jemand muss schließlich auf mein Handy starren. Das kann ich ebenso gut selbst übernehmen.

»Hey, Jaz«, sagt Cari und klopft an meine halb offene Tür.

Ich liege schon auf dem Bett, aber ich schüttle meine Gedanken ab und lächle gezwungen. »Hey, Cari.«

»Du siehst ...« Die Sorgenfalte taucht zwischen ihren Augenbrauen auf. »Mom will, dass ich zu Qi Dragon fahre. Vermute mal, dass demnächst Verwandtschaft vorbeikommt.«

»Oh«, sage ich. Ich habe keine Lust, vor noch mehr Leuten so zu tun, als wäre alles in Ordnung, aber viel anderes bleibt mir nicht übrig. Wir haben Sonntag – Familientag und Vatertag.

»Ich habe das Gefühl, dich den ganzen Sommer nicht gesehen zu haben«, meint sie. »Würdest du mit zum Bäcker kommen und mir Gesellschaft leisten?«

Schneller, als ich mich die ganze Woche bewegt habe, springe ich von meiner Matratze auf. Es ist eine großartige Vorstellung, allein mit Cari zu sein und gleichzeitig dem Rest meiner Verwandten eine Weile aus dem Weg zu gehen.

»Klar«, sage ich.

Wir steigen ins Auto und haben das Viertel kaum verlassen, als sie schon die Musik leiser stellt. Ich hätte wissen sollen, dass sie etwas vorhat, als sie Country eingestellt hat. Meine Geschwister hassen Country-Musik.

»Also, erzähl mir, was los ist. Du bist nicht du selbst«, sagt sie. »Schon seit ein paar Tagen nicht.«

»Jungsdrama«, sage ich. Ich bin der Sache so überdrüssig, wie ich klinge.

Ich wünschte, es wäre etwas Bedeutenderes, aber es ist so simpel – und so kompliziert – wie ein gebrochenes Herz.

»Paul?«, fragt sie, ohne mich anzusehen.

»Nein. Es ist …« Ich seufze. Zuzugeben, dass ich ignoriert werde, fügt meinem Leben wahrscheinlich eine neue Dimension von Demütigung zu. »Eugene hat den Kontakt zu mir abgebrochen.«

»Was? Wieso? Ich dachte, ihr hättet ein tolles Date gehabt. Als du vom Strand zurück warst, hast du gestrahlt. Du hast sogar ein Stück *Bachelor in Paradise* mit mir angeschaut.«

Sie hat recht. Ja. Der Romantikvirus hatte mich so schwer erwischt, dass ich bereit war, eine gefakte Show anzusehen, um das Gefühl noch länger genießen zu können.

Ich schüttle den Kopf. »Ich war ihm gegenüber nicht ehrlich, und jetzt hasst er mich.«

»Das bezweifle ich wirklich …«

»Ich habe ihm nicht von der Situation mit Paul erzählt, obwohl ich das hätte tun sollen. Ich habe gelogen. Vielleicht habe ich nichts Falsches gesagt, aber definitiv nicht die ganze Wahrheit. Und das ist genauso schlimm.«

Die Sorgenfalte zwischen Caris Augenbrauen ist immer noch da, und sie runzelt die Stirn. Das tut sie fast nie.

Ich zucke die Achseln. »Alles ist meine Schuld, und ich kann nichts dagegen tun.«

»Hast du ihm denn geschrieben?«, fragt sie. Ich werfe ihr einen verächtlichen Blick zu, und sie fährt zusammen. »Okay, blöde Frage. Dann hat er einfach so den Kontakt abgebrochen? Ach, Jaz, warum hast du denn diese Woche nichts gesagt?«

Ich ziehe die Schultern hoch. »Keine Ahnung. Mir ist erst nach dem Abend im Museum klar geworden, dass er mich ignoriert. Dann habe ich Freitag den ganzen Tag gearbeitet. Am Samstag hast du dich auf deinen Podcast vorbereitet oder so, und ich war sowieso fast den ganzen Tag im Tierheim. Es hätte aber auch nichts geändert. Du hättest nichts tun können. Wahrscheinlich hat er eine andere kennengelernt.«

Cari ist eine gute Fahrerin, daher behält sie normalerweise die Straße im Blick. Aber jetzt dreht sie mir den Kopf zu. Sie schürzt die Lippen und nickt.

Wir fahren quer durch die Stadt. Das Qi Dragon liegt nicht weit von dem vietnamesischen Restaurant entfernt, in dem Paul mir die Suppe geholt hat. Es sind gut zwanzig Minuten.

Cari stellt die Musik wieder auf normale Lautstärke, und wir schweigen eine Weile. Schließlich stelle ich sie leiser.

»Ich komme nicht darüber hinweg, weil er mir nicht vorkommt wie jemand, der einen ghosten würde. Als ich ihm am Montag auf dem Heimweg alles erklärt habe, schien das für ihn ganz in Ordnung zu sein. Ich habe das Gefühl, dass mir etwas entgeht, und das macht mich fertig. Vielleicht konnte er mich einfach nie richtig leiden.«

Cari schüttelt den Kopf. »Nein, das ist es nicht. Er hat dich gern – wirklich gern. Vielleicht braucht er nur Zeit, um über alles nachzudenken. Wahrscheinlich ist er einfach verwirrt und sortiert seine Gedanken.«

Sie gibt sich große Mühe, mich aufzumuntern. Cari möchte glauben, dass alles eine Liebesgeschichte ist wie beim *Bachelor*. Aber nicht jeder kriegt sein Happyend.

Ich seufze. »Ich hätte nicht gedacht, dass ich in einem Sommer zweimal abgewiesen würde, aber haha. Der Witz geht auf meine Kosten.«

»Jaz, ich … Das tut mir wirklich, wirklich leid«, sagt sie. »Dass so etwas passiert, habe ich nie gewollt.«

Ich schüttle den Kopf. »Dir braucht gar nichts leidzutun. Ich bin die dumme Gans, die nicht ehrlich war.«

Sie fährt an den Straßenrand, dabei sind wir noch nicht am Qi Dragon.

»Was ist los? Warum halten wir an?«, frage ich.

Sie sieht mich an, aber ihre Augen sind hinter einer schwarzen Sonnenbrille verborgen, sodass ich ihren Blick nicht deuten kann. Ein paarmal macht sie den Mund auf, und ich warte, doch es kommen keine Worte heraus. Cari schaut weg und sieht dann wieder mich an.

»Du hast ein gutes Herz …«, sagt sie.

»Du auch«, unterbreche ich sie.

Sie schüttelt den Kopf.

»Wir haben das gleiche Herz.« Ich nehme ihre Hand.

»Ich wollte nicht … Wenn er nicht sehen kann, wie toll du bist, dann ist das sein Pech«, sagt sie.

Und das bedeutet mir viel. Obwohl meine Schwester sich entschieden hat, Single zu bleiben, hat sie eine endlose Abfolge von Verehrern, und doch sieht sie etwas in mir. Auch wenn ich es selbst nicht erkennen kann.

»Hast du Lust, eine Weile auf diesen Spielplatz zu gehen?«, fragt sie.

Ich werfe einen Blick durch das Fenster und sehe einen Park mit Spielgeräten. Es ist verlockend. Ausnahmsweise ist es nicht eine Million Grad heiß, und Spielen erscheint mir um Welten besser, als mich von meiner wohlmeinenden, aber übergriffigen Familie nach meinem Liebesleben ausfragen zu lassen. Die drei Jungs, mit denen ich mich in letzter Zeit getroffen habe, scheinen meine Cousinen endlos zu faszinieren. Keine Ahnung, warum.

»Müssen wir denn nicht zur Bäckerei?«, frage ich.

Cari zuckt die Achseln. »Wir erzählen, die Schlange sei lang gewesen. Außerdem weißt du genau, dass der Besuch sowieso Gebäck mitbringen wird.«

Im Gegensatz zu mir kann Cari schnell denken und lügt, ohne mit der Wimper zu zucken. Beeindruckend.

»Wann hast du zum letzten Mal auf einer Schaukel gesessen?«, fragt sie.

»Keine Ahnung. Vielleicht, als ich vierzehn war. Wahrscheinlich auf dem Autoreifen, der in Justin Michaels Garten hing – also mit vierzehn.«

»Ich finde, dann ist es Zeit.« Sie schaltet den Motor ab. »Auf einer Schaukel kann man nicht traurig sein. Wissenschaftlich erwiesen.«

Sie klingt so ernsthaft, dass ich eine Augenbraue hochziehe. »Ich bin echt froh, dass du Jura studierst und nicht Medizin.«

Wir steigen aus und gehen zu den Schaukeln. Ich setze mich auf den Gummisitz, und Carissa springt auf die Schaukel neben mir. Natürlich legt sie gleich los.

Als die Ketten rasseln, steigen alte Erinnerungen in mir auf. Mom ist mit uns dauernd auf Spielplätze gegangen. Sie trug Davey auf dem Arm, aber Cari und ich spielten stundenlang miteinander. Cari war meine erste beste Freundin, bevor ich June traf, bevor ich Justin Michael richtig kennenlernte.

Ich strecke den Arm aus und nehme ihre Hand. Ich bin so froh, meine Schwester zu haben. Wir sind unterschiedlich, so viel ist sicher, aber ich liebe sie.

Zusammen schaukeln wir ein wenig. Dann lassen wir unsere Hände los, und jede schaukelt für sich. Merkwürdigerweise hat sie recht. Je höher ich fliege, umso weiter scheint sich alles zu entfernen – der Boden natürlich, aber auch alles, was mir auf der Seele liegt.

Ich sehe Cari an. Ihre langen Locken wehen hinter ihr her, und ein sorgloses Lächeln liegt auf ihrem Gesicht. Sie wollte immer nur das Beste für mich. Aber irgendwie bin ich auf die Idee gekommen, dass ich weniger verdiene als sie. Ja, sie ist gut in fast allem, aber das heißt nicht, dass ich gar nichts kann.

Ich fliege höher. Wenn sie das kann, dann kann ich es auch versuchen.

Mit ein paar weiteren Beinschwüngen habe ich das Limit meiner Komfortzone erreicht. Obwohl ich es mit Eugene durchbrochen habe, hat mich sein Ghosting schwer zurückgeworfen. Ich habe sogar angefangen, mir Wohnungen für August anzusehen. Weil ich mir wieder die Finger verbrannt habe, nachdem ich mich geöffnet hatte.

Wir schwingen uns ein wenig höher hinauf, und mein Magen krampft sich zusammen. Ich strecke die Beine aus, um zu bremsen, anzuhalten. Aber Cari hört nicht auf. Sie lehnt sich sogar noch weiter zurück. Und obwohl ich bereit bin zu akzeptieren, dass ich nicht wie sie sein kann, versuche ich es.

Angst steigt in mir auf, aber ich schwinge die Beine und umklammere die Ketten, und ich merke: Nichts passiert. Ich falle nicht. Ich verletze mich nicht. Ich bin vielleicht nicht so unbekümmert wie Cari, aber ich kann auch etwas.

Ich schaukle weiter und halte mich fest, bis es sich anfühlt, als würden wir zusammen fliegen.

48. Kapitel

NEWS CHANNEL 2
18. Juni

»Guten Tag, hier ist Felicia Strong mit Ihren Nachrichten am Mittag. Unsere Meldung der Stunde: Der Gouverneur hat den Ausnahmezustand über alle sechsundzwanzig Bezirke Floridas verhängt, die an der Atlantikküste liegen und über die Hurrikan Beverly laut Berechnungen in Kürze hinwegziehen wird.

Unser Wetterteam bei *News Channel 2* hat den Sturm verfolgt, seitdem er sich vor Tagen gebildet hat. Wie heute Morgen berichtet, ist Beverly von der Nationalen Wetterbehörde in die Kategorie vier hochgestuft worden. Damit ist sie der erste größere Sturm zu Beginn dieser Hurrikan-Saison.

Der massive Hurrikan wird auf seinem Weg innerhalb der nächsten vierundzwanzig Stunden die Karibik erreichen und starken Wind und Wolkenbrüche mitbringen. Nach aktuellen Berechnungen wird Beverly nicht an Stärke verlieren und am Samstagmorgen in Florida eintreffen.

Der Sturm könnte jederzeit die Richtung ändern, doch Meteorologen sagen voraus, dass Beverly direkt auf die Region Zentralflorida treffen und starke Winde und eine gefährliche Flutwelle in der Gegend von Daytona auslösen wird. Bewohner der Küste von Florida werden dringend aufgefordert, die gefährdeten Gebiete zu räumen und sich in die vorgegebenen Evakuierungszonen zu begeben. Für das Gebiet um Orlando gilt eine Hurrikanvorhersage, und die Bewohner sind gehalten, Vorsichtsmaßnahmen für einen Sturm zu treffen.

Bleiben Sie dran. *News Channel 2* hat weiter die allerneuesten Meldungen für Sie.«

49. Kapitel

Eine Hurrikanwarnung für Zentralflorida bedeutete für mich zweierlei: erstens totale Konzentration auf den Sturm und zweitens körperliche Arbeit. Und es war wirklich viel Schufterei, da meine ganze Familie einander bei den Vorbereitungen auf Hurrikan Beverly half.

In den Haushalten der Venturas und Yaps fallen die normalen Sturmvorbereitungen – Hurrikan-Schutzgitter überprüfen, Vorräte einlagern, Kettensägen und Autos volltanken und Gartenmöbel wegräumen – aus irgendeinem Grund mit einem Großputz mitten im Sommer zusammen. Keine Ahnung, warum, aber so ist es Tradition. Und in letzter Zeit wird dabei die Generation der Cousins und Cousinen zur Arbeit verpflichtet, während die Tanten und Onkel vom Esstisch aus die Aufsicht führen oder behaupten, zu gebrechlich zum Mithelfen zu sein.

Ja, das ist ziemlicher Schwachsinn.

Aber Aaron hat am Dienstag im Haus meiner Großeltern mitgeholfen, und es war sowohl lustig als auch superpeinlich, weil meine Familie sich einfach nicht zurückhalten konnte. Angefangen damit, dass Nonna anmerkte, wie ich »aufgeblüht« sei – erschießt mich! –, bis dazu, dass meine Cousins und Cousinen ihn zur Hurrikan-Party in mein Viertel eingeladen haben, obwohl sie gar nicht in meiner Straße wohnen. Daher freute ich mich nicht gerade darauf, dass Justin Michael uns am nächsten Tag unter die Arme greifen würde.

Aber Aaron ist auch praktisch ein Star, und an Justin ist die Familie mehr gewöhnt, daher konnten wir beide im Haus der Buchladen-Venturas in Frieden eine Fensterbank austauschen und streichen. Zum größten Teil. Meine Cousinen starrten uns trotzdem alle zwei Sekunden an, und Tante Kim bot uns nicht weniger als sechsmal Limonade an.

Als ich schließlich ein Glas Limonade annahm, dachte ich sofort an den Strandtag mit Eugene. Seit der Hurrikanwarnung habe ich oft an ihn gedacht – ob er es gut überstehen wird, was aus dem Lantern & Jacks wird und ob seine Mom nach Hause kommen wird. Aber offensichtlich hat er keinen Gedanken an mich verschwendet.

Heute ist Freitag, und ich habe die Hoffnung aufgegeben, von ihm zu hören. Und das hat mein Leben ein wenig erträglicher gemacht. Die Familie ist gestern mit den Vorbereitungen für den Hurrikan fertig geworden, und über Nacht wurde der Sturm auf Kategorie drei heruntergestuft. In Orlando allerdings wurde die Hurrikanvorhersage zur Hurrikanwarnung hochgestuft. Zentralflorida wird ab morgen früh betroffen sein, wobei Daytona die Hauptlast des Sturms abbekommen wird. Der Hurrikan sollte sich landeinwärts abschwächen, aber er wird trotzdem schwere Schäden anrichten.

In den meisten Läden von Winter Park gab es schon Anfang der Woche keine Konservendosen, Chips und Wasserflaschen mehr. Meine Familie war zum Teil schuld daran. Jetzt haben wir im Haus genug Wasserflaschen eingelagert, um einen Swimmingpool zu füllen.

Ich trete in die Küche, und mein Zuhause ist friedlich, obwohl alle da sind. Cari sitzt am Tisch und trinkt Tee. Davey isst seine fünfte Mahlzeit heute, und Dad liest im Wohnzimmer. Nur meine Mom wirkt gehetzt.

»Okay, Leute, ihr wisst, dass ich im Krankenhaus bin«, erklärt sie.

Wie immer beschäftigt sie sich, wischt die Arbeitsflächen ab und räumt Dinge weg. Theoretisch braucht sie erst morgen früh zu arbeiten, aber sie möchte im Krankenhaus sein, weil es, in ihren eigenen Worten, »Babys egal ist, ob es stürmt – wenn es Zeit ist, zur Welt zu kommen, dann ist es eben so«. Außerdem werden Frauen, die kurz vor ihrem Geburtstermin stehen, früher ins Krankenhaus gehen, sodass heute Nacht mehr Personal gebraucht wird. Sie meinte, das werde ich auch erleben, wenn ich Krankenschwester bin. Ich habe zu ignorieren versucht, wie sich mein Magen bei diesem Gedanken zusammenzog.

»Ich versuche, nach Hause zu kommen, sobald der Sturm vorbei ist«, sagt sie. »Aber ich bin mir nicht sicher, wann das sein wird. Ich hoffe, Sonntagfrüh. Ich liebe euch alle. Seid brav bei eurem Vater, und schreibt mir, wenn ihr etwas braucht.«

Sie nimmt eine Reisetasche, küsst uns alle und geht

dann aus der Tür. Ja, sie hat uns tatsächlich aufgetragen, brav zu sein, als wären wir acht.

»Brav« ist allerdings relativ, da heute Abend die Hurrikan-Party stattfindet. Im Grunde eine Nachbarschaftsparty, zu der alle etwas mitbringen und bei der Alkohol fließt, nur ein wenig apokalyptischer. Auf diesen Partys herrscht so eine Atmosphäre von Unbesiegbarkeit angesichts des Endes der Welt.

Typisch Florida eben.

June und Emily kommen in meine Straße, weil hier mehr los ist als bei ihnen, und Justin Michael und Aaron werden auch hier sein, daher sollten wir uns gut amüsieren.

Ich bin nicht wirklich in Stimmung zum Kochen – wie immer, seit Eugene mich ignoriert –, aber ich muss ein paar Gerichte für die Party zusammenwerfen. Ich öffne den Kühlschrank, sehe hinein und überlege, was ich kochen kann. Wurst und Paprika sind die einfache Lösung. Außerdem haben wir eine Million Eier, also mache ich eine Frittata mit Spargel und Schinken. Und wir haben alle Zutaten für Bratreis mit Huhn. Ich schleppe den riesigen Reiskocher heran und mache mich an die Arbeit.

Während ich meine Vorbereitungen treffe, meiden alle anderen die Küche. Ich wasche, hacke und sautiere in meinem eigenen Rhythmus und höre dabei auf meinem Handy Musik. Und erneut überkommt mich eine vertraute Zufriedenheit – obwohl ich eigentlich keine Lust hatte. Bei der Liebe zum Kochen ging es nie um einen Jungen, obwohl mit Eugene alles besser war. Aber er hat mich auch dazu gebracht, Optionen auszuloten, die ich für mich ausgeschlossen hatte, und jetzt habe ich das Gefühl … zu schwimmen.

Ich rufe mir ins Gedächtnis, dass ich immer noch kochen, immer noch Essen zubereiten kann, wenn ich Krankenschwester bin. Manchmal kann ich mir fast einreden, dass das reicht, aber das stimmt nicht. Es fühlt sich an, als würde ich mich mit zu wenig abfinden. Genau, wie es sich anfühlt, wenn ich die Links zu Wohnungen ansehe, die Paul mir schickt. Er ist dafür, sofort eine Kaution anzuzahlen. Und jetzt bin ich diejenige, die nicht richtig in Gang kommt. In allen Belangen. Bis jetzt habe ich noch nicht mal offiziell das Stipendium für die Valencia angenommen. Ich war noch nie so unwillig, mit meinem Leben voranzumachen, und noch nie war die Zeit besser für eine Hurrikan-Party.

Als ich die drei Gerichte gekocht habe, fallen die Geier über mich her.

»Geh weg!« Ich schlage Davey eine Gabel aus der Hand. Er wollte direkt auf den Reis losgehen, als ich ihn aus der riesigen Gusseisenpfanne in einen Servierbehälter umgefüllt habe.

»Es riecht so gut, und ich habe solchen Hunger«, jammert Davey.

Ich lege den Deckel darauf. »Das ist nicht für dich. Wir nehmen es mit zur Party. Denk nicht mal dran, diese Frittata anzuschneiden, Dad. Ich hab dich im Auge.«

Dad legt das Buttermesser weg. »Ein Stück hätte niemand vermisst.«

Während ich mit Dad beschäftigt war, hat Cari sich etwas von den Paprikawürstchen abgezweigt. Sie steht mit dicken Wangen da wie ein sehr großes, diebisches Eichhörnchen.

»Ihr könnt mir beim Saubermachen helfen«, sage ich und recke die Hände zum Himmel.

»Wir räumen alles auf … wenn du jedem von uns einen Teller zugestehst«, sagt Dad.

»Ihr Vielfraße. In einer Stunde sind wir von Essen umgeben«, wende ich ein.

»Noch ein Grund, aus dem die Leute drei kleine Portiönchen nicht vermissen werden«, sagt Cari. Sie hat endlich alles gekaut und geschluckt.

Anmerkung: Ich hasse Spülen. Ich stelle mich nur stur, um die anderen zu ärgern.

Ich mache allen – auch mir – einen kleinen Teller fertig. Alles ist gut geworden, aber der Bratreis mit Huhn ist am besten.

Wir essen auf, und ich werfe einen Blick auf die Uhr am Backofen. Beinahe Zeit, nach draußen zu gehen.

»Kann ich euch wirklich das Essen anvertrauen, während ich mich umziehe?«, frage ich.

»Also ich würde es nicht machen«, sagt Davey. Er hat schon wieder den Reis im Blick.

»Cari …«, sage ich.

»Ich habe alles im Griff. Geh dich umziehen.« Sie verschränkt die Arme und zieht, an Davey gerichtet, warnend eine Augenbraue hoch.

»Das ist eine Östrogen-Verschwörung!«, ruft unser Bruder.

»Wenn du weiter wie Wylan redest, sagen wir es Mom«, droht Cari.

Davey klappt so schnell den Mund zu, dass seine Zähne aufeinanderschlagen.

Lachend gehe ich in mein Zimmer. Ich greife nach

Jeans und einem neutralen Tanktop. Das Outfit, das ich immer anziehe. Aber dann lege ich die Sachen beiseite. Das kann ich morgen tragen, wenn wir im Haus festsitzen, bis der Sturm zu Ende ist. Heute Abend ist Party.

Bevor ich es mir anders überlegen kann, ziehe ich ein trägerloses leichtes Sommerkleid an, lasse mein Haar offen und halte es mit einem passenden Haarband zurück. Ich tupfe mir Lipgloss auf den Mund und trage Rouge und Lidschatten aus der Schminkpalette auf, die Emily mir geschenkt hat.

»Oh mein Gott, wer ist das?«, fragt Cari von der Tür aus. Ich drehe mich um, damit sie mich bewundern kann, und sie lächelt. »Toll siehst du aus.«

»Ich habe vor, mich besser anzuziehen, bis ich mich besser fühle«, erkläre ich.

Ich versuche zu lächeln, aber Tränen brennen in meinen Augen. Cari tritt heran, um mich zu trösten, doch ich winke ab. Sinnlos, wegen eines Jungen zu weinen, der mich nicht leiden kann.

»Du hast Glück, dass du eine Riesin bist, sonst würde ich deinen Kleiderschrank plündern«, sage ich.

»Du weißt, dass ich mit dir teilen würde. Apropos teilen …« Sie reicht mir ein Spiked Seltzer mit Mangogeschmack, das sie hinter dem Rücken versteckt hatte.

»Du bist eine Göttin.« Ich reiße die Dose auf. »Cheers.«

»Auf uns«, sagt sie.

»Auf uns«, wiederhole ich.

Wir stoßen mit den Dosen an, und ich trinke einen großen prickelnden Schluck.

»Hab dich lieb«, sage ich.

»Ich dich auch, Jaz.«

Wir trinken die Seltzers aus und verstecken die Dosen, bevor wir das Haus verlassen. Jedes der Yap-Kinder trägt ein Tablett mit Essen, und zum ersten Mal seit einer Weile habe ich das Gefühl, dass das ein richtig schöner Abend werden wird.

50. Kapitel

JASMINES iPHONE
21. Juni

♥ Paul ♥
Ich muss mit dir reden. Ruf mich an, sobald du diese Nachricht gelesen hast.

51. Kapitel

Nach Einbruch der Dämmerung ist die Nachbarschaftsparty in vollem Gang. Beide Enden der Straße sind mit Autos abgesperrt, lange, mit Essen beladene Klapptische stehen auf den Bürgersteigen, und auf den Rasenflächen sind Campingstühle verteilt. Auf der Straße spielen Kinder Football.

Justin ist früh gekommen und hat geholfen, das Büfett aufzubauen. Er kennt immer noch so viele unserer Nachbarn, dass er ständig in Gespräche verwickelt worden ist.

Ich schnappe mir gerade ein Wasser aus einer der Kühlboxen, als Aaron kommt und einen Kuchen mitbringt, den er bei Publix gekauft hat. Ich weiß immer noch nicht genau, wie er es fertigbringt, in T-Shirt und Shorts so gut auszusehen. Sogar die Muskeln über seinen Knien sind definiert. Ich weiß nicht mal, wie sie heißen, und schon gar nicht, wie man dazu kommt.

»Hey, Schätzchen«, sagt er.

Er beugt sich vor und küsst mich auf die Wange. Ein Teil von mir fühlt sich durch seine bloße Nähe und Aufmerksamkeit geschmeichelt. Schön wäre ja, wenn ich für ihn dasselbe empfinden könnte wie für Eugene. Aber dabei macht mein lausiges Herz nicht mit. Nur Paul kam dem nahe, doch in letzter Zeit … war das nicht besonders nah.

»Wo soll ich das hinstellen?«, fragt Aaron.

»Oh, ich glaube, die Süßspeisen sind da drüben«, sage ich. »Bei Cari.«

»Okay. Nochmals danke für die Einladung.«

»So ungefähr die Hälfte meiner Familie hat dich eingeladen«, entgegne ich lachend.

Er grinst. »Tja, ich gehe mal davon aus, dass du mich unbedingt dabeihaben wolltest, aber zu schüchtern warst, um mich zu fragen.«

Er zwinkert, und ein Lächeln tritt mir aufs Gesicht. Seit dem Tag an den Schlagkäfigen ist er freundlicher, weniger zurückhaltend. Und ich mag ihn einfach. Auch wenn er beim Minigolf einer dieser Gewinner ist, die total mit ihrem Sieg angeben.

»Ich stelle das mal ab«, sagt er. »Wir sehen uns später.«

Er geht in Caris Richtung davon, und als er bei den Desserts ankommt, fangen sie an, sich zu unterhalten. Sie lacht, und ein leises Lächeln erhellt sein Gesicht.

Die beiden sind so ein schönes Paar.

Sobald mir der Gedanke in den Sinn kommt, werde ich ihn nicht mehr los. Sie sind wie füreinander geschaffen. Beide besitzen das ungezwungene Selbstbewusstsein schöner Menschen. Sie sind die ältesten Geschwister in ihren Familien und nehmen ihre Verantwortung ernst. Sie sind ehrgeizig und sehen ihren Weg zum Erfolg klar vor sich. Für ihn ist es Baseball, und für sie ihre »Marke«, das Jurastudium, ihr Podcast – eigentlich alles, was sie sich vornimmt. Nichts steht ihnen im Weg. Sie sind beide so sympathisch und freundlich und … groß. Die Art, wie er sie ansieht, wie sie schüchtern zurücklächelt … Es könnte an dem Alkohol im Seltzer liegen, aber mit einem Mal ist mir klar: Sie gehören zusammen. Mehr als das je bei ihm und mir der Fall war.

Wenn ich an unsere »Dates« zurückdenke, kommen sie mir nicht vor wie richtige Verabredungen. Er hat nicht einmal versucht, mich zu küssen. Damals dachte ich, er wäre ein Gentleman, aber vielleicht war er auch nicht interessiert. Vielleicht mag er mich nur als Freundin.

Doch er hat sich immer nach Cari erkundigt. Sogar, als wir den Rundgang durch sein Stadion gemacht haben, hat er mit ihr geredet und sie herumgeführt. Ich dachte, er wäre höflich, aber jetzt wird mir klar, dass er auf sie stand.

Kann sein, dass er sich die ganze Zeit bei mir eingeschmeichelt hat, um an sie heranzukommen.

Ich prüfe meine Reaktion. Das ist wieder die gleiche Situation wie damals bei Kyle – ich glaube, dass ein Junge auf mich steht, aber stattdessen ist er hinter Cari her –, nur dass sich das hier vollkommen anders anfühlt. Ich spüre schon einen Anflug von Eifersucht, doch es ist sinnlos, eifersüchtig auf Cari zu sein. Außerdem habe ich keinen Anspruch auf Aaron. Ich mag seine Aufmerksamkeit und genieße sie, aber … ich will nur einen Jungen. Und seit dem Tag am Strand kann ich das nicht mehr abstreiten. Genauso wenig, wie ich leugnen kann, dass ich wirklich Köchin werden will.

Zum letzten – verzweifelten – Mal sehe ich auf mein Handy. Ich habe eine Nachricht! Aber nicht von Eugene, sondern von Paul. Ich lasse den Kopf sinken und sehe zu Boden. Da kommen Emilys Schuhe in Sicht.

»Was ist los?«, fragt sie.

»*Nada*«, sage ich.

Ich versuche, die Traurigkeit abzuschütteln, aber ich weiß, dass sie sie wahrgenommen hat. June, Emily und ich haben ausführlich über Eugene geredet, weil ich immer noch nicht darüber hinweg bin. Wie Cari glauben die beiden, dass er mich wirklich gern mochte, doch erstens weiß ich nicht, wie sie auf die Idee kommen, und zweitens ist das keine Hilfe.

»Wie läuft's in der Underwood-Residenz?«, frage ich.

Emily holt tief Luft und seufzt. »Er zieht wieder ein. Eigentlich wohnt er größtenteils schon wieder bei uns, aber die beiden wollen zuerst zusammen den Sturm überstehen und es dann offiziell machen. Sie haben mich aber in der Therapie ›gehört‹.«

»Wie … wie fühlst du dich damit?«

Sie zuckt die Achseln. »Es ist ihr Leben. Sie werden tun, was sie wollen, aber sie haben geschworen, die Therapie fortzusetzen. So oder so bin ich im August weg.« Sie trinkt von ihrem Eistee. »Doch … ich hoffe, sie schaffen es.«

»Wirklich?«, frage ich und ziehe die Augenbrauen hoch. Seit Jahren habe ich Emily nicht so gelassen über ihre Eltern reden hören, und offen gesagt ist das fast schon unheimlich.

»Ja, wir verdienen es alle, glücklich zu sein, verstehst

du?« Sie sieht mir in die Augen. »Du solltest ihm schreiben.«

Wem, das braucht sie nicht zu sagen. Eugenes Namen zu hören, fühlt sich in letzter Zeit wie ein Messerstich an, daher vermeidet sie es, ihn laut auszusprechen.

Ich wünsche mir mehr als alles andere, mit ihm zu reden, aber ich kann mich nicht dazu überwinden, ihm eine vierte Nachricht zu schicken. Einer Freundin viermal hintereinander zu schreiben ist kein Problem. Einem Jungen, der klar zum Ausdruck gebracht hat, dass er nicht mit einem reden will, viermal zu schreiben ist eine einstweilige Verfügung wert.

»Ich habe ihm geschrieben, erinnerst du dich?«, frage ich.

»Ich weiß, aber vielleicht denkt er, dass es zu lange her ist und er dir jetzt nicht mehr antworten kann.«

»Das ist Schwachsinn, aber ich hab dich trotzdem lieb.« Ich schlinge einen Arm um sie.

»Ich dich auch«, sagt Emily. »Wo hat Cari den *White Claw* versteckt? June hat mich gefahren, und ich könnte wirklich einen starken Drink gebrauchen.«

Ich lache. Spiked Seltzer ist der inoffizielle Drink der Studentinnenverbindungen, und er ist köstlich. Ich führe sie zu einer der Kühlboxen, die Caris Versteck ist. Während wir an den Tischen stehen, sehe ich nach unseren Servierschalen. Der Bratreis mit Huhn war ein großer Hit und ist schon verschwunden. Von der Frittata und den Würstchen mit Paprikasoße ist auch nicht mehr viel übrig, während alle anderen Platten noch fast voll sind. Ich kann nicht anders, als ein wenig stolz zu sein.

Ich frage mich, ob ich noch mehr machen soll, als ein Junge die Straße entlanggelaufen kommt, den ich kenne.

Und ich schwöre, mir bleibt das Herz stehen.

Ob es mir passt oder nicht, und was immer ich von Textnachrichten halte, er übt immer noch eine Wirkung auf mich aus.

»Was hat der denn hier zu suchen?«, fragt Cari. Sie zischt es beinahe. Aaron wirkt verwirrt.

»Keine Ahnung«, sage ich.

Mein Puls rast, als Paul näher kommt, wahrscheinlich vom Alkohol. Aber ich bin auch irgendwie froh, ihn zu sehen. Er hat sich in letzter Zeit so große Mühe gegeben – all die Nachrichten und die Aufmerksamkeit. Er war beharrlich, wo Eugene es nicht war, und vielleicht sollte ich ihm eine zweite Chance geben. Echt jetzt, worauf warte ich noch?

Doch als Paul näher kommt, beschleicht mich ein ungutes Gefühl. Etwas an seinem Gang stimmt nicht. Die Art, wie er die Schultern reckt, hat etwas Negatives. Wie damals, als er sich geprügelt hat, nachdem jemand seinen Torschuss blockiert hatte, und ich es kommen sah. Jetzt strahlt er dieselbe Energie aus – so, wie man vor einem Sturm die elektrische Ladung in der Luft spürt.

»Hey, Jasmine«, grüßt Paul.

Er mustert Cari und Emily. June und Justin Michael stehen am anderen Ende des Tischs. Plötzlich tauchen mein Dad und Davey auf, die ich den ganzen Abend nicht gesehen habe.

»Oh, hey«, sage ich.

»Hallo, Familie Yap«, sagt er. Sein Tonfall ist so feindselig, dass ich mich am liebsten zwischen ihn und meine Verwandten werfen möchte.

»Du bist hier nicht willkommen«, erklärt mein Dad. Er ballt die Hände, die an seinen Seiten herabhängen, zu Fäusten.

»Und wieso?«, fragt Paul. »Weil ich nämlich glaube, eine Vorstellung davon zu haben.«

Ich sehe von meiner Familie zu Paul und wieder zurück. Alle wirken schrecklich angespannt.

»Du weißt verdammt gut, warum du hier nicht willkommen bist«, sagt Dad. »Wir waren immer nett zu dir, aber damit ist Schluss. Nicht, nachdem du meine Tochter so behandelt hast.«

In meinem ganzen Leben habe ich meinen Vater noch nie so … aggressiv gesehen. Er ist ein friedliebender Bibliothekar, aber jetzt erkenne ich ihn kaum wieder. Davey hat sich rechts von ihm aufgebaut, als wäre er bereit, Dad unter die Arme zu greifen, falls es zu einem Faustkampf kommt. Das ist doch alles albern.

»Moment mal, was ist los?«, frage ich und hebe die Hände. »Dad, zwischen Paul und mir ist jetzt alles in Ordnung. Wenn er hier sein will, darf er das. Es gibt keinen Grund für all das.«

»Du bist so süß«, sagt Paul. »So süß und naiv, Prinzessin Jasmine. Besser gesagt, Prinzessin Arielle.« Er starrt Cari an, und ich könnte nicht verwirrter sein.

»Was?«, frage ich. »Bist du betrunken?«

»Nein. Wach auf, Jaz. Deine Familie und deine Freundinnen haben ein Spiel mit dir getrieben.«

»Du bist hier der Einzige, der Spielchen treibt«, sagt June.

Ruckartig dreht er ihr den Kopf zu. »Hey, Fabius«, knurrt er.

June klappt den Mund zu.

Ich muss betrunkener sein, als ich dachte. Hat er sie gerade Fabius genannt? Ich kichere, aber ich bin die Einzige, die das lustig fand. Um mich herum herrscht Schweigen.

Der äußerst ungewohnte Anblick meines Dads, der drauf und dran ist, sich zu prügeln, hat einen Haufen Nachbarn angezogen.

Pauls Blick klebt an mir. Ich sehe in seine haselnussbraunen Augen und versuche mir einen Reim darauf zu machen, was hier vorgeht. Fabius. Prinzessin Arielle. Was soll das?

»Was erzählst du da von der kleinen Meerjungfrau?«, frage ich.

»Nichts. Ich rede von der kleinen Bachelorette«, sagt er. »Dir.«

»Häh? Kleine … Wovon sprichst du?«

»Ach, Jaz, natürlich weißt du immer noch nicht Bescheid.« Er unterbricht sich und schüttelt den Kopf, als täte ich ihm schrecklich leid. »Woher solltest du es auch wissen?«

»Was wissen?«

»Deine Familie hat dich hinters Licht geführt. Sie haben drei Jungs aufgetrieben, die diesen Sommer Dates mit dir faken sollten – einen Jungen von nebenan, von dem ich vermute, dass er dein alter Freund Justin Michael da drüben ist.« Er wedelt angewidert mit der Hand. »Einen Profisportler. Und einen Koch. Sie haben dich im Dunkeln darüber gelassen und eine Spielshow daraus gemacht. Deine Cousins und Cousinen, deine ganze Familie hat dich manipuliert. Sie schließen Wetten darauf ab, für wen du dich entscheidest, und dein Bruder spielt den Buchmacher. Übrigens sollst du einen aussuchen, mit dem du zur Party deiner Großeltern gehst, und dieser Junge hat dann gewonnen. Für den Fall, dass du dich das fragst: Ich werde dabei als Drecksack und Betrüger geführt – kurz DB. Stimmt das nicht, Cari? Ich meine, Anonyma?«

Er dreht sich um und zeigt auf sie. Die theatralische Geste richtet sich wahrscheinlich an das Publikum.

»Sie hat eine ganze Podcast-Serie darüber gemacht«, erklärt Paul. »Du solltest sie dir anhören. Ein großer Hit. Du bist jetzt berühmt, Babe.«

Mein Hirn hat Mühe, seine Worte aufzunehmen, und ich hasse es, wenn er mich »Babe« nennt. Aber das Einzige, was hängen bleibt, ist »DB«. Ich habe diese Abkürzung schon gehört, aber wo? Dann fällt es mir wieder ein. Als wir Make-up geshoppt haben, hat mich June nach DB gefragt. Ich dachte, ich hätte mich verhört. Emily hat mich darin bestärkt. Aber June hatte sich versprochen und den Podcast-Ausdruck für Paul gebraucht. Den Spitznamen, den Cari ihm in ihrem Podcast gegeben hat. Dem über gefakte Dates. *Meine* gefakten Dates.

Ein Junge von nebenan.

Ein Profisportler.

Ein Koch.

Justin Michael. Aaron. Eugene. Das war … alles gefakt und … hochgeladen, um andere zu unterhalten?

Der Horizont kippt, und die Welt dreht sich um mich, als ich von schuldbewussten Familienmitgliedern zu meinen Freundinnen und zu den mutmaßlichen Kandidaten sehe. Ich will, dass sie es abstreiten. Jemand soll sagen, dass es nicht wahr ist. Aber ich lese allen von den Gesichtern ab, dass es … wahr ist. Meine ganze Familie hat sich zusammengetan, um mir etwas vorzulügen. Mich zur Närrin zu machen, als brächte ich das nicht schon allein fertig.

Paul sieht mich lächelnd an – das einzige fröhliche Gesicht in dieser Menschenmenge.

»All die ›zufälligen‹ Begegnungen diesen Sommer, die ganzen Dates. Sie waren alle ein abgekartetes Spiel. Alles erlogen«, sagt er. »Die Jungs haben dich manipuliert, um zu gewinnen. Jedes Mitglied deiner Familie hat dich angelogen. Sogar deine beiden Freundinnen haben mitgemacht – obwohl ich vermute, dass sich bei Emily kurz das Gewissen gemeldet hat. Aber … sie hat dir trotzdem nicht gesagt, was wirklich vor sich geht. Ich bin der Einzige, der die Wahrheit sagt. Ich bin der Einzige, der sich wirklich etwas aus dir macht, Jaz. Der dich gernhat, seit wir vierzehn waren. Was wir beide haben, ist real. Der Rest von dem hier …« – er mustert meine Familie und meine Freundinnen abschätzig – »… ist eine Reality-Show.«

Ich sehe Cari in die Augen. Streite es ab. Bitte. Sag, dass das alles nicht wahr ist, und ich glaube dir.

Ich warte. Ihre Augen wirken glasig, und ihre Lippen sind halb geöffnet.

Ich finde keine Worte, und es ist fast, als frage jemand anderer: »Ist das wahr?« Aber das war ich. Ich habe meine Schwester gerade gefragt, ob sie eine ganze Dating-Farce aufgezogen hat.

Sie wendet den Blick ab. Da weiß ich es: Alles, was ich diesen Sommer erlebt habe, war eine Lüge. Und jeder einzelne Mensch, den ich kenne und liebe, war eingeweiht.

Daher reagiere ich, wie jede intelligente erwachsene

Frau das tun würde: Ich drehe mich um und renne davon, bevor ich noch vor allen in Tränen ausbreche.

52. Kapitel

DAVEYS ZERKNIRSCHTER FAMILIENCHAT
21. JUNI

Cari
Jaz weiß über den Wettbewerb Bescheid.

Onkel Steve
Oh neeein.

Cousin Joe
Was? Woher?

Cousin Wylan
Scheiße. Wer hat ihr davon erzählt?

Tante Regina
Achte auf deine Sprache. Aber es stimmt: Scheiße!

Mom
Moment mal, ich dachte, ihr wäret alle bei der Nachbarschaftsparty. Was ist passiert?

Davey
Paul, der Drecksack, ist aufgetaucht und hat ihr von Caris Podcast erzählt.

Onkel Steve
Oh NEIN.

Tante Minnie
Dieser Junge! Nonna Ventura, du hättest doch mit ihm verfahren sollen wie in der alten Heimat.

Nonna
Sag ich doch. Aber meine süße Jasmine.

Cousine Teagan
Arme Jaz. Wie geht's ihr?

Dad
Ist davongerannt. Leute, das haben wir gründlich verbockt. Ich konnte nicht mal etwas dagegen einwenden, was dieser Junge von sich gegeben hat, weil es die Wahrheit war. Wir waren übergriffig, wir haben auf die Jungs gewettet, und wir haben sie alle belogen.

(Eine volle Minute komplettes Schweigen)

Tante Regina
Die Sache ist uns aus dem Ruder gelaufen.

Onkel Carlos
Wir haben aus den Augen verloren, was das Beste für sie war.

Cari
Es ist meine Schuld, Leute. Ich ... ich habe das vorangetrieben. Ich wollte den Podcast mehr, als ich sie glücklich sehen wollte. Ich habe ihn nicht aus dem Netz genommen. Ich hätte es tun sollen, aber ich habe es nicht getan. Ich habe den Erfolg genossen.

Mom
Ach, Cari.

Tante Jay
Nein. Es ist nicht nur deine Schuld. Wir waren alle daran beteiligt. Wir wollten es für Jaz tun. Und ja, wir haben es übertrieben, aber wir hatten gute Absichten. Und eine Zeit lang war sie glücklich. Das muss auch etwas zu bedeuten haben.

Cousine Madison
Hat es auch, aber wir haben ihr trotzdem nicht die Wahl gelassen. Wir dachten, wir wüssten es besser.

Cousin Wylan
Verdammt, Schwesterchen. Da hast du ausnahmsweise recht.

Tante Tammy
Ich fühle mich so schlecht, Leute. Sie muss sich ... verraten vorkommen.

Mom
Hat denn jemand versucht, mit ihr zu reden? Ich wünschte, ich könnte dort sein, aber ich komme hier erst nach dem Sturm weg. Ich habe ihr geschrieben, doch sie hat nicht geantwortet.

Tante Kim
Wir können alle vorbeikommen, wenn der Sturm vorüber ist.

Cari
Ich weiß nicht, wie ich euch das sagen soll, aber sie will mit niemandem von uns reden. Wir haben es alle versucht – sie antwortet nicht. Tante Jay, kannst du nicht Eugene überreden, ihr zu schreiben? Er ist vielleicht der Einzige, mit dem sie reden würde. Ich will einfach nicht, dass sie jetzt allein ist.

Tante Jay
Ich versuch's.

53. Kapitel

Ich dachte, Paul hätte mir am Anfang des Sommers das Herz gebrochen, als er sich mit anderen treffen wollte, aber anscheinend war das nur die Generalprobe, denn so tief wie jetzt … so tief bin ich noch nie verletzt worden. Ich bekomme kaum Luft. Und ich kann mich an niemanden wenden, weil jeder einzelne Mensch in meinem Leben mich betrogen hat. Meine schlimmste Angst auf dieser Welt ist Wahrheit geworden: Ich bin vollkommen allein.

Und Gott, das ist übel.

Ich umklammere mein Kissen, und meine Tränen rinnen in den blau geblümten Bezug. Draußen geht die Party weiter. Ich höre Musik, spielende Kinder und Gelächter, während ich in meinem Zimmer weine, und irgendwie macht das alles noch schlimmer. Für mich hat die Welt aufgehört, sich zu drehen, aber für alle anderen nicht.

Wieder klopft jemand an meine Tür.

Nachdem ich hier heraufgerannt war, habe ich zum ersten Mal, seit ich mich erinnern kann, meine Zimmertür abgeschlossen. Es hat etliche Male geklopft; meine angeblichen Freundinnen und liebsten Menschen, die versuchten, mit mir zu reden. Ich öffne ihnen nicht. Es ist egal, wer es ist.

Noch einmal klopft es, leiser, und das ignoriere ich ebenfalls. Dann entfernen sich Schritte von meiner Tür.

Wieder gibt mein Handy einen Ton von sich, aber ich schaue nicht darauf. Es wird jemand sein, der versucht, mir alles zu erklären, und das ist sinnlos. Paul hat mir schon alles erzählt. Sie haben mich alle angelogen. Sie haben mich alle für so armselig gehalten, dass sie eine komplette gefakte Datingshow aufgezogen haben, um … was zu erreichen? Paul loszuwerden? Damit ich aufhöre, so ein Trauerkloß zu sein? Weil sie nicht geglaubt haben, ich könnte allein Jungs kennenlernen? Na, vielen Dank.

Plötzlich kommen mir all die Dinge, die mir diesen Sommer merkwürdig erschienen, in den Sinn. Die Tanten, die bei meiner Party über einen Wettbewerb geredet haben. Crystal und Amberlynn, die »gewinnen« gesagt haben, als ich mit Eugene bei Publix war. Joe und Teagan, die zufällig Frozen Yogurt gegessen haben, bevor Aaron auftauchte. Wie die Familie über Wetten geredet hat und dann komisch klang, als sie behauptete, es gehe um Fantasy Football. Emily und June, die darauf bestanden, dass ich ein anderes Oberteil anzog, bevor ich im Tierheim aushelfen ging. Justin, der rein zufällig im Buchladen aufgetaucht ist. Eugene, der bei Publix über mich gestolpert ist.

Das war alles arrangiert. Sie haben alle ein Spiel getrieben.

Mein Handy piept noch einmal. Keine Ahnung, warum, aber ich muss einfach nachsehen. Am liebsten möchte ich es quer durchs Zimmer werfen. Ich will es im Meer versenken. Doch dazu denke ich zu logisch. Ich habe immer schon so logisch gedacht und stehe mit beiden Beinen auf der Erde, und trotzdem konnten sie mich wochenlang hinters Licht führen.

Ich habe alle vier Episoden von Caris Podcast heruntergeladen, sie aber noch nicht abgespielt. Ich habe morgen den ganzen Tag Zeit, jeden Moment dieser Demütigung noch einmal zu durchleben. Jetzt gerade kann ich das nicht.

Ich habe neue Nachrichten: noch eine von Mom, von Paul, Emily und fast meiner ganzen Familie. Doch mit einer Textnachricht hatte ich nicht gerechnet. Sie stammt von Eugene.

Und sogar an meinem schlimmsten Tiefpunkt wische ich mir übers Gesicht, als könne er mich sehen, und setze mich auf. Auf meinem Bildschirm stehen die drei unbeantworteten Nachrichten von mir und eine von ihm.

Jasmine
Vielen Dank für den tollen Tag am Strand.

Also, ich brauche unbedingt das Rezept für diesen Weiße-Bohnen-Dip. Was muss ich tun, um es zu kriegen? Fallschirmspringen? Äxte jonglieren? Mit Stieren rennen?

Hey. Was machst du so?

Captain Eugene Crunch
Ich wollte dir wirklich antworten, aber ich wollte dich nicht mehr anlügen. Du hast Besseres verdient.

Ich starre auf seine Antwort, und mein erstes Gefühl ist Zorn. Überwältigende Wut, die in mir aufsteigt. Natürlich habe ich Besseres verdient. Meine Finger hämmern auf den gläsernen Bildschirm meines Handys, als ich eine Antwort tippe.

Jasmine
Dann war es wohl in Ordnung, mich den Rest der Zeit anzulügen.

Graue Sprechblasen erscheinen, als er schreibt und schreibt. Jedes Mal, wenn er sich unterbricht und die Blasen verschwinden, bleibt mir fast das Herz stehen vor Sorge, er würde doch nicht antworten. Schließlich kommt eine Nachricht. Ich rechne schon mit einem halben Roman, aber nein.

Captain Eugene Crunch
Nein, es war nie in Ordnung. Aber ich hätte nicht damit gerechnet, mich in dich zu verlieben.

Mir weicht die Luft aus den Lungen. Ich starre auf seine Worte – er hat sich in mich verliebt. Und ich mich in ihn. Unsere gemeinsame Zeit, unsere Worte, diese Gefühle, diese Küsse haben alle etwas bedeutet. Ich habe mir nichts eingebildet.

Erleichterung und Aufregung steigen in mir auf. Beinahe lächle ich, aber … ich sollte gar nichts empfinden, denn wie kann ich seinen Worten trauen? Sie fühlen sich echt an, doch alles hat sich echt angefühlt, und nichts davon war wahr.

Die Wahrheit ist, dass ich weder ihm noch meinen Gefühlen trauen kann. Er ist Kandidat bei einer Fake-Bachelorette-Show. Soweit ich weiß, kann das ein weiterer Trick sein. Es ist sicher kein Zufall, dass er mir heute Abend schreibt, nachdem er die ganze Zeit verschollen war. Er weiß, dass ich die Wahrheit erfahren habe, was bedeutet, hinter den Kulissen sind immer noch Leute am Werk.

Das ist nur eine weitere gemeine Machenschaft.

Ich schließe meine Nachrichten und werfe mein Handy ans andere Ende des Betts. Der kurze Hoffnungsschimmer hat alles nur noch trostloser gemacht.

Ich vergrabe mein Gesicht wieder im Kissen und weine mich in den Schlaf.

54. Kapitel

Als ich aufwache, peitschen Regen und Wind so heftig über unser Haus, dass es sich anhört, als laufe in meinem Zimmer ein Staubsauger. Es ist ein ständiges Dröhnen, das einen wahnsinnig macht und nicht aufhört.

In meinem Hirn sieht es genauso aus.

Beverly ist da, aber nicht als Hurrikan der Kategorie drei. Als sie landeinwärts zog, ist sie zu einem tropischen Sturm herabgestuft worden. Doch das ist kein sanfter Regen. Mit Windböen von über achtzig Stundenkilometern müssen wir trotzdem im Haus bleiben.

Bis gestern hätte ich den Tag gern mit Cari, Davey und Dad verbracht. In vergangenen Jahren haben wir, wenn bei Stürmen Kabelfernsehen und Internet ausgefallen waren, Brettspiele gespielt, Gespenstergeschichten erzählt und verrückte Mahlzeiten gekocht, um uns die Zeit zu vertreiben. Dieses Jahr hocke ich allein in meinem Zimmer.

»Jaz?«, sagt Cari auf der anderen Seite der Tür. »Jaz, das Bad ist frei, falls du duschen willst.«

Ich will duschen. Gestern Abend habe ich mir vor dem Einschlafen nicht einmal die Zähne geputzt, und nun fühle ich mich eklig. Ich brauche Kaffee und etwas zu essen, aber ich will keinen von ihnen sehen und mit niemandem reden.

Immer wieder spule ich den gestrigen Abend vor meinem inneren Auge ab. Wie selbstzufrieden Paul gewirkt hat, als er es mir sagte. Wie schuldbewusst meine Familie, meine Freundinnen und die … Kandidaten aussahen. Dass alle Nachbarn es mitbekommen haben. Wie viele Menschen mich über den Podcast kennen müssen. Mir war noch nie im Leben etwas so peinlich. Und jedes Mal, wenn ich daran denke, brennt es sich ein wenig tiefer ein.

Alle paar Minuten schlägt mein Handy an. Ich habe Nachrichten von praktisch allen Menschen, die ich kenne. Text- und Sprachnachrichten von meiner Familie und meinen angeblichen Freundinnen verstopfen meinen Posteingang, aber ich beantworte sie nicht. Eugene ist der Einzige, der nicht noch einmal geschrieben hat.

Ich mache mir nicht die Mühe zu antworten, denn was wäre da zu sagen? Meine Familie hat nicht an mich geglaubt. Die Jungs haben mich angelogen und ausgenutzt. June hatte nach allem, was wir von der Grundschule bis zur Highschool gemeinsam durchgemacht haben, nicht den Anstand, ehrlich zu sein. Und ich vermute zwar, dass Emily nichts von dem geheimen Wettbewerb hielt, aber sie hat mir nie davon erzählt. Alle haben mitgemacht, sie wollten berühmt werden, gewinnen oder was auch immer. Meine ganzen fünfzig Verwandten haben mich hintergangen, um dieses Theater zu inszenieren. Und Cari war die Schlimmste von allen. Ich dachte, meine Schwester wäre immer auf meiner Seite. Ich habe mich geirrt.

Bei dem Gedanken, wie sie am Sonntag im Corolla gesessen und zugehört hat, als ich von Eugene geredet habe, knirsche ich mit den Zähnen. Sie hatte die Chance, mir von dem Wettbewerb zu erzählen, als ich nach Antworten suchte. Sie hat es nicht getan. Wahrscheinlich hat sie nur neues Material für ihren Podcast gesammelt. Vermutlich hat sie genau das auch getan, als sie mir die Haare gemacht und mich dabei nach Aaron ausgefragt hat.

Da ich nichts anderes zu tun habe und wieder voller Wut bin, setze ich mich hin und höre mir ihren Podcast an. Paul hat gestern Abend in seinen Textnachrichten erklärt, er habe zwei Mädchen darüber sprechen hören, wie sehr sie den Podcast *Die kleine Bachelorette* lieben. Sie waren der Meinung, die Moderatorin sei das Mädchen, das diesen *Bachelor*-Podcast für Teens hat. Er hat ihn gesucht und am Freitag angehört.

Ich stecke Kopfhörer ein, obwohl ich nicht weiß, warum. Bestimmt hat meine ganze Familie das schon gehört. Cari muss den Ruhm aufgesogen haben wie ein Schwamm – wieder hat sich ihr Ehrgeiz ausgezahlt. Ich bin mir sicher, dass auch einige meiner Cousinen das Rampenlicht genießen.

In meinen Ohren erklingt die Stimme meiner Schwester, und ich balle die Fäuste. Aber ich bin erstaunt, dass sie sich als Anonyma und nicht als Cari vorstellt. Trotzdem bin ich kurz davor, angewidert abzuschalten, als sie eifrig den Wettbewerb erklärt und sagt:

»Arielle, die freundlichste und großzügigste Seele auf der

Welt, weiß einfach nicht, was sie wirklich wert ist. Unsere Familie versucht, ihr das klarzumachen. Ihre Freundinnen auch. Wir sagen ihr, wie großartig sie ist, aber wahrscheinlich sind wir nicht objektiv. Und männliche Beachtung ist einfach noch eine andere Art von Bestätigung. Wir wollen, dass sie erkennt, wie viele Optionen da draußen sind. Also haben wir uns etwas einfallen lassen, um ihr zu zeigen, welche Behandlung und Wertschätzung sie verdient hat. Deswegen haben wir uns den Die-kleine-Bachelorette-*Wettbewerb ausgedacht. Wir hoffen, dass sie dadurch nicht nur jemanden findet, den sie liebt, sondern, wichtiger noch, zu sich selbst findet.*«

Ich halte den Podcast an und stelle mich vor meinen Spiegel. Sie haben das alles … für mich getan? Um mir zu helfen, zu mir selbst zu finden?

Die Haare des Mädchens im Spiegel sehen aus, als hätte darin ein Vogel sein Nest gebaut; ihre Augen sind nach den Tränen von gestern Abend geschwollen, und ihre Lippen sind aufgesprungen. Ihr Make-up ist über ihr ganzes Gesicht verschmiert, und alles ist einfach nur verkehrt.

Ich schüttle den Kopf. Ich könnte nicht weiter davon entfernt sein, mich selbst zu finden.

Aber stimmt das auch? Ich sehe ein wenig genauer hin und betrachte nicht mein verheerendes Spiegelbild, sondern mich selbst.

Seit dem Burrito-Freitag habe ich mich verändert. Das kann ich nicht leugnen. Sogar während des Mittagessens mit Paul habe ich gespürt, wie anders ich mich ihm gegenüber fühlte, und der Unterschied lag nicht bei ihm – sondern bei mir. Ich war zuversichtlicher, selbstsicherer. Und einen großen Anteil an dieser Veränderung hatten Justin Michael, Aaron und … Eugene.

Bei dem Gedanken an ihn zucke ich zusammen, aber die Begegnung mit ihm hat mich verändert. Er hat mich herausgefordert und schien an mich zu glauben – zu glauben, dass ich stärker war, als ich je gedacht hätte. Das hat mir die Augen für vieles geöffnet, auch wenn es vielleicht nur gespielt war. Wenn ich mit ihm, Justin oder Aaron zusammen war, habe ich erst gemerkt, mit wie vielem ich mich im Lauf der Jahre abgefunden hatte. Wie klein ich mich gemacht hatte, statt zu wachsen, und dass ich mich in allen Bereichen meines Lebens mit Stabilität zufriedengegeben hatte. Ich habe geglaubt, nicht gut genug für das zu sein, was ich mir wirklich wünsche.

Aber ich hasse es, dass alles eine Lüge war – ein ausgeklügeltes Spiel der Menschen, die mich angeblich am meisten lieben.

Wenn das alles um meinetwillen war, wie meine Schwester behauptet hat, warum haben sie mir dann nicht davon erzählt? Selbst wenn ich akzeptiere, dass sie versucht haben, mir zu helfen, komme ich nicht darüber hinweg, dass sie mich nicht gefragt haben. Dass sie mich glauben gemacht haben, es sei real. Was könnte das rechtfertigen? Wenn sie mich in einer Kuppelshow sehen wollten, warum haben sie mir das nicht gesagt?

Ich unterbreche mich und denke über das Timing nach. Wenn dieser Wettbewerb mit der Party zu meinem Schulabschluss angefangen hat, müssen sie alles Tage oder Wochen davor geplant haben. Das muss gewesen sein, als ich zu Hause saß und Paul im Internet gestalkt habe oder als sie schon von dem Mädchen auf Instagram wussten, während ich noch im Dunkeln tappte. Als sie nicht wussten, wie sie es mir sagen sollten. Als ich mir nur wünschte, mit ihm zusammen zu sein.

Wenn sie mir damals von ihrem Plan erzählt hätten, wäre ich einverstanden damit gewesen?

Nein.

Wenn ich ehrlich bin, kann ich mir keinen Zeitpunkt vorstellen, zu dem ich bereit gewesen wäre, an einer Art Datingshow teilzunehmen.

Ich will wütend sein. Ich weiß, dass ich ein Recht darauf habe – aber ja, wenn das die einzige Idee war, die sie hatten, kann ich einsehen, dass sie mich außen vor gelassen haben. Aber *wieso* war das ihre einzige Idee? Was ist daraus geworden, anderer Leute Grenzen zu achten?

Eher verwirrt als feindselig schließe ich meine Tür auf und gehe ins Bad, um zu duschen. Ich habe immer noch keine Lust, mit ihnen zu reden, aber ich kann mich nicht länger hier in meinem Elend wälzen.

55. Kapitel

DAVEYS JAZ BEOBACHTENDER FAMILIEN-CHAT
22. JUNI

Mom
Wie haltet ihr euch alle im Sturm?

Tante Kim
Hier ist alles gut. Wir lesen. Charlotte malt. Wie geht's Jaz?

Cari
Sie ist endlich herausgekommen, um zu duschen.

Davey
Und gleich wieder in ihr Zimmer gegangen. Wir überlegen, ob wir etwas zu Mittag kochen sollen.

Vielleicht hilft sie ja mit.

Mom
Setzt nichts in Brand, solange ich nicht da bin.

Tante Tammy
Uns geht es hier gut. Hat Jaz etwas gesagt? Sie hat mir noch nicht zurückgeschrieben.

Tante Minnie
Sie hat keinem von uns geantwortet. Bei uns ist alles in Ordnung.

Nonna
Haltet uns auf dem Laufenden über unser Mädchen. Poppy und ich haben den Sturm gut überstanden.

Dad
Hier ist alles gut. Wir passen auf Jaz auf und kochen gleich etwas.

Mom
Das ist mein Ernst. Setzt nichts in Brand.

56. Kapitel

Ich bin mir ziemlich sicher, dass meine Familie in der Küche etwas in Brand gesetzt hat. Wahrscheinlich auch eine Methode, um mich aus meinem Zimmer zu locken: Fackeln wir das Haus ab.

Der unverkennbare Geruch nach Öl, das geraucht hat, zieht unter meiner Tür durch. Eklig. Sie müssen auch Toast verbrannt haben, was beeindruckend ist, weil … es nur Toast ist. Aber ich lasse mich nicht ködern – sie können sich ihr ungenießbares Mittagessen selbst kochen. Ich bleibe in meinem Zimmer und höre Caris komplette Podcast-Serie. Dann lasse ich sie noch einmal von Anfang an laufen.

Eins muss ich ihr lassen: Sie ist eine großartige Podcasterin. Den Podcast, den sie zum *Bachelor* gemacht hat, habe ich mir nie angehört, aber ich bin mir sicher, dass er genauso genial ist. Sie ist aus gutem Grund die Nummer eins. Sie kann einfach alles.

Meine Schwester hat eine tolle Stimme und eine Art zu reden, die einen nicht loslässt. Man will unbedingt wissen, was sie als Nächstes sagt. Sie macht witzige Bemerkungen und kann gut erklären. Aber in ihrem Interview mit Aaron glänzt sie richtig. Die Chemie zwischen den beiden stimmt sofort, und er ist fast so charmant wie sie. Das wäre alles super unterhaltsam, wenn es dabei nicht um mein Leben gehen würde.

Nachdem ich die vier Episoden zweimal gehört habe, gehen mir zwei Dinge auf:

1) Wie tief sich meine Familie in mein Leben eingemischt hat.

2) Wie viel Arbeit alle hineingesteckt haben.

Aber ich habe immer noch Fragen, und diese Fragen sind der Grund, aus dem ich schließlich mein Zimmer verlasse. Ich bin es leid, alles einfach hinzunehmen, vor allem Geheimnisse.

Ich treffe Cari, meinen Dad und Davey in der Küche an, wo sie mit Geschirrtüchern wedeln und versuchen, Rauch aus dem Haus zu bekommen, ohne ein Fenster zu öffnen. Unsere Hurrikan-Abdeckungen sind montiert, aber der Wind ist immer noch in der Lage, Scheiben einzudrücken, wenn man ein Fenster öffnet. Ein leichter Dunst liegt in der Luft, der alles ein wenig verschwommen wirken lässt. Es erstaunt mich, dass die Rauchmelder nicht angeschlagen haben, aber dann sehe ich, dass sie die Batterien entfernt haben.

Ich seufze und schalte den Abzugsschacht an der Decke ein. Dann hole ich die Dose, in die ich Fett abgieße, aus dem Tiefkühlschrank, gieße das verrauchte Öl hinein und stelle sie zurück.

»Danke, Jazzy«, sagt Dad.

Es fällt mir schwer, einen von ihnen anzusehen. Mein Dad, sogar mein Dad, der immer freundlich ist und mich immer geliebt hat, hat mich fröhlich hintergangen.

»Ich muss mit dir reden«, sage ich in Caris Richtung.

»Oh, ähm, klar. Ja«, sagt sie.

Sie geht mit mir zurück in mein Zimmer. Es ist ein Chaos aus gebrauchten Taschentüchern und schmutziger Wäsche, aber das ist mir egal. Ich setze mich an meinem Schreibtisch und lasse Cari an der Tür stehen.

»Wie geht's …«, beginnt sie.

»Ich will nicht plaudern. Ich will nur Antworten.«

Sie nickt. »Okay.«

»Wann ist euch die Idee mit dem Bachelorette-Wettbewerb gekommen?«

»Nachdem Paul dir gesagt hat, er wolle sich mit anderen Mädchen treffen. Wir wollten nur …«

Ich halte die Hand in die Höhe und bringe sie wieder zum Schweigen. »Wo habt ihr Aaron und Eugene aufgetrieben?«

Ich kann mir vorstellen, dass es einfach war, Justin Michael zum Mitmachen zu bringen, falls er tatsächlich ein Praktikum in Disneyland gemacht hat. Wenn nicht, wäre das eine komplizierte Ausrede gewesen, da ich seinen Dienstausweis gesehen habe, aber zuzutrauen wäre es meiner Familie. Er ist immer noch dabei, sich über Text- und Sprachnachrichten zu entschuldigen, doch ich will das momentan nicht hören.

»Aaron und ich hatten einen gemeinsamen Freund auf Facebook«, erklärt Cari. »Justin Michael wollte einfach wieder in deinem Leben sein. Und Tante Jay hat Eugene gefunden – wie, weiß ich nicht genau, aber ich glaube, sie kennt seinen Dad.«

»Warum hat er mich geghostet? Das weißt du doch bestimmt.«

Sie wendet den Blick ab. Mein Magen überschlägt sich, und Zorn steigt in meiner Brust auf. Sie wusste Bescheid. Sie hat mich wie besessen grübeln lassen und wusste die ganze Zeit, warum er mir nicht geschrieben hat.

»Er … Etwas, das du am Strand gesagt hast, hat ihm zu denken gegeben – etwas von einer Auslassungslüge. Da er dir nicht die Wahrheit sagen konnte, ohne den ganzen Wettbewerb auffliegen zu lassen, hat er entschieden, erst mal gar nicht mehr mit dir zu reden. Er war nie ein Fan des ganzen Spiels, aber es gefiel ihm, dass wir versucht haben, dich zu unterstützen.«

Ich lache finster auf. Cari runzelt die Stirn.

»Nachdem er dich auf der Schulabschlussparty kennengelernt hatte, hatte er eine Menge Vorbehalte«, fährt sie fort. »Er wollte eigentlich nicht mitmachen, doch dann seid ihr einander zufällig bei Publix begegnet, und er hat darauf gehofft, dass du ihm schreibst, aber du hast dich nicht gemeldet.«

»Wie nett, dass wenigstens etwas echt war«, meine ich.

»Alles, was du bei ihm empfunden hast, war echt, Jaz. Du solltest ihm noch eine Chance geben. Er mag dich wirklich. Du …«

»Ich komme gut ohne Beziehungsratschläge von dir aus«, fauche ich. »Du hast deine Podcasts, aber von Liebe hast du keine Ahnung, oder?«

Sie zuckt zusammen. Mein schlechtes Gewissen meldet sich sofort. So rede ich nie mit meiner Schwester, aber diese Spitze hatte sie verdient. Sie hat viel Schlimmeres verdient.

»Ich finde, er ist ein guter Mensch«, sagt sie leise.

»Ich habe euch auch alle für gute Menschen gehalten. Und jetzt sieh dir an, was ich davon habe.«

Sie öffnet den Mund, seufzt aber. »Ich wollte dir nie wehtun, Jaz. Ich wollte … ich wollte … Wir wollten nur, dass du glücklich wirst.«

»Danke«, sage ich ausdruckslos. »Mach die Tür von außen zu, bitte.«

Das tut sie, und ich verbringe den Rest des Tages allein in meinem Zimmer.

57. Kapitel

Der Sturm zieht vorüber wie alle Stürme, aber ich sortiere immer noch die Trümmer, die meine Familie und meine Freundinnen zurückgelassen haben. Ich bin nicht mehr so wütend wie gestern. Ich fühle mich einfach … leer. Und das ist vielleicht noch schlimmer.

Der größte Teil Orlandos hat keinen Strom, ein Wohnwagenpark hat schwere Schäden erlitten, und einige Gebiete stehen hoch unter Wasser, aber Winter Park ist abgesehen von Schutt und gefährlicher Hitze gut davongekommen.

Meine Mom ist seit heute Morgen wieder da, sodass ich in meinem Haus – das nicht groß ist – noch einer Person mehr aus dem Weg gehen muss. Normalerweise ist sie sehr energisch, doch bisher hat sie mich in Ruhe gelassen.

Dass der Regen aufhörte, hieß auch, dass die Familie sich untereinander besucht – Schäden inspizieren, beim Abtransportieren von Bäumen helfen, so etwas.

Ich hatte allerdings Glück. Statt Besuch zu empfangen, sind Mom, Dad und Davey gefahren, um bei unseren Großeltern nach dem Rechten zu sehen. Als sie sich verabschiedeten, schaute ich gerade eine Doku über Chef José Andrés, die ich vorhin bei Netflix heruntergeladen hatte.

Jetzt sind Cari und ich allein zu Hause, als es klingelt. Ich weiß, dass sie aufmachen wird, also bleibe ich in meinem Zimmer. Aber ein paar Sekunden später klopft es an meiner Tür.

»Ich bin's, Jaz«, sagt Tante Jay.

Ich bin erstaunt, dass sie hier ist, doch ich gebe ihr meine Standardantwort: »Ich will nicht darüber reden.«

»Darum geht es nicht«, sagt sie.

Und ich kann nicht anders – ich bin neugierig. Ich stehe vom Bett auf und schließe die Tür auf.

»Worum dann?«, frage ich.

Jay trägt eine Kochhose und ein Tanktop für die Küche. Das Sleeve-Tattoo, das meine Mutter so schlimm findet – es stellt Messer, Brot, Meerjungfrauen und so was dar –, ist komplett zu sehen.

»Ich hatte gehofft, du könntest mir zur Hand gehen«, erklärt sie. Ihre blauen Augen wirken ernst.

Ich runzle die Stirn. »Was?«

»Ich weiß, dass du verärgert bist, und ...«, beginnt sie.

Ich werfe ihr einen scharfen Blick zu.

»Ja«, fährt sie fort und räuspert sich. »Ich weiß nicht, ob du davon gehört hast, aber das Amway Center ist für die Menschen, die durch den Sturm obdachlos geworden sind, geöffnet worden. Es wird eine Weile dauern, bis die Stromversorgung wiederhergestellt ist, und die Leute brauchen eine klimatisierte, sichere Unterkunft.«

»Okay …« Ich höre zu, aber überlege gleichzeitig, was sie wohl will. Wir haben wahrscheinlich seit jenem Tag in Ventura's Bistro nicht mehr so viel nur zu zweit miteinander geredet.

»Fast alle Restaurants bleiben heute Abend geschlossen, und die Trucks, die die Läden beliefern, kommen nicht durch, weil heruntergekommene Stromleitungen und Schutt die Straßen blockieren. Daher wollen einige Restaurantbesitzer und Caterer Mahlzeiten zur Verfügung stellen. Ich hatte gehofft, dass du bereit wärest, mit mir zu kochen.«

Was? Bittet sie mich wirklich, in einer Profiküche mit ihr zu kochen? Wir haben seit Jahren nicht mehr zusammen gekocht.

»Ich könnte noch ein Paar Hände gebrauchen«, setzt sie hinzu.

Die Behauptung, dass ich hin- und hergerissen bin, wäre eine Untertreibung. In meinem Kopf wetteifern Erinnerungen um die Vorherrschaft. Wie ich mit Jay lachte, als sie mich mit der Hüfte wegschubste, um mich daran zu hindern, nach dem Kuchen zu sehen, den wir im Ofen hatten. Wie sie mir beibrachte, auf dem Wochenmarkt das beste Obst und Gemüse auszusuchen. Wie ich durchs Viertel lief, damit zu Hause niemand merkte, dass ich geweint hatte. Die Familienpartys, nachdem das Bistro geschlossen hatte, auf denen sie versuchte, mit mir zu reden, aber ich ihr aus dem Weg ging. Und der Tag, an dem sie es aufgegeben hat.

»Eigentlich nicht …«, sage ich.

Sie zieht daraufhin nur die Augenbrauen ein wenig hoch. »Ich muss in meine Catering-Firma. Wenn du nicht mit mir kommst, will deine Mom, dass ihr bei Nonna helft, Cari und du.«

Ein Stöhnen steigt tief aus meiner Kehle auf, und ich unterdrücke es. Mit knapper Not. Wann ist mein Leben zu dieser Abfolge unmöglicher Entscheidungen geworden? Ich schätze, Geheimnisse und Lügen können so etwas auslösen, und es ist ätzend.

Ich überlege, ob ich beides ablehnen soll, aber dazu müsste ich Jay eine Abfuhr erteilen und mich meiner Mutter widersetzen, und das habe ich noch nie getan. Ich sehe nicht, wie das gut ausgehen soll. Also kann ich entweder bei meinen Großeltern aushelfen, wo der größte Teil meiner Familie versuchen wird, mit mir zu reden, oder mit Tante Jay und Cari kochen, obwohl zwischen uns so viel ungesagt ist.

Ich treffe meine Entscheidung.

»Gib mir ein paar Minuten, um mich fertig zu machen«, sage ich.

Jay nickt. »Ich warte im Auto.«

Ich flechte mir einen Zopf, ziehe ein Tanktop und Jeans an und schlüpfe in Küchenclogs, die an der Tür stehen. Sie sind mit Gummi beschichtet, um die Füße zu schützen, falls man ein Messer fallen lässt. Jay hat sie mir mal zu Weihnachten geschenkt. Mom hatte keine Ahnung, warum meine Tante mir so »hässliche Schuhe« gekauft hatte.

Es fühlt sich noch so vertraut an wie vor vier Jahren, aber heute wird alles anders sein. Noch dazu, weil Cari dort sein wird. Ich wette, sie wird sich auch beim Kochen als großes Talent herausstellen.

Aber als ich mich auf den Beifahrersitz von Jays rotem Jeep Wrangler setze, sind wir allein.

»Wo ist Cari?«, frage ich.

»Hat sie plötzlich kochen gelernt?«, gibt Jay zurück.

Ich lache beinahe, doch es klingt eher wie ein Schnauben. »Sie haben gestern Olivenöl zum Rauchen gebracht.«

Jay schüttelt den Kopf und setzt rückwärts aus der Einfahrt. Wir fahren die Straße entlang, und Palmwedel liegen in Gärten verstreut. Jay kurvt um die Äste auf der Fahrbahn herum.

»Es ist nicht so, als wollte ich ihre Hilfe nicht«, sagt Jay. »Na ja, irgendwie schon. Das wird hektisch genug, ohne dass man sich Sorgen machen muss, jemand könnte sich einen Finger abhacken.«

»Wieso hast du mich dann gefragt?«, will ich wissen.

Jay zuckt kaum wahrnehmbar die Achseln. »Du bist die Einzige in dieser Familie, die sonst noch kochen kann.«

Ich ziehe die Augenbrauen hoch. Meine Mom würde das nicht gern hören.

»Wenn du Dee oder Tammy erzählst, dass ich das gesagt habe, streite ich es ab«, erklärt Jay.

Ich lächle beinahe noch einmal. Die Wahrheit ist, dass meine Tante und ihre direkte Art mir gefehlt haben. Es scheint sie nie zu stören, die Rebellin oder das schwarze Schaf zu spielen.

Jay stellt das Radio lauter – sie hört immer noch Old School Hip-Hop. Während sie kreuz und quer durch Winter Park kurvt, klammere ich mich am Griff fest. Sie fährt ein wenig waghalsig, aber nicht so schlimm wie Emily.

Fast alle Ampeln sind ausgefallen, und an den belebteren Kreuzungen stehen Cops und regeln den Verkehr. Einige Straßen sind wegen stromführender Kabel und umgestürzter Bäume gesperrt. Überall sind Gruppen von Arbeitern unterwegs und versuchen, die Stromversorgung wiederherzustellen oder den Schutt aufzuräumen. So ist das nach jedem Hurrikan.

»Ich bin froh, dass mein Gebäude noch Strom hat«, merkt Tante Jay an. »Wenn alles fertig ist, bringen wir das Essen und alles Nötige hinüber. Durch unsinnige bürokratische Hindernisse wegen der Verkaufskonzessionen dürfen wir im Amway Center selbst weder kochen noch Essen ausgeben.«

»Was?«, frage ich. »Aber dort findet doch gerade weder ein Konzert noch ein Basketballspiel statt.«

»Ich weiß. Aber wir umgehen das einfach. Die Restaurants bauen auf dem Parkplatz auf und nennen es eine Pop-up- oder Benefiz-Veranstaltung oder ein Parkplatzpicknick. Große Überraschung, die Küchenchefs konnten sich nicht darauf einigen, wie sie es nennen oder betreiben wollen. Also macht jeder irgendwie sein Ding, oder sie schließen sich zu Gruppen zusammen. Cari kümmert sich für mich um die sozialen Medien.«

»Nehmt ihr Geld?«, frage ich.

»Jeder zahlt, was er will. Offensichtlich braucht niemand, der im Amway untergebracht ist, zu bezahlen, und ich spende alle Zutaten. Sämtliche Einnahmen gehen an die Tafeln. Sie werden das Geld in den nächsten Tagen gut gebrauchen können. Der Sturm trifft immer die Menschen, die es sich am wenigsten leisten können, nicht?«

Ich nicke. Mom und Dad sagen das auch oft. Wenn man in einem so wohlhabenden Stadtteil wie Winter Park lebt, vergisst man leicht, wie privilegiert man ist, weil man sich keine Gedanken darüber zu machen braucht, woher man seine nächste Mahlzeit nehmen soll. Meine Familie will immer, dass wir das nicht vergessen.

»Ich sollte dir sagen, dass Jack Matthews mit uns kochen wird«, erklärt Jay.

Ich drehe mich auf meinem Sitz zur Seite. »Was?«

Ich habe nicht die geringste Ahnung, wie ich das finden soll. Werde ich wirklich in derselben Küche kochen wie Chef Matthews? Niemals, nicht in meinen kühnsten Träumen, in denen ich erfolgreich mein eigenes Restaurant betreibe, hätte ich das für möglich gehalten. Aber er ist trotzdem Eugenes Dad, und dazu habe ich eine Menge zu sagen.

»Nicht sein Sohn«, sagt Jay, als könne sie meine Gedanken lesen. »Nur der Küchenchef. Eugene hilft im Amway beim Aufbau. Wenn er früh fertig wird, kommt er vorbei und hilft uns, fertig zu werden und aufzuladen.«

»Lass mich bitte aussteigen«, sage ich.

»Jaz.« Tante Jay wirft mir einen enttäuschten Blick zu, der genauso scharf ist wie alle, die ich von Mom kenne. »So bist du nicht.«

Bevor ich mich bremsen kann, explodiere ich.

»Ihr glaubt alle, dass ihr wisst, was ich tun soll, wen ich daten soll und was das Beste für mich ist. Wieso bist du dir so sicher, überhaupt zu wissen, wer ich bin? Wir haben seit vier Jahren nicht mehr so viel geredet wie jetzt.«

»Ich weiß, dass wir nicht geredet haben«, sagt Jay. »Du wolltest deinen Freiraum, und ich habe ihn dir gelassen. Aber ich wusste immer, wer du bist. Von dem Moment an, in dem du als Baby hergekommen und Teil unserer

Familie geworden bist. Seitdem kenne ich dein Herz. Ich weiß, dass dir andere etwas bedeuten. Und ich weiß, dass du nicht nach Hause gehen wirst, wenn du stattdessen heute Dutzenden, vielleicht Hunderten helfen kannst. Du wirst dich nicht drücken, nur weil ein bestimmter Junge dort sein könnte. Das hast du in der achten Klasse nicht getan, und du hast keinen Grund, es jetzt zu tun – du bist stärker. Ich bin mir sicher, dass du immer noch enttäuscht von mir bist, aber du bist hier. Setz dich darüber hinweg. Du kannst etwas tun, um Menschen Trost zu spenden, die ihr Zuhause, die alles verloren haben. Und es ist etwas, was nur du kannst. Du warst die Einzige, die ich unterrichtet habe, weil du dich zum Kochen hingezogen gefühlt hast und lernen wolltest. Und jetzt brauchen wir dein Können. Aber … wenn du aussteigen willst, lasse ich dich. Du bist keine Geisel.«

Danach fahren wir schweigend weiter. Es gibt nichts und doch eigentlich so viel zu sagen.

58. Kapitel

Wir betreten die Räume, in denen meine Tante ihr Catering betreibt, und fünf Personen sind schon fleißig bei der Arbeit. Der Duft von Zwiebeln, Gewürzen und frischem Brot liegt in der Luft – es riecht großartig. Das Gebäude mit den hohen Decken ist eine ehemalige Fabrik, aber Tante Jay hat ihr mithilfe von Onkel Al neues Leben eingehaucht.

Chef Matthews erkenne ich sofort, und ich wappne mich dafür, Eugene zu sehen, doch er ist nicht hier. Chef Collins arbeitet mit Chef Matthews zusammen, und in der Küche halten sich noch eine Frau und zwei andere dunkelhaarige Männer auf, aber kein Eugene. Ich spüre eine Mischung aus Erleichterung und Enttäuschung.

»Leute, das ist meine Nichte Jasmine«, erklärt Tante Jay. »Sie hat sich freiwillig gemeldet, uns heute zu unterstützen.«

Alle fünf Personen sehen in meine Richtung.

»Schön, dich wiederzusehen, Jasmine«, sagt Chef Matthews. Er ist dabei, ein riesiges Stück Schwein zu zerlegen. »Erinnerst du dich noch an Collins?«

»Ja, Chef«, sage ich. »Nett, Sie beide zu sehen.«

»Danke für deine Hilfe«, sagt Collins vom Herd aus.

»Komm, Jaz«, meint Tante Jay.

Sie gibt mir eine Kochjacke, und ich erinnere mich daran – die Jacke hat sie mir besorgt, als sie das Ventura's hatte. Sie hat mich an dem zweiten Montag, an dem ich ins Bistro kam, damit überrascht. Ich wusste nie, was nach dem Tag, an dem ich aus dem Büro gerannt war, daraus geworden ist. Ich dachte, sie hätte sie weggeworfen, aber sie hat sie die ganze Zeit behalten.

Ich ziehe sie an und folge ihr. Jay bleibt neben der blonden Frau stehen.

»Das ist Annie Holloway«, erklärt Jay. »Sie ist die Konditorin im Encore.« Das Encore ist in Orlando eine Institution und berühmt für seine aufwendigen Desserts und After-Dinner-Drinks.

»Hi, Jasmine«, sagt Chef Holloway. Sie bedient den gewerblichen Mixer, der eine riesige Menge Teig knetet.

Ich folge Jay zu einem weiteren Herd hinüber.

»Ich glaube, Mario Gonzalez kennst du schon«, sagt Jay. Sie berührt ihn leicht an der Schulter. Es ist eine vertrauliche Geste, und ich werfe ihr einen Seitenblick zu.

Er schmort Rindfleisch, lächelt aber. Wie Jay hat Mario seine eigene Catering-Firma. Als Jay ihr Restaurant noch hatte, habe ich ihn bei einem Weinfestival kennengelernt, zu dem meine Eltern mich als »freiwillige« Helferin geschickt hatten.

»Hey, Jasmine«, sagt er. »Freut mich, dass du kommen konntest.«

Er lächelt und zwinkert dann meiner Tante zu. *Was geht hier vor sich?* Ich werfe ihr einen fragenden Blick zu, doch sie tut, als bemerke sie ihn nicht. Stattdessen führt sie mich zu einem weiteren Edelstahltisch, an dem ein Koch arbeitet. Er trägt ein Basecap, und sein Messer bewegt sich in schwindelerregendem Tempo über Gemüse.

»Und das ist Chris Wang. Er ist Küchenchef im Cadence.«

Das Cadence ist letztes Jahr in Orlando zum besten neuen Restaurant gekürt worden. Sie sind auf asiatische Spitzen-Fusionsküche spezialisiert. Ich möchte unbedingt einmal dort essen, genau wie bei Lantern & Jacks. Aber genau wie bei L & J habe ich nicht das Geld dazu.

Er wirft uns einen Blick zu, nickt und macht sich wieder an die Arbeit.

»Also, der Plan ist einfach«, erklärt Jay. »Heute gibt es keine schicke Haute Cuisine. Wir haben beschlossen, zu unseren Wurzeln zurückzukehren und Gerichte für die Seele zu kochen, denn was die Menschen gerade am dringendsten brauchen, ist Trost. Jack hatte zufällig ein Schwein zur Hand – frag nicht. Er und Collins machen ihre Version einer traditionellen Schlachtplatte aus Louisiana – eine Verneigung vor Collins' Wurzeln. Alles, vom Salat über die Beilagen bis zum Hauptgericht, wird mit Schweinefleisch zubereitet, und wir verwenden das ganze Tier. Mario macht Streetfood-Tacos. Annie bäckt Brot, Éclairs und Plätzchen, weil sie eine Streberin ist.«

Chef Holloway zeigt ihr den Stinkefinger, ohne sich umzudrehen.

»Chris kocht Szechuan-Hähnchen und Gemüse-Baos. Ich mache eine Lasagne mir vier Käsesorten und Hackbällchen. Was du kochen willst, ist dir überlassen, aber es wäre nett, noch eine Beilage zu haben.«

»Was? Ich koche?« Ich zeige unsicher auf mich selbst.

Jay starrt mich an, als würde ich mich dumm stellen.

»Ich dachte, ich helfe aus«, setze ich hinzu.

»Tust du, aber du sollst auch ein eigenes Gericht kochen«, sagt sie. »Ich habe dich nicht mitgenommen, damit du Gemüse schneidest und Handlangerin spielst. Das hätte Cari auch gekonnt.«

»Oh.«

Aber warum sollte sie mich bitten zu kochen, wenn sie doch meint, ich hätte nicht das Zeug dazu? Ist das bloß ihr schlechtes Gewissen? Mitleid?

»Denk darüber nach, was du kochen willst, und hilf dabei Chef Wang«, sagt Jay. »Er dämpft eine Million Suppenklößchen, weil er auch ein Streber ist.«

Chef Wang unterbricht sich eine Sekunde, um ebenfalls den Mittelfinger zu recken, und hackt und rührt dann weiter.

Ich wasche mir die Hände und trete dann an Chef Wangs Station. Blitzschnell formt er die Klößchen. Ein Dutzend hat er schon auf einem Tablett vorbereitet, und nun hat er gerade angefangen, sie zu schließen.

»Danke für die Hilfe«, sagt er. »Hast du schon mal Bao gemacht?«

»Ein paarmal, bei der Familie meiner Freundin.«

»Großartig.« Er lächelt. Er ist ungefähr in Jays Alter, vielleicht ein paar Jahre jünger. »Auf geht's.«

Meine Brust zieht sich zusammen. Ich kann die Hände

nicht so schnell bewegen und die Klößchen nicht so zudrücken wie er. Seine Handbewegungen erinnern mich an die von Junes Mom. Nachdem sie in ihrem Leben Tausende und Abertausende Bao hergestellt haben, besitzen sie ein Muskelgedächtnis. Sie könnten sie mit verbundenen Augen formen, und sie wären alle perfekt. Dieses langjährige Training habe ich nicht.

Ich halte den Teigkreis in der Hand und löffle etwas von der Gemüsemischung darauf. Sie ist noch nicht einmal gegart und duftet schon wundervoll. Chef Wang muss den Teig vorhin zubereitet haben, denn er ist noch ganz frisch. Ich betupfe die Ränder mit verquirltem Ei und versuche den Kloß so zu formen, dass er annähernd denen auf dem Tablett ähnelt. Endlich habe ich den Bao geschlossen, und er hat Schlagseite. Ich seufze – er sieht scheußlich aus.

»Du gibst dir zu viel Mühe, etwas zu sein, das du nicht bist«, sagt Chef Wang.

Ich blicke auf. Es ist, als hätte er gerade meine Lebensgeschichte zusammengefasst.

»Sie brauchen nicht wie meine auszusehen«, erklärt er. »Solange sie geschlossen sind, ist es gut. Hier, mach eine hohle Hand und drück die Falten dann schnell zusammen. Je weniger du darüber nachdenkst, umso leichter wird es.«

Ich sehe ihn skeptisch an.

»Arbeite«, sagt er und zeigt auf meine Hände. Zögernd probiere ich es noch einmal.

»Als ich klein war«, murmelt er, »haben meine Mutter und meine Großmutter Geschichten erzählt, während sie in unserer kleinen Küche Bao machten. Da, wo ich aufgewachsen bin, war alles klein – unsere Wohnung, mein

Ausziehsofa, meine Großmutter. Jedenfalls haben Ma und sie mir vom Affenkönig und von den Fuchsgeistern erzählt – wahrscheinlich, damit ich still saß, aber auch, um sich die Zeit zu vertreiben. Niemand hat sich darauf konzentriert, es perfekt zu machen. Siehst du? Viel besser.«

Ich blicke nach unten, und ich habe einen Kloß geformt, der fast vollkommen ist. Ich lege ihn neben meinen unförmigen ersten Versuch auf das Tablett.

»Deine Familie ist italienisch?«, fragt er.

»Auf der Seite meiner Mom«, erkläre ich wieder einmal. »Die Seite meines Dads stammt von den Philippinen, aber ich bin aus Korea.«

»Das ist cool«, meint er.

Ich warte auf die übliche nächste Frage nach meiner Abstammung: ob ich adoptiert bin und ob ich meine »richtigen« Eltern kenne, aber sie bleibt aus. Ich forme weiter Bao.

»Und du willst kochen?«, fragt er.

»Oh nein, ich … ich helfe bloß Jay. Ich …« Ich seufze über mich selbst. »Ja, aber ich habe zu viel Angst.«

Er nickt. »Kein leichtes Brot.«

»Es liegt nicht einmal am Lebensstil«, sage ich. »Ich habe keine Angst davor, bis spät in die Nacht zu arbeiten oder an Wochenenden und Feiertagen nicht freizuhaben. Ich fürchte mich nicht vor der Hitze und Enge in der Küche oder dem Ego der Küchenchefs.«

Er hört auf, in dem Hühnerfleisch zu rühren. »Was hindert dich dann daran?«

»Ich … ich weiß nicht, ob ich gut genug bin. Doch, eigentlich weiß ich es: Ich bin nicht gut genug.«

Wieder nickt er. »Tja, die Welt braucht auch jede Menge mittelmäßige Köche.«

Ich lasse fast meinen Bao fallen. »Was?«

Er zuckt die Achseln. »Jemand muss schließlich in diesen Restaurantketten arbeiten, die diese Zwei-für-zwanzig-Dollar-Angebote haben. Oder in Schnellrestaurants. Köche, die Burger wenden und Rührei machen, werden immer gebraucht.«

»Ich will nicht in einem Schnellrestaurant kochen«, erkläre ich kopfschüttelnd.

»Warum nicht? Kannst du keine Eier braten?«

»Ich kann Eier braten …«

»Irgendwann würdest du es schon lernen. Rührei ist nicht schwer, du musst die Eier nur ordentlich schlagen. Und manche Leute essen sogar Ketchup dazu, also schmecken sie es gar nicht heraus, wenn deine Eier schlecht sind …«

»Weil ich besser bin als so etwas!« Die Worte sprudeln nur so aus mir heraus, und dann stehe ich mit offenem Mund da.

Er unterbricht seine Tätigkeit und lächelt mich an. »Ach, dann ist das Ganze von wegen ›nicht gut genug‹ also Schwachsinn?«

Ich habe nicht einmal gemerkt, dass er mich geködert hat. Dafür drehe ich diese Bao wie im Flug zusammen.

»Ich habe eine Schwester wie dich«, erzählt er. »Zwei kleine Schwestern. Mir kannst du nichts vormachen. Dein Problem ist nicht, dass du glaubst, nicht gut genug zu sein.«

Wir schweigen, während er die runden Teiglinge wegnimmt und ein neues Tablett hinstellt. Er stapelt die Klößchen auf einen Servierwagen.

»Und was ist dann mein Problem?«, frage ich. Gespannt beuge ich mich auf den Zehenspitzen nach vorn. Ich habe seit dem Gespräch mit Eugene nicht mehr so ehrlich mit jemandem geredet.

»Geistige Trägheit«, erklärt Chef Wang. »Du willst auf Nummer sicher gehen. Dein Wunsch ist nicht stark genug, und wenn das so ist, solltest du nicht Köchin werden, weil du es nicht schaffen wirst. Es ist ein hartes Leben und erfordert mehr Antrieb, als du besitzt, und mehr Arbeit, als du hineinstecken willst.«

Ich fühle mich so beleidigt, dass ich nicht weiß, wo ich mit mir hinsoll. Ich stoße ein gequältes Geräusch aus und lege den letzten Bao ab. Am liebsten würde ich ihn Chef Wang ins Gesicht werfen.

Ich trete an einen leeren Tisch und drehe ihm den Rücken zu, denn ich bin wütend und weiß gleichzeitig, dass er recht hat.

Aber nein, er hat unrecht! Ich habe Antrieb und keine Angst vor der Arbeit. Vielleicht bin ich die Einzige, die das je sehen wird, aber ich weiß es.

Ich schnappe mir Knoblauch und fange an, ihn zu zerdrücken. Nach allem, was zwischen der Hurrikan-Party und bis vor dreißig Sekunden passiert ist, ist es ein gutes Gefühl, die Knollen zu zerschmettern. Gekochter Reis ist schon da, weil Chef Wang Congee machen wollte. Ich schnappe ihn mir, zusammen mit einer großen Sautierpfanne, und beginne, Bratreis mit Knoblauch zu machen – Sinangag, eines der philippinischen Lieblingsgerichte meines Dads. Es ist so einfach wie köstlich.

Als es fertig ist, gebe ich Parmesan dazu. Jede Menge. Dann Mozzarella, italienische Petersilie und ein paar Frühlingszwiebeln. Anschließend forme ich Reisbällchen und rolle sie in gequirltem Ei und danach in Sesam und mit Chili gewürztem Paniermehl. Dann frittiere ich sie.

Während sie garen, hacke ich noch mehr Frühlingszwiebeln. Dann schlage ich Sojasoße, Öl, Zitronensaft und etwas von dem gebratenen Knoblauch zu einer Soße auf.

Der Timer schrillt, und ich nehme den Frittierkorb heraus und lasse ein Dutzend Reisbällchen zum Abkühlen auf ein Gitter rollen. Als ich fertig bin, stehen die anderen Köche um mich herum. Ich hatte sie nicht einmal bemerkt.

»Das ist clever«, meint Tante Jay. »Nett, wie du alle Seiten deiner Persönlichkeit kombiniert hast.«

Ich werfe meiner Tante einen Blick zu. Sie versteht mich immer noch, begreift wirklich, wer ich bin.

»Sind das Sinangag-Arancini?«, fragt Chef Matthews und späht auf das Gitter. »Kann ich einen probieren?«

»Ja«, sage ich.

Lautlos bete ich zu jeder Gottheit, die jemals existiert hat, dass sie schmecken.

Wir nehmen jeder einen, und ich breche meinen auseinander, damit er abkühlt. Ich beiße etwas zu früh davon ab, er ist noch heiß, aber die Geschmäcker sind alle ausbalanciert. Er ist süß, salzig, herzhaft und durch die koreanischen Chiliflocken ein wenig scharf. Er ist gut. Richtig gut.

»Ach, und es gibt noch Soße«, sage ich und schiebe die Schüssel nach vorn. Die Soße wird noch eine säuerliche Nuance dazu liefern.

»Sie brauchen keine. Ich könnte ein Dutzend davon direkt aus der Fritteuse essen«, meint Chef Matthews. »Beeindruckend.«

Unmöglich. Chef Matthews kann mir nicht gerade ein Kompliment über meine Kochkünste gemacht haben.

Chef Wang wirft mir ein selbstzufriedenes Lächeln zu und zieht sein Basecap vor mir. Herrje. Als er sagte, ich hätte keinen Antrieb, hat er mich weiter provoziert.

Durch die Komplimente der Küchenchefs fühle ich mich unbesiegbar. Ich rolle noch Hunderte Reisbällchen, als wäre es gar nichts.

Und ich weiß: Nichts auf der Welt möchte ich lieber tun als das. Ich werde das nicht mehr leugnen.

59. Kapitel

Sobald wir alles vorbereitet und Tante Jays Van und Chef Gonzalez' Truck beladen haben, fahren wir hinüber zum Amway Center. Wie Jay sagte, herrscht in der Innenstadt Chaos. Straßen sind gesperrt, und Gruppen von Handwerkern sind bei der Arbeit. Aber es ist nicht weit, und mit ein paar Umwegen brauchen wir bis zu dem riesigen Parkplatz nur ungefähr doppelt so lange wie sonst in dichtem Verkehr.

Ich habe gar keine Gelegenheit, mich wegen Eugene verrückt zu machen, weil so viel zu tun ist. Ich lade den Van aus und baue unter den provisorischen Pavillons unseren Stand auf. Jetzt bin ich wirklich eine Handlangerin. Ich habe nur einen kurzen Moment Zeit, um mich umzuschauen, aber ich sehe Eugene nicht.

Ohne Kochgelegenheiten mussten wir alles mitbringen, von Wärmebehältern bis zum tragbaren Wok-Ofen. Als alles fertig ist, haben wir fünf Uhr.

»Weißt du, wie der funktioniert, Kid?«, fragt Chef Wang mich und zeigt auf den Wok-Ofen. Er ist wie ein Grill, hat aber eine Öffnung für einen Wok.

Ich schüttle den Kopf.

»Hier, so geht das«, sagt er.

Er zeigt mir, wie man die Temperatur regelt. Wir werden meine Reisbällchen in kleinen Portionen im Wok frittieren, weil sie in Wärmebehältern nicht lange frisch bleiben. Das war mein einziger Fehler – ein Gericht zuzubereiten, das unter einem Deckel durchweicht.

»Danke«, sage ich.

»Du weißt schon, dass ich dich vorhin nur provozieren wollte, oder?«, fragt er. »Diese Branche macht einen fertig, und jede Menge Leute werden versuchen, dich herunterzumachen. Besonders dich.«

»Was meinen Sie damit – besonders mich?«

»Du bist Asiatin, du bist jung, und du bist eine Frau – in der Küche sind das drei Punkte, die gegen dich sprechen. Lass dir das von einem Kerl sagen, auf den zwei davon zutreffen. Aber du hast Talent, und du lernst schnell. Du wirst es schaffen … wenn du willst. Aber du musst es wollen. Ich meine, überleg mal, was diese Branche deiner Tante angetan hat. Ihr Geschäftspartner ist mit dem ganzen Geld durchgebrannt, und sie hat ihr Restaurant verloren. Aber sie hat sich wieder aufgerappelt, und jetzt hat sie eine Catering-Firma. Man muss die Arbeit schon lieben.«

Ich zucke zusammen, doch er geht davon, und ich starre ihm mit offenem Mund nach. Niemand, keine Seele, hat mir je erzählt, dass Jays Restaurant geschlossen hat, weil jemand Geld gestohlen hatte. Ich war einfach davon ausgegangen, dass es Bankrott gemacht hat, weil … das bei Restaurants vorkommt. Weil sie ein Risiko eingegangen und gescheitert war. Aber es lag nicht an ihrem Talent oder daran, dass die Branche hart ist. Es war … Diebstahl.

Jetzt denke ich an diese Rechnungen, mit denen ihr Schreibtisch übersät war. Sie war am Boden zerstört, und weder vorher noch seitdem habe ich je erlebt, dass sie allein trank. Und dann dieser Umschlag, auf dem *Lebewohl* stand. Ich frage mich, ob sie an jenem Tag gerade alles herausgefunden hatte. Kurz bevor ich hereingetrampelt kam und wollte, dass sie mich unterrichtete.

Viel Zeit, darüber nachzudenken, habe ich allerdings nicht, denn um uns herum und vor den anderen Zelten haben sich lange Schlangen gebildet. Ein Dutzend neuer Trucks haben sich der Pop-up-Benefizveranstaltung angeschlossen.

Jays Gerichte machen keine Arbeit, und auch die von Chef Holloway und Chef Gonzalez nicht. Sie sind alle Profis. Chef Matthews und Chef Collins kochen frisch auf Bestellung, werken mit Tellern herum und arbeiten mit Zangen, weil sie es nicht lassen können. Chef Wang hat Dampfgarkörbe, die regelmäßig rotiert werden müssen. Auch das ist meine Aufgabe, aber sein Szechuan-Huhn ist fertig vorbereitet.

Chef Holloway kassiert, während Jay und Chef Gonzalez Essen ausgeben. Mein Job ist es, dafür zu sorgen, dass von allem genug da ist, und meine Reisebällchen zu frittieren, wenn es aussieht, als gingen sie aus. Wir beginnen mit dem Service, und ich bin froh, hier zu sein. An der Spitze der Schlange steht eine Familie, die bei dem Sturm ihr Zuhause verloren hat. Sie sind aus dem Wohnwagenpark Sunshine Pines, der von den starken Winden dem Erdboden gleichgemacht worden ist. Alle Köche begrüßen sie, als sie an dem Angebot vorbeigehen und sich aussuchen, was sie mögen.

Ich kann mir nicht vorstellen, wie es sein muss, an einem Tag alles zu verlieren. Alles, was ich je besessen oder geliebt habe, bis auf meine Familie. Für mich hatte der Hurrikan die umgekehrte Auswirkung.

Aber … das ist nicht wahr. Ich habe meine Familie nicht verloren. Angesichts der Menschen, die wirklich alles verloren haben, darf ich das nicht sagen. Meine Familie ist immer noch da. Sie versucht, mit mir zu reden. Ich fühle mich nur verletzt und bin ihnen böse.

Wir bedienen mehr und mehr Menschen, von denen die meisten keinen Strom haben oder durch den Sturm sogar alles verloren haben. Noch nie war ich mir sicherer, wo mein Platz ist. Ich gehöre hierher. Das will ich mit meinem Leben anfangen: leckeres Essen kochen, das anderen ein gutes Gefühl gibt. Eine warme Mahlzeit, um Menschen aufzumuntern. Und ich werde einen Weg finden, das zu erreichen, selbst wenn ich ein Risiko eingehen muss. Sogar, wenn ich vielleicht nicht das Talent dazu habe. Auch wenn ich es meiner Mutter sagen muss.

Eine Reporterin kommt vorbei und fragt, ob sie uns interviewen darf. Aus irgendeinem Grund schießt sie sich auf mich ein. Wahrscheinlich, weil ich nichts damit zu tun haben will. Aber ich nehme mich zusammen und lächle in die Kamera. Ich bin schließlich ein Reality-Star … oder so ähnlich.

»Und hier haben wir eine der freiwilligen Helferinnen«, sagt Felicia Strong. »Sagen Sie mir: Wie ist die Idee entstanden?«

»Tja, meine Tante und die anderen Köche wollten den Menschen helfen, die von dem Sturm betroffen sind«, sage ich. »Josephina Ventura hat alle Lebensmittel gespendet, um der Gemeinschaft etwas zurückzugeben. Die Einnahmen von heute Abend gehen an die Tafel der Gemeinde.«

»Und was kochen Sie da gerade?«, fragt Felicia.

»Philippinische Reisbällchen.« Ich gebe ihr eins.

Die Kamera zoomt auf ihren Teller, und sie bricht einen durch und isst einen Bissen. »Hmm! Unglaublich. Wie heißt noch das Restaurant Ihrer Tante?«

»Es ist eigentlich ein neuer Partyservice – Ventura Catering«, erkläre ich. »Sie können ihnen auf Instagram folgen.« Mir fällt wieder ein, wie Cari ihre Werbung an die Zuhörer bringt.

»Das werde ich glatt tun!« Sie lächelt und dreht sich zur Kamera um. »Weltklasseköche sind hier am Amway Center zusammengekommen, um mehr zu tun, als nur köstliche Gerichte anzubieten. Sie leisten ihren Beitrag für die Gemeinschaft.«

Ich werfe meiner Tante einen Blick zu.

»Danke«, bildet sie lautlos mit den Lippen.

Und das ist ein gutes Gefühl. Richtig gut.

Um neun Uhr bauen wir ab und fangen an, die Fahrzeuge zu beladen. Der Tisch vor mir ist der letzte, der abgewischt wird. Alles Essen, was noch übrig ist, lassen wir für Nachzügler zurück.

Ich habe gerade das gebrauchte Wok-Öl umgefüllt, damit es entsorgt werden kann, als mich jemand anspricht. »Gibt's noch welche von den Reisbällchen, die ich im Fernsehen gesehen habe?«

Ich zeige in die Richtung, ohne mich umzusehen. »Ja, da sind noch ein paar in …«

Ich hätte die Stimme erkennen müssen.

Als ich aufblicke, steht Eugene vor mir.

Er sieht mir in die Augen. Heute ist er ähnlich angezogen wie bei unserer ersten Begegnung – ein schwarzes T-Shirt und Jeans –, aber er sieht einfach gut aus.

»Mein Dad hat gesagt, ich muss sie probieren«, erklärt er. »Und die Reporterin auch.« Er legt sich zwei auf einen Teller. Um uns herum sind die Köche in Bewegung und räumen auf, aber es fällt mir schwer, jemand anderen als ihn wahrzunehmen.

»Nochmals danke für deine Hilfe, Jasmine«, sagt Chef Holloway. »Wir haben über dreitausend Dollar für die Tafel eingenommen.«

Wenn man bedenkt, dass die Hälfte der Leute gar nicht bezahlt hat, ist das eine beeindruckende Summe.

»Und danke für die Werbung, Jaz«, sagt Jay. »Das wäre nicht nötig gewesen, aber wir haben seit den Abendnachrichten von heute einen Haufen neuer Follower.«

Am liebsten möchte ich sie fragen, wieso sie mir nie erzählt hat, warum ihr Restaurant zugemacht hat, aber vielleicht hat sie das versucht, während ich ihr aus dem Weg gegangen bin. Und jetzt, vor all den Leuten, ist nicht der richtige Moment, um darüber zu reden.

»Kein Problem«, sage ich.

»Gehst du ein Stück mit mir?«, fragt Eugene.

»Ich …« Ich zögere, und mir fällt auf, dass die anderen Köche, Jay eingeschlossen, versuchen, uns nicht anzustarren.

Anmerkung: Sie sind nicht besonders erfolgreich.

Ja, wir sollten besser einen Spaziergang machen, weil ich diesem Jungen einiges zu sagen habe.

Ich ziehe meine Kochjacke aus und gebe sie Jay zurück.

»Danke, dass du die behalten hast«, sage ich. Sie soll wissen, dass ich mich an die grüne Jacke mit dem aufgestickten *J* erinnere und sie mir viel bedeutet hat – immer noch bedeutet.

Ich sehe zu ihr auf und hoffe, dass ich ihr mit meinem Blick vermitteln kann, dass es mir leidtut, was ihr passiert ist. Dass ich wünschte, ich hätte davon gewusst. Sie erwidert meinen Blick zuerst ein wenig erstaunt, doch dann wird ihre Miene weicher und drückt so viel Liebe aus. Zum ersten Mal seit vier Jahren habe ich das Gefühl, die Verbindung zu meiner Tante wieder hergestellt zu haben.

Eugene wartet auf mich, und ich gehe mit ihm. Inzwischen ist es dunkel geworden, und die Brise fühlt sich unglaublich gut an. Mein ganzer Körper summt nach dem Service, nach dieser Art von Arbeit noch weiter. Ich hatte nicht damit gerechnet, das Nachglühen nach einem Essensansturm so intensiv zu spüren.

Wir passieren die anderen Pop-up-Zelte, die für die Nacht abgebaut werden. Ich finde es großartig, dass Orlando diese Community hat. Und vielleicht wird es gut, wenn ich nie von hier fortgehe.

»Die sind fantastisch«, meint Eugene. Irgendwie bringt er es fertig, im Gehen zu essen. »Ich wusste, dass du doch für mich kochen würdest.« Er wirft den Pappteller in den nächsten Mülleimer.

Ich bleibe stehen und starre ihn an, doch er geht weiter.

»Ich möchte mich entschuldigen«, erklärt er.

»Damit hättest du anfangen sollen«, sage ich.

»Ich weiß.« Er bleibt mir gegenüber stehen. »Ich hätte eine Lösung dafür finden sollen, wie ich nach dem Strandtag auf deine Nachrichten antworten kann. Dich zu ignorieren war falsch, und das tut mir leid.«

Ich warte, ob da noch mehr kommt, aber er hat alles gesagt. Ich blinzle in schneller Abfolge. »*Das* tut dir leid?«

»Ja, und falls dir das ein Trost ist: Du hast mir gefehlt, sehr.«

Seine Worte üben eine Wirkung auf mich aus, obwohl sie das nicht sollten. Sie sollten absolut keine Rolle spielen. Ich habe die Nase voll von diesem ganzen Zirkus. Aber meine Mundwinkel ziehen sich ein wenig nach oben – Verräter.

»Dann waren die ganzen Vortäuschungen falscher Tatsachen und die Spielchen …« Ich warte darauf, dass er die Lücke füllt.

»Was für Täuschungen oder Spielchen?«, fragt er. »Alles zwischen uns war echt.«

Ich stoße ein ersticktes Auflachen hervor.

»Ja, ich wusste, dass deine Familie versucht hat, dir Dates zu organisieren, aber ich habe auf der Party wirklich Desserts geliefert. Ich habe dich wirklich aufgefangen, als du gestolpert bist. Ich bin dir bei Publix wirklich zufällig begegnet. Der Besuch im Tierheim war schon Caris Idee, aber meine Familie spendet jeden Monat an wohltätige Einrichtungen. Wir wollten eigentlich aufhören, weil meine Mom nicht in der Stadt war, aber mein Dad war einverstanden damit, das Tierheim zu berücksichtigen. Und alles andere hat sich nur zwischen uns abgespielt. Alles war echt, von dem Besuch in meinem Restaurant über das Rennen bis zum Strand. Wir beide haben einander ziemlich wichtige Details vorenthalten, aber machen das nicht die meisten Leute bei ihren ersten Verabredungen? Und falls du eine Entschuldigung willst: Es tut mir leid, dass ich wusste, dass du dich mit anderen triffst, schätze ich.«

Das … ist die schlimmste Entschuldigung aller Zeiten. Sie ist so schlecht, dass ich sprachlos bin. Er scheint zu glauben, dass *er* das Recht hat, ärgerlich zu sein.

»Jedes Wort, das ich zu dir gesagt habe, war mein Ernst. Auch am Freitag, als ich dir gesagt habe, ich hätte mich in dich verliebt«, erklärt Eugene. »Keine Ahnung, wie es noch echter werden soll.«

Ich stehe kopfschüttelnd da, und alle Gegenargumente haben mich verlassen. Ich hatte gute Argumente, das weiß ich. Gute Gründe, tagelang auf ihn, Justin Michael und Aaron böse zu sein. Aber Eugene wirkt aufrichtig, und ich glaube ihm, dass er sich in mich verliebt hat. Mehr noch, ich habe es gespürt. Deswegen war ich ja so niedergeschmettert, als er plötzlich nicht mehr mit mir reden wollte, und dann, als ich herausfand, dass alles ein Spiel gewesen war. Und deswegen weiß ich, dass ich meinem eigenen Urteil nicht trauen kann.

»Du wolltest bloß gewinnen«, sage ich.

Er seufzt. »Du hast mir überhaupt nicht zugehört, was? Also, es tut mir leid, Jasmine. Das Ganze tut mir leid.«

Wir drehen um und gehen zurück. Aber meine Gliedmaßen fühlen sich bleischwer an, weil ein Teil von mir lieber hier bei ihm bleiben würde. Ich sollte nicht so empfinden. Ich habe gesagt, was ich sagen wollte, und er hat sich entschuldigt. Ich habe, was ich wollte. Das sollte mich nicht traurig machen.

Wir kehren an die Stelle zurück, an der das Pop-up-

Event aufgebaut war, und alles ist leer. Ich sehe mich nach dem Van oder dem Truck um, sehe sie aber nicht. Eugene geht weiter über den Platz.

Ich bleibe stehen.

»Was ist los?«, fragt Eugene.

»Ich suche meine Tante. Wir waren doch genau hier, oder?«

»Oh. Sie hat mich gebeten, dich nach Hause zu fahren.«

Ich klatsche meine Hände auf meine Jeans, weil mein Körper nicht weiß, was er sonst mit diesem Frust anfangen soll. »Du nimmst mich auf den Arm.«

»Nein«, sagt er. »Sie wollte zurück in ihre Küche und dann nach Hause. Von dir aus ist es näher zu mir als zu ihr. Außerdem brauchst du so nicht beim Aufräumen zu helfen. Komm, ich stehe hier drüben.«

Ich zögere. Ich hasse den Abwasch wirklich, aber echt jetzt? Mischt sich meine Familie schon wieder ein? Nachdem ich gerade angefangen hatte, wieder ein gutes Verhältnis zu meiner Tante aufzubauen?

Trotzdem folge ich ihm zum Ende der Trennlinie, weil ein Teil von mir ausgesprochen gern mit ihm fahren will.

»Hier ist es«, erklärt Eugene.

Aber da ist kein Truck.

Er ist mit dem Motorrad hier.

Ich bringe meine Tante um.

»Oh, zur Hölle, nein«, sage ich. Ich weiche einen Schritt zurück.

»Mit dem Motorrad kommt man im Moment einfacher herum«, sagt er.

Ich schüttle den Kopf. »Nein. Nein, das stimmt nicht.«

»Wie du meinst.« Er zuckt die Achseln. Dann nimmt er zwei Helme aus der Satteltasche und setzt seinen auf.

Viele Optionen habe ich nicht – das wissen wir beide. Nach dem Sturm sind keine Mietwagen aufzutreiben, und der Bus, der schon bei perfektem Wetter ständig ausfällt, fährt gar nicht. Ich müsste entweder spätabends stundenlang laufen oder Cari anrufen, damit sie mich abholt, aber mit ihr verstehe ich mich gerade nicht besonders gut. Ich rede auch nicht mit Justin Michael oder Aaron, die nicht weit von hier wohnen. Auch mit June nicht. Oder Emily. Und ich will nicht mit Paul fahren.

Wow, meine Optionen sind Mist.

Seufzend setze ich den Helm auf. Klar. Warum soll ich nicht auf diese Todesfalle springen?

»Hier, das sitzt ein wenig …« Eugene streckt die Hand aus und zieht den Riemen unter meinem Kinn nach. »Du brauchst dich nur in dieselbe Richtung zu lehnen, wenn ich abbiege. Wenn nicht, könnte das Moped aus dem Gleichgewicht geraten.«

»Oh, okay. Da fühle ich mich gleich sicherer!«

Er schüttelt den Kopf, steigt auf das Motorrad und kickstartet es. Ich hasse alles daran.

»Steig auf dieser Seite auf«, sagt er über das Knattern des Motors hinweg.

Ich schwinge ein Bein über den Sitz und stelle meine Füße hinter seine. Ich drücke mich an seinen Rücken und schlinge die Arme um seine Brust.

Er rückt meine Arme so zurecht, dass sie um seinen Bauch liegen.

»Ich fürchte, sonst brichst du mir noch die Rippen«, meint er.

Mit diesen Worten fahren wir los.

Ich balle die Fäuste so fest, dass wahrscheinlich meine ohnehin kurzen Nägel abbrechen werden, aber seine Rippen sind sicher. Mein Magen sackt durch wie beim Schaukeln, und ich kneife die Augen zu. Auf dieser Kinderschaukel war ich wenigstens sicher, was jetzt nicht der Fall ist. Alles Mögliche kann schiefgehen.

Nach ein paar Minuten entscheide ich, dass es schlimmer ist, nichts zu sehen, also öffne ich die Augen und sehe die Umgebung verschwommen vorbeiziehen. Über Eugenes Schulter blicke ich auf den Tacho und stelle fest, dass er mit der zugelassenen Höchstgeschwindigkeit fährt. Sogar ein wenig darunter. Es kommt einem auf dem Motorrad nur schneller vor. Ich nehme alles intensiver wahr, von der Nachtluft bis zu den Autos um uns herum. Das Straßenpflaster ist ganz nah, die Sterne, alles.

Ein wenig mehr Zeit vergeht, und als ich feststelle, dass wir nicht platt gefahren auf der Straße kleben, muss ich zugeben, dass Motorradfahren etwas Spannendes hat. Es ist auf eine Art aufregend, die jeglicher Vernunft widerspricht.

Anmerkung: Das werde ich niemals laut zugeben.

An der Abfahrt nach Winter Park biegt er vom Highway ab, und ich lehne mich in dieselbe Richtung wie er, obwohl ich mir sicher bin, dass wir ohnehin stürzen und sterben werden. Es gibt keinen Grund, in diesem Winkel zu fahren. Ich nehme zurück, was ich darüber gesagt habe, wie spannend das ist – es ist einfach nur ein Spiel mit dem Tod. Mein Herz schlägt mir bis zum Hals, aber wir durchfahren die Kurve und sind wieder aufrecht.

Wenn ich den Corolla sehe, werde ich ihn küssen.

In Winter Park angekommen, müssen wir uns öfter zwischen anderen Fahrzeugen durchschlängeln als auf dem Highway, und ich halte mich noch stärker an ihm fest, falls das möglich ist. Als wir an einer funktionierenden Ampel halten, tätschelt er mir den Arm und lässt die Hand dort liegen, bis die Anzeige umspringt. Ich glaube, er sagt etwas. Die Vibration seiner Stimme ist durch seinen Rücken zu spüren, aber mit Visier und Helm und wegen des Motorengeräuschs kann ich ihn nicht hören.

Wir schaffen es bis zu meiner Einfahrt, und er nimmt seinen Helm ab und schaltet das Motorrad ab.

»Steig besser auf dieser Seite ab, der Auspuff ist sehr heiß«, sagt er.

Na toll.

Ich rutsche von dem Motorrad, und wieder bin ich wacklig auf den Beinen. Er will mich stützen, aber ich hebe die Hände, um ihn zu stoppen. Das mag dumm sein, weil ich mich gerade erst bewusst an ihn gedrückt habe, aber es ist etwas anderes, wenn wir uns gegenüberstehen.

Wir schweigen beide. Ich möchte so viel sagen, doch nichts davon kommt aus meinem Mund.

»Danke fürs Mitnehmen … glaube ich«, sage ich.

Er nickt.

»Gute Nacht.« Ich drehe mich zu meiner Haustür.

»Jasmine«, sagt er.

Ich halte an und sehe ihn an.

»Für mich bist du kein Wettbewerb und kein Spiel«, erklärt er. »Nie gewesen.« Er unterbricht sich. »Du bist anders als alle anderen«, sagt er dann. »Und du bist perfekt, so wie du bist. Ich weiß, dass du mir nicht glaubst, aber ich hoffe, eines Tages wirst du es.«

Eugene steigt auf sein Motorrad und kickstartet es. Er setzt den Helm auf und fährt über die Einfahrt davon. Ich bleibe reglos stehen und sehe, wie sein Rücklicht in der Nacht verschwindet.

60. Kapitel

Am Montag gegen Abend hat ein Teil von Winter Park – der wohlhabendste – Strom. Am Dienstagabend wird der Generator abgestellt, und in meinem Haus funktioniert wieder alles. Am Mittwoch bin ich zurück bei Berry Plum.

Seit Eugene davongefahren ist, habe ich nichts von ihm gehört. Als ich seinem Motorrad nachsah, hatte ich das Gefühl, ich würde ihn nie wiedersehen. Ich sage mir, dass das für mich in Ordnung ist. Er hat mich angelogen wie alle anderen – sogar, nachdem ich ihm die Wahrheit über Paul gesagt hatte. Einige Details aus unserem Gespräch nagen noch an mir, aber ich kann mich gerade jetzt nicht damit beschäftigen, weil mein Leben so ein Chaos ist.

Ich habe meiner Familie nicht verziehen, und das belastet mich schwer. Zwischen uns herrscht ein schweigender Waffenstillstand, was bedeutet, dass ich sie ignoriere und sie alle paar Sekunden in meine Richtung blicken. Das wird nicht ewig dauern, aber einstweilen lassen sie mich in Ruhe.

Auch meinen Freundinnen habe ich nicht vergeben.

Da ich mit fast niemandem reden kann, habe ich viel Zeit im Tierheim verbracht und auf der Arbeit zusätzliche Schichten übernommen. Katia steckt mitten in einem Beziehungsdrama mit Lee und erzählt nonstop davon – wenigstens eine Ablenkung.

Paul ist der Einzige, mit dem ich in letzter Zeit rede. Wir sind zwar nicht offiziell wieder zusammen, aber er hat sich um eine Wohnung beworben und sie bekommen. Er will diese Woche fünfhundert Dollar Anzahlung leisten, damit wir am ersten August einziehen können – in sechsunddreißig Tagen. Wahrscheinlich wäre das schon okay. Wenigstens würde ich so meiner Familie entrinnen. Aber ich kann mich nicht dazu durchringen, Ja zu sagen. Außerdem habe ich das Stipendium für die Valencia noch nicht offiziell angenommen, obwohl sie mir in einer E-Mail gedroht haben, dass ich es verliere, wenn ich nicht bald reagiere. Ich weiß, dass ich dafür gearbeitet habe, aber momentan scheint es mir nicht so wichtig zu sein.

Ich beende meine Schicht bei Berry Plum und trete aus der Tür. Neben dem Corolla stehen June und Emily.

»Wir wollten nicht hereinkommen, solange du gearbeitet hast, aber können wir reden?«, fragt June. Sie trägt noch ihre weißen Tennissachen.

»Vielleicht könnten wir in der Stadt spazieren gehen?«, schlägt Emily vor. »Ich lade euch zu Peterson's Chocolates ein.«

Verdammt, Bestechung. Peterson's Chocolates sind enorm gut, aber auch enorm überteuert.

»Bitte«, sagt June.

Die Hurrikan-Party ist jetzt fünf Tage her; die längste Zeit, die wir je nicht miteinander geredet haben. Emily und ich hatten längere Auszeiten, aber nur, wenn sie auf Reisen war und keinen Empfang hatte.

Die beiden starren mich an und warten auf eine Antwort. Ich seufze. Am liebsten würde ich in mein Auto steigen und davonfahren, aber die Wahrheit ist, dass sie mir gefehlt haben. Und tief im Inneren ist mir klar, dass ich die wenige Zeit verschwende, die wir noch haben, bevor sie zum College gehen – bevor ich allein zurückbleibe. Ich weiß, unsere jahrelange Freundschaft heißt, dass sie ein Recht darauf haben, angehört zu werden. Und schlussendlich haben sie den Wettbewerb nicht organisiert. Natürlich wussten sie davon und haben mir nichts gesagt, aber alles in allem scheint mir das das kleinere Unrecht zu sein.

»Ich fahre euch nach«, erkläre ich schließlich.

Ein paar Minuten später treffe ich die beiden in dem kleinen Süßwarenladen. Die mit Schokolade überzogenen Erdbeeren kosten unfassbare fünf Dollar das Stück, aber sie sind riesig, und ich mag sie am liebsten.

»Ich nehme eine davon.« Ich zeige auf die Glasglocke.

»Geben Sie uns einfach ein Dutzend«, sagt Emily und reicht der Verkäuferin ihre Kreditkarte.

»Das sind viel zu viele«, wende ich ein.

»June und ich essen auch davon. Was wir nicht schaffen, nimmst du einfach mit nach Hause.«

Wir schlendern aus dem Laden und auf den Park im Stadtzentrum zu.

»Also, wir sind beschissene Freundinnen, und es tut

uns leid«, erklärt Emily. Sie gibt mir die Tüte mit den Erdbeeren.

Ich stoße einen langen Atemzug aus.

»Ich bin besonders mies«, sagt June. »Wir sind länger befreundet, und ich habe trotzdem bei dem Podcast mitgemacht. Ich hätte es dir sagen sollen, und ich habe auch Emily daran gehindert, dir die Wahrheit zu sagen. Ich wollte nur …«

»Was wolltest du?«, frage ich.

Ich beiße in eine der Erdbeeren, aber wenn ich im Gehen esse, werde ich mich bekleckern, daher setze ich mich auf eine Parkbank. Die beiden hocken sich auf die Nachbarbank. Wir sitzen in dem von Sonnenflecken gesprenkelten Schatten der großen Bäume.

»Ich wollte nur, dass du glücklich wirst«, sagt June. »Ich habe nicht daran gedacht, wie du dich fühlen würdest, wenn du es herausfindest. Paul war so schlecht für dich, und als du gesagt hast, er wolle sich eine Auszeit nehmen, dachten wir, jetzt könntest du endlich jemand Besseren kennenlernen – aber du hast gesagt, du würdest nicht auf Dates gehen. Als deine Familie mir von der Idee mit der Datingshow erzählt hat, konnte ich nur daran denken, wie gut das für dich sein würde. Dass andere Jungs dir helfen würden, dich so zu sehen, wie wir dich sehen.«

Ich schüttle den Kopf. »Ich kapier's nicht. Cari hat in dem Podcast etwas ganz Ähnliches gesagt. Was soll das heißen – mich selbst so sehen wie ihr mich?«

June zögert und setzt ein paarmal zum Sprechen an.

»Du hast dich immer benommen, als wärst du nichts wert«, erklärt Emily. June verzieht den Mund, erhebt aber keine Einwände. »Die ganze Zeit hast du dich mit der miesen Art Des Pauls abgefunden und Ausreden für ihn gesucht, weil du dir in den Kopf gesetzt hattest, dich an alles klammern zu müssen, was du hattest. Du dachtest, dass du nicht mehr verdient hättest. Du hattest Angst, irgendetwas Neues auszuprobieren. Aber diesen Sommer hast du dich verändert. Ich meine, es tut mir verdammt leid, dass wir dich anlügen mussten, aber du hast dich wirklich verändert.«

»Du bist in einen Schlagkäfig gestiegen, du bist Kartrennen gefahren, und du bist im Meer geschwommen«, setzt June hinzu.

»Am Sonntag habe ich auf einem Motorrad gesessen«, erkläre ich.

»Du willst mich wohl ver…«, sagt Emily. Seit sie nicht mehr mit Shawn zusammen ist, versucht sie, weniger zu fluchen.

»Was? Wie kam das?«

»Meine Familie hat sich wieder mal eingemischt«, sage ich. »Ich habe bei dem Pop-up-Event am Amway Center gekocht.«

»Oh mein Gott, ja! Meine Familie hat dich im Fernsehen gesehen«, sagt June.

»Tja, danach hat Jay mich stehen gelassen, damit Eugene mich nach Hause fahren musste.«

June und Emily starren zuerst einander an und dann mich.

»Moment, noch mal von vorn. Du hast Eugene gesehen?«, fragt June.

»Du bist auf sein Motorrad gestiegen?«, will Emily wissen.

»Ich wollte nicht, aber sonst wäre ich nicht nach Hause gekommen«, sage ich achselzuckend.

»Oh nein. Siehst du, genau das meinen wir«, meint Emily. »Die alte Jaz wäre entweder gelaufen oder hätte darauf gewartet, dass jemand aus der Familie sie abholt. Und wie war's?«

»Ich hab's überlebt.«

»Wie war es, ihn wiederzusehen?«, fragt June.

»Ich hab's überlebt.« Ich esse die Erdbeere auf und schnippe den Stiel in einen Mülleimer. Ich treffe sogar. »Er, ähm, hat mir gesagt, er hätte sich wirklich in mich verliebt.«

Die beiden sentimentalen Gänse, die mir gegenübersitzen, schmelzen auf ihrer Bank fast dahin.

»Leute, nein« protestiere ich. »Er hat mich angelogen. Er war Kandidat bei einer gefakten Bachelorette-Show. Wie soll ich etwas, das er sagt, ernst nehmen?«

Emily klatscht in die Hände, sodass Kakaowölkchen aufsteigen. »Na schön, ich weiß, dass wir eigentlich nett und superzerknirscht sein sollten, und das bin ich auch. Was wir getan haben, war mies, und ich habe nie viel davon gehalten. Aber hörst du dich gerade selbst reden?«

»Ähm …«, sagt June.

»Nein, ernsthaft. Sie ist sauer auf uns, weil wir gelogen haben, aber wie wär's, wenn wir das mal umgekehrt betrachten? Du tischst dir selbst mehr Lügen auf als *alle anderen.*«

»Wo lüge ich denn?«, frage ich. »Ich habe ihm zu Anfang nicht von Paul erzählt, aber …«

Emily schüttelt den Kopf. »Worüber lügst du dir nichts vor? Du mochtest Eugene. Er hatte dich gern. Du willst nicht mit Dem Paul zusammen sein, aber du hast zu viel Angst, die Beziehung zu beenden. Du willst nicht Krankenschwester werden, aber du fürchtest dich zu sehr davor, es deiner Mom zu sagen. Dieses ewige Zufriedengeben, dieses ganze Zeug von wegen ›Ich liebe den Status quo‹ war schon immer ein Riesenschwachsinn. Du willst in Paris kochen, also zieh los und mach das. Hör auf, dir etwas darüber vorzulügen, was du willst.«

Eine Weile sitzen wir alle stumm da. Ich bin wie vor den Kopf geschlagen, und June ebenfalls. Sogar Emily wirkt erschrocken über ihre eigenen Worte.

Die Sache ist nur die: Alles, was sie gesagt hat, ist wahr. Seit meiner Schulabschlussparty habe ich über nichts anderes nachgedacht. Sie hat es nur laut ausgesprochen. Ich mag Eugene wirklich. Aber ich hatte zu große Angst, mit Paul Schluss zu machen. Denn was, wenn ich am Ende niemand Besseren finde? Was, wenn ich vollkommen allein bin, sobald nächsten Monat alle fortgehen? Und mit meiner Mom ist es das Gleiche. Wie kann ich ihr das Herz brechen, obwohl ich mir nicht mal sicher bin, ob ich es als Köchin schaffe? Doch das ist es, was ich will. Ich will Profiköchin werden. Ich will in Paris kochen lernen. Aber dazu müsste ich alle, die ich liebe, zurücklassen.

»Ich bin aber nicht ihr«, entgegne ich. »Ich kann meinen Eltern nicht einfach alles sagen, was mir in den Sinn kommt. Und was, wenn das alles nicht funktioniert? Was, wenn ich es in der Küche nicht schaffe?«

Ich fühle mich so … nackt dabei, meine schlimmsten Befürchtungen auszusprechen.

Aber June neigt nur den Kopf zur Seite. »Sie sind deine Familie, Jaz. Sie lieben dich. Dieses ganze alberne Zeug ist passiert, weil sie dich lieben und nur das Beste für dich wollen.«

»Sag ihnen, was los ist«, erklärt Emily. »Sei diese coole Sau, von der wir wissen, dass sie in dir steckt, und höre auf, deine Familie als Ausrede dafür zu nehmen, dass du dein Leben nicht lebst. Wenn es nicht funktioniert, dann eben nicht. Dann gehst du eben auf die Valencia. Aber das ist besser, als hättest du es nie versucht.«

Während ich ihre Worte verdaue, wird mir klar, wie oft ich meine Familie als Grund genommen habe, mich nicht weiterzuentwickeln. Es ist nicht schlimm, eine Familie als Sicherheitsnetz zu haben – so sollte es sein. Aber irgendwie hat das in meinem Kopf eine andere Gestalt angenommen, und sie waren für mich kein Sicherheitsnetz mehr, sondern wie eine klebrige Fliegenfalle. Ich hatte Angst, es als Köchin nicht zu schaffen, und meine Familie wurde zur Ausrede dafür, warum ich es gar nicht erst wagen wollte. Ich habe mich von Jays Bemerkung, als sie dabei war, ihren Traum zu verlieren, abschrecken lassen, meinen eigenen zu verfolgen.

Und was wäre der Worst Case? Im schlimmsten Fall scheitere ich. Das wird peinlich. Ich werde verletzt sein. Aber dann habe ich immer noch meine Familie. Und ich kann trotzdem hier auf die staatliche Hochschule gehen. Oder mich sogar neu bewerben und vier Jahre am College studieren. Doch dann kann ich wenigstens sagen, dass ich es versucht habe.

Ich bin so verblüfft von meinen eigenen Überlegungen, dass es eine Weile dauert, bis mir auffällt, wie still wir alle geworden sind.

June blickt sich um und nestelt an einer Serviette.

»Ähm, also, wir hoffen wirklich, du kannst dich dazu durchringen, uns zu verzeihen«, sagt sie. Sie wirft Emily einen bösen Blick zu.

Und da kann ich nicht anders. Ich lache. Wir lachen alle drei.

»Ihr habt mir gefehlt, Leute«, sage ich.

»Wir haben dich auch vermisst.« Emily streckt die Hand aus, und ich nehme sie. June tut es ihr nach.

»Wir lieben dich, Jaz«, sagt June.

»Ich liebe euch auch«, sage ich.

Und so sitzen wir an einem Mittwochnachmittag mitten in der Stadt auf Parkbänken und heulen.

Wir beruhigen uns, und Emily korrigiert mit einer Fingerspitze ihr Augen-Make-up.

»Aber ernsthaft, worauf wartest du?«, fragt sie. »Wann fängst du richtig zu leben an?«

»Jetzt«, erkläre ich.

Und das ist mein Ernst.

61. Kapitel

»Ich freue mich wirklich, dass du dich hier mit mir treffen wolltest«, sagt Paul. Im Tijuana Outpost setzt er sich mir gegenüber auf einen Stuhl. Es ist nicht Burrito-Freitag, sondern Donnerstag zur Mittagszeit, aber das passt schon.

In Fußballtrikot und Shorts sieht er gut aus. In der neunten Klasse hat er es geliebt, Fußball zu spielen. Es machte ihn glücklich – bis ihm klar wurde, dass Football an unserer Schule viel beliebter war und seinen Dad mehr interessierte. Damals war er anders. Wir waren damals beide anders.

»Hast du noch nicht bestellt, oder wartest du auf dein Essen?«, fragt er.

»Ich habe das Essen hier noch nie wirklich gemocht«, sage ich. Ich nippe an meiner Cola.

»Oh.« Er runzelt die Stirn. »Wir hätten auch anderswo hingehen können. Das Chuy's war gut.«

Ich lächle. »Das stimmt. Aber an dem Restaurant hier hängen mehr Erinnerungen.«

»Ja.« Er streckt den Arm aus und legt eine Hand auf meine.

Ich drehe sie um, sodass ich seine halte. Es fühlt sich so vertraut und doch ganz anders an. Ich hole tief Luft.

»Paul, die meisten Erinnerungen waren keine schönen. Nicht für mich«, erkläre ich. »Im letzten Jahr nicht, und vielleicht schon länger.«

»Im letzten Jahr?« Er zieht die Augenbrauen zusammen. »Ich weiß, dass die letzten paar Monate nicht so gut waren, aber im letzten Schuljahr war doch alles bestens. Du übertreibst.«

Ich schüttle den Kopf. »Nein. Es war nur alles gut, weil ich mir so viel habe gefallen lassen, und das will ich nicht mehr.«

Er zieht die Hand zurück. »Was meinst du?«

»Ich weiß, bis August haben wir noch fünfunddreißig Tage, aber ich habe mich entschieden«, sage ich. »Es ist Zeit, dass wir getrennte Wege gehen.«

Er schüttelt den Kopf. »Ich dachte … Aber wir sind wieder zusammen. Ich habe die Wohnung. Wir ziehen zusammen.«

»Nein«, sage ich. »Ich wollte dich treffen, um dir persönlich zu sagen, dass wir nicht zusammenziehen werden. Ich will das nicht mehr.«

Er wirkt verletzt, eine Sekunde lang sogar niedergeschmettert, doch dann schlägt seine Miene um und wird zornig. Er wird ganz ruhig, und das war schon immer das Schlimmste.

Paul lehnt sich zurück und verschränkt die Arme. »Du hast dich für einen deiner Kandidaten entschieden, was?«

Ich wusste, dass die abfällige Bemerkung kommen würde.

»Nein. Ich will allein bleiben.«

Nun wirkt er vollkommen verwirrt. »Das verstehe ich nicht. Ich sage, dass ich mit dir zusammen sein will. Zusammenziehen. Gemeinsam am College anfangen. Das, worüber wir seit Jahren reden. Die anderen haben dich alle angelogen, Jaz. Ich bin der Einzige, der die Wahrheit sagt.«

Da hat er recht: Sie haben gelogen oder mir zumindest nicht die Wahrheit gesagt. Darüber denke ich seit Tagen nach.

»Ich weiß«, sage ich. »Aber sie haben mich belogen, um mir zu helfen. Ich habe mir gewünscht, wieder mit dir zusammenzukommen, wirklich. Ich wollte nicht, dass mein Leben sich ändert. Aber es gibt nichts, was ich wiederhaben will.«

»Nichts?«

Ich schüttle den Kopf. »Es ist nicht deine Schuld. Ich hatte diese Vorstellung, dass wir für immer zusammen sein würden, und ich wollte das unbedingt. Ich hing so an dieser sicheren Zone, in der ich mich nicht mit dem Leben auseinanderzusetzen brauchte, dass ich bereit war, alles zu tun, um dortzubleiben. Das ist meine Schuld, nicht deine. Du hast das nie von mir verlangt. Und ich glaube, du konntest mich nicht respektieren, solange ich keine Achtung vor mir selbst hatte. Solange ich akzeptiert habe, wie du mich behandelt hast. Statt von dir zu erwarten, dass du deine Welt größer machst, um Platz für mich zu haben, habe ich mich klein gemacht, um in deine zu passen. Und jetzt kann ich mich nicht mehr hineinquetschen. Ich werde es nicht wieder tun.«

Er ist so verblüfft, dass es ihm kurz die Sprache verschlägt, und er sieht mich blinzelnd an.

»Aber ich liebe dich«, sagt er dann.

Und das tut weh. Ich spüre es wie einen körperlichen Schmerz in der Brust, und eine leise Trauer legt sich über mich.

»Ich dich auch«, sage ich. »Ich glaube, dass das nie vergeht. Und wenn du willst, dass wir Freunde bleiben, können wir das. Ich habe dich immer noch gern.«

Er schüttelt den Kopf. »Aber wenn wir einander lieben …«

»Die Sache ist doch die: Nur weil Liebe da ist, heißt das noch nicht, dass es funktioniert.«

Und es ist so, wie Emily gesagt hat: In der Sekunde, in der ich den Versuch aufgebe, alles zusammenzuhalten, fühle ich mich sofort befreit. Ich bin mir ganz sicher, dass das die richtige Entscheidung war.

Ich greife nach meiner Handtasche. »Du sollst wissen, dass ich mich auch an die guten Zeiten erinnere«, sage ich.

»Wir hätten noch mehr haben können …«, merkt er an. Mit dieser Miene sieht er genau wie der Junge aus, den ich damals kennengelernt hatte. Der, der nicht ständig auf der Hut war. Der mir gesagt hat, dass er meine Brownies liebt. Der sich noch selbst gut leiden konnte.

Ich strecke die Hand aus und lege sie an seine Wange. »Wir sind dabei, uns in unterschiedliche Richtungen zu entwickeln, und es ist Zeit. Dir war das diesen Sommer klar, bevor ich es erkannt habe. Jetzt würden wir einander nur hinderlich sein. Und dazu liebe ich dich zu sehr.«

Ich stehe auf und küsse ihn auf die Wange. »Du wirst wunderbar zurechtkommen, Paul.«

Mit diesen Worten verlasse ich zum letzten Mal das Tijuana Outpost.

62. Kapitel

Es ist Donnerstag, und ich mache Abendessen. Meine ganze Familie ist zu Hause, und alle laufen ständig an der Küche vorbei und sehen mich an. Ihre Blicke drücken alles von leisem Lächeln über Verwirrung bis zu Vorsicht aus, als könne das eine Falle sein. Aber nachdem ich mit Paul geredet und zu Ende geheult hatte, saß ich in meinem Auto und dachte nach. Als ich erklärt hatte, meine Familie hätte gelogen, um mich zu unterstützen, war das die Wahrheit gewesen. Ich startete den Motor und fuhr einkaufen.

»Essen ist fertig!«, rufe ich.

Sie kommen aus dem Unterholz hervor und setzen sich rund um den Esstisch an ihre Plätze. Ich habe Pasta Bolognese zubereitet, einen einfachen Salat, für den ich versucht habe, ein genauso köstliches Dressing zu mixen wie das bei Lantern & Jacks, und die Sinangag-Arancini, die ich für das Pop-up-Event gemacht habe.

Mom und Dad sitzen an den Schmalseiten des Tischs, Cari und Davey mir gegenüber. Ich lege mir eine Serviette in den Schoß und fange an, die Gerichte herumzureichen. Meine Familie schaut verwirrt drein, tut sich aber Essen auf.

»Ich … Das sieht großartig aus, Jazzy«, sagt Dad.

»Ja wirklich, Schatz«, sagt Mom. Sie wechseln einen Blick, und ich glaube, jemand tritt Davey unter dem Tisch vors Schienbein.

»Ja, riecht gut. Wann können wir essen?«, fragt er.

Cari seufzt so tief, dass es ihren ganzen Körper erfasst. »Danke fürs Kochen, Jaz.«

Alle warten darauf, dass ich etwas sage. Sogar Davey, der ernsthaft ungeduldig wird.

»Ich weiß, ihr wollt alle über das reden, was passiert ist«, erkläre ich. »Lasst euch so viel sagen: Ihr habt euch benommen, als existierten persönliche Grenzen nicht. Ihr habt mich angelogen und eine ganze Fake-Show inszeniert, statt einfach mit mir zu reden.« Ich sehe meine Schwester an, und sie senkt den Blick auf ihren Teller. »Du hast mich behandelt, als wäre ich dein Anhängsel und kein eigener Mensch.« Ich lege eine Pause ein und mustere meine Mom und meinen Dad. »Ihr habt auf mich gewettet wie bei einem Spiel im Stadion.« Mit hochgezogener Augenbraue sehe ich Davey an, der den Anstand hat, den Blick abzuwenden. »Und das habt ihr alles für mich getan.«

Vier Gesichter schauen zu mir auf.

»Na ja, vielleicht nicht die Wetten, aber ihr wolltet mir begreiflich machen, was ich wert bin. Ich will nicht lügen: Das hätte man besser machen können, als eine komplizierte gefakte Reality-Show zu inszenieren. Habt ihr nicht begriffen, dass mich das auf die Idee bringen könnte, die Jungs würden mich bloß mögen, weil das Ganze neu und interessant war? Es hätte auch bessere Methoden gegeben, mich von Paul wegzulotsen, als mir plötzlich drei Jungs vor die Füße zu werfen. Aber ich versteh's ja. Ihr habt versucht, mir zu helfen.«

»Wir … wir wollten nur, dass du erkennst, wie großartig du bist«, sagt Mom. »Es tut mir leid. Es tut uns allen leid, dass es so aus dem Ruder gelaufen ist.«

»Ich hätte keine Wetten annehmen sollen«, sagt Davey. »Das war verkorkst.«

»Wir hätten mehr Respekt vor dir haben und dir mehr vertrauen sollen«, sagt Dad.

Ich sehe Cari an. Sie hat Tränen in den Augen.

»Es tut mir alles leid«, flüstert sie. »Der Podcast, die Reality-Show, alles.«

»Das war demütigend«, sage ich. »Ihr hättet einfach mit mir reden können. Besonders du.«

»Ich weiß«, sagt Cari, und ihr laufen Tränen über die Wangen.

»Aber du hast dir enorm viel Arbeit damit gemacht, den Wettbewerb zu organisieren, und wirklich nach Jungs gesucht, die perfekt zu mir passen würden. Und du hast es nicht getan, um berühmt zu werden, denn das warst du schon. Du hast es getan, weil du mich liebst – du hast dich hinreißen lassen, aber zuerst hast du es aus Liebe getan.«

Cari nickt schniefend.

»Kannst du uns verzeihen?«, fragt Dad. »Wir haben dich lieb, Jazzy. Wir haben aus lauter Liebe eine Dummheit gemacht. Die ganze Familie liebt dich und wollte nur, dass du glücklich bist.«

»Werdet ihr denn von jetzt an Grenzen respektieren?«, frage ich und stecke eine Gabel in meinen Salat.

»Ja«, sagt Mom. »Versprochen.«

»Dann ja«, erkläre ich.

Alle entspannen sich sichtlich und lassen die Schultern sinken. Sie greifen nach ihrem Besteck und drehen ihre Pasta auf oder teilen mit dem Messer die Reisbällchen.

»Da ist aber noch etwas«, sage ich.

Alle erstarren, als würden wir Ochs am Berg spielen.

»Was denn, Jaz?«, fragt Cari.

»Ich habe beschlossen, nicht mit Paul zusammenzuziehen«, erkläre ich. »Wir haben heute Schluss gemacht.«

Meine Eltern wechseln Blicke voll unterdrückter Freude.

»Oh, das ist … gut«, sagt Mom.

»Und ich gehe nicht auf die Valencia«, füge ich hinzu.

Dieses Mal sehen meine Eltern einander weniger freudig an.

»Oh«, meint Dad.

»Was?«, fragt Mom.

»Jedenfalls nicht diesen Herbst«, sage ich. »Ich habe meine Einschreibung um ein Jahr verschoben. Heute habe ich die E-Mail herausgeschickt.«

»Was … was willst du dann machen?«, fragt Mom.

Ich hole tief Luft. Jetzt oder nie.

»Das hier«, erkläre ich und zeige auf den Tisch. »Ich will kochen, professionell. Das habe ich mir immer schon gewünscht, aber ich hatte Angst, es zu versuchen. Ich hatte Angst wegen dem, was Tante Jay passiert ist. Weil unsere

Familie deswegen Geld verloren hat. Weil sich deine Beziehung zu Jay verändert hat. Weil ihr so schwer arbeiten musstet, Dad und du, seit ihr den Kredit aufgenommen habt, um in ihr Restaurant zu investieren. Weil ich nicht die ganze Geschichte kannte. Weil ich Angst hatte, nicht das Zeug dazu zu haben. Weil ich mich eigentlich mein ganzes Leben lang vor allem gefürchtet habe.«

Sie sind so still geworden, dass ich die Zikaden draußen zirpen höre. Ich kann ebenso gut gleich alles loswerden.

»Statt im Herbst aufs College zu gehen, möchte ich mir ein Jahr Auszeit nehmen. Ich will nach Paris gehen und in einer Küche arbeiten«, erkläre ich. »Ich will sehen, ob ich es als Köchin schaffe. Und wenn ja, komme ich zurück und gehe auf die Kochschule.«

Jetzt ist es heraus. Alles. Keine Geheimnisse oder Lügen mehr. Beinahe. Ich hole noch einmal tief Luft.

»Als Jay Ventura's Bistro hatte, bin ich oft nach der Schule hingegangen. Ich habe Mise en Place und Kochen von ihr gelernt, und das war die glücklichste Zeit meines Lebens.«

»Ich …«, beginnt Mom.

»Kann ich mir vorstellen«, sagt Davey mit vollem Mund. »Du bist wirklich gut.«

Ich sollte nicht erleichtert sein, denn ich habe mich schon entschieden. Aber es ist trotzdem nett, sofort Unterstützung zu finden.

»Ich liebe es, zu kochen«, sage ich.

Mom blinzelt ein paarmal. »Du willst nicht mehr Krankenschwester werden?«

Es versetzt mir einen schmerzhaften Stich, sie zu enttäuschen, und ich frage mich, ob unser Verhältnis in Zukunft so angespannt sein wird wie das zwischen ihr und Jay. Trotzdem schüttle ich langsam den Kopf. »Nein.«

Ich halte die Luft an und warte auf ihre Reaktion.

»Gut«, sagt sie.

Jetzt bin ich an der Reihe, verblüfft zu sein. Ich reiße die Augen auf und starre sie an. »›Gut‹?«

»Du kannst doch kein Blut sehen, Jaz«, erklärt Mom. »Weißt du noch vor ein paar Jahren, als Davey nach dem Basketball genäht werden musste? Du bist kreidebleich geworden. Ich war mir nie sicher, ob Krankenpflege das Richtige für dich ist, aber du schienst fest entschlossen zu sein.«

Das kann ich nicht glauben. »Du bist mir nicht böse?«

»Es stört mich ein wenig, dass Jay dich hinter meinem Rücken unterrichtet hat, aber erstaunt bin ich eigentlich nicht.« Mom stößt den leidgeprüften Seufzer eines ältesten Geschwisters angesichts des jüngsten aus. Cari seufzt bei Davey genauso.

»Ich meine, weil ich nicht Krankenschwester werden will«, sage ich.

Mom schweigt, und stattdessen meldet sich Dad zu Wort: »Wir wollen, dass du glücklich wirst. Was mich schockiert, ist, dass du nach Paris gehen willst. Das ist *weit weg*. Aber wenn das dein Traum ist, unterstütze ich dich. Wie du gesagt hast: Es ist dein Leben. Wir haben uns für euch drei immer nur gewünscht, dass ihr zu euch selbst findet und glücklich werdet.«

Mom öffnet den Mund, aber sie stößt nur den Atem aus und nickt.

Ich kann kaum glauben, dass das von meinen Eltern kommt. Ich dachte, sie würden furchtbar enttäuscht sein und sich gegen meinen Plan aussprechen. Dabei hat mir die ganze Zeit nur meine eigene Angst im Weg gestanden.

»Und diese Reisbällchen sind großartig«, meint Mom und zeigt mit der Gabel darauf.

Ein großes Glücksgefühl steigt in mir auf.

»Warum habt ihr mir nie die Geschichte von Tante Jays Restaurant erzählt?«, frage ich.

»Dem Ventura's?« Mom wischt sich über den Mund und runzelt die Stirn. »Es war ziemlich kompliziert, und du warst erst vierzehn oder so, als alles den Bach hinunterging. Geld war das eine, aber Jay fühlte sich auch sehr verletzt. Sie war gedemütigt, weil sie jemanden geliebt und ihm vertraut hat, der sie betrogen hat. Rick war nicht nur ihr Geschäftspartner – er war ihr Freund. Sie ... Wir alle dachten, sie würden heiraten. Aber das war ein Trick. Er hat das ganze Geld unterschlagen, und jetzt lebt er mit seiner Frau in Venezuela.«

»Argentinien«, korrigiert Dad.

»Jedenfalls einem Land, das nicht ausliefert. Ich hab's vergessen. Die Sache war so schlimm, dass wir nicht mehr davon gesprochen haben – wir wollten ihr nicht noch mehr wehtun. Aber ich hatte keine Ahnung, dass das so auf dich gewirkt hat. Oder dass du dort gearbeitet hast.« Mom unterbricht sich und zieht eine Augenbraue hoch.

»Es ist unsere Aufgabe, uns Gedanken über Kredite und Raten zu machen, nicht deine«, erklärt Dad. »Wenn wir noch einmal von vorn anfangen müssten, würden wir deine Tante trotzdem unterstützen. Das ist in Familien nun einmal so.«

»Und, Schatz, Jay geht es gut«, sagt Mom. »Seit du in den Nachrichten warst, hat sie eine Menge neuer Kunden.

Die Geschichte aus den Lokalnachrichten ist landesweit gesendet worden.«

»Wirklich?«, frage ich.

Cari nickt. »Sie hat seitdem eine Menge neuer Instagram-Follower und geschäftliche Anfragen. Gut, dass du ihr Instagram-Profil erwähnt hast.«

»Das ist toll«, meine ich. »Und du hast wirklich nichts dagegen, wenn ich nach Frankreich gehe und nicht Krankenschwester werde, Mom?«

Mom schürzt die Lippen. »Das wird schwer – du bist dann so weit weg. Aber es ist ja nur ein Jahr, und wir können auf FaceTime reden. Als du davon gesprochen hast, Krankenschwester zu werden, habe ich mich vielleicht zu sehr daran geklammert. Aber Krankenpflege ist der letzte Beruf, den man ergreifen sollte, wenn man nicht wirklich dahintersteht.«

»Wenn das dein Traum ist, Jazzy, dann geh nach Paris«, sagt Dad.

Mom nickt. Und dann schweigen wir alle eine Sekunde lang.

»Wir müssen eine Wohnung für dich finden«, meint Cari. »Eine mit einem Gästebett, denn ich quartiere mich in den Winterferien bei dir ein.«

»Wir können in den Winterferien alle hinfliegen«, erklärt Dad.

Mom lächelt.

Ihre Reaktion ist mehr, als ich mir je erhofft habe – ich habe nicht nur ihre Unterstützung, sondern ich weiß auch, dass ich sie in ein paar Monaten sehen werde.

»Aber dazu habt ihr doch gar nicht das Geld«, wende ich ein.

»Ach, kontrollierst du jetzt auf einmal unsere Finanzen?«, fragt Mom. Sie zieht bedrohlich eine Augenbraue hoch. »Ich kann Überstunden machen. Wir haben Ersparnisse. Und Jay hat angefangen, uns unser Geld zurückzuzahlen. Ich kann mir keine bessere Art vorstellen, es auszugeben.«

Sie lächelt sanft, und ich spüre, wie tief in meinem Inneren Wärme aufsteigt.

Wir lassen uns das Essen schmecken, und es ist eine der besten Mahlzeiten, die ich je gehabt habe, weil meine Familie mich unterstützt.

Nach dem Abendessen setzt Davey sich wieder vor sein neuestes Ballerspiel, und Mom und Dad ziehen sich ins Haus zurück, wahrscheinlich, um dem Rest der Familie zu berichten, was passiert ist, und zu überlegen, wie sie in ständigem Kontakt mit mir bleiben sollen, während ich in Frankreich bin. Es fühlt sich immer noch surreal an, aber ich muss noch zwei Dinge regeln.

Cari steht am Spülbecken und wäscht ab. Ich greife nach einem Küchenhandtuch und trockne ab.

»Das kann ich später selbst machen«, sagt sie. »Du hast schließlich gekocht.«

»Ich weiß, aber ich will mit dir reden.«

Sie wirft mir einen Blick zu, und ihre Sorgenfalte taucht auf.

»Ich habe mit Justin Michael geschrieben«, erzähle ich. »Er hat sich noch einmal entschuldigt, und wir werden Freunde bleiben.«

»Das ist gut. Das ist wirklich schön, Jaz. Ich bin froh, dass du beschlossen hast, ihm zu verzeihen.«

»Ich wollte dir nur ein Update für deinen nächsten

Podcast geben«, sage ich. Ich poliere einen Teller, bis er glänzt.

Ihr klappt die Kinnlade herunter. »Jaz, ich …«

»Ich verstehe das. Du wolltest etwas, das dir gehört. Und du liebst die Liebe.«

»Stimmt. Beides«, sagt sie.

Ich stelle einen Teller beiseite. »Und, wann willst du die Liebe wirklich selbst kennenlernen?«, frage ich.

»Was?« Sie dreht sich um und starrt mich an.

Ich lehne mich an die Arbeitsplatte. »Ständig siehst du zu, wie andere Leute sich verlieben. Wie wäre es, das selbst zu erleben?«

»Ich weiß nicht, Jaz. Das war … wahrscheinlich nie eine Priorität für mich. Ich will meine Marken aufbauen. Ich liebe meine Familie, und das … reicht mir.«

»Es ist aber nicht wirklich genug, oder?«

»D…doch.« Sie runzelt die Stirn und greift nach einem neuen Teller zum Abwaschen.

»Ach. Übrigens habe ich auch Aaron heute zurückgeschrieben. Er hat gesagt, er bedaure, mich angelogen zu haben, und ich habe seine Entschuldigung angenommen. Er hat mir erklärt, dass er wirklich auf mich steht, und wir werden jetzt richtig daten.«

Cari lässt den Teller ins Wasser klatschen. »Was?«

Ich lache. Okay, das war vielleicht eine gemeine Lüge, aber sie hat sie verdient, und ich habe die Reaktion bekommen, auf die ich gewartet habe.

»Du solltest dein Gesicht sehen«, sage ich. »Du magst ihn, und das ist in Ordnung. Wir daten nicht. Haben wir nie getan. Aber ihr beide solltet euch verabreden.«

Sie schüttelt den Kopf. »Ich denke nicht … nein. Du solltest … Wir … nein.«

»Er hat bei dem Ganzen nur mitgemacht, um dich kennenzulernen«, erkläre ich.

Sie schüttelt den Kopf. »Nein … Das würde er nicht … Er …«

»Doch«, sage ich. »Wir haben sogar vorhin darüber geredet, während ich einkaufen war. Als ihr zusammen Kaffee getrunken habt, stand er sofort auf dich, aber du warst so aufgeregt wegen der Show, dass er das Gefühl hatte, mitziehen zu müssen. Er mag mich – aber wie eine kleine Schwester. Nichts weiter.«

»Hat … er? Das hat er gesagt?«, fragt sie.

»Ja. Ich würde wohl kaum über eine so schmeichelhafte Bemerkung lügen. Aber ihr beide passt perfekt zusammen.« Ich lehne mich an die Arbeitsplatte und verschränke die Arme. »Wie wär's, wenn wir beide dieses Jahr auf unser großes Abenteuer ausziehen?«

»Ich … ich weiß nicht.«

Ich verstehe, warum sie zögert. Wir sind einander ähnlicher, als es oberflächlich betrachtet aussieht. Sie ist selbstbewusst und schön, aber mit Beziehungen hat sie sogar noch weniger Erfahrung als ich. Außerdem ist jede Art von Risiko beängstigend, doch besonders, wenn das eigene Herz auf dem Spiel steht. Da fällt es leichter, nur zuzuschauen und sich selbst dem nie auszusetzen. Aber das ist nicht wirklich ein Leben.

»Du solltest darüber nachdenken«, sage ich. »Das wäre eine tolle Geschichte für deinen Podcast. Und eine großartige Veränderung in deinem Leben.«

Ich breite die Arme aus, und dann umarmen wir uns.

»Du bist etwas ganz Besonderes«, sagt sie.

Und das Komische ist: Ich weiß es. Ich bin nicht ihr kleiner Sidekick. Ich bin nicht ihr Schatten. Ich bin ihre Schwester. Und vielleicht hat dieses total übertriebene Bachelorette-Theater dazu beigetragen, mich erkennen zu lassen, dass ich selbst etwas wert bin. Ich bin anders als sie, aber nicht weniger wert.

»Ich hab dich lieb«, sagt sie.

»Ich hab dich auch lieb.«

Wir spülen weiter. Als wir fertig sind, klingelt es an der Tür. Sie will aufmachen, aber ich halte sie davon ab.

»Ich gehe«, erkläre ich. »Das ist Tante Jay.«

Cari zieht die Augenbrauen hoch. Sie weiß nicht, was passiert ist, doch sie weiß, dass mein Verhältnis zu Jay sich vor Jahren geändert hat.

Ich mache die Tür auf. Am Ende des Essens habe ich ihr geschrieben und sie gebeten, vorbeizukommen.

»Hey«, sagt sie. An der Tür zögert sie, aber sie hält eine Frischhaltedose in der Hand. »Ich habe Brownies zum Nachtisch mitgebracht.«

Jay war natürlich diejenige, die mir beigebracht hat, wie man Brownies backt.

»Komm rein«, sage ich.

Jay zieht die Schuhe aus und stellt die Schachtel auf den Tisch. Wir stehen an entgegengesetzten Seiten des Esszimmers. Cari lungert an der Küchentür herum. Wir werfen ihr beide einen Blick zu.

»Ich wollte gerade … gehen. Ja, ich wollte gehen«, sagt Cari.

Nach Caris wenig elegantem Abgang sind meine Tante

und ich allein. Wir stehen unbehaglich schweigend da, bis Jay sich räuspert.

»Nochmals danke dafür, dass du bei dem Pop-up mein Catering erwähnt hast«, sagt Jay.

»Noch mal: gern geschehen«, sage ich. »Kann ich dich etwas fragen?«

Sie sieht mir in die Augen, zieht sich einen Stuhl heran und setzt sich. »Schieß los.«

Ich nehme mir auch einen Stuhl und richte ihn so aus, dass ich ihr gegenübersitze wie bei einem Vorstellungsgespräch. »Warum hast du mich gebeten, bei dem Pop-up-Event mit dir zu kochen?«

Sie runzelt die Stirn. »Wie ich schon sagte: weil du es kannst.«

»Aber du hast einmal gesagt, ich wäre nicht gut genug«, widerspreche ich.

Sie schüttelt den Kopf. »Wovon redest du?«

»Du hast gesagt, ich sei nicht gut genug, um Profiköchin zu werden.«

Wieder schüttelt Jay den Kopf. »Das habe ich nie gesagt. Das würde ich nie tun.«

»Doch. Als ich vierzehn war, waren wir in deinem Büro, und du hast gesagt, ich hätte nicht das Zeug dazu. Das war das letzte Mal, dass ich in deinem Restaurant war.«

Jay wirkt bestürzt. Sie schlägt die Hände vors Gesicht, reibt sich dann die Nase und holt tief Luft. »Ich kann mich nicht daran erinnern, das zu dir gesagt zu haben, Jaz. Ich liebe dich. Ich habe dich immer geliebt und würde dir nie absichtlich wehtun. Hast du deswegen danach nicht mehr mit mir geredet?«

Ich nicke.

Sie lächelt mir betreten zu. »Ich dachte immer, du würdest mir aus dem Weg gehen, weil ich dich enttäuscht habe. Weil ich deine Erwartungen nicht erfüllen konnte. Ich kann mich kaum noch an unser Gespräch an diesem Tag erinnern, ich weiß nur noch, dass ich dir gesagt habe, du sollst nach Hause gehen. Aber an jenem Tag – dem, an dem du hereingekommen bist – hatte ich herausgefunden, dass alle Rechnungen, bei denen ich davon ausgegangen war, dass Rick sie bezahlt hatte, seit Monaten offen waren. Er hat das Restaurant und mich sehr lange bestohlen. Ich vermute, inzwischen hatte er genug angehäuft. Er hat seine Flucht zu seiner Frau in Argentinien geplant und hat mich so verschuldet zurückgelassen, dass ich das Restaurant nicht weiterführen konnte. Er hatte mir einen Abschiedsbrief hinterlassen, und nachdem ich den gelesen hatte, beschloss ich, meinen Kummer in einer Flasche Wein zu ertränken.«

Die Erinnerung scheint meine Tante zu schmerzen, und sie verzieht das Gesicht.

»Das mit Rick habe ich heute zum ersten Mal gehört«, sage ich. »Es tut mir leid.«

»Ich hätte es dir erzählen sollen. Es ist meine Schuld, Jaz.«

Tränen stehen in ihren blauen Augen. Ich finde es furchtbar, dass wir so lange gebraucht haben, um endlich miteinander zu reden, aber Familiengeheimnisse bleiben wohl oft lange verborgen, obwohl man den Schmerz spürt, den sie hervorrufen.

Ich nehme ihre Hand. Ein leises Lächeln hellt Jays Miene auf.

»Als Eugene mir erzählt hat, du wolltest immer noch

Köchin werden, wusste ich, dass du nicht aufgegeben hattest«, erklärt sie. »Das ist der eigentliche Grund, aus dem ich dich gebeten habe, mit mir zu kochen.«

Bei der Erwähnung seines Namens und dem Gedanken, dass die beiden über mich geredet haben, runzle ich die Stirn. Aber jetzt ist mir auch klar, woher er wusste, dass ich kochen will, und warum er mich ständig in diese Richtung gedrängt hat.

»Ich werde es versuchen«, erkläre ich. »Ich habe heute Abend mit meinen Eltern geredet und ihnen gesagt, dass ich nach Paris gehen und kochen will.«

Jay strahlt und drückt meine Hand. »Oh, Jaz! Du schaffst das! Ich weiß, dass du das kannst. Und ich helfe dir, wo ich kann.«

Sie steht auf und zieht mich in eine Umarmung, und ich lehne mich bei meiner Tante an. Ich senke den Kopf und höre ihr Herz schlagen. Genau wie in der achten Klasse, nachdem ich ihr das mit Kyle erzählt hatte. Und es wirkt immer noch so beruhigend.

»Tut mir leid, was dir passiert ist«, sage ich.

Jay zieht sich zurück und streichelt meine Wange. »Ich weiß. Danke, Jaz.«

Sie drückt mich noch einmal, und wir halten uns immer noch im Arm, als Mom hereinkommt. Ich erstarre und warte darauf, dass die beiden übereinander herfallen.

»Alles in Ordnung?«, fragt Mom.

Jay und ich nicken.

»Bei uns ist alles gut, Mom«, sage ich.

»Schön, weil ich nämlich mit euch reden muss«, erklärt Mom.

Sie sieht Jay an und zieht ihre unheilverkündende Augenbraue hoch. Jay reißt die Augen auf, lacht aber. Dann lächelt Mom. Was zum Teufel geht hier vor?

»Moment mal, was?«, frage ich.

Zwei identische Augenpaare starren mich an, ohne mit der Wimper zu zucken.

»Ich dachte … ich dachte, zwischen euch wäre … Ich weiß nicht«, sage ich. »Nachdem das Restaurant geschlossen hatte, kam es mir vor, als würdet ihr euch nicht mehr verstehen.«

Sie wechseln einen Blick und zucken die Achseln.

»Ich schätze, wir haben uns ein wenig öfter gezankt, aber ich sehe keinen großen Unterschied«, meint Jay.

Mom nickt. »Ich bin nicht immer mit ihren Entscheidungen einverstanden – zum Beispiel, eine Dreizehnjährige in einer Küche arbeiten zu lassen.« Mom wirft Jay einen scharfen Blick zu, und Jay schürzt die Lippen. »Aber ich liebe sie trotzdem.«

»Und Dee ist eine unerträgliche Alleswisserin, aber ich liebe sie auch«, erklärt Jay. »In einer Familie ändert sich so etwas nie.«

Sie lachen, und ich falle ein. Mom und Jay gehen in die Küche, um sich zu unterhalten, und ich weiß, dass sie Jay für das, was vor vier Jahren war, den Kopf waschen wird. Doch sie wird es liebevoll tun.

Und als ich in einen der Brownies beiße, wird mir eins klar: Die Leute behaupten, romantische Liebe sei das Wichtigste; aber manchmal ist alles, was man wirklich braucht, die Liebe seiner verrückten Familie.

Epilog

15. AUGUST

Den Rest des Sommers zogen Formulare und Videochats wie in einem Nebel an mir vorüber. Ein Haufen Kleinigkeiten, wie sie zu erledigen sind, bevor man ein Jahr im Ausland verbringt. Doch mit der Hilfe meiner Mom und meines Dads konnte ich meinen Pass, meine Aufenthaltsgenehmigung und andere Dokumente beantragen.

Auch meine Schwester war im Spätsommer schwer beschäftigt. Mit meiner Erlaubnis nahm sie zwei letzte Episoden von *Die kleine Bachelorette* auf, in denen sie mich interviewte. Sie waren ein Riesenerfolg und sind jetzt auf ihrer Website verlinkt. Alle lieben die unerwartete Wendung, dass sie mit einem der Kandidaten zusammengekommen ist.

Für den Fall, dass ihr euch das fragt: Meine Schwester und Aaron sind gemeinsam absolut unerträglich – auf eine gute Art. Sie sind ein überschäumend glückliches, wunderschönes Paar, neben dem sich andere Paare gehemmt vorkommen.

Abstoßend.

Wegen des Erfolgs von *Die kleine Bachelorette* hat Caris Campusradio ihr eine eigene Sendung angeboten. Sie überlegt, ob sie an ihrer Uni eine Reality-Sendung organisiert – dieses Mal mit dem Einverständnis aller Teilnehmer. Aaron und ich haben ihr beide dazu geraten. Sie hat inzwischen auch mehr Sponsoren für ihren Podcast und hat mir von einem Teil des Gelds neue Klamotten gekauft.

Ich habe gesagt, ich bräuchte nichts Neues zum Anziehen, aber sie wollte, dass ich in der Modehauptstadt der Welt gut aussehe. Wenn es nach mir geht, werde ich allerdings die meiste Zeit eine Kochjacke tragen.

Gleich nach unserem Versöhnungsgespräch mit den Brownies stellte Jay mich Chef Jeanne Dumont vor, die sie noch von der Kochschule kennt. Inzwischen habe ich mit Chef Dumont per Videokonferenz gesprochen und Textnachrichten mit ihr ausgetauscht, und ich darf mich in ihrem gut bewerteten Restaurant im Herzen von Paris vorstellen. Sie war beeindruckt davon, dass ich bei dem Pop-up-Benefizevent gekocht habe und dass Chef Matthews mich empfohlen hat. Keine Ahnung, ob ich den Job kriege – garantiert ist nichts, weil sie sehen muss, wie ich mich in der Küche anstelle –, aber ich hoffe es. Außerdem bin ich perplex über Chef Matthews' Empfehlung.

Zu Daveys großer Freude habe ich jeden Tag kochen geübt. Er ist im letzten Monat volle zweieinhalb Zentimeter gewachsen – eine schreiende Ungerechtigkeit –, sodass er noch mehr Hunger hatte als sonst. Abends haben wir

Restaurant gespielt, und meine Familie konnte von einer Karte bestellen, die ich am Nachmittag geschrieben hatte. Mein kleiner Bruder übertrieb es aber. Eines Tages ließ er ein Steak in die Küche zurückgehen, und ich warf ihm einen Holzlöffel an den Kopf.

Auch der Rest der Großfamilie hat mich unglaublich unterstützt. Bei der Party meiner Großeltern am sechsten Juli hat mich die Familie – zerknirscht über ihre Taten, aber froh für mich – damit überrascht, dass alle zusammengelegt und mir genug Geld für die Miete geschenkt haben. Es war zu viel, und ich wollte es nicht annehmen, aber sie haben darauf bestanden. Tante Regina nannte es eine Entschädigung für den emotionalen Schmerz.

Und jetzt halte ich das Ticket in der Hand, das Emily, June, Aaron und Justin Michael bezahlt haben. Zusammen mit ihnen und meiner viel zu großen Familie stehe ich in der Abflughalle des internationalen Flughafens von Orlando.

Meinen Riesenkoffer habe ich schon abgegeben. Ich nehme eine kleine Reisetasche mit Büchern und Wäsche zum Wechseln – darauf hat meine Mom bestanden – mit an Bord.

Die Massen der Venturas und Yaps fluten den Kontrollpunkt der Flugsicherheit, und die Wachleute sind sichtlich alarmiert. Sie sprechen in ihre Funkgeräte, und ich bin mir ziemlich sicher, dass sie meine Familie zum Gehen auffordern werden.

»Tja, ich muss wohl jetzt los«, sage ich.

Ich fange an, mich zu verabschieden. Das wird eine Weile dauern, schließlich sind wir fünfzig Personen. Cousins und Cousinen klopfen mir auf die Schulter, parfümierte Tanten umarmen mich, und ich winke meinem Dad zu, der diesen Moment natürlich für die Nachwelt filmt.

Zusammen mit June, Emily, Justin Michael und Aaron sind es sogar vierundfünfzig Personen. Paul ist nicht zum Flughafen gekommen, aber er hat mir eine Nachricht geschickt und mir eine gute Reise gewünscht. Wir reden nicht mehr besonders oft, doch es ist nett, dass er daran gedacht hat.

»Mach's gut, Junikäfer«, sage ich.

Sie umarmt mich fest, und ich fühle ihre Tränen auf meiner Schulter. »Ich kann nicht glauben, dass du fortgehst …«

»Vergiss nicht, du gehst auch weg«, sage ich.

Justin Michael und sie werden zusammen zum College fahren, da die Georgia Tech und die Emory beide in Atlanta liegen. Ich habe schon darüber gewitzelt, wie »nahe« sie einander sein werden, aber sie tut, als hätte sie keine Ahnung, was ich meine.

Anmerkung: Sie weiß genau, was ich meine.

»Komm her«, sage ich zu Emily.

Die drei Engel umarmen sich ein letztes Mal. Emily muss vom Flughafen aus mit ihren Eltern direkt zur Louisiana State University fahren, aber sie wollte sich meine Verabschiedung auf keinen Fall entgehen lassen.

»Ich hab euch beide so lieb«, sage ich.

»Offensichtlich. Wir sind ja auch unglaublich«, erwidert Emily. »Sieh zu, dass du ständig auf WhatsApp bist.«

»Pausenlos«, verspreche ich.

»Ich hab dich lieb«, sagt sie.

Schwer zu glauben, dass ich sie für eine Weile zum

letzten Mal sehe. Sie haben gesagt, sie würden in den Frühlingsferien nach Paris kommen, und ich kann es kaum abwarten. Ich muss sie loslassen, aber sie bleiben für immer in meinem Herzen.

Emily fächelt sich Luft zu, um ihr Augen-Make-up zu trocknen, und June versucht, stoisch zu bleiben. Justin tritt neben sie.

»Stardust«, sage ich.

»Du wirst mir fehlen, Candy.« Er zieht mich in eine Umarmung, und obwohl sein Duft sich verändert hat, rieche ich wieder Schoko-Puffs und Druckerschwärze an ihm.

»Pass auf dich auf … und auf sie«, flüstere ich.

Er lässt mich los und sieht mich an, als könne er nicht glauben, dass ich das gerade gesagt habe. Ich ziehe die Augenbrauen hoch und sehe zu June. Er wird rot. Er wird tatsächlich rot.

»Ich, ähm, werde vorsichtig fahren«, erklärt er.

Aber sein Blick verrät mir alles, was ich wissen muss. Vielleicht bringt *Die kleine Bachelorette* ja noch ein Überraschungs-Liebespaar hervor.

Ich klatsche Aaron ab. »Pass gut auf meine Schwester auf, sonst …«

»Sonst gehst du wieder mit einem Baseballschläger auf mich los? Glaub mir, ich schlottere vor Angst«, sagt er. Er umarmt mich und hebt mich hoch. Er hat sich verändert, seit er mit Cari zusammen ist. Seine Playboy-Fassade ist weniger ausgeprägt, und er ist einfach ein richtig, richtig netter Kerl. »Pass auf dich auf, und besuch mich in Nashville, wenn du wieder in den Staaten bist.«

»Wird gemacht«, sage ich.

Als er mich wieder auf den Boden setzt, stehe ich vor Tante Jay. Sie ist die Letzte, von der ich mich verabschieden muss. Und dieser Abschied fällt mir am schwersten. Seit dem Abend, an dem wir geredet haben, haben wir in meiner gesamten Freizeit zusammen gekocht.

»Du wirst mir fehlen, Kiddo, aber du wirst dich großartig schlagen«, erklärt sie.

Ich schlinge die Arme um sie. »Nochmals danke für alles, was du getan hast. Auch bei dem Pop-up … Ich hätte das nicht ohne dich …«

»Doch. Und du hättest das ohne mich geschafft«, meint sie kopfschüttelnd. Sie reicht mir eine kleine Schachtel. »Mach das auf, wenn du in Europa bist.«

»Was ist das?«

»Das siehst du dann schon«, sagt sie.

Ich bin gründlich verwirrt, aber ich nehme die kleine Box an und stecke sie in meine Reisetasche. »Okay.«

»Ich liebe dich, Jaz, und ich bin so stolz auf dich«, sagt sie. »Du hast das Zeug dazu.«

Tränen brennen mir in den Augen, doch ich lächle ihr zu. »Ich war immer stolz auf dich«, erkläre ich.

Von meinen Eltern habe ich mich schon verabschiedet, aber ich umarme sie trotzdem noch einmal und verspreche ihnen, mich bald bei ihnen zu melden.

Meine Familie und meine Freunde sehen mir nach, während ich durch die Security gehe, wobei mein Dad eine Million Fotos schießt, bis ich zu meinem Gate abbiege. Sofort spüre ich den Verlust, und ein Teil von mir will immer noch umkehren und zurückrennen. Aber dieser Teil von mir wird immer den sichersten Weg einschlagen wollen. Ich muss ihn nur überwinden.

Ich bin unterwegs nach Paris. Mein Traum, von dem ich vor ein paar Monaten kaum laut zu sprechen wagte, geht in Erfüllung. Mit der Hilfe meiner Familie und meiner Freunde ist er wahr geworden. Ich habe französische Bücher gelesen, französische Songs gehört und versucht, in die Sprache einzutauchen, aber … mein Französisch ist immer noch grauenhaft. Doch ich werde mir noch mehr Mühe geben und besser werden.

Ich finde mein Gate und setze mich. Als ich auf die Uhr sehe, stelle ich fest, dass ich nur noch … zwei Stunden Zeit bis zum Boarding habe.

Ahh. Mom und ihre anstrengende Art, überall zu früh zu kommen.

Ich lese. Ich esse. Ich gehe eine weitere Duolingo-Lektion durch und habe immer noch … über eine Stunde Zeit.

Ich seufze. Ich habe so viel Adrenalin im Körper, dass ein Buch mich nur schwer fesseln kann. Ich krame in meiner Reisetasche nach dem anderen Buch, und da fällt mir die Schachtel entgegen, die Tante Jay mir gegeben hat.

Als sie mir das Geschenk gab, hat sie sich merkwürdig geheimnisvoll verhalten, aber ich war emotional so von dem Abschied von meiner Familie und meinen Freunden überwältigt, dass mir das nicht einmal aufgefallen ist. Jetzt allerdings schon. Es ist eine größere Schmuckschachtel, was merkwürdig ist, weil Tante Jay kein Fan von Schmuck ist. Vielleicht ist es etwas für die Küche.

Also öffne ich die Box, so wie Pandora ihre Büchse geöffnet hat.

Mir bleibt fast das Herz stehen.

Eine Uhr liegt darin. Ich kenne diese Uhr. Ich erinnere

mich an das Handgelenk eines Jungen, das sie geschmückt hat. Erinnere mich an den Jungen.

Eugene ist schon in Europa. Er ist am ersten August geflogen. Nicht, dass ich ihn gestalkt hätte oder so.

Anmerkung: Ich stalke ihn immer noch ständig auf seinem Instagram-Profil.

Aber das ist seine Uhr. Wieso hat Tante Jay sie mir gegeben?

Ich nehme sie hoch, und auf der Rückseite ist etwas eingraviert. *Zeit, deinen Weg zu finden. E. B.*

Ich schüttle den Kopf. Eugenes Initialen sind E. M. Doch E. B. kommt mir bekannt vor. Dann geht es mir auf: Eugene Bruin war Chef Matthews' Mentor. Er hat Jack praktisch von der Straße geholt, als er drogensüchtig war, und ihn in die Küche eingeführt. Er muss Jack diese Uhr geschenkt haben, und der hat sie an Eugene weitergegeben, der sie jetzt … mir schenkt?

Das ist unmöglich. Ich bin ein Mädchen, mit dem er nur drei Dates hatte. Und wir haben seit über einem Monat nicht mehr miteinander gesprochen.

Aber dann schaue ich genauer hin. Es ist die gleiche Marke, aber nicht dasselbe abgewetzte Leder. Das hier ist neu. So wie Eugenes Uhr neuer als die seines Vaters ist. Sie ist eine Kopie.

Unter der Uhr liegt eine Visitenkarte vom Lantern & Jacks. Ich drehe sie um, und auf der Rückseite steht etwas.

Ich hoffe, du findest deinen Weg, Jasmine.
Und vielleicht führt er dich eines Tages zu mir.
E.

Ich starre darauf. Ich lese es. Ich lese es noch einmal. Und wieder und wieder. Er fehlt mir. Wir haben uns gar nicht lange gekannt – der Eindruck war kurz, aber bleibend.

Ich stecke die Karte wieder in die Schachtel und lege die Uhr um mein linkes Handgelenk. Sie tickt, aber die Zeit stimmt nicht. Sie ist … Moment mal, sie ist auf Pariser Zeit eingestellt.

Ehe ich zu lange darüber nachdenken kann, schnappe ich mir mein Handy und öffne meine Nachrichten.

Jasmine
Wenn du je in Paris bist und mich besuchen willst: Ich bin das Mädchen mit der schicken neuen Uhr.

Schließlich erscheinen graue Punkte, und ich halte die Luft an. Er ist da, und er versucht zumindest, mit mir zu reden.

Captain Eugene Crunch
Hi, Jasmine.
Bist du schon in Paris?

Jasmine
Noch nicht. Warte aufs Boarding.

Captain Eugene Crunch
Tja, ich kann der Kerl mit der gleichen Uhr sein, der dich am Flughafen abholt.

Hätte ich gerade Wasser getrunken, hätte ich es ausgespuckt.

Jasmine
Moment, bist du wirklich in Frankreich?

Captain Eugene Crunch
Ich kann es sein.

Okay, ich bin da, aber ich klinge weniger wie ein Stalker, wenn ich behaupte, es nicht zu sein.

Ich kann mir ein Lächeln nicht verkneifen.

Jasmine
So gehört es sich für einen Gentleman-Stalker.

Captain Eugene Crunch
Ich bin in Frankreich. Ich bin mit meiner Mom hier, weil sie einen zweiten Weinkurs machen wollte. Aber auch ... deinetwegen. Jay hat mir erzählt, dass du kommst.

Meine geliebte Familie mischt sich zum Abschied noch einmal in mein Leben ein. Aber der bloße Gedanke an Eugene verschlägt mir den Atem. Keine Ahnung, wohin sich das entwickeln wird. Keine Ahnung, was ich nach allem, was passiert ist, für ihn empfinden soll. Und ich weiß nicht, wie es sein wird, ihn wiederzusehen. Aber vielleicht ist das so in Ordnung.

> **Jasmine**
> Ich schreib dir, wenn ich gelandet bin.

Ich lächle immer noch, als mein Flug zum Boarding aufgerufen wird. Es ist schrecklich kitschig, aber das ist okay. Kitschig ist ehrlich.
Ich nehme meine Tasche und gehe zu meinem Flieger, auf das Unbekannte zu, das vor mir liegt.

Danksagung

Zuallererst geht ein riesiger Dank an meine leidgeprüfte Agentin Lauren Abramo, die mich bei meinem ersten #DVPit-Event angemeldet und immer an mich geglaubt hat, sogar, wenn ich an mir gezweifelt habe. Danke für deine Erfahrung und dafür, dass du all meine E-Mails beantwortet hast, die mit »Ich habe eine großartige Idee« angefangen und mit »Keine Ahnung, was wäre, wenn ich stattdessen Piratin im Weltraum werde« geendet haben. Ich weiß nicht, wo ich ohne Jennifer Ung wäre, deren großartiger Rat mir geholfen hat, Jasmine und ihrer verrückten Familie Leben einzuhauchen. Worte können nicht zum Ausdruck bringen, wie wertvoll deine Unterstützung dabei war, dieser Geschichte Gestalt zu verleihen, und wie fantastisch die Zusammenarbeit mit dir war. Ich danke allen bei Simon Pulse – inzwischen Simon & Schuster Books for Young Readers – für ihre harte Arbeit und ihr Talent. Ein besonderer Dank geht an Krista Vossen und Kat Goodloe für das wunderschöne Cover und Jasmines perfekte Darstellung. Danke an Justin Chanda und Kendra Levin, weil sie an diese Geschichte geglaubt haben. Ich danke auch Dainese Santos, Katrina Groover, Lynn Kavanaugh, Sara Berko, Lauren Hoffman, Chrissy Noh, Lisa Moraleda, Christina Pecorale, Victor Iannone, Emily Hutton, Michelle Leo und Anna Jarzab, die mir geholfen haben, diesen wilden Plan, einen Young-Adult-Roman zu schreiben, Wirklichkeit werden zu lassen. Tausend Dank an Beth Phelan, die das #DVPit geschaffen hat, durch das ich nicht nur Lauren kennengelernt habe, sondern auch Teil der fantastischen DV-Truppe geworden bin. Die Community, die ich gefunden habe, ist unbezahlbar, und ich werde euch ewig dankbar dafür sein, wie selbstlos und engagiert ihr euch dafür eingesetzt habt, das Veröffentlichen integrativer zu machen. Ich danke meinen fantastischen Beta-Leser*innen, besonders Karen McManus, die mich als großartige Autorin und noch bessere Freundin inspiriert. Danke an Jenn Dugan für deinen Humor und die Katzenkrimis.

Danke an Llama Jen, für dein Verständnis und den Ausgleich. Ich danke Gloria Chao, die rasend schnell Probe gelesen hat, als wir dachten: »Hey, vielleicht finden wir ja Agenten.« Ein Dank geht auch an euch, Straight Justin, Karen Strong, Erin Hahn, June Tam, Caroline Richmond, Patrice Caldwell und Fallon DeMornay für eure Freundschaft und euren Rat. Ich danke Kiki Nyugen für ihre Liebe – und weil sie die beste Cheerleaderin aller Zeiten ist. Ein großer Dank geht an Kara Leigh Miller, die mich sehr viel gelehrt hat, als wir gemeinsam als Mentorinnen tätig waren, und ich danke allen, die wir dabei betreut haben, dafür, dass ich ein kleiner Teil eurer Reise sein durfte. An meine durchgeknallte Familie: Ich danke meinen Kindern, die sich größtenteils benommen haben, während ich »immer noch« an meinem Buch geschrieben habe. Ihr seid mein Sonnenschein und mein Herz, meine wahre Liebe und meine Inspiration. Ich danke meiner Mom, die meinte, vielleicht sollte ich wirklich eins der Bücher verkaufen, die ich schreibe, und Gregg, weil er mir die Zeit verschafft hat, um es zu versuchen. Mein Dank gilt meiner Schwester Jill, die mir eine große Hilfe war, weil sie meine ersten, nicht so guten Bücher gelesen, aber nette Dinge darüber gesagt hat. Ich danke Matt aus größtenteils denselben Gründen und außerdem dafür, dass er mein bester Freund ist. Ich danke meinem Vater, der mir als Erster die Liebe zu Büchern eingeflößt hat, die mich noch heute trägt. Nicht zuletzt danke ich euch, meinen Leser*innen, dafür, dass ihr mit mir auf diese Reise gegangen seid.

Leseprobe

Pepper hat ihr Leben voll im Griff. Sie ist beliebt, Kapitänin des Schwimmteams – und die Burgerkette ihrer Familie boomt. Doch als ein kleines Deli ihre Eltern beschuldigt, das gut gehütete Rezept für die besten Käsesandwiches gestohlen zu haben, gerät das Image der Fastfoodkette ins Wanken. Pepper, die den Twitter-Account des Restaurants betreut, geht in die Offensive. Ist der erste Tweet noch harmlos, artet das Ganze schnell in einem regelrechten Twitter-Krieg aus. Was Pepper jedoch nicht weiß: Am anderen Ende sitzt ihr Mitschüler Jack, Sohn der Deli-Besitzer. Und während sie sich online an die Gurgel gehen, beginnt es offline zwischen den beiden zu knistern. Das kann ja nur schief gehen!

Pepper

Wenn man mal ehrlich ist, kommt nicht mal richtig Qualm aus dem Backofen, als der Alarm losgeht.

»Ähm, steht das Apartment in Flammen?«

Ich klappe den Deckel meines Laptops ein wenig herunter. Das irritiert dreinblickende Gesicht meiner großen Schwester Paige, die mich von der Uni in Pennsylvania per Skype angerufen hat, füllt die eine Bildschirmhälfte, eine Hausarbeit über *Große Erwartungen*, die ich schon so oft umgeschrieben habe, dass sich Charles Dickens wahrscheinlich im Grab umdreht, die andere.

»Nope«, murmle ich und bringe den Ofen zum Schweigen, »nur mein Leben.«

Als ich den Ofen öffne, kommt mir eine große Rauchwolke entgegen, die schließlich die Sicht auf meinen ziemlich verbrannten Monster-Cake freigibt.

»Mist.«

Ich schnappe mir die Trittleiter aus der Vorratskammer, um den Alarm auszuschalten. Dann öffne ich alle Fenster unseres Apartments im sechsundzwanzigsten Stock. Unter mir erstreckt sich die Upper East Side mit ihren Hochhäusern, in denen selbst dann noch die Lichter brennen, wenn jeder, der bei klarem Verstand ist, eigentlich schon längst schlafen sollte. Kurz lasse ich den Blick schweifen. Ich habe mich immer noch nicht ganz an die gigantische Aussicht gewöhnt, obwohl wir schon seit fast vier Jahren hier leben.

»Pepper?«

Stimmt. Paige. Ich klappe den Laptop wieder auf.

»Alles unter Kontrolle«, sage ich und zeige ihr einen Daumen nach oben.

Ungläubig zieht sie die Augenbrauen hoch und tut, als würde sie ihren Pony zur Seite streichen. Ich hebe die Hand, um meinen eigenen glatt zu streichen, und schmiere mir dabei Kuchenteig in die Haare. Paige verzieht das Gesicht.

»Falls du doch die Feuerwehr rufen solltest, dann stell den Laptop auf die Theke, damit ich beobachten kann, wie heiße Feuerwehrmänner eure Wohnung stürmen.« Ihre Augen wandern auf dem Bildschirm hin und her, wahrscheinlich zu dem unfertigen Post auf unserem gemeinsamen Blog. »Ich schätze, wir kriegen für den heutigen Eintrag keine Fotos?«

»Ich habe noch drei weitere Backbleche voll. Sobald ich mit der Glasur fertig bin, mache ich Fotos. Ich schicke sie dir später.«

»Meine Güte. Wie viel Monster-Cake hast du bitte gebacken? Ist Mom überhaupt schon zurück von ihrem Trip?«

Ich weiche ihrem Blick aus und starre auf die Pfannen, die ordentlich nebeneinander über dem Herd hängen. Paige fragt nur noch selten nach Mom, deshalb habe ich das Gefühl, extra vorsichtig sein zu müssen mit dem, was ich jetzt sage. Noch vorsichtiger als mein gescheiterter Versuch, mich von Schulkram abzulenken, der beinahe zu einer abgefackelten Küche geführt hätte.

»Sie sollte in zwei Tagen wieder da sein.« Weil ich einfach nicht anders kann, füge ich hinzu: »Du kannst herkommen, wenn du willst. Wir haben am Wochenende noch nichts Besonderes vor.«

Paige zieht die Nase kraus. »Ich passe.«

Ich kaue auf der Innenseite meiner Wange herum. Paige ist so stur, dass alles, was ich sage, um sie und Mom einander wieder näherzubringen, die Situation für gewöhnlich nur noch schlimmer macht.

»Aber du könntest mich in Penn besuchen«, schlägt sie begeistert vor.

Die Idee klingt verlockend – wäre da nicht die Hausarbeit über *Große Erwartungen* und noch all die anderen großen Erwartungen, denen ich gerecht werden muss: der Statistiktest, ein Projekt in Bio, die Vorbereitung für den Debattierclub, mein erster offizieller Tag als Kapitänin des Schwimmteams – nur, um ein paar zu nennen. Und das ist nur die Spitze des Eisbergs. Des unheimlich stressigen Eisbergs.

Mein Gesichtsausdruck muss mich wohl verraten haben, denn Paige hebt kapitulierend die Hände.

»Sorry«, sage ich reflexartig.

»Erstens, hör auf, dich immer zu entschuldigen«, erwidert Paige, die gerade knietief in einer Vorlesung zu feministischer Theorie steckt und alles gierig in sich aufsaugt. »Und zweitens, was ist eigentlich mit dir los?«

Ich versuche, auch noch den restlichen Qualm in Richtung Fenster zu wedeln. »Was mit mir los ist?«

»Dieses ganze … seltsame … Jahrgangsbeste-und-beliebt-sein-Ding, das du da abziehst«, entgegnet sie und wedelt vor dem Bildschirm herum.

»Mir sind meine Noten eben wichtig.«

Paige schnaubt. »Nicht, als wir noch zu Hause waren.«

Mit »zu Hause« meint sie Nashville, wo wir aufgewachsen sind.

»Hier ist es eben anders.« Woher soll sie das auch wissen, schließlich musste sie nie auf die Stone Hall Academy gehen, eine Privatschule, die so elitär und kompetitiv ist, dass selbst Blair Waldorf nur zwei Minuten nach Übertreten der Schwelle in Flammen aufgehen würde. Als Mom mit uns hierhergezogen ist, war Paige schon in der Abschlussklasse und bestand darauf, auf eine staatliche Schule zu gehen. Außerdem hatte sie bereits die Noten aus Nashville, mit denen sie sich an den Universitäten bewerben konnte. »Die Benotungen sind hier viel strenger. Es ist viel schwieriger, an einem College angenommen zu werden.«

»Aber du bist immer noch dieselbe.«

Ha. Vielleicht, *bevor* sie mich für Philadelphia hat sitzen lassen. Inzwischen kennen mich die Leute als »den Terminator«. Oder Miss Perfect. Oder Preppy Pepper. Oder was auch immer sich Jack Campbell, notorischer Klassenclown und der metaphorische Dorn in meinem schmerzenden Auge, wieder für mich ausgedacht hat.

»Aber hast du dich nicht schon längst an der Columbia beworben? Meinst du, die kümmert ein blödes B+?«

Ich meine es nicht nur, ich *weiß* es. Ich habe gehört, wie ein paar Mädchen in der ersten Stunde darüber gesprochen haben, dass einem Typen von einer benachbarten Schule die Zulassung an der Columbia wegen Leistungsabfall entzogen wurde. Doch bevor das extrem haltlose Gerücht meine Paranoia weiter beflügeln kann, geht die

Wohnungstür auf, und ich höre, wie Moms Absätze über das Parkett klackern.

»Bis dann«, sagt Paige.

Sie beendet den Anruf, bevor ich mich wieder dem Bildschirm zuwenden kann.